古代説話集の生成

森 正人
Mori Masato

笠間書院

古代説話集の生成

● 目次

第七章●説話の場と説話集の生成

序章

1　説話集研究の観点

一　はじめに

本書は古代説話集について、それぞれの集が説話を収集し表現し編纂される様相を分析し、またさまざまの説話集が読まれ、書写され、引用され、増補され、抄出され、他のジャンルと交渉していく状況を総体的に把握し記述しようとするものである。

右の課題と観点とは、説話研究の潮流に逆らうようにして長く私の研究の基軸であり続けた。一九八〇年代半ば頃からである。この研究成果を一書として編むにあたり、その立場を表明した文章をまずは振り返っておきたい。「日本の説話・説話集研究の混迷と拡散のなかから」である。説話・伝承学会編『説話と思想・社会　説話・伝承学'86'87』（桜楓社　一九八七年四月）に掲載された。一九八六年三月に学会事務局から原稿の依頼があり、執筆は夏であったか。次節に再録する。

二　再録「日本の説話・説話集研究の混迷と拡散のなかから」

国文学の領域における説話・説話集研究の昭和五十年代を、混迷期とする観察がある。小峯和明「今昔物語集の研究史（昭和30年以降）」（『国文学解釈と鑑賞』第四九巻第一一号　一九八四年九月）、同「説話文学研究の三十年」（『中世文学研究の三十年』一九八五年一〇月）の意見である。また、小島孝之「中世説話文学研究史（昭和30年以降）」（『国文学解釈と鑑賞』第四九巻第一一号）も、研究が拡散の傾向にあることを指摘している。両氏が、混迷といい拡散というのは、第一に研究の細分化であり、第二に研究対象の拡大であり、第三に研究方法の多様化である。しかし、こうした傾向は説話・説話集研究の分野だけでなく、国文学研究の全般にわたってみられるものであるらしく、またそれが必ずしも最近だけのことではないらしい。「らしい」というのは、私自身がごく限られた研究分野にしかかかわっていないからであって―すると、そのこと自体、私がその混迷と拡散の只中にいることを物語っている―他の分野の専門家からそのように聞いているし、研究展望の類に書かれて早くからしばしば眼にする言葉でもある。

研究というものが専門的であるのは当然で、細分化はその専門的であることの必然の方向である、と言うことはたやすい。そして、事実その通りには違いないのであるが、研究者同士が広い地平にたって関心や大きな課題を共有しえない、共有しないまでも接点すらもつことができないとすれば、不幸であるといわざるをえない。そして、研究の細分化および対象と方法の多様化は、おのずと研究資料と研究成果の多量化という状況を作り出すであろう。研究情報の多量化は、いっそう研究の細分化と多様化を推し進めることになるであろう。

研究情報ということから、数年前、英語学を専攻する同僚が、次月アメリカで出版されることになっているチョムスキーの原稿だか、校正刷だかが日本に届いて、それを今のうちに複写するのだ、と自嘲気味に話しかけてきたのを思い出す。チョムスキー的存在をもたない国文学界では想像しがたいことであるが、このようなかたちででも、多数の研究者が関心を共有しえているというのは、混迷や拡散よりはましなのかどうか。言語学や英語学の領域で研究情報がどのように整理されているかは知らないが、自然科学の分野では、コンピューターによってほとんど完璧な情報処理がなされていると聞く。先のチョムスキーの著書の件は、やはり特殊な例であろうけれども、現代の情報量の多さとその伝達、処理の迅速さは、われわれが日常的に体験するところである。国文学界でも研究情報の多量化に対応して、さまざまの機会に研究史や研究展望の類が書かれ（この稿も！）、文献目録が作成されたりして、情報の整理が試みられている。しかし、いまやそれがほとんど個人の手に余る、あるいは人力を超えつつあるとは、そうした機会ごとに言われていることであり、実感するところでもある。

研究が混迷に陥っている、あるいは拡散の傾向にあるという小峯、小島両氏の発言は、対象の拡大と方法の多様化という現状が、われわれの情報処理能力を超えてしまっている、ということとも無関係ではないであろう。とすれば、研究情報を有効に処理する方策をたてさえすれば、問題は解消するのであろうか。しかし、その次の段階として予想される、多量の情報がいちはやく入手され、次の研究成果を効率的に生産するために（のみ）、処理されていくという事態は、混迷や拡散をかえって助長することにならないであろうか。国文学界では、情報処理が不十分であるにもかかわらず、方法論の消費傾向にそのきざしが見てとれるようである。特に研究史も長く研究者も多い分野では、新しい着想や方法が提出されるや、それが急速に取り入れられ捨てられ、また新しい着想や方法が求められる、その周期は次第に短くなっていくようにみえる。こうした流行現象ないし新しい方法に対して、一部ではあらわにあるいはそれとなく不信感や嫌悪感が表明されたりもするが、結局それにとどまって、対立点が何であるかさえあいまいなことが少なくない。混迷あるいは拡散とは、このような現状を指してのことでもあるにちがいない。

　ただし、研究史も短く研究者の層もうすい説話・説話集研究の分野では、方法論の消費という状況に遠く、小峯、小島両氏も整理しているように、対象の拡大の傾向が顕著である。すなわち、絵解、寺社縁起、注釈などが関心を集め、平安、鎌倉時代から南北朝、室町時代へ視点が移動していきつつある。注釈については、『中世文学研究の三十年』が、「釈家を中心とした注釈（学問）と文学の交渉の一端―中世注釈研究の動向と展望―」（牧野和夫執筆）という、従来にない新しい項を設けたのは、その重要性が広く認められてきていることを意味するものであろう。しかし、こうした対象の拡大は、一方で「雑駁で些末」な研究状況を生んだとも批判されている（小峯氏）。個々の研究に就けば、その批判をまぬがれていないものも含まれているとしても、そうしたことはどのような研究分野にもありがちなことである。やはり、対象と資料の拡大は、方法上の反省と批判を含んでいると受けとめられるべきではないか。つまり、拡大した対象と資料が新しい方法を必要とするのは当然であるが、新しい方法こそが対象と資料の拡大を要請したのではなかったか。

　右に掲げたような新しい領域の研究は、ほぼ共通した性格と志向をもっている。第一に、近代からみて不合理とみえることがらや思考方法を積極的に取り上げようとすること、第二に、文字言語に対して音声言語あるいは肉体さらに絵画などの具象的な世界を重視すること、第三に、論及の範囲が説話集はもとより軍記物、能、舞曲、語り物などと広く、それらの諸ジャンルを自在に往還すること。さらにこれらを通じて、作者から読者視聴者へ、成立から享受へ、独創的なものからありふれた既知のものへという視点の転換が、意識的にも無意識的にもくろまれているのではないか。とすれば、こうした研究は、単に従来の文学・文学史研究の補完などという性質のものではなくて、方法上の根本的な批判であり、これまでの研究を支えてきた文学観そのものへの反省と批判ということにならないであろうか。ということが言いすぎなら、作家とか作品とかいうもの―近代の思考の産物であり、方法概念でもある―が相対化されようとしている。少なくとも、説話集を基軸とする研究に修正が加えられようとしている。

こうして、研究が混迷に陥っておりあるいは拡散していると観察されるならば、多様に拡大した対象がそれに十分ふさわしい方法によって扱われていないか、多様な対象とそれが要請する方法を、従来の公認された研究方法や文学観が排除しているということであろう。そのいずれであっても、研究方法と研究方法の、文学観と文学観の葛藤にほかならない。こうした葛藤は、述べたように学界全体が抱えこんでおり、また個々の研究者の内部にも抱えこまれているのではないか。

このような把握のしかたには、一面的であるとの批判があるいは出されるかもしれない。しかし、学界や研究者個人が抱えこんでいる葛藤は、近代の研究者が古代や中世の文学や芸能にかかわろうとするとき、不可避的に惹起されるものであり、しかもその葛藤が研究という営為を支えてもいるという関係が観察される。とすれば、そうした葛藤に由来する対立を明瞭にした方が、たとえ立場を共有しえなくても、互いの接点を見出すことを容易にするであろう。また、新しい領域と既知の領域を二つながら扱う方法や、方法的対立を止揚する方法がにわかに発見できなくとも、それぞれの方法は、こうした葛藤を経験することを通じて検証の機会をえることになるであろう。したがって私は、混迷あるいは拡散という現状をむしろ一つの可能性とみなしたい。もとより、研究という営為を通じて、こうした葛藤と方法上の課題を不断に問い続けていくかぎりにおいて。

このように、何ら具体的な提言を含まぬ叙述を続けてきて、私もやや気がとがめるので、最後に、こうした中から改めて課題として意識されるようになった問題の一つにつき記しておきたい。それはやはり説話と説話集の問題であった。

研究の関心が、編纂される説話集の少なくなる南北朝以降に向けられるとき、研究資料が説話集以外に拡大するのは当然である。しかしそれにしても、南北朝以降、われわれの説話と呼んでいるものが、集をかたちづくることが少なくなるのはなぜか。逆に、平安時代末から鎌倉時代にかけて、説話集の編纂が相つぐのはなぜか。当時の説話の盛行という条件に理由を求めても、それが一面的でしかないことは、南北朝以降も説話が盛んに語られ書かれているという事実によって明らかであろう。否、そもそも、南北朝以降、説話集の編纂はほんとうに減少しているのであろうか。このことは十分確かめられているとはいえない。ただし、南北朝以降の説話集が、江戸時代の享受史のなかで冷遇された（たとえば版行の機会をもたなかった）とはいえる。すると、それはどのような意味をもつのであろうか。要するに、説話集とは何であったのか。

如上の問題は、説話集自体を凝視するだけでは解きえない。多方面の研究者の言に耳を傾けたいと思う。

三　何が問われていたか

右に述べた説話研究あるいは文学研究における「対象の拡大」は、その後さらに急速にかつ広範に進行していった。そのような動向に呼応し、従来の研究の整理を行うとともに新しい課題を見すえ今後の方向を指し示そうとしたのが、私もその企画編集に携わった『説話の講座1～6』（勉誠社　一九九一年～一九九三年）である。この講座は、次のように編成されている。

説話の講座1　説話とは何か
説話の講座2　説話の言説—書承・口承・媒体—
説話の講座3　説話の場
説話の講座4　説話集の世界Ⅰ—古代—

説話の講座5　説話集の世界Ⅱ―中世―
説話の講座6　説話とその周辺―物語・芸能―

これに対して、刊行途中ではあったが、益田勝実「〔書評〕勉誠社『説話の講座』第一巻・第二巻」（『説話文学研究』第二七号　一九九二年六月）が発表された。益田は、「近年の説話文学の研究成果に加えて、今回新しく持ち込まれた理論的考察が全面的に投入されている」と概評し、「説話集という文献中心、時代も中世どまり」「口誦的なものに手薄」であるとしてその偏りと限界を指摘し、批判している。もちろん説話集を中心とするこれまでの研究を相対化する視点は、右の講座の2、3、6に用意されていたし、実際その役割は果たしえたといってよい。ただ当時は、「説話集の世界」に「近世」を立てるほどには研究成果を揃えることができなかった。また顧みれば、6の「説話とその周辺―物語・芸能―」という題には、「周辺」という語に端的に示されるように、説話集中心の立場が見え隠れしている。しかも、この巻で取り扱われる物語、縁起、伝、演劇、語り物の諸ジャンルと説話との関係を正確には表現していない。

さらに期待されていたのは、「説話集の世界Ⅰ、Ⅱ」所収の諸論文が新しい研究動向を踏まえて、改めて説話集とは何であるかと問い直すことではなかったか。そして、そのことが説話とは何かという問いに一つの有力な手がかりを与えることになったのではあるまいか。「説話集の世界Ⅰ―古代―」の巻頭に置く「古代の説話と説話集」▼注(1)を執筆した私は、先の「日本の説話・説話集研究の混迷と拡散のなかから」に述べたところを要約しながら再説し、説話集が理念や世界観を表現する自立的で完結した作品でありつつ、利用の場や目的に応じて増補・抄出され、享受を通じて流動消長を常とするものであることを指摘した。そのうえで、説話集が流伝し享受される側面に注意を向けなければならないと強調したのである。

そして、説話とは何か、説話集とは何かという問いかけを意識しながら、次のように論じている。

説話はそれ自体では存立しえない。説話を他の物語と区別することができるとすれば、口頭のものであれ書かれたものであれ、それが実現される場に強く依存し従属しているという点であろう。説話は、何よりもある命題の具体的例証であり、ものやことがらの説明であり、またそのための譬喩である。

また、

説話というものは説明であり、機会を得てしかるべき場で活用すべく記憶しておくべき知識そのものであり、そこにこそ語られ筆録される意義もあった。

右は今なお修正の必要はないけれども、場において説話が具体化される相を概観し、説話の享受と生成のしくみを説明するなかであわただしく言及したものであって、説明が尽くされたとはいいがたい。

四　説話とは何か、説話集とは何か

こうして、改めて問わなくてはならない。説話とは何か、説話集とは何か。

説話集は説話を収集し記述し編纂したものであり、説話は説話集の構成単位であるとまずは言うことができるが、もちろんこれでは循環論法に陥ってしまう。また説話を多く収録している、あるいは記述内容の大半が説話であるからといって、これを説話集と呼びうるかといえば、必ずしもそうではない。

こうしたことに加えて「説話文学」という語を用いる研究者もあって、説話の概念規定はむずかしい。たとえば、『日本古典文学大辞典』(岩波書店　一九八四年)の「説話集」の項には次のような説明が与えられている。

神話・伝説・昔話・世間話・思出話・歴史話・有職話・仏教話・詩歌話・芸能話・童話その他、口承もしくは書承によって伝承されたさまざまの話を収録した書物。時としては、記録そのもの、見聞談の形をとったもの、作り物語の断片のようなものなど、「伝承されたハナシ」とは言えないようなものも例外的に含まれている。

（西尾光一執筆）

右の説明は「説話」の定義も兼ねている。このように説明を尽くそうとすればするほど、その多様性に引かれて、基本的な性格がとらえがたくなっている。また、たとえば神話、伝説、昔話に由来する「ハナシ」が説話集に採録されているとして、採録されたそれらは依然として神話や伝説や昔話そのものであるというのであろうか。あるいは、説話集に採録されていずとも、神話、伝説、昔話自体を「説話」として扱ってよいのか。『日本文学史辞典』（京都書房　一九八二年）は「説話」の項を立てて、まさしく「伝説・神話・昔話・世間話などをも含めて、事実として民間に伝承された話」（菊田茂男執筆）と説明する。西尾と菊田は、語られあるいは記述されている素材の性格から説話の概念規定を行おうとし、一方で「伝承」という特徴にも着目している。こうなると、虚構の物語（作り物語）と小説を除くすべてが説話に含まれてしまうことになる。このように日本文学の研究史が説話の用法を拡大してしまった結果とはいえ、もはや定義して使用する術語とはいいがたい状況が起きている。

しかし、解決を放棄し問題を放置しないですむ方法があるのではないだろうか。説話研究あるいはいわゆる説話文学研究が説話集の研究に始まったことを考えれば、説話の基本的性格を把握するためには、説話集とそこにおける説話に立ち返るべきであろう。

では、説話集を構成する単位としての説話はどのような性格を具えているか。多くの説話集の場合、説話のそれぞれには標題が与えられている。たとえば、

聖徳皇太子示異表縁第四　（日本霊異記上巻）

釈迦如来人界生給語第二　（今昔物語集巻第一）

なお、代表的な説話集と見なされるものの、宇治拾遺物語古写本の場合説話に標題はない。ただし、

（第七）竜門聖鹿ニ欲替事

などのように目録題をそなえ、これは後代に加えられたと見なされている。いうまでもなく宇治拾遺物語の説話は、ごく少数の例外を除き「今は昔」「昔」「これも今は昔」など始まりを表示する特徴的な句を持ち、「となん」「とか」などの結末を特徴付ける語を具えることが多いから、一説話の始まりと終わりは紛れることがない。このように決まった言葉によって枠づけられ、記述内容にもまとまりが認められる。

こうして、説話集における説話はそれぞれが独立を保っているといえる。ここから、説話集は自立する説話を編成したものと規定することができる。とすれば、たとえば古本系江談抄のような教命録や百座法談聞書抄のような説法の筆録、あるいはまた宝物集のように説話を譬喩や例証としつつ語る〈物語の場〉を本文化した〈場の物語〉[注2]、これらが多くのいわゆる「説話」を含んでいるからといって、無条件に説話集であるとは認定しがたい。

日本霊異記の説話の標題「縁」は、経、論あるいは伝記などの中国仏教書に倣って用いられているのであって、首尾をそなえたできごとの顚末を把握する機能を持つ。[注3]すなわち人が前の世（生）にある行いをし、後の世（生）にその報いが結果するという因果の関係性を捉える言葉である。日本霊異記の場合、題号に沿ってとりわけ報いのすみやかさ、「現報」の確かさを強調するものとなっている。一、二を読み下して示せば、

亀の命を購ひ生を放ちて現報を得亀に助けらるる縁第七　（上巻）

幼き時より網を用ゐ魚を捕りて現に悪しき報を得る縁第十一　（上巻）

標題を結ぶ「縁」という語が因と果の関係性を説明している。新日本古典文学大系は、寛文版日本書紀の訓にならってこの文字に「ことのもと」と訓を施す。「ことのもと」と読みうる文字列は日本霊異記本文にもあって、「名為雷岡語本是也」（上巻第一縁）の「語本」である。起源、由来を説明する古伝承と理解される。日本霊異記標題の「縁」を「ことのもと」と読みうるからといって、しかし日本霊異記の諸説話がすべて起源譚、由来譚であるとい

うわけではない。むしろ大半がそうではない。なお、色葉字類抄に「本縁　コトノモト」とあり、「本縁」という語は経論に用いられ、因果応報の理に基づき現在の果を引き起こした原因と経緯を指す。これらによって、「縁」は「ことのもと」あるいは「こと」という和語に相当すると見なされる。

一方、今昔物語集が説話の標題を結ぶ「語」の読みは、日本古典文学大系『今昔物語集一』補注一によって説かれ、確定したところであるが、「こと」である。このほか、打聞集の目録、梅沢本古本説話集の目録、私聚百因縁集の目録と標題、三国伝記の目録と標題など、多くの説話集が個々の説話を「事」として表示している。

これらを通じて、説話集を構成する説話は「こと」と把握され、「こと」として提示されているということができる。よく知られているように「言」と「事」とはともに「こと」と読まれ、それは古代日本における事柄と言葉の未分化な状態を表している。今昔物語集がことさら「語」字を用いたのは、すべての説話に、

今昔…トナム語リ伝ヘタルトヤ

のように、冒頭と末尾に定型的な句を置いて、それが本来は語り伝えられるものであったと、ある種の〈物語の場〉を装っていることと対応するものであろう。▼注(4)

しかし、今昔物語集は編者によって統括されつつ書かれ、編まれた説話集である。説話のそれぞれに標題が付与され、「天竺付仏後」「震旦付国史」「本朝付霊鬼」など特定の主題を持つ巻のしかるべき位置に置かれている。つまり、そこにおける説話は単に気ままに語られたものではなく、また単に語り手の意志と聞き手の関心との相互の働きかけ合いによって展開する〈物語の場〉とも異なり、標題の言葉によって概括され、内容上のまとまりを有し一定の意味を表し、集において必要な機能を果たすよう限定を加えられた存在であった。言い換えれば、説話は何らかの命題に沿って提示されるものであった。説話を「こと」として把握するのは、説話がそのようにはたらく前提である。語られるものが、あるいは語るように書かれたものがどのような「こと」であるのか、つまりどのよう

な意味内容を持っているのか、それが明示的であることが説話集における説話としての条件である。

説話が「こと」として把握され提示されるとはそのようなことであった。藤井貞和は、古い文献の精査に基づき、「こと」の「事」「言」未分化の様相を検討したうえで、「説話内容をあるまとまりとしてあらわす場合にコトと称した傾向がある」と指摘する。▼注(5) 大野晋編『古典基礎語辞典』（角川学芸出版　二〇一一年）によれば、「こと」の語義の一つとして「人間のすることの結果として生じる、事件・出来事・変事」を挙げる。「こと」としての説話は、こうして人間あるいはそれ相当の存在の行為とその結果について言語をもって表現し、まとまりを与えたものと規定することができる。

五　説話集の言語行為

前節に示した説話の概念は抽象的に過ぎるかもしれない。これを具体例に即して述べる。

今昔物語集巻第一第一～第八には釈迦の成道と初転法輪の説話が配列されている。説話の標題を以下に掲げる。

釈迦如来人界宿給語第一
釈迦如来人界生給語第二
悉達太子在城受楽語第三
悉達太子出城入山語第四
悉達太子於山苦行語第五
菩薩降伏天魔語第六
菩薩於樹下成道語第七

釈迦為五比丘説法語第八

見る通り、これらは時間軸に沿って配置され釈迦伝の一部を構成している。今昔物語集はこれらの説話を梁の僧祐の撰述した釈迦譜に基づいているとされる。▼注(6) ただし、右八説話が釈迦譜の記事や編成と一対一的に対応するわけではなく、今昔物語集は釈迦譜巻第一～四から記事を翻訳し摘記しつつ、右の第一～八に区分し、分節されたそれぞれに標題を付したのである。たとえば「釈迦如来人界宿給語第一」は、兜率天にある釈迦菩薩が閻浮提に下生することを思い定めて、摩耶夫人の胎内に宿り、その夜夫人の見た夢を浄飯王が婆羅門に占わせ、仏あるいは転輪聖王の誕生が予言されたという内容をそなえる。これらを一説話として括り「釈迦如来、人界に宿り給ふ」「こと」としてまとまりを与えたのであった。すなわち、今昔物語集は釈迦譜を資料として釈迦伝の記事を分割し抄出し、翻訳したそれぞれに標題を付し、それを独立した説話として提示したと言い換えることができる。このような営為を説話行為と呼ぶこととする。

説話は抄出ばかりによってできあがるのではない。他の説話集からそのまま説話を転載することもあれば、複数資料を接合したり融合したりして一説話として構成することもある。

たとえば、今昔物語集巻第十一「行基菩薩、学仏法、導人語第二」は、複数資料を組み合わせて一説話を構成している。この説話は〔1〕行基の誕生、〔2〕幼童の時の奇瑞、〔3〕出家、〔4〕諸国修行中の奇瑞と天皇の帰依、〔5〕智光の嫉妬、冥界での受苦と蘇生、〔6〕智光の謝罪、〔7〕前生の行基は長者の姫として真福田丸（智光）を教化、〔8〕少僧行基、智光と論議、〔9〕行基が四十九院を建立、道や橋を建造、という九段から成る。これらのうち〔1〕～〔6〕および〔9〕は主として日本往生極楽記第二の前半あるいは本朝法華験記（大日本国法華経験記）第二の前半に基づき、〔4〕の一部には三宝絵中巻第三を用い、〔7〕〔8〕は直接の典拠は知りがたい。日本往生極楽記、本朝法華験記、三宝絵には、東大寺の大仏供養に際し、行基が天竺の婆羅門僧正を難波に迎えたという記事が含まれるが、今昔物語集はこれを独立させて、巻第十一「婆羅門僧正、為値行基、従天竺来朝語第七」に置く。これらの操作により、巻第十一第二は行基の教化と多くの人の帰依というところに主題を収斂させて提示されていることが知られる。こうして、説話行為とは依拠資料の享受と新しい説話の形成とが同時的に営まれる過程としてとらえることができる。

一方、巻第十一第七は、行基伝の一部を単に独立させただけでなく、叙述内容を大きくは変えることなく、「行基が婆羅門僧正を迎えた」こと（説話）から「婆羅門僧正が日本に渡来した」こと（説話）に転換した。さらに別の資料によって、婆羅門僧正が文殊菩薩との値遇を求めて震旦の五台山を経て本朝に至ったという経緯を書き加えて、渡来説話としての性格を強調している。こうして、合成、接合、分割、抄出などの操作によって成立した説話は新たな主題を獲得し、それが配置される説話集のなかで機能することになる。

ただし、特定の文脈に置くために整形され、あるいは特定の文脈に置かれることによって意味と機能が変化流動するという、説話のこのようなありかたは、説話集編纂の際にばかり生起するのではない。たとえば、行基が婆羅門僧正を迎え、二人が歌を交わす説話は、歌学書にも載る。俊頼髄脳には、「おほよそ歌は、神・仏・みかど・きさきよりはじめたてまつりて、あやしの山賤にいたるまで、その心あるものは、皆詠まざるものなし」として、帝、后の詠歌に続けて提示される。菩薩もまた歌を詠むことの実例として機能することになる。古来風体抄にも、詠歌の歴史を神代からたどるなかに置かれる。古事談第三「僧行」に引かれたものは、「昔、東大寺の開眼導師は」と始まり、聖武天皇の東大寺建立発願のことがそなわるから、東大寺大仏の創建譚の一こまとして機能していると見なされる。

このような様相は、また書かれた説話にのみ見られるのではない。右の「文脈」を「場」という語に置き換えるなら、〈物語の場〉において、すなわち説法の場、漢詩文講釈の場、日本紀（史書）講釈の場、有職故実伝授の場、歌学教授の場などさまざまの場（機会）において、語り手が語る物語（の一部）としての説話もまた意味を実現し、場に規定されつつ機能するといえる。▼注(7)

いま百座法談聞書抄の読解に基づき説法の座における説話の機能を数え上げると、〔一〕イハレ（因縁）、〔二〕タトヒ（譬喩）、〔三〕例証の三種に分けられ、例証はさらに〔a〕証（証拠）と〔b〕例（ためし）に区分することもできる。この分類は、説話を多数用いて仏法について平易に説き聞かせる〈場の物語〉を作品内に構成する宝物集の叙述方法とも対応する。

こうして、説話とは何らかの命題を平易かつ具体的かつ親しみやすく説くために用いられるものである。したがって、説話集とはそのように機能させて利用しうる説話を集成したものであり、閲読と検索に便あるかたちに編成したものである。たとえば、私聚百因縁集、名大本百因縁集、因縁抄（西教寺蔵）など「因縁」の語を題に持つ説話集がある。これらは、説法の場においてあるいは著述に当たり因縁等に使用するにふさわしい説話を集成したものであった。また、書名の「現報善悪霊異」「地蔵菩薩霊験」「法華経験」などの語に、その説話集の利用法が示される。

さらに、説話集によっては単に命題の説示に用いるべき説話を集めただけでなく、その配列編成を通じて何らかの理念を表現することもできる。たとえば今昔物語集にあっては、右に見た通り釈迦譜を資料として成立した諸説話が、釈迦の生涯に沿って配列され、釈迦成道譚群を構成し釈迦伝に参与している。たとえばまた、巻第十一第二における行基の教化、第七の婆羅門僧正の来朝を語る説話は、巻第十一「聖徳太子、於此朝、始弘仏法語第一」に始まる本朝仏法史を構成すべく創始、伝来の事例としての機能を果たすことになる。このように自立的な説話を選択し配置し、それぞれの説話を機能させ説話同士に連関を与え、説話群にまとまりを付与する営為を編纂行為と呼ぶ。▼注(8) 説話集は、このようにして生成する。

以上を経て、改めて説話とは何かという問いに答えることができる。説話は言語行為を通じてまとまりを持った意味内容（主題）を実現し、「こと」として把握されて、説話集その他のテキストのしかるべき位置に配置され、あるいは〈物語の場〉に持ち込まれる。そのことによって、説話群という環境において他の説話と干渉しあい、あるいは〈物語の場〉において他の言説と交渉して機能する。説話は、こうして〈物語の場〉あるいは〈場の物語〉あるいは説話集その他のテキストのなかで機能すべく提示される存在、言語表現としての「こと」である。

こうした観点に立つならば、説話は歴史物語、軍記物語、御伽草子などの物語、さらには教訓書、注釈書等の種々の作品の一部に用いられていることが観察され、それらがそれぞれの場＝文脈において機能している様相も同様に把捉できるであろう。

六　説話集の享受と生成の場

説話集は一旦成立し、書写され、読まれるにとどまらない。抄出され、増補され、あるいは他の説話集に引用されて新しい説話集の編纂に関与する。そして、こうした享受は説話集のジャンルの内部で完結するのでもない。たとえば三宝絵が、本朝法華験記、今昔物語集、私聚百因縁集の編纂にあたり重要な資料となったことはよく知られている。説話集のほかに栄花物語、扶桑略記、宝物集、和歌童蒙抄、袖中抄などの史書、仏教書、歌学書と多様な著述に引用されている。▼注（9）それは、三宝絵がすぐれた仏教入門書であり、信頼の置ける内容を具えていたからである。三宝絵は被引用の状況からみて、平安時代から鎌倉時代まで特によく利用されたと見られる。つまり、三宝絵は一〇世紀末に成立して、それで役割を終えたわけではない。また、源為憲によって尊子内親王のために作成されたことだけが重要なのではない。

説話集には、それがどのような場でどのように利用されたか、随所にその痕跡が残されている。たとえば、本朝法華験記の写本と版本にあっては、各説話に標題が付けられ、各巻にその目録がそなわる。それらは成立時のものと見なされるが、標題あるいは目録にしばしば字句が書き添えられる。すなわち高野山宝寿院本の目録には、

第六西塔平等房延昌僧正　〔謚　慈念大師〕
第七無空律師〔依天井銭成小蛇〕〔載往生記〕
第八出羽国龍花寺妙達和尚〔至閻王广蒙閻王語云日本衆生ヲ悪ヲ誡勧善事〕

のように、それぞれ〔　〕内の文字を目録題に傍書する。彰考館本の標題には、

第七　無空律師〔依法華経書写改蛇身事依銭貨受蛇身事〕
第八　出羽国龍華寺妙達和尚〔依閻王請行向冥途事〕
第九　奈智山応照法師〔薬王品供養焼身事〕

のように〔　〕内の文字を注記する。これらの傍書、注記は人名を基本とする標題と目録だけでは説話内容が読み取りにくいところから、容易に説話を検索できるよう書き加えられたものと認められる。その際に説話内容を示しこれを括る言葉としてしばしば「事」が用いられるのは注目される。人間あるいはそれ相当の存在の行為とその結果とに注目してそれを「こと」として把握し直した、つまり説話として認定し、提示したということである。これらをある命題の、たとえば閻魔王による衆生勧善の例証、法華経書写の功徳の例証、法華経薬王品の例証として用いることが可能であり、適当であることを示しているといえる。説話をそのように利用する場で、たとえば著述の機会に、たとえば説法の機会に本朝法華験記が用いられたということにほかならない。

説話集は、利用目的に沿ってさらに強い働きかけを受けることがある。たとえば、抄出本、改編本の作成である。真福寺文庫本日本法華験記は、本朝法華験記から二十四条の説話を抜き出した本であるが、法華経観世音菩薩

普門品または観音信仰に関する説話が特に撰ばれて抄出され、そこに作成の意図が見て取れる。また、醍醐寺蔵本探要法華験記は、本朝法華験記と法華伝記（唐・僧詳撰）とを主たる資料として編まれているが、天竺、震旦、本朝の三国にわたる簡便な法華験記を作成しようとしたものである。これを本朝法華験記に即して言えば、新しい法華験記のために解体され吸収されたことになる。あるいはまた、打聞集は二十七条の小さな仏教説話集であるが、ある仮名書きの説話集から説話を抄出して成立したと見られ、その親本は宇治大納言物語またはそれ相当の説話集であったと見なされる。この場合は、抄出の営為自体が新しい仏教説話集の編纂にほかならなかった。

説話集はまた他の説話集と相互に関わりをもちながら享受される。たとえば、日本霊異記の建保二（一二一四）年の奥書を有する金剛三昧院本は、国会図書館蔵の模本によれば、三巻を具えるものの原態を損ねている。それは、日本霊異記のなかに類話があること、三宝絵に引用されていることを理由に、相当の説話が省略されているからである。日本霊異記としての資料的価値は他の本に比して格段に劣るけれども、説話集というものの利用の実態を示す点で重要である。すなわち、この本を書写あるいは使用する場には三宝絵がそなえられていたということ、漢文の日本霊異記に比べて仮名書きの三宝絵が利用しやすいと感ずる人に合わせて作成されたということが示されている。

説話集の様態は、その享受の環境を反映するとともに、それがどのように用いられていたかを示す。このように説話集は単独で享受されるのではなく、環境にふさわしい形を得るばかりでなく、また他の説話集の環境の一部ともなる。説話集の生成する相である。

説話集は、このように説話が活きて働く場において扱われなければならない。また説話集の様態を観察することは、説話の生きて働く場とそこで働く説話の姿を捉えることでもある。

【注】

（1）本書第一章1古代の説話と説話集。

（2）森正人『場の物語論』（若草書房　二〇一二年）Ⅰ1〈物語の場〉と〈場の物語〉序説。

（3）本書第二章2日本霊異記の説話と表現―因縁の時空―。

（4）前掲『場の物語論』Ⅶ今昔物語集の言語行為再説―編纂・説話・表現。

（5）藤井貞和『物語文学成立史　フルコト・カタリ・モノガタリ』（東京大学出版会　一九八七年）第一編フルコト　第一章コトの世界。

（6）本田義憲「今昔物語集仏伝の研究」（『叙説』第一〇号　一九八五年三月）ほか、本田の一連の論文。

（7）森正人『場の物語論』Ⅰ2巡の物語の場と物語本文、Ⅵ2説話の意味と機能―百座法談聞書抄考―。

（8）今昔物語集のこうした営為については、森正人『今昔物語集の生成』（和泉書院　一九八六年）Ⅳ1編纂・説話・表現、森正人『場の物語論』（若草書房　二〇一二年）。

（9）山田孝雄『三宝絵略注』（宝文館　一九五一年）、小泉弘・高橋伸幸『諸本対照三宝絵集成』（笠間書院　一九八〇年）、新日本古典文学大系『三宝絵　注好選』（岩波書店　一九九七年）参照。

第一章●説話と説話集

1　古代の説話と説話集

一　はじめに

説話、説話集、説話文学とは、近代の日本文学研究がその対象を拡大していくなかで、それまでさまざまの領域に分属させられていた、あるいは文学の埒外に置かれて確かな位置を与えられていなかった諸作品を整理統合するために、新しく必要とされるようになった術語でありながら、明確な概念規定がなされていない。もちろん、説話文学ないし説話集というジャンルあるいはジャンル意識を文学史のなかに確認して、対象を明確にし、研究方法を確立しようとする努力が続けられてきた。ところが、研究対象の拡大と、それに伴う方法の多様化が現在急速に進んでいる。しかし、これは、厳密には、方法の深化が対象の拡大をもたらしたというべきで、新しい方法こそが、従来顧みられることのなった資料を必要とするようになったのである。したがって、一見混迷に陥っているかにみえる研究の現状は、むしろ可能性とみなすべきであろう。

ひるがえって考えるに、説話あるいは説話集を文学研究の対象として選択すること自体、近代の文学観が作り出した作家あるいは作品という概念、そしてそれに依拠してきた文学史の枠組みと研究方法に、問い直しを迫るものではなかったか。つまり、類型的で非創造的で、したがって基本的に特定の個人つまり作家に帰属しない説話の研究こそ、近代の文学観およびそれに立脚している研究の根拠に対して、反省と批判を内在させていたはずである。

そこまで問題を拡げずとも、説話集をいわば完結した作品世界とみなし、もっぱらそこに作家としての編者像を描き出したり、その思想や世界観や表現に独自性を見出そうという視点と方法は、従来の文学研究の方法と枠組みを補完するものではあっても、枠組みそのものの検証を果たしえない。もちろん、個々の説話集の編纂目的とそれを要請する時代と環境とに規定された説話集の組織や表現に、個性というべきものは明瞭に観察することができる。しかし、依然として説話はほとんど既知のもの、あるいは類型的なものであり、教訓、信仰の醸成、知識の整理や授受など現実的な目的や効用と結びついている。したがって、表現も作者ではなく、説話を実現する場に左右される。しかも、説話集は、しばしば先行する別の説話集に作用され規定されて編纂され、またしばしば別の説話を転載したりする。そして、それらは転写され印行されて読み継がれ利用されるばかりでなく、利用する場や目的に応じて増補、抄出などさまざまに体系を組み替えられもする。説話集が先行する説話と説話集の享受を通して成立し、流動消長を常とするものであるとすれば、それが流伝し享受される側面にいっそう注意を向けなければならない。

二　説話の場

多くの説話集が、採録した説話は口頭言語の世界から汲み上げたものであることを標榜する。

聊注二側聞一。／我従レ所レ聞、選二口伝一、儻二善悪一、録二霊奇一。（日本霊異記巻上序／同巻下第三十九縁末尾）

乃都鄙遠近。緇素貴賤。粗緝見聞録為三巻。（本朝法華験記序）

此ニヨリ、短心《ミヂカキコヽロ》ヲ顧テ、殊更ニ深法《フカキミノリ》ヲ求メズ。ハカナク見事《ミルコト》、聞事《キクコト》ヲ註《シルシ》アツメツヽ、シノビニ座ノ右ニヲケル事アリ。（中略）唯我国ノ人ノ耳近《ミヽチカキ》ヲ先トシテ、承ハル言ノ葉ヲノミ記ス。（発心集序）

このことは、個々の説話の叙述様式についても確かめることができる。たとえば、「今昔〜トナム語リ伝ヘタルトヤ」などの冒頭末尾の形式句を具えているのは、物語一般についていえることではあるものの、それが本来口頭の伝承であって、文字化され書物に収められたものは二次的な形態にすぎないという、説話集編者たちの意識を示している。こうして、説話が本来口頭言語の領域に属していた、あるいは口頭言語の世界を目指して書かれているという点に注目するとき、おのずと、説話を〈語り―聞く〉関係が成立する場の問題に導かれることになる。

説話はそれ自体では成立しえない。説話を他の物語と区別することができるとすれば、口頭のものであれ書かれたものであれ、それが実現される場に強く依存し従属しているという点であろう。説話は、何よりもある命題の具体的例証であり、ものやことがらの説明であり、またそのための譬喩である。

百座法談聞書抄は、ある内親王の発願によって、天仁三（一一一〇）年二月から三百日にわたって、阿弥陀経と般若心経とを添えて、日毎に法華経一品が講ぜられた説経の聞書である。法座では経典の心（趣意）や字句などを解釈し敷衍するのであるが、講師たちは、聴聞の人々の理解に資すべくまた強い関心を喚起すべく、いわゆる説話を多く織り込んで説いている。その説話利用の巧みさは、〈語り―聞く〉場における説話の姿をよく示している。

たとえば、三月八日、香雲房による法師品の説法。

ⓐ此品〔ノ〕心ハ仏ノ〔御〕コロモヲモテ持経者ヲナナムハムキ給トノタマヘル品也。

ⓑバシ仙が、ある者に自分の衣を摑まえさせてケムダラから都への百里の道を瞬時に移動させたこと。

ⓒ西王母が、衣によってシバセム一家の病を癒したこと。

ⓓタヾ仙人ナドノ衣ダニカ、ルコト昔モナムアル。

ⓔマシテ如来ノ六度万行ノ糸スヂシテヲリ給ヘル慈悲忍辱ノ衣ニハムカレナム人ハ悪業煩悩ノ病モスナハチノゾカリ菩提彼ノ岸《キシ》ニモハヤクイタリタマハム〔コ〕ト、疑モナキコトナリ。

ⓕ空也聖人が、長年法華経を誦み染めた衣を与えて、煩悩に苦しむ松尾明神を救済したこと。

ⓖ何況ヤ書写供養ノ御チカラニ仏ノ御ハグ、マレ〔 〕マツラセ給ナバ悪業スナハチノゾカリ御シヌラム。


まずⓐに法華経法師品の心を説く。「如来則為、以レ衣覆レ之、又為三他方現在諸仏之所二護念一」、「如来衣者、柔和忍辱心是」などの経文と対応する。ⓑⓒには、天竺と震旦の仙人の衣の価値が説話をもって具体的に説かれ、ⓓにそのことが確認強調されている。ただし、ⓑⓒはⓐの主題を直接支えるわけではない。仙人の衣の価値という意味を実現し、そこから仏の衣のいっそう大きな価値を類推させるのであって、つまり仏の衣の徳の比況として機能していることがわかる。ⓑⓒの説話をそのように機能させるのは、ⓑ→ⓒ→ⓕという配置と、ⓔの言説である。このように、説話は単に意味を実現して終わるのではなく、場において、つまり別の説話や他の言説と相互に関連することを通して機能するのである。

一方、ⓕは法華経を誦み染めた衣の価値という意味を実現し、そのことをもってⓐⓔに説かれる衣の価値の例証として機能する。ⓕは、いま一つの機能をもつ。ⓖの結びに、てずから法華経を書写供養する願主内親王の修善を讃えるが、それはⓕの経を誦み染めた衣を与えられただけの松尾明神の救済と対照されている。つまり、ⓕの説話は経典書写の比況としても機能していたことになる。

香雲房は、ここに三つの説話を提示した。それらはいずれも衣を素材とし、かつ仙人の衣から仏の衣へと発展を用意し、それぞれ天竺、震旦、本朝と三国に舞台を移して、類同と差異を巧みに組み合わせて配置する。こうした

語り方は、説法の方法の一つであったらしく、言泉集などの唱導資料や宝物集に随所に見られる。▼注(1)

口頭の説話の具体相は、教命の聞き書きを通しても観察することができる。江談抄（大江匡房談、藤原実兼筆録）、中外抄（藤原忠実談、中原師元筆録）、富家語（藤原忠実談、高階仲行筆録）の語り手たちは、詩文や有識故実に多くの知識を有する老練である。

江談抄の場合、匡房が「史書全経之秘説、徒ニテ欲レ滅也。無二委授之人一。貴下ニ少々欲二語申一」（神田本第三十八）と語りかけていることから知られるように、そこは学問伝授の場であった。同時に、興に乗る語り手が聞き手の反応をうかがいながら、自由に話題を展開させていく場でもあって、それは、中外抄、富家語にも観察される。▼注(2)しかし、何が何のためにどのように筆録されるかというところに立ち戻ってみると、筆録が談話をそのまま再現しているとみるのは早計である。たとえば、中外抄には、「雑事《ざふじ》を仰せらるる次《ついで》に、仰せて云はく」（久安四年七月一日）などの句が散見する。始めに雑事が語られ、それを「次」＝契機として筆録に値することがらが語り出されたという。それを雑事と呼んで筆録しなかったところに、聞き手の価値判断に基づく選択の意識が明瞭である。また、「宇治小松殿において、内大臣殿に見参す。文事を仰せらる。漢家なれば、注さず。その次《ついで》に、仰せられて云はく」（久安四年八月二十四日）と、文事を記さなかったのは、師元の求めていた知識ではなかったからである。説話というものは説明であり、機会を得てしかるべき場で活用すべく記憶しておく知識そのものであり、そこにこそ語られ筆録される意義もあった。

実際、天仁の説法で語られた説話は、百座法談聞書抄に書き留められて終わったのではなく、探要法華験記、発心集の編纂に利用され、ふたたび説話集に還流していった。▼注(3)また、江談抄は、もともと語りの順を逐っての記録であったが、後に部類されて類聚本が作られた。それは知識を体系化し、利用に便ならしめるためである。説話の利用の実態ばかりでなく、〈語り―聞く〉場と説話集の交渉の姿を具体的に示す資料である。

三　伝記・類書・幼学書

仏法が伝来した時、中国、朝鮮半島からもたらされたのは、仏像や経ばかりではなかった。中国には、因果応報や仏教霊験の具体的な例を示して仏法を平易に説く〈伝記〉と称せられる書物が多数編まれていた。民間布教とかかわる場で生まれ、利用されたとおぼしい。それらが、日本でも説法に利用されたことは、百座法談聞書抄などによって知られる。その〈伝記〉は、今日われわれが仏教説話集と呼んでいる諸作品をほぼ包含している。

いま、その一部を『一誠堂古書目録』第六十四号所掲の写真によってうかがい知る逸名書籍目録[注(4)]に、「伝記　仏法」と立項し、三宝感応要略録など中国撰述の霊験記のほか、三宝絵、法華験記（右肩に「本朝」）など、既知のあるいは初めてその名を聞く和漢の説話集その他が列挙されている。説話集を含むこの類の書物を「伝記」と呼ぶのは、右の書籍目録に限らない。

①伏願。顧二彼遺命一。愍二此遠渉一。三教之中。経・律・論・疏・傳記。[注(5)]乃至詩・賦・碑・銘。卜・醫・五明。所攝之教。可二以發レ蒙濟一レ物者。多少流二傳遠方一。

［伏して願はくは、彼の遺命《ゐめい》を顧《かへり》みて、此の遠渉《ゑんせふ》を愍《あはれ》みて、三教《さんがう》之の中《うち》の経・律・論・疏《しょ》・傳記。乃至《ないし》詩・賦・碑・銘・卜・醫・五明所攝《ごみやうしよせふ》の教《をしへ》の、蒙《ばう》を發《ひら》き、物を濟《すく》ふべき者《もの》、多少遠方《そこばくゑんばう》に流傳《るでん》したまへ。］

（遍照発揮性霊集巻第五　請越州節度使求内外経書啓）

②纔見二数家之伝記一。五台山者。文殊化現之地也。

（朝野群載巻第二十　請特蒙天裁、給官符於本府、随大宋国商客帰郷、巡礼五台山幷諸聖跡等状）

③是かすかなる伝記にあらず、たしかの経の文なり。

（宝物集巻第三）

④或伝記《デンキ》ニ云　（発心集第七―四。三宝感応要略録巻中第七十に同話あり）

⑤西域慈恩等ノ伝記ニヨリテ処々ノ遺跡ヲ検ヘ　（高山寺明恵上人行状〈仮名行状〉上）

挙例は右にとどめるが、「伝記」がいわゆるバイオグラフィー（それは「伝」と呼ばれる）でなく、経、律、論、疏の周縁に位置しそれらを補助するところの、仏教に関する歴史や感応などの事実を記した書を指すことは明らかであろう。

日本最初の仏教説話集、日本国現報善悪霊異記（以下は略称を用いる）は、「昔漢地《からくに》に冥報《みやうほう》記《き》を造り、大唐国に般若験《はんにやげむ》記《き》を作る。何すれぞただし他国《ひとくに》の伝録《でんろく》に慎みて、自《わ》が土《くに》の奇《あや》しき事を信《うやまひ》恐《おそ》りざらむ」（上巻序文）と述べる通り、中国の伝記に触発され倣って編まれたのであった。

実際、日本霊異記は経典、海彼の伝記の類に載る説話にきわめてよく似た説話を含んでいる。たとえば、

伊賀の国山田郡の高橋東人は、亡母のために法華経供養を営むべく、酒に酔って路傍に伏していた乞食を請じた。乞食のその夜の夢に雌牛が現れ、自分は前世に家主の母であったが、子の物を勝手に用いたために牛の身を受けて償っていると語った。次の日、乞食は夢の次第を説き、座を設けて牛を呼ぶとその座に着き、母の後身であることが確かめられた。　（巻中第十五縁）

このように、牛となって前世の債を償う説話は霊異記に少なくない（特に上巻第十縁はこれに酷似する）。そして、冥報記巻下第十、十四などによく似た説話が載る。また、日本霊異記にはしばしば、日本の説話に続けてそれにかかわる経典や海彼の説話が要約引用されていて、そのなかに、

所以出曜経云、負㆓他一銭塩債㆒故、堕㆑牛負㆑塩所㆑駆、以償㆓主力㆒者、其斯謂之矣。　（巻中第三十縁）

という引用もある。日本霊異記の説話はこれらの翻案―ただし直接景戒の手になるのではなく、一旦布教の場をくぐりぬけているであろう―であり、かつ説話の末尾に天竺、唐土の類例を引用することによって、因果応報の理の

普遍性を確かめているのである。

中国では、日本霊異記が言及する般若験記のほかにも、弘賛法華伝（唐・恵祥）、法華伝記（唐・僧詳）、華厳経伝記（唐・法蔵）など、特定の経典と仏菩薩に関する霊験記が撰述されている。日本でも、大日本国法華経験記（薬恒撰、伝存せず）、地蔵菩薩霊験記（実睿撰）、本朝法華験記（鎮源撰）、探要法華験記（源西撰）などが編まれた。これらのうち、地蔵菩薩霊験記は、後世に漢文体から漢字片仮名文に改められた本と改編増補された本しか伝存せず、本朝法華験記には抄出本もあり、探要法華験記は、唐の法華伝記と本朝法華験記からの抄出を中心にして再編したものである。

一方、多くの帰依者を集めようと、寺院ではそれぞれの縁起とともに本尊の霊験を語り広めた様子がうかがえる。今昔物語集、梅沢本古本説話集などに、物詣での盛んであった寺院の霊験譚が多く収められているのは、その余波であろう。長谷寺験記、石山寺縁起など、それらが集成されるのは鎌倉時代に入ってからであるが、はやく院政期に信貴山縁起絵巻のような絵巻も作られた。

日本霊異記・中巻第十五縁の、高橋東人が請じた乞食は酒に酔って心ならずも僧形になっていた者であった。霊異記の主眼はそこにはないけれども、この設定は、ただちに三宝絵序に「一日一夜ノ出家ノ功徳」の例証として引かれる、

婆羅門暫程《しばしのほど》酔《ゑひ》テ僧形《そうのかたち》ニ成《なりし》カバ、此故《このゆゑ》ニ後ニ法ヲ聞キ。蓮花色《れんぐゑしき》ガ戯《たはぶれ》ニ尼ノ衣ヲ服《き》ケルハ、其力ニ今仏ニ奉遇《あひたてまつ》レリ。

という事例を想起させるであろう。三宝絵が、若くして出家したばかりの内親王のために書かれた仏教入門書であることを考えれば、このような簡単な記述からでも容易にその語るところを了解しうるほど、あまねく知られていたのであろう。この説話を簡略に引用する書は多い。

婆羅門、酒にゑひて僧の〔まねを〕したりし、をはりに仏を見たてまつる事ありき。蓮花女が、たはぶれに尼の袈裟をきたりしゆゑに〔のりを〕きく事をえたりき。（宝物集巻第四）

佛在《シカ》二祇洹一有《テ》二一酔婆羅門一来二到《シテ》仏所《ニ》一求《ム》レ作《ムコトヲ》二比丘《ト》一仏勅《シテ》二阿難《ニ》一與剃レ頭着《ヲセシム》二法衣一。酔酒既醒《ニテ》驚三怪《シテ》己《カ》身忽為《ルコトヲ》二比丘《ト》一、即便走去《リヌ》。諸比丘問《ツル》二仏《ニ》一何《ヲ》以《カ》聴《ユルシテ》此《ノ》酔婆羅門《ヲ》一作《ル》二比丘《ト》一仏《ノ》言《ク》、此《ノ》婆羅門無量《ノ》中《ニ》初《ヨリ》無《シ》二出家《ノ》心一今因《ルカ》レ酔故《ニ》発《ス》二微心《ヲ》一以《ノ》一是因縁一故《ニ》、當《ニ》二出家得道《ス》一。（言泉集　三帖之二「出家功徳経文等／…／…」）▼注(6)

この説話は大智度論に出典をもつが、法苑珠林巻第二十二（諸経要集巻第四にも）に引用されており、三宝絵や言泉集はそれに拠ったとみられる。

これにかぎらず、源為憲は三宝絵に多数の経論を引用しているが、必ずしも直接その経論に拠ったのではなく、法苑珠林を利用したらしい。法苑珠林は、種々の経論と引証としての〈伝記〉とを綱目別に百巻に部類した大部の書である。詩文の制作にたずさわる者が類書を利用したように、仏者にとっても著述あるいは説法のために、経論の要文集や仏教類書は有用であった。日本霊異記に引用されている経論についても、当然類書の利用が想定される。また、かつては経律異相や法苑珠林が今昔物語集の主要な依拠資料として考えられていたけれども、厳密な出典考証は、それらが直接の依拠資料ではないことを明らかにしてきている。それはその通りであるが、両書を対照すると、今昔物語集は法苑珠林から間接的に説話を得ていることもまた確実である。その法苑珠林が今昔物語集に流入してきた経路の一つが、注好選であった。▼注(8)

注好選は、序文によれば、

〔一〕惟末代学士未必《モ》習本文。因茲纔雖学文《ト》書難識《リ》本義《ヲ》。譬《ハ》如田夫《ノ》作苗《ヲ》、不作穂《ホヲ》。惟只《タヽ》竭《ツクシテ》力《ヲノミ》、是有《ンヤ》何益《カ》者《レハ》、粗注之譲《ル》小童《ニ》云、。〔二〕惟《おも》みれば、末代の学士未《いま》だ必ずしも本文を習はず。茲《これ》に因《よ》りて、纔かに文書を学ぶと雖《いへど》も、本義を識《し》り難し。譬へば、田夫の苗を作りて穂を作らざるが如し。惟《これ》只力をのみ竭《つく》して、是れ何の益か有らんや、者《てへ》れば、粗之を注して小童に譲ると云々。」と、幼童のための書であった。「禹王第十四」「高鳳流麦第三十二」「須達詣市売升第十二」など、人名あるいは説話の要を示す字句をもって標題とするのは、蒙求や琱玉集に倣ったものであろう。漢籍からも仏書からも、説話が引用されている（典拠の明らかでないものも多い）。説話は知識であり注釈であり、知識は説話をもって学ばれていたのである。これは、今昔物語集の主要な資料の一つと認められるようになった。また、中世には、私聚百因縁集のような説話集のほか仏典注釈、その他諸書に引用され、唱導資料としても利用価値が高かったらしい。▼注(9)

四　書写・抄出・改編

日本霊異記は平安時代初期に成立した。それは、まさにそうであったことが必然の一つの文学史的事実であるということができる。しかし、日本霊異記が投げかける文学史的意義はそれにとどまらない。なぜならば、第一にまもなく日本感霊録という類作の成立を促したとみられる。第二に、三宝絵、今昔物語集などの後代の説話集編纂資料として用いられ、またその説話は三宝絵を経由して本朝法華験記にも流れ込んだ。第三に、言泉集にも引用があり、唱導資料として用いられたことが知られる。日本霊異記は、このようなかたちで平安時代を通じて書写され読み継がれてきたのである。

日本霊異記の諸伝本は五系統の写本が伝わり、次のような利用状況の跡を残している。

①興福寺本―延喜四（九〇四）年奥書、書写はそれよりやや後、上巻のみ存。
②真福寺本―院政期末〜鎌倉時代初写、中・下巻存。
③来迎院本―院政期末か、中・下巻存。

④前田家本―嘉禎二（一二三六）年奥書、下巻のみ存。
⑤金剛三昧院本―建保二（一二一四）年奥書、上・中・下巻存、祖本所在不明、模本あり。
江戸時代の転写本を別にすれば、平安、鎌倉時代に書写されたものばかりである。この状況は、日本霊異記が平安、鎌倉時代にかなり広く流布し、南北朝以降に享受される機会の少なかったことを物語るものである。[注(10)]

右のうち、⑤金剛三昧院本（国会図書館蔵の模本が用いられる）は、三巻を具えるものの、日本霊異記のなかに類話があること、また三宝絵に引用されていることを理由に、題のみ掲げて説話を省略する場合があるばかりか、説話本文の中途以下を欠いたり、字句の省略も目立つ。原本から隔たった、粗笨な書写といわなければならないが、しかし、この現象は、日本霊異記がどのような環境で、どのような目的をもって享受されてきたかを示している。これが、三宝絵とともに利用されたことはいうまでもないとして、日本霊異記それ自体としてではなく、説話を日本霊異記の体系から切り離して、つまり説話の単なる資料―おそらく説法、著述などの資料として利用したのである。[注(11)]

こうして、それを享受する時代や環境によって屈折や変容を免れなかったにしても、というより、日本霊異記は、目的や環境にあわせて成立後も文学的に作用し続けている。

三宝絵は、源為憲によって、冷泉天皇の尊子内親王の仏教入門書として書かれた。題号どおり本来絵を伴っていたが、現存本は詞のみを伝え、文体を異にする三種の伝本がある。

①関戸家旧蔵名古屋市立博物館本―保安元（一一二〇）年奥書、平仮名文、これより切られた断簡は東大寺切と呼ばれて、諸家に分蔵される。
②東寺観智院旧蔵本―文永十（一二七三）年写、漢字片仮名交じり文。
③尊経閣文庫蔵本―醍醐寺の叡賢による寛喜二（一二三〇）年写本の影写、真名文、特異な変体漢文。

若く高貴な女性を第一の読者として作られたのであれば、当然①関戸家旧蔵本が原姿に近いはずであるが、三宝絵の伝本状況は、それが王朝女性の教養書にとどまらなかったことを示している。実際、三宝絵は寺院に持ち込まれ、本朝法華験記、今昔物語集、私聚百因縁集などの説話集や宝物集に資料を提供したばかりでなく、「盂蘭瓫供加自恣」（高山寺蔵）、「上宮太子御記」（西本願寺蔵）、「維摩会」（内閣文庫蔵）など特定の一条が抄出され—おそらく著述や唱導のための抄出であろう—仏書、史書、歌書など多くの文献に引用されているのは[注12]、その有用性と評価の高さを物語っている。

ここでまた注意されるのが、東寺観智院旧蔵本である。その中巻には、「或本云／妙達和尚ノ入定シテヨミガヘリタル記云」として、出羽国の龍花寺に住する殼断ちの修行僧妙達が入定して冥界に赴き、閻魔王から、著名無名の多くの死者たちが生前の善、不善によって現在どのような身を受けているかを聞いて、蘇生した経緯を記した書[注13]が付載されている。三宝絵本体とはかかわらないけれども、民間教化の場を基盤に成立し唱導の場で享受されたこの書が付載されていることは、東寺観智院旧蔵本もまた、唱導に近い場で書写されたものであったことを物語る。

説話集は説話の単なる集合ではなくて、それぞれ固有の編纂目的と体系を具えている。それは組織、説話の選択、表現などを通して具体的に実現されることになる。しかし、享受者は目的に応じてそれを改編したり、増補抄出したり、表記を改めたりする。いわば、説話集の開かれた享受の相をそこに見ることができる。

往生伝は、文字通り極楽往生者の伝で、その濫觴が浄土論（唐・迦才）に付載された伝であったように、浄土教義の実例集というべきものである。しかし、日本にあっては、単に浄土信仰を勧めるためでなく、それを撰述すること自体が往生浄土行であり、往生者と結縁する意味をもっていた。慶滋保胤の日本往生極楽記の序文には、保胤が「道俗男女の、極楽に志あり、往生を願ふことある者には、結縁せざることなし」と述べ、人に信仰を「勧進」[注14]するところに伝を記す意義があると説き、「願はくは、我一切衆生とともに、安楽国に往生せむ」と、結縁を表明して結ぶ。以後の往生伝の書写にも同じ意味が認められていた。閑居友の撰者と推定されている慶政は、続本朝往生伝、拾遺往生伝、後拾遺往生伝、三外往生記、本朝新修往生伝を書写しているが、その奥書に、伝中の既往生人に引接を願い、書写の功徳をもって往生の資となすべきことを記している。たとえば、

唯望此新生之聖衆達。遙照二於愚願一。必垂二於来迎一矣。願以二此功徳一。臨下欲二命終一時上。必預二弥陀迎一。往二生安楽国一。

砂門慶政記（拾遺往生伝・真福寺蔵本奥書）

［ただ望むらくは、この新生の聖衆《しやうじゆ》達。遙に愚願を照らして、必ず来迎を垂れたまへ。願はくはこの功徳をもて、命の終らむと欲する時に臨みて、必ず弥陀の迎へに預かり、安楽国に往生せむ。砂門慶政記せり］

浄土教は個人の魂の救済を願うものであって、そこでは個人的、内面的な信仰の質の問われることが多いけれども、右のように既往生人と信仰者、あるいは信仰者どうし結縁しようというのであれば、それを媒介する往生伝にも開かれた享受が保証されていた。

五　記・実録

古今著聞集の序文[注15]は、「夫著聞集者、宇懸亜相巧語之遺類、江家都督之清談之餘波也」と、いわゆる説話集の先蹤として宇治大納言物語と江談抄の二書を挙げている。たしかにこれらは、平安後期から鎌倉期にかけて広く読まれていた。しかし、この二書がいわゆる説話集の先蹤とみなされたのは、単に広く流布していたからだけではないであろう。「巧語」と言い「清談」と呼ぶ――物語という和語に相当する漢語であろう――通り、口頭言語に由来するということ、口頭の語りを筆録した、ないしそのように見なされていた点で、説話あるいは説話集の典型たりえた

からであろう。古今著聞集自身も、

敢へて漢家経史の中を窺《うかが》はず、世風人俗の製有り。只今《しこん》、日域古今の際を知つて、街談巷説の諺《ことわざ》有り。（序）

詩歌管絃のみちみちに、時にとりてすぐれたる物語をあつめて、（中略）他の物語にもをよびて、かれこれ聞きすてず書きあつむるほどに （跋）

とその立場を繰り返し表明している。同時に、「頗《すこぶ》る狂簡為りと雖《いへど》も、聊《いささか》にまた実録を兼ぬ」（序）と、とりとめのないことを記した書ではあるものの実録を兼ねると言い添えているのは見逃すべきではない。

ここにいう「実録」とは文字通り事実を記した書物にはちがいないけれども、

夫街談巷説、必有レ可レ釆。（曹子建「与楊徳祖書一首」文選巻第四十二）

小説家者流。蓋出二於稗官一。街談巷語。道聴塗説者之所レ造也。孔子曰。雖二小道一必有二可レ観者一焉。

（漢書　芸文志）

と、取るに足りない世態風俗であっても、修身経世の道に有用であり、それは古今のできごとをそのままに記録することによって、経書史書に準じて鑑戒となりうるというのである。▼注(16) こうした古今著聞集の揚言をそのままに受け取ることはできないまでも、まったくの空文とみなすのも誤りであろう。

古今著聞集序文に言及されている江談抄の語り手大江匡房は、当時の風俗や事件に取材した狐媚記、洛陽田楽記、傀儡子記、遊女記などの作品を書いている。たとえば、洛陽田楽記は、永長元（一〇九六）年夏に、老若僧俗あらゆる階層を巻き込み、果ては貴族社会にまで及んだ田楽の大流行を描いている。匡房はこれを単に珍奇な現象と見ていたのではない。田楽に感興を催し見物した郁芳門院が急死したことを述べて、「爰知妖異所萌。人力不及。賢人君子。誰免俗事哉「ここに知る、妖異の萌《きざ》す所、人力及ばざるを。賢人・君子、誰か俗事を免れんや」」とする通り、こうした事象を社会と歴史の変動の前兆と見なす史家の眼を認めるべきであろう。一方、狐媚記も、康和三（一一〇一）年に都に起きた狐の怪異を描いたものである。

嗟呼、狐媚変異、多載㆓史籍㆒、殷之妲己、為㆓九尾狐㆒、任氏為㆓人妻㆒、到㆓於馬嵬㆒、為㆑犬被㆑獲、或破㆓鄭生業㆒、或読㆓古冢書㆒、或為㆓紫衣公㆒到㆑県、許㆓其女屍㆒、事在㆓倜儻㆒、未㆓必信伏㆒、今於㆓我朝㆒、正見㆓其妖㆒、雖㆑及㆓季葉㆒、恠異如㆑古、偉哉。［嗟呼、狐媚の変異は、多く史籍に載せたり。殷の妲己《だつき》は、九尾の狐と為《な》り、任氏《じむ》は人の妻《め》と為《な》りて、馬嵬《ばくわい》に到りて、犬のために獲《え》られき。或《あるい》は鄭生の業《わざ》を破り、或は古冢《こちよう》の書《ふみ》を読む。或は紫衣《しい》公と為りて県に到り、その女の屍《かばね》を許せり。事は倜儻《てきたう》にあり。いまだ必ずしも信伏せず。今我朝《みかど》にして、正《まさ》にその妖を見たり。季の葉に及ぶといへども、怪異古《いにしえ》のごとし。偉《あや》しきかな。］

と、現在の日本のできごとを中国の狐媚の先例に関連付けて結ぶ。ここに表明されているのは、街談巷説に採るべきところがあるとする漢学者の立場であろう。

こうした理念を、早く実現してみせたのは、道場法師伝、吉野山記（佚）、富士山記の筆を執った都良香であり、それに続いたのが、紀長谷雄と三善清行であった。紀長谷雄の紀家怪異実録、三善清行の善家秘記（善家異記とも）は、ともに散逸書ながら、ことに注目すべき作品である。▼注(17) いま、政事要略および扶桑略記より善家秘記の逸文の概要のみを示す。▼注(18)

①竹田千継ら、枸杞ないしその他の仙薬を服して長寿を得たこと。
②病気を引き起こす鬼の姿を見て、これを祓って病を癒したこと。
③弓削是雄が陰陽道の術によって人の危難を救い、学のない沙弥を及第させたこと。
④染殿后、鬼に誑かされたこと。
⑤賀陽良藤、狐に誑かされるが、観音によって救われたこと。

六朝の伝奇や唐の小説と同趣の素材を同趣の方法で扱っていることが知られる。匡房が、狐媚記に任氏伝（沈既済）ないし任氏怨歌行（白居易）を引用しているように、これらも海彼の書物に触発され倣って書かれたのであろう。記および実録を名乗る作品は、このような系譜下にあった。

六　物語

古今著聞集が「実録を兼ぬ」と規定した背景を上のように理解するとき、その先蹤として挙げた宇治大納言物語について、従来とは異なる視点を得ることができないであろうか。

宇治拾遺物語の序文によれば、宇治大納言物語は、平等院の南泉房に暑を避ける大納言源隆国が、道行く人々を呼び止めては物語を語らせそれを書き留めて成ったものという。もとより、近代の研究者がこれをそのまま事実と信じてきたわけではないとしても、宇治大納言物語の性格について一定の理解あるいは印象を、そこから汲み取ってきたことは否定できない。つまり消閑の具であると。しかし、それはあくまで宇治拾遺物語の序文であって、宇治拾遺物語自身を語ろうとするものであることを考慮すれば、むしろ後世の享受の実態に眼を向けるべきではないか。

宇治大納言物語が、今昔物語集をはじめ打聞集、梅沢本古本説話集、宇治拾遺物語など院政期、鎌倉時代の説話集の共通祖本的位置にあることは、幾度も確かめられている。同時に、その時代の様々の書物に引用言及されていることも注意されてきた。▼注(19)いま、指摘されているそれらの書名のみ挙げると、七大寺巡礼私記、中外抄、宝物集、古今和歌集顕昭注、園城寺伝記、真言伝、八雲御抄、和歌色葉、是害坊絵、異本紫明抄、河海抄、花鳥余情、扶桑蒙求私注、太子伝玉林抄と少なくない。広く読まれたことを示すものであるが、しかし、単に「興じ見る」（宇治拾遺物語序文）だけでなく、仏書、伝、注釈書などの著述の引用に耐えうる、つまり記述されていることに一定の信頼の置ける書物として扱われてきたということである。▼注(20)

それはまた、宇治大納言物語がまれに「宇治記」ないし「宇記」（扶桑蒙求私注）、「宇治大納言記」（太子伝玉林抄、本朝語園）と呼ばれたこととも関係するであろう。「記」とは本来漢文の文体の称であって、仮名文で書かれた作品が「記」と呼ばれたのは、日記を別にして方丈記が最初であろう。宇治記、宇治大納言記が後世の呼称であることは疑えないとしても、そのように呼ぶにふさわしいと認められていたのであった。▼注(21)

こうして、古今著聞集が宇治拾遺物語を先蹤の一つに掲げ、「頗《すこぶ》る狂簡たりと雖《いへど》も、聊《いささ》かにまた実録を兼ぬ」と自己規定した背景には、宇治大納言物語が漢文による実録や記に準じて扱われてよいとする認識があったのではないか。

宇治大納言物語は、多くの異本を生んだ。末流のものであるが、宇治大納言物語を名乗る小さな説話集もある。また、序文によれば、宇治拾遺物語さえも宇治大納言物語の異本である。隆国の編んだ物語集に数度の増補がなされたというが、その増補と宇治拾遺物語の成立との関係は、ことさら紛らわしく記述されている。実際、看聞日記の永享十（一四三八）年十一月二十三日条に「宇治大納言物語内裏被レ召レ之間、七帖進レ之」、同十二月十日条に「宇治拾遺物語九帖内裏申二出之一」とあり、また実隆公記、文明七年（一四七五）十一月十一日より十九日にかけて天皇の御前で読まれた書物の名を、日によって「宇治大納言（亜相）物語」とも「宇治拾遺物語」とも記述する。別個の作品を呼び分けているとも考えられるが、同一作品に二種の呼称があったと解すべきか。宇治拾遺物語の古本系の伝本のうち、伊達家旧蔵本、龍門文庫本は外題を「宇治大納言物語」として、書陵部蔵本は「うちの大納言の物語」とある外題の「の大納言の」を見せ消ちにし、「拾遺」と傍書するなど、両書の区別はあいまいであるからである。宇治拾遺物語も宇治大納言物語と呼ばれる資格を持っていたらしい。あるいは、これらが単純な混同にすぎないとしても、こうした混同が引き起こされた背景に考慮を払わなくともよいはずがない。宇治拾遺物語自体の問題であるとともに、宇治大納言物語の問題でもある。

世継物語（小世継）、また題号をもたないために梅沢古本説話集と仮称されている説話集も、宇治大納言物語の系譜下にある。世継物語は、宇治大納言物語の一部ないしある種の宇治大納言物語に大和物語、枕草子、栄花物語から物語を加えて成ったとみられる。王朝の風流韻事を主題とする作品として、一つの個性をもつことになった。また、梅沢古本説話集は、世継物語ないしそれと関係の深い説話集をもとに成立したと推定されている。そして、上巻に和歌説話を下巻に世継物語にない仏教説話を収め、それらの仏教説話は今昔物語集、宇治拾遺物語などと共通し、やはり宇治大納言物語に遡るとみられる。宇治大納言物語、世継物語、梅沢本古本説話集の複雑な承接、交渉関係をうかがわせる。ともあれ、梅沢本古本説話集は、上巻冒頭に大斎院の風雅と出家往生の説話を配し、また下巻に仏教説話を集成して風流韻事を仏道に包み、もってまた一つの個性を作った。女性の教養書としての役割を果たしたであろう。

表紙に長承三（一一三四）年の年号の記された打聞集も、宇治大納言物語のなかから、霊験譚、高僧行業譚、寺院縁起譚など仏教説話のみを抄出して成ったとみられる。必ずしも本文の忠実な再現を意図しない漢字片仮名混じり文で、天台宗僧侶の説教などの手控えであったらしい。享受の場によって、改編されるもの、その可能性をもつもの、それが宇治大納言物語であった。

【注】

（1）劔持雄二「「蔵俊僧都作」『類集抄』について」（『待兼山論叢　文学篇』第一六号　一九八二年一二月）、「唱導資料としての『類集抄』について」（『講座　平安文学論究　第四輯』一九八七年六月）が紹介した類集抄にも、「西天ニハ○唐ニハ○我朝ニハ○」という記述があって三国の例を挙げようとしていた。

（2）小峯和明「江談抄の語り―言談の文学―」（『伝承文学研究』第二七号　一九八二年七月）。この論文は『院政期文学論』（笠間書院　二〇〇六年）に収録された。池上洵一「話題の連関―『中外抄』『富家語』私記―」（『甲南国文』第二九号　一九八二年三月）、「口承説話における場と話題の関係」（『語文』第四三輯　一九八四年六月）。これらは『池上洵一著作集第二巻　説話と記録の研究』（和泉書院　二〇〇一年）に収録された。

（3）森正人「法華霊験譚の享受と編纂―唐代験記類と百座法談聞書抄・探要法華験記・今昔物語集・本朝法華験記―」（『中古文学と漢文学Ⅱ　和漢比較文学叢書4』一九八七年　汲古書院）、本書第四章1。池上洵一「『発心集』と『三国伝記』―『百座法談聞書抄』との交渉―」（『説話文学研究』第一〇号　一九七五年六月）。この論文は前掲『池上洵一著作集第二巻　説話と記録の研究』に収録された。

（4）山崎誠「禁裡御蔵書目録考證稿㈠『桂宮御蔵書目録』（翻刻）」（『調査研究報告』第九号　国文学研究資料館　一九八八年三月）によれば「五合書籍目録」と称すべきであるという。なお、この目録は鶴見大学『古典籍と古筆切　鶴見大学蔵貴重書展解説目録』（一九九四年）に一部写真と解説が掲載されている。

（5）これは「伝」と「記」とも解釈しうる。

（6）これは言泉集・三帖之一「壮年出家／…」にも引用されている。

（7）森正人「三宝絵の成立と法苑珠林」（『愛知県立大学文学部論集』第二六号　一九七七年三月）。本論文は本書第三章1に収録。小泉弘・高橋伸幸『諸本対照　三宝絵集成』（笠間書院　一九八〇年）。ただし、出雲路修校注『三宝絵　平安時代仏教説話集』（平凡社　一九九〇年）は、法苑珠林ではなく別種の要文集と推定している。なお、法苑珠林または諸経要集は、百座法談聞書抄や金沢文庫本仏教説話集にも利用されている。

（8）今野達「東寺蔵『注好選』管見―今昔研究の視角から―」（『国語国文』第五二巻第二号　一九八三年二月）。本論文は『今野達説話文学論集』（勉誠出版　二〇〇八年）に収録。

（9）中世における幼童書、注釈、唱導の相互交渉については、黒田彰『中世説話の文学史的環境』（和泉書院　一九八七年）「注釈書と学林―日意上人の場合―」に展望がなされている。古代についても同様であろう。

（10）日本霊異記の享受については、小峯和明「『霊異記』と後続作品」（『日本霊異記　古代の文学4』早稲田大学出版部　一九七七年）に整理されており、伝本を含めた享受の様相については、小泉道『日本霊異記諸本の研究』（清文堂　一九八九年）に広い視野からの展望がなされている。

（11）たとえば、今昔物語集編者の手元にも日本霊異記と三宝絵が（もちろん本朝法華験記など他の資料も）置かれ、併用されたことがわかる。

(12)山田孝雄『三宝絵略注』(一九五一年　宝文館)、安田尚道「古文献に引用された『三宝絵詞』(一)」(『青山語文』第一〇号　一九八〇年三月)、小泉弘・高橋伸幸『諸本対照　三宝絵集成』など。

(13)僧妙達蘇生注記(続々群書類従所収)がある。この書は聖の宗教活動のなかから生まれたであろう。聖たちは冥界と交流する特殊な能力を具えていると考えられており、死者の言葉を取り次ぐという教化方法をとっていたことが知られる。聖の冥界訪問譚は、日本霊異記、本朝法華験記(妙達の伝も上第八に載る)、地蔵菩薩霊験記、今昔物語集などの説話集に多い。

(14)往生譚と往生伝の成立にかかわる結縁については、美濃部重克『中世伝承文学の諸相』(和泉書院　一九八八年)「結縁と説話伝承―往生譚の成立―」に詳しい。

(15)古今著聞集の序文の解釈については、荒木浩「説話の形態と出典注記の問題―『古今著聞集』序文の解釈から―」(『国語国文』第五三巻第一二号　一九八四年十二月)。

(16)大森志郎『日本文化史論考』(創文社　一九七五年)「説話集の編纂意識」。

(17)大曽根章介「学者と伝承巷説―都良香を中心にして―」(『文学・語学』第五二号　一九六九年六月)「漢文学における伝記と巷説―紀長谷雄と三善清行―」(『国文学　言語と文芸』第六六号　一九六九年九月)に詳しい。これらの論文は『大曽根章介日本漢文学論集　第二巻』(汲古書店　一九九八年)に収録された。

(18)なお、③の前半、④、⑤は、それぞれ今昔物語集巻第二十四第十四、巻第二十第七、巻第十六第十七に同じ物語が載る。直接の引用ではなく、一旦和文に改められたものを採録したらしい。

(19)宇治大納言物語の享受については、片寄正義『今昔物語集の研究　上』(三省堂　一九四三年)、小峯和明『今昔物語集の形成と構造』(笠間書院　一九八五年)、牧野和夫「『扶桑蒙求私注』を通して見た一、二の問題―『宇治記』佚文のこと―」(『中世文学』第三〇号　一九八五年五月)、荒木浩「「宇治大納言物語」享受史上の分岐―顕昭所引の佚文をめぐって―」(『愛知県立大学説林』第三六号　一九八八年二月)などに整理と指摘がなされている。牧野和夫の論文は『中世の説話と学問』(和泉書院　一九九一年)に、荒木浩の論文は『説話集の構想と意匠　今昔物語集の成立と前後』(勉誠出版　二〇一二年)に収録された。

(20)なお、宇治大納言物語と呼ばれる作品は複数存したと説かれている。この考えに従い、以下は古代末から鎌倉期にかけて宇治大納言物語と呼ばれた作品群を問題にすることにする。ただ、複数の宇治大納言物語があって、それらが少しずつ性格を異にしたとすれば、ここに論ずる享受の実態もそれに左右された結果にすぎない、つまりある特定の宇治大納言物語のみが信頼するに足るものとして扱われたとも考えられるが、厳密さは望めない。

(21) このことは、三宝絵が「三宝絵物語」(太子伝玉林抄)とも、「為憲記」(扶桑略記)とも呼ばれた事情と似ている。なお、荒木浩「古本説話集」(『国文学　解釈と鑑賞』第五三巻第三号　一九八八年三月)は、宇治大納言物語が、始めは漢文体あるいは漢字片仮名混じり文であった可能性も考慮すべきであるという。

2 院政期の説話と説話集

一 はじめに

院政期に入ると、談話の筆録がしばしば行われている。大江匡房の談話を藤原実兼が筆録した江談抄、藤原忠実の談話を中原師元が筆録した中外抄、高階仲行が筆録した富家語、それに山崎誠「西尾市立図書館岩瀬文庫所蔵『言談抄』について」(『広島女子大国文』第二号　一九八五年八月)が紹介した言談抄[注(1)]も、特定の人物の談話ではないが、院政期の成立とみられる。教命録と呼ばれるこの種の筆録は、摂関期以前にないわけではない。湮滅してしまったものも少なくないであろう。しかし、その伝存が顕著である院政期は、前代にまして教命とその筆録が盛んになったとみてよい。

その理由の一つを、院政期が価値観の転換期であったというところに求めることができる。たとえば、藤原忠実の談話のなかには、笏は、横目あるは見苦しき事なり。近来《このごろ》はかくの如き笏見ゆ。希有《けう》の事なり。今案ずるに、古き御笏の上古と仰せあるは、皆板《いため》目なり。（中略）他人の笏も古き物は皆かくの如し。（富家語　二十）

のように、往古と近代の儀礼風俗の相違を述べることが多い。総じて、右のように往古を良しとし近代をおとしめる口調である。また、言談抄にも、

往年は、縫殿寮に磁石あり。これ御衣をぬひて後に、針などやあると心見ん料也。今はいときこえず。

などの発言が散見する。語り手たちが、宮廷社会で長い経験を積んだ故老であるならば、古風を正統と見なしてなつかしみ、近代にそれが失われたことを嘆ずる口ぶりが目立つのは当然であろう。しかし、それが語り手たちの個人的な感慨にとどまるのではなくて、院政期は客観的にも旧儀が新儀に改まる時代であり、また旧儀と新儀の差が認識されるようになった時代であるといえよう。

しかし、談話というものは、単に語り手の意志のみで遂行されるわけではない。〈物語の場〉は、聞き手の関心に支えられて成り立つ。語り手よりは若年の、当代を生きている聞き手、筆録者たちは、往古をなつかしみ衰えた近代を嘆ずる故老たちの心情に共感するためにのみ対座しているわけではない。とすれば、語り手の意志と聞き手の関心とが、ある場合には同調し支えあい、また場合によるとすれ違ったまま〈物語の場〉が形成され、談話が進行していくことになる。物語の素材も、そうした関係のなかで選び取られ、推移していく。

語り手と聞き手と素材のこうした動的な関係に加えて、文字によって最終的なかたちを得る教命録は、実際の口頭の談話とはかけ離れてしまう。それは、単に文字が口頭言語を完全には再現しえないということだけではなくて、筆録者の関心と理解を通じて選択と整理がほどこされるということである。たとえば中外抄には、「被レ仰二雑事一次、被レ仰云」（康治二年十月十日）、「御物語次、被二仰出一」（久安三年七月十九日）などの文言が頻出する。とりとめのない雑談の次＝ついでに、つまり契機として、記録に価することがらを忠実は語り始めた。その契機とな

ったものが「雑事」とか「物語」とか否定的な響きをもって呼ばれているのは、師元にとって無用なことであったからである。有用か無用かの認定は、語り手の意識にかかわりなく、もっぱら筆録者の判断に左右される。

　このように、言談の筆録は語りの忠実な再現ではないけれども、おおむね語りの順を逐って文字化されていると観察される。部分的にしか検証できないが、江談抄の古本系諸本すなわち醍醐寺本、神田本、前田家本、および中外抄、富家語の記事の配置は、語りの順であるとみなして矛盾はなく、またそのように解することによって記事の配置は説明しやすい。

二　教命録

教命録を説話集とは見なさない。集としての体系を持たないからである。語られるものは決して無秩序ではないけれども、筆録が日を隔てつつなされ、筆録する行為が語りに依存し規定される以上、たとえば類聚など記事の全体を統一する意識や方法が介入する余地はない。

　語りの筆録を説話集とは称しがたいけれども、説話集とは縁が深い。江談抄、中外抄、富家語が、後代の古事談の編纂に利用されたことはよく知られている。教命録は、それ自体が伝写されて有識の書として読まれたばかりでなく、別の書物に引用され分類されて、つまり男性貴族の知識の体系のなかに位置づけられたうえで享受されもしたのである。その時、教命録にはどのような働きかけがなされるか。

　江談抄の古本系諸本は、匡房の言談の一部をしか残さないけれども、各条に語り手、聞き手の存在を示す「被レ命云」「問云」「答云」などの句を有し、談話の様子をよく伝えている。中外抄も、談話の行われた日、処、その機会、筆録者のほかに同座していた聞き手の存在を示し、語り手、聞き手の問答の語を写すことが多い。つまり、教命録は語られたことがらばかりでなく、しばしば〈物語の場〉そのものをも本文化している。これらが古事談に引用、編入されるとき、「知足院殿仰云」などの冒頭句を加えて整形がなされる場合もあるが、おおむねこの種の字句は消失する。また、語り手の感想、批評、教訓の類も多くは削除される。要するに、それらは〈物語の場〉から切り離されたのである。それは、語られたことがらが、個別性や具体性を失うかわりに、普遍性を獲得して、知識それ自体として整理されたということであり、そのことによってさまざまの機会に利用しやすいものとなる。

教命録は、右のようにその一部が抄出されて別の書物に編入されるばかりでなく、それ自体に部類がほどこされることもある。類聚本江談抄は、匡房の談話の筆録が、後人によって「公事」「摂関家事」「仏神事」「雑事」「詩事」「長句事」という綱目のもとに再編成されたものである。再編は、江談を整理し体系化を図り、あわせて検索利用に便ならしめるためのものである。この場合も、類聚本が依拠したであろう古本系諸本に特徴的な、〈物語の場〉を示す字句は消失する。誰が問い、どのような機会に語ったかよりも、語られたことがら自体を記憶したり利用すべき知識として重視する態度である。こうして、江談の筆録の解体と再編成を経た類聚本において、江談抄ははじめて説話集になったということができる。

三　説法の場と説話集

百座法談聞書抄は、天仁三（一一一〇）年二月二十八日より三百日にわたり、ある内親王の発願によって、阿弥陀経と般若心経を添えて日に法華経一品ずつを講ずる法会が催された、その説法の筆録抄出である。一見特殊な資料であるかのようで、想像以上に享受の機会が多かったと観察される。現存本は片仮名表記であるが親本は平仮名本であった形跡があり、平仮名本の段階で、いわば読み物として文章に整理がほどこされたふしもある。さらに、発心集の編纂に利用され、探要法華験記にも編入されている。説法の聞書が整理され、転写され、読まれる場があり、説話集の編纂にも利用される場があったのである。

天仁の法談の導師たちは、漢訳経典、仏教類書、法華伝記や三宝感応要略録などの唐土の仏教霊験記類の物語を、譬喩・因縁・例証に用いつつ語っている。その法談の筆録が、探要法華験記、発心集に利用されたというところには、説話集→説法→筆録→説話集という、物語の環流の具体相がよく示されている。語りとその筆録は、説話集以後の存在でありかつ以前の存在である。

天仁の法談で語られているのは、ほとんど天竺、唐土を舞台とする物語である。筆録者の選択がはたらいていて、法談のすべてが文字化されているわけではないことを考慮して、性急な判断はつつしまなければならないが、ここには当時の法談の実態が反映していると見なすほかない。しかし、本朝を舞台とする物語が語られなかったわけではない。わずか一例にとどまるが、三月八日、法華経の法師品を講じた香雲房は、仏の忍辱の衣を主題として、いずれも衣を素材とする天竺、震旦、本朝の三つの物語を傍証、例証としつつ巧みに組み合わせて語っている。

三国あるいは和漢の物語を対照したり類例として重ねたりするのは、語りおよび叙述の常套的方法であった。宝物集、嵯峨清涼寺に通夜する人々が第一の宝とは何かを論じあうところで、子こそ第一の宝と主張する者は、

> 仏、涅槃に入給ひしか共、羅睺其跡に法を崇め給ふ。文王は武王をまうけて国をしづめ、寛平は延喜を儲《まうけ》ておもくなり給ふ。（中略）大国・吾朝かくのごとし。誠能《よき》子程の宝は侍らじとぞおぼえ侍る。

と、三国の事例を示して説く。

こうした説話の利用と関係があると認められるのが、偶然その一面をかいまみることのできた一つの資料、鎌倉期書写といわれる逸名の書籍目録である（『一誠堂古書目録』第六四号）[注(2)]。掲げられた一部写真には、「伝記仏法」

と立項され、そのもとに二十点の和漢の書名が並ぶ。そこには、日本霊異記、法華験記（右肩に「日本」とあり、本朝法華験記のこと）などの説話集のほか、今昔物語集などの依拠資料ともなり比較的広く流布していた唐土の三宝感応要略録の名も見える。あるいは、どの書に相当するか明らかにしがたい、今日伝存を聞かない書も載る。

ここで注目されることの一つは、われわれが説話集と称している書目が「伝記」と総称されていること、あるいは説話集が伝記の一部をなすものとして扱われていることである。ちなみに、ここにいう伝記とは、個人の事績の記録すなわち「伝」の謂ではない。中国で典籍を分類する用語として伝統的に用いられてきたものであって、仏書の場合、経・律・論・疏の周縁に位置しそれを補助する、仏法にかかわる事実を記した書に該当する。

逸名書籍目録について注目すべきことのいま一つは、日本の仏教説話集が唐土のそれらと一括して登載されていることである。この扱い方は、和漢の伝記が、また天竺、震旦、本朝の説話が同時並行的に利用されていたことを示すものであり、そうした実際的な利用に対応した結果であろう。

こうして、重要なことは、ある説話や説話集がどのように成立したかということだけではない。唐土のものを含めて、前代の説話と説話集がどのように享受され、ある具体的な場でどのように機能したかをも検討しなければならない。また、その観点こそが説話集の成立をよく説明するであろう。

四　仏教説話集の編纂・再編

天竺、震旦、本朝の物語を並置してある命題の例証としたり、三国の物語を組み合わせて対照したり互いに他を傍証したりするのは、語りと叙述の方法であった。これを編纂の方法としたのが三国伝記である。清水寺に通夜する梵語坊、漢字郎、和阿弥の三人が物語を語り始めたという序をそなえ、三国の説話が順に配置されている。池上洵一「『三国伝記』序説」（『中世文学の研究』東京大学出版会　一九七二年）[注(3)]は、ここに三話一類様式とも称すべき配列法のあることを指摘している。

一方、探要法華験記は、唐土の法華伝記と本朝法華験記を主たる資料として編まれている。したがって物語の舞台も本朝、唐土にまたがり、わずかながら天竺を舞台とするものもある。そして、震旦ないし天竺の説話と本朝の説話がおおむね交互に配置されている。この編成方法は馬渕和夫『醍醐寺蔵探要法花験記』（武蔵野書院　一九八五年）「解説」が述べるように、本朝と海彼の説話を、その主題や持経者の行業に注目して対照する意図にもとづくであろう。ただし、対比は説話編成の最上位の原理ではない。いまその上巻をみれば、釈迦の説話を首に、比丘、沙弥、比丘尼、優婆塞、優婆夷、異類の順に、つまり仏弟子としての序列に従って並び、下巻もこれに準ずる。この編成は本朝法華験記の方法にならったものであり、さかのぼれば往生伝の編成方法であった。

探要法華験記は、法華伝記と本朝法華験記を継承し、それらと基盤を共有しながら、しかしまた別の目的をもった説話集である。その固有の目的は、題号の「探要」に端的に、具体的には序文の「備要於愚慮」［要を愚慮に備ふ］、上第一の「於三邦（中略）探詮集要」［三邦に於て（中略）詮を探り、要を集めたり］に示される。つまり法華伝記、本朝法華験記が浩瀚にすぎるので簡便な伝記を作ろうとしたのである。これを別の観点からいえば、法華伝記と本朝法華験記が解体され再編されたということである。説話集は、前代の説話集の享受のうちに成立する。解体と再編が説話集の常態であるとすれば、説話集の成立とは説話と説話集の享受にほかならない。

ただし、探要法華験記は単に簡便さばかりを求めたわけではなかった。その再編の立場を述べる「於三邦」の語、すなわち天竺、震旦、本朝の三国を視野におさめていることに注目しなければならない。そして、その上巻第一に釈迦による法華経説法、第二に鳩摩羅什による法華経翻訳と供養、第三に智顗による法華経読誦と講解、第四に最澄の法華経読誦と教学の説話を置く。こうした編成は、広狭大小の違いはあるが、唐土の伝記と対応する。すなわち、行業によって分類された信仰の具体例つまり霊験譚の前に、法華伝記は、「部類増減」、「隠顕時異」、「伝訳年代」、「支派別行」、「論釈不同」、「諸師序集」の部を、弘賛法華伝は、「図像」、「翻訳」の部を設けている。これらと同じく、探要法華験記は、簡略な法華経概論あるいは三国にわたる法華経信仰史としての機能を具備し、そのことによって経霊験の実例集を超えた一つの体系を有することになった。

五　むすび

院政期は類聚の時代である。さまざまな分野における知識の集成が試みられており、たとえば説話の集大成を図った今昔物語集は、その最も大きなものであり典型であった。そこには、前代のあらゆる説話と説話集が流れこみ、三国と仏法世俗にわたる世界の一切が記述され全体が展望されている。そうした集成統合の背後に、目立たないけれども探要法華験記のように小さな体系を作ろうとする説話集があったことを見逃してはならない。集成ばかりでなく、抄出もまた説話集の成立の姿である。

源隆国の編んだ宇治大納言物語は、散逸して伝わらないけれども、院政期鎌倉時代には広く流布した形跡を残している。その宇治大納言物語からの抄出、おそらくその抄出を核としての増補をおこない、個々の目的に合わせて成立した小規模の説話集がある。打聞集、世継物語（小世継）、梅沢本古本説話集。享受の波に洗われて消え去ったものは、もっと多かったであろう。

【注】

（1）その後、田島公「早稲田大学図書館所蔵「先秘言談抄」の書誌と翻刻―三條西家旧蔵本「言談抄」の紹介―」（『禁裏・公家文庫研究　第四輯』（思文閣出版　二〇一二年）が発表された。

（2）なお、この目録は鶴見大学『古典籍と古筆切　鶴見大学蔵貴重書展解説目録』（一九九四年）に一部写真と解説が掲載されている。

（3）この論文は『池上洵一著作集第四巻　説話とその周辺』（和泉書院　二〇〇八年）に収録された。

［追記］

〈物語の場〉と〈場の物語〉および説話集との関係については、森正人『場の物語論』（若草書房　二〇一二年）に詳論した。

第二章●日本霊異記

［**概説**］

日本国現報善悪霊異記が本来の書名、略して日本霊異記あるいは霊異記とも呼ばれる。上、中、下三巻。各巻冒頭に「諾楽《なら》右京薬師寺沙門景戒録」、下巻尾題に「諾楽右京薬師寺伝燈住位僧景戒録但三巻」と記す。

各巻に、不信心の人々を導くために因果応報の理を示す日本国の珍しいできごとを記すのであるという撰述の趣意を説明する序文を置き、上巻に三十五、中巻に四十二、下巻に三十九の説話を収録する。各説話に説話内容を要約した漢文による標題が付され、標題は「縁」という文字で結ばれ、説話の番号が続く。説話本文は非正格の漢文で、末尾にしばしば説話を意味づけ、評価する趣旨の経典あるいは論の要文を添える。

撰者の景戒については、下巻第三十八縁に自伝的な記事が載る。それによれば、延暦六（七八七）年九月四日酉の時に、自らが煩悩にとらわれ、俗人として妻子を養うに十分な衣食を得られないことについて慚愧の心を起こしたという。また、延暦七年三月十七日の夜に自らの遺骸を焼く夢を見て後、延暦十四年十二月三十日に伝燈住位を得たという。これらから、景戒は始め官許を得ない私度の僧であって、後に正式に得度したと推定されている。

日本霊異記の成立時期は定かでないが、下巻第三十九縁に弘仁（八一〇～八二四年）の年号と「今平安宮（中略）賀美能天皇」（嵯峨天皇、八二三年退位）との記事が見え、おおよそこの頃と認められる。

仏教が日本に伝来し次第に流布定着していく状況が説話を通じて記述されているが、唐土の仏教説話の話型も利用しており、説話は僧の布教活動を通じて形成されたことが窺われる。

引用は、一部特定の箇所を除き基本的に新日本古典文学大系『日本霊異記』（岩波書店　一九九六年）を用いた。

1 日本国現報善悪霊異記の題号と序文

一 はじめに

日本国現報善悪霊異記は、かつては私度僧であったと推定される薬師寺の僧景戒の編んだ、日本最初の説話集である。

この作品に寄せられてきた関心の一つは、編者の出自と結びつけて、その独自の世界を解明しようとするところにあった。たしかにこの著述は、奈良時代、平安時代初期の僧侶の著述としては特異であるといわざるをえないし、その特異性は、編者をめぐる種々の条件を考慮することなしには説明しがたいところがある。そして、それが仏教説話集の嚆矢であることの意味も意義もまた説明しがたいであろう。

この説話集に対する視点のいま一つは、それを構成している個々の説話の原型あるいは形成と流伝の問題であった。すなわち、説話のそここに仏教以前の固有信仰のひそんでいることがしばしば注目され、それぞれの説話の神話的構造とでも称すべきものがくりかえし析出されてきた。さらに、その説話の形成と流伝を、かつて編者が身を投じていたとみられる私度僧たちの布教活動の場とかかわらせて説明しようとする観点も用意されている。

右はたしかに、この説話集のある部分を、ある側面を解明するには有効であった。しかしそのことは、この説話集の全体像、あるいは作品として成り立っているしくみを明らかにしたことを意味しない。ここではこうした反省にたって、日本国現報善悪霊異記がどのような意味体系をもって作品として成り立っているか、という課題に対する予備的な考察である。すなわち、さしあたり、編者がみずからの説話集にどのような意味体系を与えようとしているか、その題号の解釈を通じて検討を加えようとするものである。

二　題号に関する諸説

この説話集は、日本霊異記あるいは単に霊異記と略称されることが多いけれども、各巻の首尾に付された題によって、また上巻序文にも「号《なづ》けて、日本国現報善悪霊異記と曰ふ」とある通り、編者は、日本国現報善悪霊異記と命名したのであった。

この長い題号については、かつて堀一郎「日本霊異記の文化性」（『古典研究』第四巻第一号　一九三九年一月、『日本文学研究資料叢書　説話文学』に収録）が、「題目が示してゐるやうに、日本国に於て諸々の人の上に現報せられた善悪の霊異を記したもの」（傍点原文）、片寄正義『今昔物語集の研究　下』（藝林社　一九七四年）第一章日本国現報善悪霊異記が▼注(1)「日本国における現報の善悪業に関する霊異記」と、また山根対助「道場法師系説話の位置—日本霊異記の序に添つて—」（『国語国文研究』第一八・一九号　一九六一年三月、以下A論文と称する）が、「善悪の現報を示さんがための日本国における奇異なる説話の集」という解釈を提示するほかには、特に意識的に問われることはなかったようである。

ところが、出雲路修「《日本国現報善悪霊異記》の編纂意識（上、下）」（『国語国文』第四二巻第一、二号　一九七三年一、二月）▼注(2)が、下巻第三十九縁の末尾の一節、

我従レ所レ聞、選二口伝一、儻二善愿一、録二霊奇一。

を拠りどころとして、

「儻善愿」が書名の「現報善悪」に、「録霊奇」が書名の「霊異」に、それぞれ対応しており、これによっても、《日本国現報善悪霊異記》の編纂の意図が〈現報善悪〉と〈霊異〉とを記録しようとするところにあったことは明白である。

と論じてより、題号の解釈はにわかに重要な問題となった。

山根は、あらためて「『日本国現報善悪霊異記』という書名をめぐって」（『日本文学』第二四巻第六号　一九七五年六月、以下B論文とする）をもって、出雲路説に批判を加え、「善悪現報の霊異の記」と解すべきことを確認しようとしている。すなわち、上巻序文にいう、

祈覧二奇記一者、却レ邪入レ正、諸悪莫レ作、諸善奉行

の「奇記」は、書名の全体をつつみこみながら、とりわけ「霊異記」と重なりあうのであって、編者には「奇」と「霊異」を同一視する認識があるということ、そして、

『日本国善悪現報（ママ）霊異記』を「奇記」と言い換える意識は、「善悪現報の霊異」と解するによりふさわしく、「善悪現報と霊異と」と解するにより遠い

と指摘する。ついで、説話の標題における「異（奇、霊）表」、「得……報」、説話の本文の特に結語に用いられる「奇」「奇異」の語を検討して、「霊異」と「現報」が不離の関係にあることを論証しようとしたのであった。しか

し、結局この批判は容れられず、『日本文学史辞典』（一九八二年　京都書房）、『日本古典文学大辞典　第四巻』（一九八四年　岩波書店）に、「日本霊異記」の項を執筆した出雲路は、依然として「現報善悪」と「霊異」の記録とする説を持している。▼注(3)

題号というものが、みずからの著述についての編者の表明であるばかりでなく、集を構成する個々の説話を、さらに説話を実現する言語をどのように読むべきかを指定しているとすれば、右のような対立を放置しておくことはできない。あらためて諸説の根拠と手続きを検証し、私見を提示しようとするものである。

この説話集の題号は、①「日本国」②「現報」③「善悪」④「霊異」⑤「記」と分節することが可能でかつ自然であり、分節されるそれぞれの語義は一応明瞭である。いま①⑤の部分を検討の対象から除外すれば、問題は、②③④の各部分がどのように関係づけられ、統合されているかに集中している。あらかじめ諸説の問題点を整理しておく。

まず、堀説の「現報せられた」という解釈はいかにも不自然であろう。「現報として顕現した」の意であるかもしれないが、その言おうとするところは判然とせず、続く「善悪」「霊異」との関係はあいまいである。そして、「善悪の霊異」とは、「善い霊異、悪い霊異」の意であるとして、はたして、「霊異」は「善悪」という語に修飾されるような概念であるのか。

また、出雲路説にあっては、「儻善懤、録霊異」が、「現報善悪」と「霊異」とを記した説話集と解する根拠となりうるかどうか、換言すれば、右の一節が出雲路の題号説を支えるような文として構えられているのか、この一節のみを根拠として他を顧みなくてもよいのか、問題を残していよう。

一方、山根の検証の手続きはきわめて慎重で、従ってよいかに見えるけれども、なお不審な点を含んでいる。山根は、題号の「現報善悪」を転倒させて「善悪の現報」（A論文）、「善悪現報」（B論文）とするが、その根拠を示してはいない。かりに「現報善悪」と「善悪（の）現報」とが同義であるとして、しかしそれならば、編者はなぜそうした自然な語順を選択しなかったのであろうか。第二に、「現報善悪」ないし「善悪現報」と「霊異」とが不離の関係にあるとしても、その不離ということの内実が問題であろう。山根はB論文を、

善悪の状を示し、因果の報をあらわすその説話がどうして霊異の形をとらなければならなかったのか、それが問題なのであるが、いまはこれでとどめておく。

と結ぶ。これに対する解答は、すでにA論文の、

方法としての現報思想は、奇異、霊異、奇事の中にこそ宿るべきものであった。

などの論述に、その方向が示されているように見えるが、そのことを含めて、題号に即して、「現報善悪」と「霊異」とが不離でありつつなお異なる語をもって命名されていることの意味が明らかにされなければならないであろう。

三　現報と善悪と霊異

題号に用いられた「現報」「善悪」「霊異」およびこれらとかかわる語は、説話の標題のほか各巻の序文に頻出する。はじめに上巻序文の用例と論の構成に手がかりを求める。

（一）ⓐ或貪二寺物一生レ犢償レ債、ⓑ或誹二法僧一、現身被レ災、ⓒ或殉レ道積レ行而現得レ験、ⓓ或深信修レ善、以生霑レ祐。（二）ⓐ善悪之報、如二影随一レ形、ⓑ苦楽之響、如二谷応一レ音、（中略）（三）匪レ呈二善悪之状一、何以直二於曲執一、而定二是非一。叵レ示二因果之報一、何由改二於悪心一、而修二善道一乎。（四）昔漢地造二冥報記一、大唐国作二般若験記一。何唯慎二乎他国伝録一、弗三信二恐乎自土奇事一。［（一）ⓐ或るいは寺の物を貪りて犢《こうし》に生れて

債《もののかひ》を償《つくの》ふ。ⓑ或るいは法《みのり》と僧《ほふし》とを誹りて現《うつつ》の身に災《わざはひ》を被《かがふ》る。ⓒ或るいは道を殉《もと》めて行《おこなひ》を積みて現《うつつ》に験《しるし》を得《う》。ⓓ或るいは深く信《うやま》ひて善《よきこと》を修《おこな》ひて生きながら祐《さきはひ》を霑《かがふ》る。（二）ⓐ善《よきこと》と悪《あしきこと》との報《むくい》は影の形に随ふが如し。ⓑ苦《くるしび》と楽《たのしび》との響《ひびき》は谷の音《こゑ》に応ふるが如し。（中略）（三）善と悪との状《かたち》を呈《あらは》すにあらずは、何を以ちてか曲執《ごくしふ》を直《なほ》して是非《よしあし》を定めむ。因果の報《むくい》を示《あらは》すにあらずは、何に由《よ》りてか悪しき心を改めて善き道を修《おこな》はむ。（四）昔漢地《からくに》に冥報記を造り、大唐国に般若験記を作る。何すれぞただし他国《ひとくに》の伝録に慎みて、自《わ》が土《くに》の奇《あや》しき事を信《うやまひ》恐《おそ》りざらむ。」

（一）のⓐⓑ部分には、悪い行為がのちに悪い結果をもたらし、ⓒⓓ部分には、善い行為がのちに善い結果をもたらしたという実例を挙げる。いずれも、いっそう具体的にはこの説話集の説話として記されてあることがらである。これら（一）ⓐ〜ⓓは、（二）のように言い換えられる。（二）ⓐⓑは対句を構成し、「善悪之報」と「苦楽之響」とは同じ内容をあらわすと解釈してよいであろう。（一）（二）は（三）に展開する。すなわち、（一）には具体的に、（二）にはそれを抽象して、因（善い行為と悪い行為）と果（善い報と悪い報）の関係が必然であることを説き、それを記述することの意義と目的を（三）にやはり対句をもって確認している。こうして、（二）の「善悪之報」「苦楽之響」は、（三）の「善悪之状」「因果之報」に置き換えられていることが知られる。ついで（四）部分に就けば、唐土の説話集の名を挙げ、それら「他国伝録」に「自土奇事」を対置している。「伝録」とは書物であり、「奇事」とは事象であるが、構えられた対句によれば、記した書物と記されたことがらは同一の範疇に属しているわけである。この「奇事」が、（一）ⓐ〜ⓓに示された事象、ひいてはこの説話集の説話として示される事象を指すことは明白である。つまり編者は、この説話集に記述される諸事象を「奇事」と統括し、同時に「善悪之報」「善悪之状」「因果之報」などと規定していることになる。

つづいて中巻序文。

ⓐ瑞応之華、競而開二国邑一、ⓑ善悪之報、現而示二吉凶一。故号称二勝宝応真聖武太上天皇一焉、唯以二是天皇代一所レ録ⓒ善悪表多数者、由二聖皇徳一顕事最多［ⓐ瑞応《しるし》の華は競《きほ》ひて国邑《くに》に開く。ⓑ善《よきこと》と悪《あしきこと》との報《むくい》は現れて吉《よし》凶《あし》を示《あらは》す。故《このゆゑ》に号《なづ》けて勝宝応真聖武太上天皇と称《まう》したてまつる。ただし是の天皇の代に録す所のⓒ善と悪との表《しるし》の多数《あまた》なるは、聖皇《ひじりのみかど》の徳《めぐみ》に由《よ》る。顕《あらは》るる事最《もとも》多く］

上巻序文にあらわれた「善悪之報」の語がまたⓑに用いられ、それは対句を構成しつつⓐ「瑞応之華」と言い換えられる。さらにそれは、ⓒ「善悪表」に言い換えられているとみてよいであろう。

下巻序文。

（一）夫ⓐ善悪因果者、著二於内経一。ⓑ吉凶得失、載二諸外典一。

（二）注二奇異事一。

（一）ⓐⓑは、上巻序文、中巻序文に「善悪之報」はじめその他さまざまに言い換えられてあった語句を、また言い換えたものである。そして、（二）の「奇異事」が、上巻序文の「奇事」に対応することもまた明白である。

以上を通して、題号と関係するとみられる語句が、善悪之報＝善悪之状＝因果之報＝善悪表＝善悪因果と言い換えられつつ、序文に用いられている事実を確認した。そして、このような語句で把握された事象は、また「奇（異）事」と統括され、具体的にはこの説話集に記述されていることがらであることを確認した。山根が主張するように、「霊異」と「現報善悪」――「現報」と「善悪」の関係をしばらく問わなければ――とは、たしかに不離である。

四　儻善愢をめぐって

如上の関係は、下巻第三十九縁の末尾の一節からも導き出すことができるであろう。

我従レ所レ聞、選二口伝一、儻二善愢一、録二霊奇一。

右は、

我聞く所に従ひて、口伝を選び、善愢を儻《かたちは》ひ、霊奇を録す。　（日本古典文学大系）

と読まれ

わたくしは、聞くにまかせて人びとの口伝えの話をしるし、善悪を類別して、（それら善悪の行ないによって引き起こされた）不思議な事柄を書いた　（日本古典文学大系頭注）

のように解釈されている。▼注(4) しかし、「儻善愢」という字句の解釈は正確でない。そのため、この句と「選口伝」「録霊奇」との関係の把握に不備を残している。「儻」字は上巻第五縁に、

①貴レ仏儻レ法

としても用いられ、これには「儻〈加多知／波比〉」という訓釈が付されている。「カタチハヒ」とは、心を寄せる、ひいきする、味方する、の現代語が相当し、①に関するかぎり訓釈に従ってよいであろう。しかし、下巻第三十九縁の「儻」字を「カタチハヒ」と訓んで、「類別する」と現代語に直すのでは齟齬しているといわざるをえない。松浦貞俊『日本国現報善悪霊異記註釈』もまた、

依是見れば、こゝは、「かたちはひ」と訓じては、やゝ当らぬ感がある。文の脈絡上、「善愢を批判し」といふ意なるべく思はるゝが、儻又は、それに似た文字で、この意に称ふものがあれば、会通に便であらうと考へ

る。暫く疑を存す。

と説き、「善憖を批判し」の推定が当っているかどうかはともかく、「儻」字の訓が検討し直されなければならない。

この説話集には、「儻」字は別に二例ある。

②儻得二観音菩薩像一、信敬尊重　（上巻第十七縁）

③妨レ修二善道一、儻得下成二獼猴一報上　（下巻第二十四縁）

さらに、

④償二比法師一、不レ殺二諦鏡一　（中巻第三十五縁）

の「償比」字も、「儻此」の誤りとみてよいかもしれない。とすれば「カタチハヒ」と訓むことになる。そして、これらにはそれぞれ②「多牟良止之天」、③「戸牟良」の訓釈が付される。③の訓釈については、小泉道「真福寺本霊異記訓釈考証」（『訓点語と訓点資料』第一二輯　一九五九年八月）の詳しい考証がそなわる。すなわち、

㊵「前田氏曰疑戸毛カ良之譌」。（名）「トモ・トモカラ」、継体記「儻《トモカラ》」。上序㊍訓儔・（31）流もトモカラ。トムラの例は見ないが、推古記「人皆有レ黨《タムラ》」皇極紀「賊黨《アタタムラ》」、『正倉院本東大寺蔵地蔵十輪経』の訓点「朋黨《タム(ラ)》」（中田氏著『古点本の国語学的研究・総論篇』）のタムラ、『成唯識論述記序釈』の和訓「群　多牟呂又牟羅加流」（中田氏同上書）のタムロなどと関係があろう。（引用に当たり表記形式を若干変えた）

一方、中村宗彦「「霊異記」雑考」（『訓点語と訓点資料』第三五輯　一九六七年九月）は、②③の例を「たままた、おもいがけなく」と解すべきことを主張している。従ってよいであろう。

さて、下巻第三十九縁の「儻」字には、「カタチハヒ」「タムラ」あるいは「タマタマ」のいずれの訓も適合しない。そこで類聚名義鈔（観智院本）を検するに、「儻」字には、

タマ〱　タマサカ　モシ　トモ　トモカラ　コヒネカハクハ　アヤシ　ナウ　又、ミダリカハシ　ナソ
イツハル　タスク　ワツカニ　ケタシ　マトフ　タトヒ　カタチハフ

の義が掲出されている。また、小泉の考証によっても知られるように、「儻」字は「黨」字と通じて用いられるから、あわせて「黨」の義をも示しておく。

トモカラ　ムラガル　ヤシナフ　モト　アタ　タスク　アチハヒ　アツマル　ムツマシ　シタシ　トモ

どちらの文字にも、「類別する」「批判する」ないしそれにつながるような義を見出すことはできない。そこで、「黨」字の「アツマル」の義を参照して、「アツム（＝集む）」の訓を与えることができないであろうか。すなわち私見は、

我聞く所に従ひて、口伝を選び、善悪を儻《あつ》め、霊奇を録す。　（上巻序文）

と解釈しようというのである。

これは、みずからの説話集の選述について述べた文と受けとることができよう。まず「口伝」とは、それぞれの説話が景戒の説話集に筆録され編入される以前にとっていた表現の形式である。日本霊異記の編纂に実際は少なからぬ文献資料が用いられたふしはあるけれども、口頭伝承からの採録を、

聊　側《いささかほのか》に聞くことを注《しる》し　（上巻序文）
ただし口に説くこと詳《つばひらか》ならざるを以ちて、忘遺《わす》るること多《あまた》なり　（上巻序文）
今聞く所に随《したが》ひて、しばらく載《しる》さまくのみ　（中巻序文）
善《よきこと》を貪《ねが》ふことの至《いたり》に勝《た》へず、拙《つたな》く浄《きよ》き紙を黷《けが》し、口伝《くちづたへ》を謬《あやまり》　注《しる》し　（中巻序文）

と、くりかえし強調するところであった。要するに、「口伝」とはこの説話集に編みこまれた説話である。

「善悪」とは、単に善いことおよび悪いことではあるまい。また、日本古典文学大系が説くように、単に善悪の

行ないを指すのではないであろう。「善悪」および「善」「悪」の語は、序文のなかにくりかえし出現する。たとえば、「修レ善之者、若二石峯花一、作レ悪之者、似二土山毛一」［善《よきこと》を修《おこな》ふ者《ひと》は石峯の花の若し。悪《あしきこと》を作《な》す者《ひと》は土山の毛《くさ》の以《ごと》し」（下巻序文）は、たしかに行為の善悪を意味する。一方、「善悪之報」（上巻序文、中巻序文）は、行為とその結果の善悪を二つながら結果としてあらわれた事象に注目した表現であり、「善悪因果」（下巻序文）は、行為とその結果の善悪を二つながらとらえた言葉である。またたとえば、説話の標題にも「依二漢神祟一殺レ牛而祭又修二放レ生善一以現得二善悪報一縁第五」（中巻）のごとく、善悪の因と善悪の果とが明瞭に記述されている。上巻第三十縁の「造二善悪一」（本文）は因としての人の行為の善悪である。こうして「善懐」とは、各巻序文に「善悪之報」はじめ「善悪之状」「善悪表」とさまざまに言い換えてあった語に相当する。つまり、説話として記述された諸事象にほかならない。

「霊奇」が「奇事」（上巻序文）「奇異事」（下巻序文）に対応することも明白である。同じくこの説話集に描かれた諸事象であった。

こうして、「口伝」といい「善懐」といい「霊奇」といい、説話として記述された事象に対する編者による三様の規定であり、「選」「儻」「録」とは、それらを収集し筆録し編纂する営為に対する三様の表現とみるべきであった。出雲路のごとく、「善懐」と「霊奇」が別箇の事象を指すと解するのは困難であろう。

五　現報＝善悪＝霊異

以上を経て、題号を構成する「現報」「善悪」「霊異」の関係を検討する用意を整えることができた。

まず、堀の示した「善悪の霊異」という解釈はしりぞけられるべきであろう。何よりも、この説話集の序文、説話の標題、説話の本文に、「霊異」ないしそれに類する語を形容する「善悪」の用例を見出すことはできない。「善悪」は「報」「状」「因果」あるいは人の行為にかかわっても、「霊異」にかかわることはない。

題号の一部を構成する「現報」が、序文にくりかえし用いられる「報」、説話の標題に頻出する「得現報」「得善（悪）報」と対応することは明らかであろう。いったい報には、冥報記序文も述べるように、この身になした業をこの身のうちに受けるところの現報と、次の生の身に受けるところの生報と、多生を経て受けるところの後報とがあるという。この説話集には、後報を語っているとみられる説話はなく、生報を語る説話も多くない。この説話集が、現報ということを強調すべくそうした説話を特に多く収録したのか、採集しえた説話にたまたま現報の説話が多かったのか、おそらく両方であろう。少なくとも、三種の報のうちの特に「現報」を題号の一部としたのは、収録説話の傾向と対応している。つまり、この説話集に具体的に示される報は、「現報」をもって代表されていると見なされる。

題号の一部をなす「善悪」は、下巻第三十九縁の「儻善惡」と対応するであろう。「善惡を儻《あつ》む」あるいはそれ相当の表現が成立する以上、それが題号の「現報善悪」と対応するというよりは、題号の「善悪」の部分のみと対応すると解するのが自然であろう。「現報善悪」を「現報」と「善悪」とに分節する根拠である。したがって、「現報善悪」を山根のように「善悪現報」「善悪の現報」と解釈する説は、その根拠を失ったといわなければならない。「現報善悪」が、善いあるいは悪い現報の意をあらわそうとしたのであれば、それは「善悪現報」とでも続けられるはずであって（ただし、説話の標題に「現報」「善（悪）報」という続け方はあっても、「善（悪）現報」という字句を見出すことはできない）、ことさらに「現報善悪」の語順を選んだのは、「善悪の現報」と解釈されることを避けるための措置であったことを示唆する。

こうして、「現報」は「現報」であり、「善悪」は「善悪」であり、「霊異」は「霊異」である。三者のいずれかが別のいずれかを規定したり、別のいずれかに従属する関係にはない。かといって、三者が「現報善悪と霊異」あるいは「現報と善悪と霊異」と、それぞれ別箇のことがらをあるいは説話を指し示すわけでもない。「現報」も「善悪」も「霊異」も、この説話集に記述されることがらを三様に規定した言葉であった。要するに、題号は「日本国における現報＝善悪＝霊異の記」と解釈される。

六　むすび

題号が「日本国における現報＝善悪＝霊異の記」と解釈され、「現報」「善悪」「霊異」が相互に置換可能であるといっても、三語が同一の概念をあらわしているというわけではない。三語はともにこの説話集に記述される事象を指しつつ、その指し示す視点と姿勢に三様があるということである。つまり、編者は説話集に記述される事象に、三つの方向から規定を与えたといえよう。すなわち、「現報」とは説話に記述された諸事象に対する解釈であり、「善悪」は評価であり、「霊異」は知覚である。さらにいえば、「現報」は事象とその因との関係性に対する明瞭な認定を含み、「善悪」はそうした事象をひきおこす人の行為に対する峻厳な批判を含み、「霊異」は、事象それ自体に対する、あるいは事象とそれをひきおこす業因との関係の必然性に対する驚嘆を含む。

そして、このように「現報＝善悪＝霊異」という関係が与えられているとすれば、この説話集は題号のなかに明確な主張を含んでいる、あるいはそのように自称することによって、明確な主張を表明しているといえるであろう。それは結局、人間の行為の善と悪をめぐって宗教上の強固な規範を提示しようとするところに収斂していくであろうが、説話集という形態に即していえば、「霊異」と評すべき現象の一切は現報であり、因果の理の支配するところであるということ、すなわち、あらゆるあやしくめずらしい現象には、必ず何らかの因が存する、という主張である。

この問題は、先に掲げた山根対助の論文で具体的に扱われている。A論文において、道場法師系説話すなわち固有信仰に淵源するとみられ、必ずしも仏教的理念を具現するとはいいがたい上巻第一縁、第二縁、第三縁、中巻第四縁、第二十七縁をめぐって、「因果の理法をもつて説明されたため、そこに一種の齟齬が認められ」、しかし同時に「因果の理をもつて説明されるが故に奇事でそれはあり得た」と、因果の理法と奇事との緊密な相関関係を明確に指摘する。そしてB論文に、処女が神の子である石を産んだという下巻第三十一縁は、「我が聖朝の奇異しき事」と結ばれて、しかしこれは因果の理との関係をたどることのできない例外であるとする。これに対して、多田一臣「『霊異記』と景戒―自土意識をめぐって―」（『国語と国文学』第五三巻第一号　一九七六年一月）[注5]が、下巻第三十一縁に仏教性が稀薄であるけれども、「神秘の理をこうした神異譚の中に見出し、それが実は仏教の説く因果の理法と無縁でないことを信じようとするのである」と論じたところに従うべきであろう。「因果の理をもつて説明されるが故に奇事でそれはあり得た」というよりは、奇事が生起するゆえにそこに因果の理が存するのである。換言すれば、むしろ下巻第三十一縁のような例外と見えるものを含むことによって、つまり生起した事象が奇異であればあるほど、人智をこえていればいるほど、いっそう確かに因果の理がつらぬいていると感得されるわけである。事象の奇異性がかえって因果の理を支えもする。「現報＝善悪＝霊異の記」という題号はこのことを保証する。

【注】

（1）本書は、一九四五年には印刷を目前にして戦災に遭い、著者の逝去もあって刊行の機会が長く得られなかったものである。

（2）出雲路修『説話集の世界』（岩波書店　一九八八年）に収録された。

（3）題号についてのこの解釈は、また新日本古典文学大系『日本霊異記』「解説」に再説された。

（4）「儻二善慿一」についての、他の諸注釈の読みと解釈は以下の通りである。

日本古典文学全集『日本霊異記』（小学館　一九七五年）…善慿を儻《かたちは》ひ／善悪を類別して（新編日本古典文学全集も同じ）

新潮日本古典集成『日本霊異記』（新潮社　一九八四年）…善慿に儻《かたちは》ひて／善悪に関心をもって

新日本古典文学大系『日本霊異記』（岩波書店　一九九六年）…善《よきこと》と悪を儻《たむら》として／善悪にかかわる説話を分類整理する（同書「解説」にも同じ趣の説明がある）

ちくま学芸文庫『日本霊異記』（筑摩書房　一九九八年）…善悪に儻《かたちは》ひて／善悪の出来事に関心を寄せて

（5）多田一臣『古代国家の文学　日本霊異記とその周辺』（三弥井書店　一九八八年）に収録。

2　日本霊異記の説話と表現——因縁の時空——

一　はじめに

日本国現報善悪霊異記、この長い題号を持つ説話集は、どのようなしくみをもって作品として成りたっているか。

説話集は説話の集成である。ところが、集を構成する諸説話は、発生や流伝の過程をそれぞれ異にしている。それら説話の発生や伝承は興味深い問題にはちがいないけれども、検討の範囲をそうした特殊個別的なところにとどめるかぎり、説話集そのものを説明したことにはならない。個々の説話は、発生と伝承経路を異にしながら、日本国現報善悪霊異記に属しそれを構成する一部分であることによって、この説話集固有の論理から自由でなく、またこの説話集の理念を分担すべく機能している。換言すれば、個々の説話がそれぞれの意味を提示しながら、複数の説話が互いに関連しあうことによって、説話集は、諸説話の意味の単なる総和をこえた理念を表現しうるのである。

日本国現報善悪霊異記の場合、その理念を直截的に記述してあるのは序文であり、端的に表明しているのは題号である。私見によれば、この説話集の題号は、①「日本国」②「現報」③「善悪」④「霊異」⑤「記」と分節しうるが、ここには②＝③＝④という関係が認められるのであって、②③④の三語は、この説話集に記述される諸事象に与えられた三様の規定であった。[注(1)] そして序文は、世の人が悪をとどめ善を修めるべく、現報とみなされるところの、因としての人の善悪の行為によって引き起こされる善悪の果であるところの、霊異を示すものであると宣言している。したがって、この記に説話として記述されるすべての事象は、現報すなわち善悪すなわち霊異の具体例にほかならない。

説話集と説話の関係を右のようにとらえたうえで、説話とそれを具体的に実現している言語との関係にも触れておかなければならない。日本霊異記（以下はもっぱらこの略称を用いる）において、説話が有効に機能するためには、説話が例証としてそれぞれ適切で明瞭な意味を提示しなければならない。そして、その意味の実現にふさわしい言語表現が必ず選ばれるであろう。

このように説話集は、（一）説話集、（二）説話、（三）言語という三つの水準において観察することができる。そして、それらはそれぞれⅠ編纂行為、Ⅱ説話行為、Ⅲ表現行為という三つの言語行為を通じて実現されると措定すれば、説話集を分析するとは、右の言語行為の性格と、それらの言語行為同士の関係を明らかにすることであろう。そこには、述べきたったところからすでに明らかであるように、表現行為→説話行為→編纂行為という関係がただちに想定される。しかし、重要なことは、そのような自明の関係を導き出して、もって一切を説話集の編纂意図や理念に収斂させることではない。説話行為は編纂の方針に、表現行為は説話の意味に強く規制されながら、表現行為を通じて説話の意味が、説話行為を通じて編纂の方針が、はじめて実現しうる関係にもある。したがって編者は、編纂の意図や説話の意味に還元しきれないものと出遇うであろうし、言語とそれが相手どる世界との間に複雑で動的な関係がとり結ばれることになるであろう。そうした言語行為の具体相を分析することこそ、説話集が成り立っているしくみを明らかにすることであり、説話集というものが提起している文学的課題に応える方法であろう。

二　縁・宿縁・因縁

日本霊異記の説話は、それぞれ標題をそなえている。標題は、その説話に記述されるできごとの概要を示し、それを「縁」という語で括る。たとえば、

贖二亀命一放生得二現報一亀所レ助縁第七　（上巻）

偸二用子物一作レ牛役之示二異表一縁第十　（上巻）

などのように、その前半に因としての善悪の行為を、後半に果としての善悪の報を示すのが最も一般的である。

標題を括る「縁」という語は、唐土の衆経要集金蔵論、諸経要集などの仏教類書に用いられているとの指摘がある。衆経要集金蔵論は、「邪見縁第一」（A）などの綱目を設け、そのもとにたとえば、「須達家老婢過去起二邪見一得二悪報一縁」（B）など複数の小綱目をたてて、経典類から物語を引用する、諸経要集は、「普敬述意縁第一」などの綱目をもち、右のB類に相当する小綱目を有しない。

これら「縁」の語は、ある種の漢訳経典に遡源するとみられる。

仏説孫陀利宿縁経／仏説骨節煩疼因縁経　（仏説興起行経）

満賢婆羅門遥請仏縁　（撰集百縁経）

金財因縁品／快目王眼施縁品　（賢愚経）
十奢王縁　（雑宝蔵経）

このように、経典名あるいはその品題に「縁」字を含むものがある。右の諸例によって、「縁」は「宿縁」「因縁」という語と関連することが知られるが、これら三語が同一の経典のなかに品題として同居していること、そして「縁」「宿縁」「因縁」の語で括られる品の間に特別な差異は認めがたい（ただし、なぜ同一経典内で品題に相違があるかはわからない）ことから、三語の義はほぼ同一とみなしてよいであろう。

これら「縁」「宿縁」「因縁」と題される物語は、アヴァダーナに相当する。岩本裕『仏教説話研究序説　仏教説話研究第一巻』（開明書院　一九七八年）、『仏教説話の源流と展開　仏教説話研究第二巻』（開明書院　一九七八年）等によれば、アヴァダーナとは、釈迦を主人公とするジャータカ（本生譚）と同じく、（一）現在物語、（二）過去物語、（三）連結の三部分から構成され、かつ本生譚とは異なるいくつかの特徴をそなえているという。そうしたアヴァダーナを漢訳した物語に与えられた「縁」という語の性格は、諸経要集や衆経要集金蔵論のA類ではなく、小綱目のB類に継承されていると観察される。

日本霊異記の標題を括る「縁」字の用法は、アヴァダーナ経典の品題および衆経要集金蔵論のB類と重なるところが大きい。就中、衆経要集金蔵論B類は、前半に過去世のできごと、後半に現世のできごとを示し、その二つに関連を与えようとする点で、日本霊異記における、前半に因を後半に果を示す標題のたて方と近似する。標題が近似するということは、そこに記述されるできごとの構成が近似するということであり、あるいはそのできごとを記述し提示する立場と方法が近似するということである。

しかしながら、漢訳経典と日本霊異記の説話との相違は小さくない。そのことを、経典の因縁譚を含む説話を軸に検討することとする。

三　中巻第四十一縁

次に掲げるのは、中巻第四十一縁全文の訓み下しである。

Ⓐ河内の国更荒の郡馬甘の里に富める家有り。家に女子有り。大炊の天皇のみ世に、天平宝字三年己亥の夏四月、其の女子、桑に登りて葉を揃《こ》く。時に大蛇有り。登れる女の桑に纏ひて登る。路を往く人、見て嬢に示す。嬢見て驚き落つ。蛇も亦副ひ堕ち、纏ひて婚《くなか》ふ。慌《ほ》れ迷ひて臥しつ。父母見て、薬師を請ひ召し、嬢と蛇と倶に同じ床に載せて、家に帰り庭に置く。稷《あはきび》の藁三束を焼き〔三尺を束に成して三束と為す〕、湯に合はせ、汁を取ること三斗、煮煎りて二斗と成し、猪の毛十把を剋《きざ》み末《くだ》きて汁に合はせ、然して嬢の頭足に当てて、橛《くひ》を打ちて懸け釣り、口を開きて汁を入る。汁入ること一斗、乃ち蛇放れ往くを殺して棄つ。蛇の子白く凝り、蝦蟆《かへる》の子の如し。猪の毛、蛇の子の身に立ち、閪《しなたりくぼ》より出づること五升許《ばかり》なり。口に二斗を入るれば、蛇の子皆出づ。迷惑《まど》へる嬢、乃ち醒めて言語《ものい》ふ。二の親の問ふに、答ふらく「我が意《こころ》夢の如くなりしも、今醒めて本の如し」といふ。薬服是の如し、何ぞ謹みて用ゐ不らむや。然れども三年を経て、彼の嬢、復蛇に婚はれて死にき。

Ⓑ愛心深く入りて、死に別かるる時は、夫妻と父母子を恋ひて、是の言を作す。「我死にて復《また》の世に必ず復相《あ》はむ」といふ。其の神識《たましひ》は、業の因縁に従ひて、或るは蛇馬牛犬鳥等に生まる。先の悪しき契に由りて、蛇の為に愛婚せられ、或るは怪しき畜生の為に愛欲せらるること一に非ず。

Ⓒ経に説くが如し。昔、仏と阿難と、墓の辺よりして過ぎしに、夫妻二人、共に飲食を備けて、墓を祠《まう》りて慕ひ哭く。夫は母を恋ひて啼き、妻は▼注(2)姨を詠《しの》ひて泣く。仏、妻の哭くを聞き、音を出して嘆く。阿難白して言はく

「何の因縁を以てか、如来嘆きたまふ」といふ。仏、阿難に告ぐらく「是の女、先世に一の男子を産む。深く愛心を結び、口に其の子の閛《まら》を噍《す》ふ。母三年を経て、儵倏《たちまち》に病を得、命終はる時に臨み、子を撫で閛を唼《す》ひて、斯《か》く言ひき。『我、生々の世、常に生まれて相《あ》はむ』といひて、隣家の女に生まれ、終に子の妻と成り、自らが先の骨を祠りて▼注(3)、今慕ひ哭く。本末の事を知るが故に、我哭くのみ」とのたまへりといふは、其れ斯れを謂ふなり。

Ⓓ又経に説くが如し。昔、人の児有り。其の身甚だ軽く、疾《はや》く走ること、飛ぶ鳥の如し。父、常に重みし愛《うつく》しび、守り育つること、眼の如し。父、子の軽きを見て、譬へて言はく「善きかな、我が児、疾く走ること狐の如し」といふ。其の子命終はりて、後に狐の身に生まる。善き譬を願ふ応《べ》し。悪しき譬を欲《おも》はざれ。必ず其の報を得むが故なり。

右は、もっぱら日本古典文学大系（岩波書店　一九六七年）により、その他の注釈を参照し、また私見を加えた。

この説話で解釈が大きく分かれているのは、Ⓑ部分の「是の言を作す」主体が誰かという点である。諸注釈、諸説のいくつかは、蛇に犯されて死にゆく娘の言と解して、Ⓐ部分とひと続きの叙述とみなしているけれども、そうすれば、「夫妻と父母子を恋ひて」の部分の「夫」を蛇、「子」を蛇の子と解するほかなく、また「妻」「父母」の語が脈絡を失って、やや無理がある。この説話の部分は、よるべき伝本としては真福寺本しかなく、対校すべき本文を欠くために解読がむずかしい。諸注が推測しているように、真福寺本に誤脱があるのかもしれないが、まずは日本古典文学大系『日本霊異記』の理解に従うべきであろう。すなわち、Ⓑ部分は、人が死に臨んで肉親と別れがたい思いのままに、来世もまた夫婦あるいは親子として生まれあおうと契り、その因縁によって、次の世人間に生まれあるいは畜生道に堕ち、道を隔てて交合することがある、ということを一般的に述べて、Ⓐ部分に記述されたできごとを意味づけ解釈しようとしているのであろう。敷衍すれば、河内の国の娘が蛇に犯されたのは、前世において夫婦であった者が、今生に妻は人間、夫は蛇にと生まれた世界を異にしながらも、前世の契りによって交合する結果になったのである、と編者は説明しようとしているのではないか。

ちなみに、この物語を巻第二十四第九に収録した今昔物語集は、Ⓑ部分以下を採録しなかった。右の傍証としてよいであろう。また、宝物集巻第五に、

昔、妻おとこかたらひて、生々世々女おとこたらんとちぎりけるものの、女は人にむまれ、男は蛇にむまれたりけるが、妻池のほとりをとをりけるに、〔この〕蛇しまきつきて、嫁しけること侍りけり。

（新日本古典文学大系　二五一頁）

と出典の知られない説話が載り、これも参考になる。

四　因縁を説く者

中巻第四十一縁にはさらにⒸの記述が続く。典拠は知りがたいけれども、何らかの経論に淵源するものであろう。それはおおむねアヴァダーナの様式をそなえている。

（一）夫婦が母の墓を祠って泣いている。―現在物語

（二）母が子を愛するあまりその閛《まら》を吸い、臨終に「生々世々生まれあおう」と言った。―過去物語

（三）子の妻である隣家の娘は、前生において子の母であった。―連結

経典の因縁譚がそうであるように、Ⓒの場合も、現在の何某が過去の何某であると明かす、すなわち連結を与えるのは釈迦である。当事者はもとより、高弟阿難にも知られなかった夫婦の過去の因縁が、ただ仏眼にのみとらえら

れている。つまり、現在物語と過去物語の連結の正しさは、それがほかならぬ釈迦によってなされるところに、無条件に保証されているといえるであろう。

しかし、本朝を舞台とする日本霊異記の因縁譚に釈迦は登場しない。その場合は、誰がどのようにして連結を説き、またその真実性はどのように保証されるか。たとえば中巻第三十縁。

(一) 行基の説法を聴聞する一女人の子が泣き騒ぎ妨げとなる。行基は、その子を淵に投げよと命ずる。投げられた子は、「慨《ねた》きかな。今三年《みとせ》徴《はた》り食《く》はむをや」と言う。—現在物語

(二) 女人は、先世に人の物を借りて弁済しなかった。—過去物語

(三) 行基の説くところによれば、昔の貸主は現在の子で、借主は母であった。—連結

この物語が経典の因縁譚と同一の構成をそなえていること、ただし過去物語を語り連結を与えるのが釈迦でなく、行基に転換していることが知られる。行基は文殊菩薩の化身であり(上巻第五縁)、その資格は十分そなわっていたのである。

この説話は、次のような結語をもっている。

所以《このゆゑ》に出曜経に云《のたま》はく「他《ひと》に一銭の塩の債《もののかひ》を負ふが故に、牛に堕《お》ち塩を負ひ駈《おひつか》はれて、主《ぬし》の力を償《つくの》ふ」とのたまふは、其れ斯《こ》れを謂《い》ふなり。

これは、出家して阿羅漢果を得た兄が、俗にある弟に仏道帰依をすすめていたが、ついに受け容れずに死んだ、弟は牛に生まれて塩を運んでいる、兄が説法すると牛は悲嘆の様子を見せる、牛の主が事情を問うと、兄は、弟が前世に一銭の塩の代を払わなかったために、現在牛に身を受けていると説く物語であった。この場合も、過去物語を語り連結を与えるのは釈迦ではないが、それを説く兄が羅漢果を得ていることを前提に、その真実性が保証され、この物語は因縁譚たりえている。

中巻第三十縁の物語は、経典の因縁譚と構成を等しくし、特に出曜経のそれと近いけれども、なお独自の要素をそなえている。それは、淵に投げられた子の「今三年徴り食はましを」という言である。その意味は、はじめ母にも読者にもわからないが、行基の説く連結に接して一挙に了解されることになる。換言すれば、子の吐いた言葉は、行基の与えた連結を裏づけるものとして機能している。

中巻第四十一縁に引用された墓前で泣く夫婦の物語、中巻第三十縁に引用された塩を負う牛の物語に、こうした裏づけに相当する要素を欠いていることは重視されてよいであろう。日本霊異記の因縁譚にあっては、釈迦にかわるべき存在を登場させ、さらにその連結を裏づけるべき事物を物語の構成に組みこむ工夫をしている。

それは、たとえば中巻第十五縁においても同様である。

高橋東人は、亡き母のために法華経を書写し、供養の導師に乞食僧を請じた。供養の前夜、乞食僧の夢に赤牛が現れて、「自分は東人の母である。前世に東人の物を盗み用いたために、今牛の身を受けてその債をつぐなっている。このことが真実か否かを知りたいならば、説法の堂に座を設けよ。自分はその座に上るであろう」と告げた。導師の乞食僧は、供養の席で夢のことを語り、東人が座を用意すると、はたして赤牛がそこに伏した。

この場合、過去物語は、赤牛＝母の口から語られる。当事者によって語られる因縁譚は、経典のなかにもたとえば賢愚経巻第三微妙比丘尼品のように、例のないことではないが、注意されるのは、それを乞食僧が取りつぐ構成をもっている点である。この乞食僧は学も智もなく賤しい。しかし、日本霊異記における乞食僧は、たとえば、

袈裟を著《き》たる類《ともがら》は賤《いや》しき形なりとも恐《おそ》りざるべからず、身を隠せる聖《ひじり》人其の中に交《まじは》るが故なり。

（中巻第一縁）

と説かれる通り、しばしば奇瑞をあらわし、特別な呪力をそなえていると考えられている。最も聖なる者は最も賤

なる姿をとっているとすれば、この乞食僧も、夢の中の死者の言葉を取りつぐ資格を持つと見なされたのである。

第二に注意されるのは、因縁が夢を通して明らかになることであろう。夢はしばしば現実以上に確実であり、現実の世界ではとらえられない隠された真実を開示すると信じられていた時代であった。

第三に重要なことは、用意した座に牛が伏すというてんまつが記述されている点である。これは、夢のなかの牛＝母の言葉、そしてそれを取りついだ乞食僧の言葉の真実性を裏づける機能をはたすであろう。夢の告げが常に真実であるとはかぎらないし、乞食僧が常に聖人であるとはかぎらないから、過去物語と連結の正しさを支えるべき事実が要請され、それが物語の構成に組みこまれたのである。

このほか、前生の債をつぐなうために人が家畜に転生する物語は多い。

椋家長公《くらのいへぎみ》の父は、子に無断で稲を人に与えたために牛の身を受けて使役されている。家長が方広経供養のために請じた僧が牛にこのことを告げられ、僧はこれを親族に告げた。家長が、実の父ならばこの座につけと言って藁を敷くと、牛はその上に伏した。（上巻第十縁）

延興寺で使役されている牛は、前生に寺の薪を人に与えた恵勝《えしょう》の転生である、と見知らぬ僧が語った。その僧は観音の化身であった。（上巻第二十縁）

大伴赤麻呂は、まだらの牛に転生した。その紋様は、寺の物を借りたままに死んだのでそれを弁済すべく牛の身を受けた、という文字として読みとれた。（中巻第九縁）

薬王寺に使役されている牛は、寺の物を借りたまま死んだ物部麿《もののべのまろ》の後身であると告げる夢を、岡田石人《いはひと》がみた。この夢告は、桜の大娘《おほをみな》の証言と符合した。また、牛は、夢で告げた通り八年の役をつとめたのち姿を消した。（中巻第三十二縁）

田中広虫女は、慳貪で様々の不正をして財をたくわえていたが、夢のなかで、現報を得るであろうとの閻魔王の告げを受けた。広虫女が死んでよみがえった時には半身が牛になっていた。

（下巻第二十六縁）

右にはそれぞれ、連結を与える存在、連結の裏づけとなるべき事実が設定され、因―果関係の真実性を強調するような構成と叙述の方法をそなえていることが知られるであろう。▼注(5) そして、それは唐土の因縁譚と共有する性格であった。

卞士瑜の父は、債をつぐなわなかったために牛の身を受けた。その牛の腰と左跨の紋様は、生前の腰帯と笏にそっくりであった。債主が、「卞公よ、どうして弁済しなかった」と言うと、牛は両膝を屈し頭を地に打ちつけた。

（冥報記巻下第十一）

ある女が、息子の物を無断で娘に与えてつぐなわなかったために驢に生まれた。母は、娘の前に傷ついた姿を現し、息子にむごく扱われた苦を訴えた。息子が牽いて帰って来た驢の傷と娘が幻に見た母の傷は一致し、また息子の扱いと母の訴えたことも符合した。

（冥報記巻下第十五）

日本霊異記の因縁譚が、唐土の霊験記の因縁譚の方法を継承していることは明らかであろう。

五　中巻第四十一縁の機能

ふたたび日本霊異記中巻第四十一縁にもどる。

娘が蛇に犯される物語に、Ⓑ Ⓒ Ⓓの記述が続くことによって、この説話を編者がどのように意味づけて提示しているかはほぼ明らかである。多くの生を貫いて作用し続ける業因、就中、愛欲の業の強さが示されていると理解される。ただし、この物語が、ⒸやⒹ、唐土の、また前節に掲げた日本霊異記のその他の因縁譚と異なるのは、過去物語相当部分と連結が、物語の構成として組みこまれていない点である。もとより、三年後娘はふたたび蛇に犯されて死んだと記述されているところに、娘と蛇の交合が決して偶然の事故ではなかった、つまり、娘と蛇は前世からの深い因縁によって結ばれており、ついに今生はそれをのがれることができなかったし、このことがまた来世にも及ぶであろう、と示唆的に語られてはいる。すると、この物語が前生あるいは後生の物語と組み合わさっていないからこそ、ⒷⒸⒹを付加する必要があったといえないであろうか。換言すれば、ⒷⒸⒹ就中Ⓑ部分は、編者がみずから与えた連結である。そして、ⒸⒹの類例を提示することによって娘と蛇の前生物語の存在を想定し、因―果関係の必然であることが強調されているのにちがいない。

また、日本霊異記の説話の末尾には、経論の文を引用するものが少なくない。すると、それらにあってはいかにも、その物語が経論の文の具体的例証であり、経論の文を根拠づけるものであるかにみえて―実際に説法の場などで物語がそのように機能したことがあったかもしれないが―日本霊異記の文脈では、経論の文が物語を根拠づける関係にあるといわなければならない。

こうして、過去物語をそなえていない、つまり物語の構成自体を通して因―果関係の明示されていない物語は日本霊異記に少なくないけれども、それらも単に奇異譚として提示されているとみることはできない。そのことはすでに、山根対助「道場法師系説話の位置―日本霊異記の序に添つて―」（『国語国文研究』第一八・一九号　一九六一年三月）、池辺実「『日本霊異記』の読み方について」（『日本文学』巻第二四第六号　一九七五年六月）▼注(4)などが、日本霊異記に記述される一切の奇異なる事象の背後には、必ず因果の理が貫徹している。現報＝善悪＝霊異の記という題号こそはそれを保証し、そのような題号と論理を有する説話集に属するかぎり、すべての説話は、そうした理念を実現すべきものであった。

中巻第四十一縁の場合も、娘と蛇の交合の物語が、三輪山式神婚伝承をその原型としてもっていることは広く認められている。とすれば、日本霊異記の編者は、仏教以前の固有信仰の世界にねざす物語を、仏法の論理で捉え直し、因縁譚として提示したのである。こうして、蛇体をとって訪れる神との結婚、神の子を産む神話は、愛欲の業のあらわれとして否定的に記述されることになった。

如上の解釈は、しかし十分とはいえない。なぜならば、編者はこの説話に、

女人大蛇に婚はれ、薬の力に頼りて命を全くすることを得る縁

という標題を与えているからである。この標題とⒷⒸⒹを通しての意味づけとは背反している、少なくとも整合していないようにみえる。編者がこの説話をやや未整理のままに提示していることは否定できないけれども、この説話には標題の通りの意味が提示されていると、まずは受け取るべきであろう。

日本霊異記には、標題に「得㆑全㆑命」の句を含む説話が他に三例ある。いずれも下巻の次の条々である。

将㆑写㆓法花経㆒建㆑願人断㆑日暗穴頼㆓願力㆒得㆑全㆑命縁第十三

漂㆓流大海㆒敬称㆓釈迦仏名㆒得㆑全㆑命縁第二十五

用㆑網漁夫値㆓海中難㆒憑㆓願妙見菩薩㆒得㆑全㆑命縁第三十二

いずれも、「得㆓悪死報㆒縁」などと対照的に、善行によって生命の危機を脱する物語であった。これらを参照しても、中巻第四十一縁にあっては、娘が医薬の力によって善い果を得る物語として提示されていることは明らかであろう。

とすれば、医術と仏法はどのような関係にあるか。ふたたび、「得全命」の句を含む標題とつき合わせると、薬は、経典書写の願の力、釈迦の名を称える力、妙見菩薩を念ずる力と同様の力をそなえていることが知られる。ここに記された医薬と治療法は、おそらく中国大陸あるいは朝鮮半島から伝来した新しい文明であったのであろう。唐大和上東征伝によれば、鑑真が日本にもたらすべく用意した品物には、医薬が含まれていた。このように、薬と

医術は、仏法とともに伝えられた新しい文明的な呪術であり、決して仏法と無縁ではなかった。つまり、医薬は、蛇体で訪れる神との結婚、神の子の懐胎という、古い信仰や習俗を克服しうるものとみなされていたはずである。

このことをこの物語に即して言い換えると、医薬は愛欲の業を断ずる有力な方法であった。娘は三年後ふたたび蛇に犯されて死に、結局は業の深さを示すことになったけれども、説話本文のなかに「薬服是の如し、何ぞ謹みて用ゐ不らむや」と確認し、標題にもこれを明示する通りである。

ここに記されているような治療法が、確かにあったかどうかは知りえない。ただ、後世のものであるが、次のような資料ならば示すことができる。

対二治蛇毒一事　師物語云、或仁内方ノ陰中ニ蛇入タリケルヲ、何ニ加二医療一雖レ致二祈禱一不レ叶ケル間、嘱二衆僧ヲ一大般若ヲ奉二転読一。其時此女房睡夢ノ中ニ、見二極端厳ノ童子一。白杖ヲ持テ彼ノ陰ノ中ノ蛇ニ向テ云ク、急キ可レ出也云云。蛇ノ云ク、能居所ニテ臥レ之間、努々不レ可レ出云ヘリ。其時童子云ク、猪ノ逆貌毛ヲ細ニ切テ、吉酒ニ和合シテ令レ服時如何。其時此蛇憂悩気色アリト見テ覚ヌ。其時如レ夢事調テ令レ服。即時此蛇下畢。此猪毛毎二蛇鱗一立テ死タリ云云。因物語云、猪ハ以レ蛇為二食物一。故亥歳ノ人ヲモ毒蛇ヲ不レ食也。此事ヲ以テ可レ思レ之也云云。

（渓嵐拾葉集巻第六十八）

ここに記された師の物語が、直接日本霊異記にもとづいてなされたのでないことは明らかであるが、猪の毛を調合する点、それが蛇の子ないし鱗に刺さる点、まったく無関係であったといいきれないふしもある。師の物語が日本霊異記を遠い淵源としていたとすれば、女が蛇に犯される物語がかたちをかえつつ、その療法とともに伝承されていたことの意義は小さくないであろう。[注(6)]この物語が治療法とともに伝えられているということは、そこに語られる奇異なるできごと自体への関心ばかりでなく、治療法への関心もまた伝承を支えてきたということである。この治療法は有用な知識であって、もしこのような仕儀にたちいたったときは、伝えられている通りに施療すれば、生命の危機を脱することができると考えられていたのである。日本霊異記に、薬品の分量と調剤の方法が、また施療の経過が詳細かつ具体的に記述してある理由の一つでもあった。

六　例証としての説話群

日本霊異記の説話は、現報＝善悪＝霊異の具体例として機能しなければならなかったから、その物語も、因—果関係の真実性を強調するような構成を有することになったし、またそうした物語が選ばれたのである。

そして、説話が例証であるためには、その物語の事実性が求められた。仏教において説話とは、しばしば教理の理解に資する譬喩であった。日本霊異記の説話もまた、そうした側面をもつことは確かであるが、教理の理解に資する譬喩譚は、必ずしもそれが事実であることを要求されない。じつは、日本霊異記の説話が例証であるとは、その物語が事実として提示されていることを確かめてはじめていえることである。

物語の事実性ということについては、たとえば唐土の冥報記も配慮を怠っていない。すなわち、その説話の末尾には、少数の例外を除いて細字の次のような注記がある。

此寺臨外祖斉公所レ立。常所二遊観一。毎レ聞二舅氏説一、云レ爾。（上巻第二）

殿中丞相里玄奘、大理丞采宣明等、皆為レ臨説云レ爾。臨以二十九年一、従二車駕幽州一問二郷人一亦同云レ爾。以二軍事一不レ得云。（上巻第七）

文本自向レ臨説云レ爾（中巻第十五）

いずれも、ここに記されたことがらは編者唐臨が直接聞いたものであること、および情報の提供者（そのできごとの当事者ないし関係者で、しばしば編者の縁者知人である）を明記している。こうした注記が、物語に事実性を与えようとするものであったことは明らかである。記述されたことがらが確かな事実であることによって、因果応報の例証として有効に機能しえたのである。

ところが、日本霊異記にあっては、下巻第三十八縁に景戒の自伝的記事—もちろんこれは自伝を書くこと自体に目的があったのでなく、「災と善との表相先づ現れて、後に其の災と善との答を被る縁」と題される通り、因果の例証であり、体験者の自記であることによって有効な例証たりえた—があるほか、冥報記のようなかたちで、物語の伝承経路や情報を提供した人物などに関する注記を加えることはない。日本霊異記にあっては、物語の外側からでなく内側からその事実性を支えようとしたとみられる。第一はすでに述べたように物語の構成を通して、第二は以下検討するように表現の方法を通して。

日本霊異記は、説話を年代順に配列する方針をとっている。したがって、説話にはそのできごとがどの天皇の治世に起きたかを記すことが多く、さらに具体的に年号や月日を示す場合もある。なかには、上巻第三十縁、下巻第十、第十四、第十九縁などのように時刻まで記す例もあった。そうした具体的で詳細な記述は時ばかりでなく、処、人についても同趣である。

また、日本霊異記は、序文などに口頭伝承を採録した旨をくりかえし強調しているけれども、実際は少なからぬ文献資料を利用したふしがある。上巻第五、第二十五、第三十縁、下巻第三十五、第三十七縁に、「本記」「記」「録」「解」などのあったことを記している。いまそのなかから最も短小な説話を示す。

大伴赤麻呂は、武蔵国多摩郡の大領なり。天平勝宝元年己丑の冬の十二月の十九日に死ぬ。二年庚寅の夏五月の七日に、黒斑《くろまだら》なる犢《こうし》生る。自《み》づから碑文《しるし》を負《お》ふ。斑の文《ふみ》を探《あなぐ》るに、謂はく「赤麻呂は、己れが造る所の寺を擅《ほしきまま》にして、恣《ほしきまま》なる心に随ひて寺の物を借用て報い納めずして死亡《し》ぬ。此の物を償《つくの》はむが為の故に牛の身を受くるなり」といふ。茲《ここ》に諸の眷属《やから》と同僚《ともがら》と、慚《は》愧づる心を発《おこ》して、懍《おそ》るること極《きはま》り無くして、謂はく「罪を作ること恐るべし。あに報《むくい》無かるべけむや。此の事季《すゑ》の葉《よ》の楷模《かたき》に録《しる》すべし」といふ。故に同じき年の六月の一日に諸人《もろひと》に伝ふ。冀《こひねが》はくは、慚愧《はぢ》無き者《ひと》斯《こ》の録《ふみ》を覧《み》て心を改め善《よきこと》を行ひ（下略、中巻第九縁）

このできごとを目のあたりにした眷属の同僚は、記録して広く世に伝えたという。景戒は、その記録をもとにこの説話を成したのであろう。時、処、人に関する記述が詳細で具体的であるゆえんである。しかし、ここから、時、処、人に関する情報が詳細で具体的な説話は、記録に依拠したと議論をすすめるのは、短絡であり問題の一面化であろう。重要であるのは資料の性格でなくて、日本霊異記の表現の問題である。日本霊異記が記録や解などの文字資料を採録する方法で説話を形成し、その結果、時、処、人に関する記述が整えられたということがあったとしても、記録や解の記述の方法が日本霊異記の説話のあり方に十分かなうものであったことが、むしろ重要である。日本霊異記には、実録性がめざされていた。時、処、人に関する詳細で具体的な記述は、事実性を強調する方法であるとは、小林保治「冥界往来（下9）」（山路平四郎・国東文麿編『日本霊異記』早稲田大学出版部　一九七七年）が、すでに指摘した通りであろう。また小林が述べているように、詳細かつ具体的であったのは、時、処、人についての記述ばかりではなかった。場面や状況、人の言動や表情、生起し展開する事件についても同様である。

また、小泉道「『日本霊異記』の文章管見―〈時〉に関する記述をめぐって―」（『論集日本文学・日本語　1上代』角川書店　一九七八年）は、年月日の記載ばかりでなく、時の経過に格別の留意を払って叙述されていることを指摘する。すなわち、ことがらの叙述に〈先―今〉〈―後―〉という対応関係を構えているのは、因―果の関係性を強調する文章の様式であるという。

日本霊異記における説話は因―果の具体例であり、具体例としてのさまざまの事実を記した「記」であった。記述されたことがらが確かな事実であることによって、またことがら同士が因―果の理を具現することによって、それは例証として有効に機能しえたし、また機能すべく表現の方法が選びとられたのである。

七　日本霊異記の方法

説話は、日本霊異記に採録される以前に、たとえば説法の席などで語られていたであろう。上巻第十縁、中巻第十五縁に法会の導師が人間の家畜転生の物語を語り、中巻第三十縁に説法の席で行基が、過去世の借主から子に生まれてむさぼる物語を語る場面があるのは、因縁譚がそのように利用されていたことの反映とみることができる。また、冥界の物語は多くそこからよみがえった人の口から直接語られる構成をもっているのも、実際にそれを語り聞く場があったことを示唆する。

後世の例から推せば、景戒の時代にも霊験譚や縁起譚は、それにまつわる具体的な物を指し示しながら語られることが多かったであろう。たとえば、河内の里人が仏の絵像の由来と霊験を語る（上巻第三十三縁）、仏像が盗人に半ば破壊されかかり霊験を示した（中巻第二十二縁）、弥勒像が蟻のために頸を噛み砕かれて霊験を示した（下巻第二十八縁）、法華経が火災に遇っても焼けなかった（下巻第十縁）。これらの物語は、半ば壊れたままのあるいは修復の跡のある像や、焼けなかった経巻を示しながら語られたこともあったであろう。そうした霊異の具体的なしるしとともに語られることによって、語られることがらが事実と信じられ、仏法の霊威の大きさと確かさがいっそう効果的に伝えられることになる。そして、日本霊異記の表現は、そのような場の語りの方法に学ぶこともあったにちがいない。よみがえった人が直接冥界の体験見聞を語る構成や、

今弥気堂《みけだう》に安置《お》きて、弥勒の脇士に居《お》ける菩薩是れなり。左は大妙声菩薩、右は法音輪菩薩。

（下巻第十七縁）

などのように、霊験を示した具体的な物の現存を述べて物語を閉じることがあるのは、口頭の語りの痕跡ないし語

りの方法の応用とみなしてよいであろう。

しかしながら、日本霊異記は、霊験の証拠となるべき具体的な事物の支えを受けることなく、そのできごとを体験したあるいは見たと称する一人ないし多数の人の証言の助けをかりることなく、文字言語のみで書かれなければならなかった。文字言語、しかも外国の文字のみをもって、そのできごとが事実であること、それが現報＝善悪＝霊異の具体的なあらわれであることを示さなければならなかった。この条件が、日本霊異記の表現を最終的に決定したといわなければならない。そして編者は、見、聞き、語るのとは異なるしかたで歴史や現実に臨み接することになった。そこでは、歴史や現実を因果の理に収斂させる方向でしか解釈し意味づけることはできなかったかもしれないが、そうすることによって、世界の総体と称してよいものが、時空のなかに新しくとらえられたのである。

【注】

（1）森正人「日本国現報善悪霊異記の題号と序文」（『日本文学説林』和泉書院　一九八六年九月）、本書第二章1。

（2）「姨」には、「イモ　―ジフトメ　コシフトメ　ヲハ　ヨメ　ハ、カタノヲハ」（観智院本類聚名義抄）のような義がある。この場合は、夫の母つまり「しうとめ」の意で用いられていると解すれば、叙述に一貫性があるけれども、根拠を提出することはできない。「しうとめ」は、「爾雅云、夫之母曰㆑姑」（倭名類聚抄）のごとく「姑」が一般的である。なお、日本霊異記中巻第三十二縁の訓釈には「姑　乎皮」とあり、この場合は「姑女」という固有名詞の一部である。

（3）真福寺本「祠自夫骨」。「夫」を「先」の誤字と見なす。みずからの先世の骨を祠るという皮肉な事態が述べられていると解すれば、叙述に一貫性がある。なお、中村宗彦『古代説話の解釈　風土記・霊異記を中心に』（明治書院　一九七五年）「日本霊異記」第二章各縁試解は、「自夫」を「自分と夫」の意とし、「過去の自分である母とその夫」すなわち現在の夫の両親の骨を祀ると解している。

（4）池辺実『説話の本質と研究』（新典社　一九九二年）に収録。

（5）三浦佑之「霊異記説話の〈夢〉―〈こもり〉幻想における仏との出会い―」（『古代文学』第一九号　一九八〇年三月）は、唱導の場との関係を示唆しながら、説話のなかの証拠と証人によって、霊異譚の真実性が保証されていることを説く。

（6）この物語は、『日本昔話大成』に「一〇一A　蛇聟入・苧環型」と分類命名されている昔話に最も近い。昔話にも親蛇の退治、子蛇の堕胎が語られる。親蛇は針に刺されて死に、子蛇は蓬、菖蒲、菊などによっておりるという語られ方が多く、節句の植物の由来譚ともなっている。

［追記］

中巻第四十一縁Ⓑ部分の解釈に関しては、初出論文の発表後に刊行された新日本古典文学大系『日本霊異記』（出雲路修校注　一九九六年）、ちくま学芸文庫『日本霊異記』（多田一臣校注　一九九七年）も、蛇に犯された女の物語の続きではなく、愛情に関わる業の因縁について一般的に述べたものと解して、この解釈が通説となったといえる。

第三章●三宝絵

［概説］

三宝絵は、若くして出家した尊子内親王（冷泉天皇第二皇女、円融天皇妃）の仏教入門書として永観二（九八四）年十一月に源為憲が撰述した。源為憲は漢学者で、内記、蔵人などを経て時に三河権守であった。

序文によれば、題号の通り、本来「貴き事を絵にかかせ」これに「経と文《ふみ》と」を加え添えて奉られたのであった。三宝絵が絵に添えられたのは、若く高貴な女性にこそ最もふさわしかったといえよう。「女の御心をやる」ものとしての物語に言及し、それは「罪の根」にほかならないと退けるのであるが、三宝絵を提供するに当たり物語の享受法が応用されていたと見られる。

上巻に仏宝、中巻に法宝、下巻に僧宝を宛てる。序（「総序」と呼ばれたこともある）に撰述の趣意を述べ、各巻首に仏・法・僧それぞれの宝である所以を説く文章（それぞれの巻の「序」と呼ばれたこともある）を置き、説話を配列する。上巻は、釈迦が前世において檀波羅蜜、自戒波羅蜜、忍辱波羅蜜、精進波羅蜜、禅定波羅蜜、般若波羅蜜の六波羅蜜の行を務めたこと、これに釈迦の前世の菩薩行のこと七件を、経・論の説話を用いて語る。釈迦が仏となり得た理由を明らかにしている。中巻は、仏法が日本に伝来し、すぐれた聖たちによって受け継がれてきた歴史を、僧伝と霊験説話をもって示す。十八話を載録する。多くを日本霊異記に依拠する。下巻は、現在の僧の営みとして宮中、諸寺、民間で行われる法会を一月から十二月まで順を追って三十一項を記す。なかに（十四）比叡坂本勧学会の記事もある。これは大学寮の学生と天台の僧との共同で営なまれたが、撰者の為憲自身も加わったことのある法会であった。

東洋文庫『三宝絵　平安時代仏教説話集―』（平凡社　一九九〇年）および新日本古典文学大系『三宝絵　注好選』（岩波書店　一九九七年）を用いた。

1　三宝絵の成立と法苑珠林

一　はじめに

山田孝雄『三宝絵略注』（宝文館　一九五一年）巻末の文献索引だけによっても、三宝絵に引用される文献は七十七種の多きにのぼる。ほかに、単に「経ニ云ク」「仏ノタマハク」として文献名を示さずに続けられた叙述、あるいは引用形式を整えないが経論などに拠ったことが明らかであり、あるいは拠資料の存在が予想される箇所は多い。

源為憲の博学がしのばれるところではあるが、『三宝絵略注』所収「三宝絵詞の研究」の指摘に従うならば、たとえば、下巻八月（二十六）八幡放生会の条にみえる「梵網経」「六度集経」「雑宝蔵経」は放生会縁起によっての間接的引用にかかり、七月（二十三）文殊会条の「文殊涅槃経」は格文を介してのものであると見なされ、中巻の日本霊異記に基づく条（四）（九）（十四）の引用経典等も同断という事情がある。

しかし右のような例を差し引いても、出典文献の存することが明らかなあるいは予想される文献はなお少なくない。そしてそれら典拠の多くはつとに『三宝絵略注』の指摘するところであるが、不明のままうち置かれたものもみられる。さらに、出典の示し方に二様あり、それは為憲が直接参看したもの、直接参看しなかったものの別を表わすのであろうと、これまた「三宝絵詞の研究」の注意するところであるが、そこに介在した資料は右の三つの場合を除いて明らかにされていない。

以下は右のような点をめぐっての、三宝絵成立に関する基礎的な問題に関する一つの報告である。

二　三宝絵の法苑珠林引用

三宝絵の執筆に際しては、諸経要集または法苑珠林、あるいはそれらの抜き書きのごとき資料が手元に置かれていたと推測される。▼注(1)
たとえば、下巻（四）温室条の後半に温室の功徳を説く次のような叙述がある。

三宝絵	諸経要集巻第八・法苑珠林巻第三十三
アマタノ経ドモニ云ク、 〔1〕須陀会テムハ、ムカシ毗婆尸仏ノヨニ、マヅシキ人ノ子トナレリキ。スコシノ銭ヲモトメエテ、湯ヲワカシ食物ヲマウケテ、仏ヲ請ジタテマツリ、僧ヲムカヘテアムシキ。命終テ、天竺ニカタチスグレ光明アリ。後ニ仏ニナルニ、浄身如来トナヅクベシ。	〔イ〕又十誦律云。洗浴得二五利一。（中略） 〔ロ〕舎利弗。夏盛熱時有二一客作人一。園中汲レ水灌レ樹。見二舎利弗一発二小信心一。喚二舎利弗一脱二衣樹下一。以レ水洗浴身得二軽涼一。作人後命終即生二忉利天上一。有二大威力一。為レ功雖レ少。以レ遇二良田一獲レ報甚多。即下詣二舎利弗所一散レ華供養。舎利弗因二其信心一為説二法要一。得二須陀洹果一。

〔2〕又阿難昔羅閲祇国ノ民ノ子トアリシ時ニ、身ニアシキカサイデ、ツクロヘドモヤマザリキ。人カタラヒテ云ク、「僧ニ湯ヲアムシテ、ソノアミタラム汁ヲモチテカサヲアラハヾ、即イヘナム。又福ヲウベシ」トイヒシカバ、喜テ寺ニユキテ、ソノコトヲセシニ、忽ニイエニキ。コレヨリノチ生ル所ニ、カタチウルハシク、身キヨシ。九十一却ソノ福ヲウケタリ。今仏ニアヒタテマツリ、心ノ垢キエツキヌ。

〔3〕難陀比丘ハ、昔維衛仏ノ時ニ、一タビ衆僧ニ湯ヲアムシ、ニヨリテ、今王ノタネニ生テ、身ニ卅二ノ相ヲソナヘタリ。

〔4〕舎利弗、夏ヒデリセルニ、アツキ事ヲウレフ。人アリテ、水ヲクミテ、ソノ、中ニシテウエキニソヽク。舎利弗ヲ見テヨビテ、木ノモトニスヘテ、クメル水ヲアムシツ。命ツキテ忉利天ニ生ヌ。即舎利弗ノモトニクダリキテ、花ヲチラシテ恩ヲムクヒ、法ヲキヽテ果ヲエタリトイヘリ。

〔5〕モロコシノ往生伝ヲミルニ、(下略)

〔6〕阿含経ニモ五ノ功徳ヲトキ、

〔7〕十誦律ニモ五ノ利益ヲアラハセリ。

〔イ〕又賢愚経云。爾時首陀会天下二閻浮提一。(中略)乃往過去去毘婆尸仏時。此天彼世為二貧家子一。常行二庸作一以供二身口一。聞三仏説二洗僧之徳一。情中欣然便勤作務。得二少銭穀一用設二洗具。并及飲食一請二仏衆僧一而以尽レ奉。由二此福行一寿終之後。生二首陀会天一有二此光相一。七仏已来乃至千仏出世亦皆如レ是洗二仏及僧一。仏授記曰。於二未来世両阿僧祇百却之中一当レ得レ作レ仏。号曰二浄身一。十号具足。

〔ニ〕又雑譬喩経云。昔仏弟難陀。乃往昔維衛仏時人。一洗二衆僧一之福功徳。自追生在二釈種身一。珮二五六之相一神容晃昱金色。(下略)

〔ホ〕又福田経云。有二比丘一名二阿難一。白二世尊一曰。我念二宿命一生二羅閲祇国一為二庶民子一。身生二悪瘡一治レ之不レ瘥。有二親友道人一来語レ我言。当下浴二衆僧一取中其浴水上。以用洗レ瘡便可レ得レ愈。又可レ得レ福。我即歓喜往二到寺中一。加レ敬至レ心。更作二新井一香油浴具洗二浴衆僧一。以レ汁洗レ瘡尋蒙二除愈一。従二此因縁一。所レ生端正金色晃昱不レ受二塵垢一。九十一劫常得二浄福一慶祐広遠。今復値レ仏心垢消滅逮二得応真一。

〔ヘ〕又十誦律云。(下略)

〔ト〕又増一阿含経云。爾時世尊告二諸比丘一。造二作浴室一有二五功徳一。(下略)(大正新修大蔵経巻第五十四・七七〜七八頁、同五十三・五四三〜五四四頁)

『三宝絵略注』は〔1〕〔2〕〔6〕にそれぞれ賢愚経、諸徳福田経、増一阿含経を出典として挙げるが、三宝絵はおそらくそれらに直接拠ったのではない。右の三経を含め諸経律を連続引用する諸経要集巻第八または法苑珠林巻第三十三に、その順序こそ違うけれども次のように対応する。

〔1〕―〔ハ〕〔2〕―〔ホ〕〔3〕―〔ニ〕〔4〕―〔ロ〕

〔5〕―〔ヘ〕〔6〕―〔ト〕〔7〕―〔イ〕

諸経要集あるいは法苑珠林に依拠したとみるのが自然であろう。もっとも、諸経要集、法苑珠林の当該部分は「洗僧縁」「洗僧部」と標題されてその功徳を引証するところであって、三宝絵「温室」とのテーマの共通性がもたらした偶然として処理することも不可能ではない。しかし、少なくとも三宝絵の記述は諸経要集、法苑珠林に経典が省略引用された範囲を出ないこと、右のようにして求められる双方の関係箇所は多数にのぼること、それらがやはり諸経要集、法苑珠林の特定の巻、縁・部に集中する傾向にあることなどの様相は、そのいずれかとの直接引用関係を疑わせない。

ただ、そのことは具体的に検証される必要があり、あわせてそれが諸経要集であったか法苑珠林であったかも確かめられねばならない。

周知のように、諸経要集と法苑珠林は編者を同じくし、先に編まれた諸経要集が後に法苑珠林として改編増益されたという密接な関係にある。ために両者はその構成において酷似し、全般的に見て経論抄出の方法もほとんど同一で、わずかの例を除いて書写や刊行等の際に生じたと考えられる以外の文字の相違は認めがたい。したがって、それらと三宝絵との関係如何を検討する場合、字句異同の比較はほとんど無効であると予想される。

そこでいま、その関係箇所を一覧する三書対照表（後掲）をもって全体の様相をうかがうと、三宝絵が諸経要集とのみ関係する箇所は皆無という顕著な現象によって、おおよその方向は見定められるであろう。このような想定に導かれつつ、三宝絵下巻（十九）「比叡受戒」条に大乗戒の功徳を説く次の箇所を取り上げる。

梵網経ニ云、菩薩ノ戒《いむこと》ヲウケザルモノ、畜生ニコトナラズ。ナヅケテ邪見トス。ナヅケテ外道トス。モシ法師アリテ、一人ヲ、シヘテ菩薩戒ヲウケシムルハ、功徳八万四千ノ塔ヲツクルニマサレリ。イハムヤ、二人三人百千人ヲヤ。

このような文言は、しかしながら梵網経には見えない。そこで、これを法苑珠林に求めると、巻第八十九受戒篇第八十七三聚部第七損益部第二の次に掲げる傍線の部分と関連することは明らかであろう（なお諸経要集は当該部分を有しない）。

> 依二瓔珞経一云。仏言。①仏子。今為二諸菩薩一結二一切戒根本一。所レ謂二三聚戒是。②仏子。受二十無尽戒一已其受者。過二度四魔一越二三界苦一従レ生至レ生不レ失二此戒一。常随二行人一乃至成仏。（梵網経云。十無尽戒者。一不殺生。二不偸盗。三不邪婬。四不妄語。五不飲不酤酒。六不自讃毀他。七不説在家出家菩薩過失。八不貪。九不瞋。十不謗三宝。是名十無尽戒也。）③仏子。若過去未来現在一切衆生不レ受二是菩薩戒一者。不レ名二有情識者一。畜生無レ異。不レ名二為人一。常離二三宝海一。非二菩薩一。非レ男非レ女。名為二畜生一。名為二邪見人一。名為二外道一。不レ近二人情一。故知菩薩戒有レ受レ法而無レ捨レ法。有レ犯不レ失尽二未来際一。若有レ人欲レ受二菩薩戒一者。法師先為解説使二其楽著一。然後為受。又復法師能於二一切国土中一。教二化一人出家一受二菩薩戒一者。是法師其福勝レ造二八万四千塔一。況復二人三人乃至百千人等。
>
> （大正新修大蔵経巻第五十三・九三九b）

大正新修大蔵経本の表記形式に従えば、「梵網経云」以下「是名十無尽戒也」は小書され、②にいう「十無尽戒」についての割注であり、③「仏子。若過去未来現在」以下ふたたび瓔珞経の引用が続けられているとみるべきであろう。いま、念のために経原典についてみれば、①は菩薩瓔珞本業経因果品第六（大正新修大蔵経巻第二十四・一〇二〇b）に、②③は同（大正新修大蔵経巻第二十四・一〇二一b）に該当する。また割注の部分は、梵網経盧舎那仏説菩薩心地戒品十巻下（大正新修大蔵経巻第二十四・一〇〇四b～一〇〇五a）に「十重波羅提本叉」（「十無尽戒」に同義）として掲げられる十項目を略引したのであった。

三宝絵の錯誤が法苑珠林のこの箇所に起因することは明白である。為憲が法苑珠林の表記形式に充分注意を払わずに、「梵網経云」が③以下の部分にまで及ぶと錯覚したか、あるいは為憲の用いた法苑珠林では「梵網経云」以下の割注が本文化して③以下との区切りの判読を不可能にしてしまっていたかのいずれかであろう。そのいずれであっても、三宝絵の誤りは法苑珠林に依拠する以外には引き起こされない。

以上によって、三宝絵が法苑珠林を直接参看しつつ筆が執られたことの論証は果たされたと考える。

三　法苑珠林利用の諸相

三宝絵の法苑珠林に関係の認められる表現は八十箇所を超え、数値自体の高さもさることながら、それらは三宝絵の典拠ある箇所あるいは典拠が背後に予想される表現箇所の半数以上に及ぶ。もとよりそれらのなかには、法苑珠林を介することなく直接原経論ないしその他の資料に基づいたものも含まれようが、その弁別は必ずしも容易でない。

たとえばその一、二を挙げると、下巻（十）「智度論ニ云ク、仏トキ給。諸ノ施ノ中ニ」（新日本古典文学大系一六六頁）、下巻（十三）「優鉢羅花比丘尼本性経トクガゴトキハ、ウバラ花比丘尼」（同一七〇頁）、下巻（二十九）「大論ニトクヲキケバ、独ノ長者」（同二一八頁）などはいずれも大智度論に源泉をもつが、同時に法苑珠林にも対応箇所を有する。三宝絵が上巻の釈迦本生譚については大智度論に直接出典を仰いだことは疑いを容れないが、これらの場合、大智度論に直接基づいたか法苑珠林による間接的摂取であったかを決定するのはむずかしい。また、上巻述意部「梵王ノ天眼モ其頂ヲ不見《みず》、目連ノ神通モ其ノ音《こゑ》ヲ不窮《きはめず》」（同八頁）、この後半部のみは法苑珠林巻第二十五見解篇第十七述意部第二所引の密迹金剛力士経と関連するが、むしろ摩訶止観巻第一下「梵天不見其頂。目連不窮其声」（大正新修大蔵経巻第四十六・六b）に拠ったとみるべきであろう。このような類には当然慎重な扱いがなされなければならないが、さしあたり三書対照表には法苑珠林との関係箇所をゆるやかに判断して広く掲出することにして、いちいちの指摘はしなかった。ともあれ、それらをさし引いても法苑珠林の三宝絵成立に占める位置は依然として大きい。

なお、法苑珠林には抄出本のごときものもあったであろう。その関係箇所が法苑珠林の特定の巻、篇、部に集中する傾向のあるところから、三宝絵もあるいはそのようなものを用いた可能性もないではないが、いまのところそれを確かめる術はない。以下しばらく両書は直接関係にあるとして扱うことにする。

三宝絵における法苑珠林との関係箇所は、三書対照表から明らかなように上、中、下どの巻にも見られるが、特に序、各巻述意部[注(2)]および下巻各条の後半にそれぞれの法会、仏事を讃える部分に集中する。しかし、それは三宝絵の組織がおのずからもたらした現象と見るべきで、法苑珠林とのかかわりのなかで特別の意味を認める必要はなかろう。

一方、すでに指摘してきたように、三宝絵は法苑珠林の特定の巻、篇、部との集中的・連続的な対応関係が顕著である。これは、為憲が三宝絵各巻・条に盛るにふさわしい経論を法苑珠林の目録等によって検索し、利用したことを物語るものであろう。そしてその方法は、三宝絵の編述を容易にしたであろうことを推測させる。そこで、三宝絵が法苑珠林のどの巻、篇、部の経論を多く採用したかという点に注意を払っておいてよいかもしれない。いまそれらを頻度の高い順に掲げてみる。〈　〉内の数字は採用箇所数。

巻第三十三　興福篇〈9〉
巻第八十・八十一　六度篇布施部〈9〉
巻第十九　敬仏篇〈8〉

巻第九　千仏篇出胎部〈6〉

巻第四十二　受請篇〈5〉　（以下略）

右の篇目を見渡すと、それらの多くが「衆生と三宝のかかわり」ないし「衆生の側からする三宝」という範疇に属していることが知られるであろう。これは為憲が法苑珠林に何を求めたか、ひいては三宝絵がどのような志向をもって書かれたかを裏側から示すものともいえる。

如上の叙述をもって目的とするところはほぼ達せられたのであるが、引き続き三宝絵の法苑珠林利用の特徴的な一端を記しておく。

三宝絵上巻には十三条の釈迦本生譚が語られるが、そのうち法苑珠林との一応の関連が見出せるものは次の七条である。

三宝絵			法苑珠林	
条	標題	出典注記	巻・頁	出典
三	忍辱波羅蜜	大論	八十二・八九六	新婆沙論
七	流水長者	最勝王経	六十五・七八二	金光明経
八	堅誓獅子	報恩経	三十五・五五八	賢愚経
十	雪山童子	涅槃経	十七・四一三	涅槃経
十一	薩埵王子	最勝王経	九十六・九八九	金光明経
十二	須太那太子	太子須檀那経・六度集経等	八十・八七九	仏説太子須大拏経
十三	施無	菩薩睒経・六度集経等	四十九・六五六	睒子経

（表注）出典注記、出典の欄はそれぞれ三宝絵、法苑珠林に従った。

このうち第三と第八はまったく別種の経論、第七、十一、十三条は異訳である。第十は法苑珠林所引のものではなく原典に直接したと観察され、第十二条は原典か法苑珠林かの判断はできない。このようにみてくると、上巻各条の釈迦本生譚と法苑珠林とのかかわりは希薄であるといわなければならないが、注目すべき一例がある。

第三の忍辱波羅蜜条（忍辱仙人説話）は、三宝絵によると「大論ニ見タリ」として大智度論に基いたことは明白であるかのごとくである。しかしながら、三宝絵における主人公の呼称「忍辱仙人」を大智度論には「羼提仙人」とし、物語の展開も大筋においては一致するものの差異も小さくない。はたして三宝絵が大智度論に直接したか疑問のあるところであり、おそらくそれは法苑珠林所引新婆沙論に依拠している。▼注(3) 以下おおまかに三者の異同を示す。

三宝絵	法苑珠林	大智度論
忍辱仙人	忍辱仙人	羼提仙人
〔1〕仙人法ヲ説テ、世ヲ厭ヒ離ルベキ心ヲ説キ教フ。	仙人即為説二欲之過一。（中略）諸姉皆応二生レ厭捨離一。	仙人爾時為二諸婇女一讃二-説慈忍一。
〔2〕［国王］即来テ大キニ瞋リテ問ヒテ云ク、汝ハ何《な》ニ人ゾ。答ヘテ云ク、我ハ仙人也《な》リ。王又問フ、何《な》ニ態《わ》ザヲカ為ルト。答フ、忍辱ノ道ヲ行フト。王ノ思ハク、「我が瞋レル皃《かたち》ヲ見テ忍ブル心ヲ行フト云《いふ》ナメリ」トテ、	［国王］生二大瞋恚一。（中略）即前問レ之。汝是誰耶。答言。我是仙人。復問。在レ此作二何事一耶。答言。修二忍辱道一。王作二是念一。此人見二我瞋一故便言三我修二忍辱一。	［国王］瞋レ目奮レ剣而問二仙人一。仙作二何物一。仙人答言。我今在レ此修レ忍行レ慈。

〔3〕王ノ云ク、汝ヂサラバ一ツノ臂《ひぢ》ヲ延ベヨ、ト。仙人臂ヲ延ベタルニ、王大刀《た》チヲ以テ切リ落シツ。（中略）又一ツノ臂ヲ延ベサセテ切リツ（中略）又二ツノ足《あ》シ、二ツノ耳《み》ミ、鼻ヲ切テ、	爾時仙人便申㆓一臂㆒。王以㆓利剣㆒斬㆑之。（中略）時王復命申㆓余一臂㆒。即復斬㆑之。（中略）如㆑是次斬㆓両足㆒復截㆓両耳㆒。又割㆓其鼻㆒。	王即抜㆑剣截㆓其耳鼻㆒斬㆓其手足㆒。
〔4〕［仙人］即誓ヒテ云ク、願ハ、王今日瞋レル心ヲ以テ我ガ身ヲ以テ七ニ分チテ七ツノ疵《き》ズヲ成スガ如ク、我レ後ニ仏ニ成ラムニ、慈《いつくしび》ノ心ヲ以テ先ヅ汝ヲ度《わ》タシテ、七種《ななくさ》ノ道ヲ行ヒ、七《しち》随眠《ずいめん》ヲ断タシメム、ト云ヒキ。	［仙人］復発㆓是願㆒。如㆘汝今日我実無㆑辜。而断㆓我身㆒令㆑成㆓七分㆒。作㆗七瘡孔㆖。我未来世得㆓阿耨菩提㆒時。以㆓大悲心㆒不㆑待㆓汝請㆒。最初令㆘汝修㆓七種道㆒、断㆗七随眠㆖。	是時仙人即作㆑誓言。若我実修㆓慈忍㆒血当㆑為㆑乳。即時血変為㆑乳。
〔5〕昔ノ忍辱仙人ト云ハ今ノ尺迦如来也。	当㆑知爾時忍辱仙人者。即今世尊釈迦牟尼是。	なし
〔6〕なし	なし	国王、龍神に殺される。（大正新修大蔵経巻第二十五・一六六頁）

ここに明らかなように、三宝絵の物語の展開および表現は大智度論に遠く法苑珠林に近い。そして、右に掲げた部分を含めて説話の形成に関するかぎり、三宝絵が大智度論に拠った形跡はまったく見当らない。なお、新婆沙論とは阿毘達磨大毘婆沙論をいい、法苑珠林所引のこの部分は巻第百八十二（大正新修大蔵経巻第二十七・九一四～九一五）に該当する。当然ここで、三宝絵は原典に拠ったか法苑珠林に拠ったかの検討の要があるが、原典と法苑

珠林との差異は微細な字句の範囲にとどまり、その判別は不可能である。ただ、三宝絵と阿毘達磨大毘婆沙論との関係を見るに、両者に共通の記事は皆無ではないにしても、全体にその直接関係を証する材料に乏しい。そして、為憲が法苑珠林の該記事を手がかりに原典阿毘達磨大毘婆沙論にさかのぼったという想定も成り立たないではないが、先の梵網経と瓔珞経のとり違えが示すように、そのような方法は三宝絵の必ずしもとるところではなかった。三宝絵は法苑珠林に拠ったとみるべきであろう。▼注(3)

すると、三宝絵が引用に続けて「某々ニ見エタリ」とする注記は、『三宝絵略注』「三宝絵詞の研究」のいうようにすべてが「その出典に拠ったことを示したもの」ではなく、本条はその例外であった。とはいえ、本条が大智度論にまったくかかわらなかったとはいいきれない。三宝絵はこの説話の冒頭に次のように記している。

菩薩ハ世々ニ忍辱波羅蜜ヲ行フ。其心ニ思ハク、「若シ忍ブル心ヲ不習《ならはず》シテ事ニ触レテ瞋《いか》リ恨ミバ、美《う》ル（ハ）シク柔《や》ハラカナル形ヲ不得《〈えじ〉》ジ。忍ビ難《がたき》ヲ能ク忍ブ。荒キ辞《こと》バニ謗リ被罵《〈のらる〉》ルトモ、此音《このこゑ》ハ谷ノ内ノ響ノ如シト思ヒ、杖刀《つゑかた》ナニ打チ割ルトモ、此身ハ水ノ上ノ沫《あわ》ノ如シ」ト思フ。

これは大智度論初品中羼提波羅蜜義第二十四の次の部分と関連するかとも考えられる。

菩薩若遇㆓悪口罵詈㆒。若刀杖所㆑加。思惟知㆓罪福業因縁㆒。諸法内外畢竟空無我無我所。

（大正新修大蔵経巻第二十五・一六四b）

三宝絵は、特にその傍線部は右を参照しつつ平易に書き改めたのではあるまいか。

いったい三宝絵上巻六波羅密の構成は大智度論に負うところが大きかったであろうし、各条の形成も同様であった。三宝絵が本条に「大論ニ見タリ▼注(4)」と注記したのは、そのことと本条冒頭に大智度論を参照したことがかかわっていると推察される。

それでは、なにゆえ三宝絵は忍辱仙人の物語をそのような大智度論にあえて基づくことをせず、法苑珠林に拠ったのであろうか。

先に掲げた対照表が示すように、物語の展開は法苑珠林所引新婆沙論の方が複雑で詳細であるけれども、それは大智度論が採用されなかった理由ではあるまい。為憲に法苑珠林を選ばせたものは、〔4〕仙人の誓願の内容と、本生譚に不可欠な〔5〕の「連結」[注(5)]の要素の有無であったと考えられる。

三宝絵上巻は「昔ノ仏ノ行ヒ給ヘル事ヲ明ス」巻であり、具体的には仏の「先ノ世ノ若干ノ行ヒ」と「諸ノ波羅蜜」が語られ、それらは今の釈尊の成道をあらしめたととらえることをめざしている。すなわち、上巻の十三条はすべて釈尊に収斂していく構造をもっている。[注(6)]したがって、第三条忍辱仙人の物語では単に六波羅蜜の一つ忍辱波羅蜜の行の具体例を述べるのでなく、その昔の行が今の釈尊の成道に結びつけられる本生譚のかたちをとるものでなければならない。第三条の物語が〈忍辱行〉―〈成道・済度の誓願〉―〈連結〉の構造をとるためには、〔5〕の要素は不可欠であったはずである。ここにおいて、大智度論は捨てられ法苑珠林が積極的に選ばれたであろう。

四　むすび

以上、三宝絵の成立に法苑珠林の果たした小さからぬ役割を指摘しようとした。残された問題は、法苑珠林と三宝絵の関係箇所のうち、法苑珠林を介することなく直接原経論ないし他の資料に拠ったものを何らかの方法で検証弁別することである。また、三宝絵のなかには典拠未詳の表現がいまだ数多くみられるが、それらの調査も継続されなければならない。

巻	頁	三宝絵本文	法苑珠林	諸経要集
序	四	人ノ身ト成…難カナレバ	提謂經云。如有一人在須彌山上以纖縷下之。…（二二・四五五b）	―
		王舎城ノ長…倉ヲ守シヲ	又百縁經云。佛在王舎城迦蘭陀竹林。…（七八・八六八b）	一五・一四四a
		舎衛国ノ女…頭ニ住シヲ	賢愚經云。出家功徳其福甚多。…（二一・四四三b）	七・六二・b
		縦百千万億…ノ中ニ無比	又出家功徳經云。若放男女奴婢人民出家。…（二一・四四八a）	四・二九a
	五	婆羅門暫程…ニ成シカバ	佛在祇桓。有一醉婆羅門。…（二一・四四九a）	四・二九c
		蓮花色ガ戯…ニ奉遇レリ	如優鉢羅華比丘尼本生經中說。佛在世時。…（二一・四四八c）	四・二九c
		有相ハ宇陀…光ヲ受テキ	又雜寶藏經云。昔盧留城有優陀羨王。…（二一・四四九a）	四・三〇a
上	九	火ヲ変ジテ…門空ク過ギ	又十誦律云。時王舎城中有居士。…（四二・六一五c）	五・四二a
		外道ノ殺セ…チ生キニキ	昔有一悪比丘。本是外道。…（三四・五四九b）	三・二六c
		身子ガ助シ…リ無カリキ	又智度論云。舎利弗雖復聰明。…（六九・八一二c）	一三・一二二a

	一七	忍辱仙人ト…尺迦如来也	又新婆沙論云。曾聞過去此賢劫中。…（八三・八九六a）	一〇・九七c
中	七四	ハジメ花厳…照ガゴトシ	又華嚴經云。佛子。…（二四・四六三a）	二・一一c
		迦葉ガ詞ヲ…音ニツタヘ	依智度論云。是時佛入涅槃已。…（一二・三七四b）	―
		阿難身ヲ鎰…ヨリ入レリ	阿難答言。可爾。即以神力従門鑰孔中入。…（一二・三七五c）	―
		千人ノ羅漢…ヲ注オケリ	是千阿羅漢。聞是語已。…（一二・三七五c）	―
		ソレヨリ…メマモリキ	依付法藏傳。佛以正法。…（三〇・五一一c）	―
	七六	昔床ノ下ニ…テ聖トナリ	又舊雜譬喩經云。昔有沙門晝夜誦經。（二四・四六六b）	二・一〇c
		林ノ中ニシ…楽ヲウケキ	賢愚經云。昔佛在世時。…（一七・四一二b）	二・一一b
下	一三五	憍梵ハ水ト…テシヅマリ	有好弟子。字憍梵波提…（一二・三七五・a）	―
		迦葉ハ山ニ…レニシカバ	依智度論云。長老大迦葉。…（一二・三七二c） 又新婆沙論云。曾聞尊者大迦葉波。…（一六・四〇五a）	― 一・六a
		三宝ハスベ…コトナカレ	三寶既同義須齊敬。不得偏遵佛法頓棄僧尼。…（一九・四二三a）	二・一六b
	一三六	又戒ヲヤブ…クウヤマフ	縦有持戒破戒若長若幼。皆須深敬不得輕慢。（一九・四二三a）	二・一六b

	梅檀ノ香ノ…ルガゴトシ	譬如焼香。香體雖壞熏他令香。破戒比丘亦復如是。…（一九・四二七c）	二・一九a
	セムフクノ…スグレタリ	瞻蔔華雖萎勝於諸餘華破戒諸比丘猶勝諸外道…（一九・四二七c）	二・一九a
一三七	竜ノ子ハチ…人ヲワタス	龍子雖小能興雲。由興雲故致雨雷電霹靂。…（一九・四二五a）	二・一七c
	カタチ声聞…身トナリヌ	形似沙門。當有被著袈裟衣者。於此賢劫彌勒爲首。…（一九・四二七b）	二・一八c
	モシカレヲ…我ヲノル也	若有撾打彼　則爲打我身　若有罵辱彼　則爲罵辱我（一九・a）	二・一九b
	孔雀ハウル…ハヲヨバズ	孔雀雖有色嚴身　不如鴻鶴能遠飛　白衣雖有富貴力　不如出家功徳深（二二・四四九b）	四・三〇b
一三八	昔維那ノ愚…シミヲウケ	又賢愚經云。佛在世時。羅閲城邊有一汪水。（九四・九八三a）	二〇・一九〇c
	ワカキ僧ノ…シミヲウケ	依賢愚經云。爾時有諸估客欲詣他國。（法・六・三一八b）	―
	阿育王ノ諸…ヤマザリキ	又阿育王經云。昔阿恕伽王。（一九・四二五a）	二・一七c
一三九	須達長者ハ…スマシメキ	如賢愚經云。天語須達長者云。（三九・五九一c）	―
	タ、イムハ…テアムシキ	故使醫王夜念發造温室之心。長者晨言敬申洗僧之願。（三三・五四四a）	―

	大象ノ獡ノ…ヨクシノビ	又六度集經云。昔者菩薩身爲象王。…（七八・八六七a）	一五・一四二c
	一日モイモ…エツルナリ	一日持齋有六十萬歲餘糧。（九一・九五四a）	六・四七b
一四〇	正月五月九…ヲオコナヘ	又提謂經云。提謂長者白佛言。…（八八・九三二b）	—
	四分律ニハ…リト、キキ	又四分律施僧粥得五種利益。（四二・六一一b）	五・四四a
	僧祇律ニハ…トアカセリ	僧祇律施粥得十種利益。故偈云…（四二・六一一b）	五・四四b
	帝釈ノ玉ノ…スルスベシ	亦是天帝釋輔鎭五羅四王地獄王阿須輪諸天。案行比校定生注死。…（八八・九三二c）	—
一四八	仏ノ御弟子…シアラハス	故依請賓頭盧經云。如天竺優婆塞國王長者。…（四二・六一〇a）	五・四二c
	須陀会テム…ナヅクベシ	賢愚經云。爾時首陀會天下閻浮提。…（三三・五四三c）	八・七七b
一四九	又阿難昔羅…キエツキヌ	復有一比丘。名曰阿難。…（三三・五三八a） 又福田經云。有比丘名阿難。…（三三・五四三c）	八・七五a 八・七七c
	難陀比丘ハ…ソナヘタリ	又雜譬喩經云。昔佛弟難陀。…（三三・五四三c）	八・七七c
	舍利弗夏ヒ…果ヲエタリ	舍利弗。夏盛熱時有一客作人。（三三・五四三b）	八・七七b
一五一	阿含経ニモ…功徳ヲトキ	又增一阿含經云。爾時世尊告諸比丘。…（三三・五四四a）	八・七七a

	十誦律ニモ…アラハセリ	又十誦律云。洗浴得五利。…（二三・五四三b）	八・七七b
一五五	昔毘婆尸仏…位ヲエタリ	又百縁經云。昔佛在世時。…（三六・五七一a）	四・三五b
	口ヲモチテ…ツミヲモシ	又夜問經云。莊嚴供養具。…（（六・五七一b）	四・三五c
一六一	若コノ経ヲ…道ニ落セズ	又涅槃經云。若有善男子善女人。…（一七・四一五a）	二・一四a
一六六	智度論ニ云…モトモニウ	故智度論云。佛説施中法施第一。…（八〇・八八二b）	一〇・九〇a
	法ヲツタヘ…キ功徳ナリ	又優婆塞戒經云。若有比丘比丘尼優婆塞優婆夷。…（八〇・八八三a）	一〇・九〇b
	雪山ハ鬼ニ…ヲオコナヒ	涅槃經云。佛言。我念過去作婆羅門。…（一七・四一三a）	—
	帝尺ハキツ…法ヲウケキ	又未曾有因縁經云　天帝問曰。…（八〇・八八二c）	一〇・九〇a
一七〇	優鉢羅花比…、ムルナリ	如優鉢羅華比丘尼本生經中說。佛在世時。…（二二・四四八c）	四・二九c
一七二	モシヨキ香…ヘ心ニシム	若有手執沈水香　及以藿香麝香等…（五一・六六八c）	九・七九c
一七四	阿闍世王受…トノ給ヘリ	如阿闍世王受決經云。時阿闍世王請佛食已。…（三五・五六四a）	四・三六a
一七六	又譬喩経ニ…トノ給ヘリ	又譬喩經云。昔佛在世時。…（三五・五六六c）	四・三七b

一八四	灌仏像経云…ノホレバ也	亦名灌佛形像經云。佛告天下人民。…（三三・五四三a）	八・七七a
一八六	梵網経ニ云…百千人ヲヤ	若過去未來現在一切衆生不受是菩薩戒者。不名有情識者。…（八九・九三九a）	―
一八八	提謂経ノ文ニ明也	又提謂經云。提謂長者白佛言。…（八八・九三二b）	―
一九一	梵網経ニノ…給トイヘリ	又佛言。佛子。與人受戒時。…（八九・九三九c）	―
	又云モシ仏…者トナヅク	又梵網經云。佛告諸菩薩言。…（八九・九三七a）	―
一九三	阿含経ニト…ムクヒヲ得	又增一阿含經云。爾時世尊告諸比丘。…（八一・八八六a）	一〇・九一c
一九七	鹿母夫人ノ…蓮ヲヒラク	如雜寶藏經云。佛告諸比丘。…（二八・四八八c）	―
二〇〇	優婆塞戒経…ドコスベシ	故優婆塞戒經云。無財之人自説無財。…（八〇・八七九a）	一〇・八九a
		如優婆塞戒經云。佛言。若人有財見有求者。…（八一・八八八a）	一〇・九二c
	又福報経ニ…ムクヒヲ得	又食施獲五福報經云。佛告諸比丘。（四二・六一一b）	五・四四b
二〇一	須達	又菩薩本行經云。初時須達長者家貧焦煎。…（五六・七一四a）	―
	樹提	又樹提伽經云。佛在世時有一大富長者。…（五六・七一一b）	六・五二a

二〇四	律ニイハク…ノ利益アリ	又十誦律云。時有比丘不嚼楊枝口中氣臭。…（九九・一〇一六b）	二〇・一九一c
	付法蔵経ニ…エテ病ナシ	又付法藏經云。昔過去九十一劫毘婆尸佛入涅槃後。…（四二・六一五b）	五・四四c
二〇五	大集経ニ云…バ智恵ヲウ	又大集經云。菩薩有四種施具足智慧。…（八一・八八六a）	一〇・八九b
	正法念経ニ…ナラビナシ	又正法念經云。若有衆生施人美水。…（三三・五四二b）	八・七八b
二〇九	梵網経ニ云…ヒタスケヨ	如梵網經云。若佛子。以慈心故令放生業。…（六五・七八〇b）	―
	又六度集経…タラヒ給キ	又六度集經云。昔者菩薩爲大理家積財巨億。…（五〇・六六四・b）	八・六八a
二一〇	雑宝蔵経ニ…タノムベシ	又雜寶藏經云。昔者有一羅漢道人。…（六五・四八二c）	八・七二c
二一七	賢愚経ニ仏…施スルト也	故賢愚經云。佛讃五施。…（七一・八二三c）	一一・一〇七b
	優婆塞戒経…ニテノラズ	又優婆塞戒經云。佛言。善男子。（四一・六〇六a）	五・三九c
二一八	又大論ニト…ズトイヒキ	又智度論云。如有一富貴長者。…（四一・六〇八b）	―
二二三	阿含経ニ仏…ヘル報ヲウ	又増一阿含經云。爾時世尊告諸比丘。…（八一・八八六a）	一〇・九一c

二二四	鮮白比丘ハ…ヨリ衣アリ 憍曇弥テヅ…トス、メ給	如百縁經云。佛在世時。…（三五・五五七c） 如賢愚經云。時佛姨母摩訶波闍波提。…（四一・六〇七c） 又賢愚經云。佛姨母摩訶波闍波提。…（八一・八八四c）	― ― 一〇・九二b

【注】

（1）本田義憲「Sarsapa・芥子・なたねに関する言語史的分析」（『仏教学研究』一八・一九号　一九六一年一〇月）に、三宝絵巻上（三）に引用される経典は、直接の典拠としては法苑珠林巻第八十二ないし諸経要集巻第十と見るべきことを指摘し、「特に、絵詞総序には法苑珠林を引用したとみられるところがあり、かつその六度篇は検出に便であるから、おそらく珠林を直接資料と推知せられるであろう」と述べる。本田義憲「敦煌資料と今昔物語集との異同に関する考察（Ⅲ）」（『奈良女子大学文学会研究年報』Ⅹ　一九六七年二月）にも同様の記述がある。

（2）普通これらは「総序」「序」と呼ばれるが、いま出雲路修「《三宝絵》の編纂意識」（『文学』第四三巻第三号　一九七五年三月）の扱いにしたがう。この論文は『説話集の世界』（岩波書店　一九八八年）に収録された。

（3）出雲路修校注『三宝絵　平安時代仏教説話集』（東洋文庫／平凡社　一九九〇年）は、「説話叙述は『阿毘達磨大毘婆沙論』巻第一八二（『法苑珠林』巻八二にも引用されている）に拠り、人物名は『金剛般若経』に拠る」と説く。

（4）新日本古典文学大系『三宝絵　注好選』（岩波書店　一九九七年）脚注は、「作者為憲は、大毘婆沙論を「大論」と略称したか」と説く。

（5）「連結」とは、過去の何某は現在の何某と説いて、過去物語と現在物語とを関連づける表現である。岩本裕『インドの説話』（紀伊国屋新書　一九六三年）、『仏教説話研究序説　仏教説話研究第一巻』（開明書院　一九七八年）等に説かれている。

（6）出雲路修「《三宝絵》の編纂意識」参照。

［付記］

一、法苑珠林、大智度論の引用は大正新修大蔵経本に拠り、法苑珠林については返り点をほどこした。

一、本稿は、名古屋平安文学研究会九月例会（一九七六年九月二十六日　於名古屋大学）に同題で発表したものの一部である。

〔追記〕
三宝絵と法苑珠林の引用・被引用関係については、出雲路修校注『三宝絵　平安時代仏教説話集』（東洋文庫）、新日本古典文学大系『三宝絵　注好選』の成果を参照し、再調査して初稿を補訂した。

2　三宝絵の撰述と享受

一　はじめに――花山朝の著述群

三宝絵は、源為憲により、冷泉天皇皇女で円融天皇の后として入内した二品内親王尊子のために撰述された。大鏡によれば、

女二の宮は、冷泉院の御時の斎宮にたたせ給ひて、円融院の御時の女御に参り給へりしほどもなく、内の焼けにしかば、火の宮と世の人つけたてまつりき。さて二三度参り給ひてのちほどもなく失せ給ひにき。この宮に御覧ぜさせむとて、三宝絵は作れるなり。（第三巻　伊尹）

三宝絵の「序」にも、

吾が冷泉院の太上天皇の二人に当たり給ふ女御子、（中略）九重の宮に撰ばれ入り給へりしかど、五つの濁りの世を厭ひ離れ給へり。▼注（1）

とし、出離を果たしたこの宮が「貴き御心ばへをも励まし、静かなる御心をも慰むべき」料に、「あまたの貴きことを絵にかかせ、また経と文との文を加へ副へて」奉らせたと記している。そして、「時に永観二年中の冬なり」と結ばれるから、その完成は西暦九八四年一一月、尊子内親王の同腹の弟である花山天皇の多難で短い治世が始まったばかりであった。

花山天皇の治世には、三宝絵のほかにも仏教思想史上重要な著述がなされている。まず、源信の往生要集は、跋文によって永観二年一一月に起筆され翌年四月に完成したことが知られる。その往生要集下巻大文第七の第六「引例勧信」のくだりに、「慶氏日本往生記」の名が見える。慶滋保胤の日本往生極楽記のことで、保胤の在俗中一旦成り、寛和二（九八六）年出家の後、中書大王（兼明親王あるいは具平親王）に依頼して五、六人の追加と文章の潤色が施され、また大王の夢想を受けて聖徳太子伝と行基伝との追加が保胤の手によってなされ完成している（同書「行基伝」末尾の付記）。往生要集は往生極楽の理論書、日本往生極楽記がその実例集であって、両書は一具のものとして世に出たといってよい。一方、為憲と保胤とは、大学寮の学生の頃より詩会に席を同じくし、ともに勧学会の結衆として宗教上の交わりを結んでいた。そして、日本往生極楽記が聖徳太子伝と行基伝を追補するに当たり、三宝絵を参照した跡のうかがえることも指摘されている。[注(2)]

これら三書の資料的・思想的関係も重要には違いないが、ここでは、三宝絵という著述が生まれ広く享受されることになった意味について記述する。迂遠ながら、三宝絵の意義と魅力の由来するところに及ぶことになろう。

二　二品女親王尊子

その時、内親王は十九歳であった。尊子内親王[注(3)]は、藤原伊尹の娘・懐子を母として康保三（九六六）年に生を享け、三歳で賀茂の斎院に卜定、天延三（九七五）年、一〇歳で母の死により斎院の地位を降りることとなった。幼少の数年間にすぎなかったとはいえ、この経歴は内親王の生き方に影を落とさなかったとはいえない。「宮仕へ所は、内。后の宮。（中略）斎院、罪深かなれど、をかし」（枕草子、三巻本巻末付載第二十五）のごとく、斎院は罪深いところと見なされ、それは「斎宮、斎院は仏経を忌ませ給ふ」（梅沢本古本説話集　上第一）と、神に奉仕するため仏教にかかわるものを一切退けて生活しなければならなかったからである。天元元（九七八）年に四品に叙せられ、同三年一〇月に入内した。ところが、その翌月宮中に火事があり、わずかな建物を残して諸殿舎は焼け滅びてしまい、世の人に「火の宮」のあだ名を付けられてしまう。大鏡には「女御」とするも、今西祐一郎[注4]の説く通り、それは不正確で、「妃《ひ》」であったことから、口さがない人々が「妃」に「火」を掛けて奉った称にほかならなかった。

内親王は、その二年後の天元五（九八二）年に自ら髪を切るという事件を起こしている。小右記の四月九日条を読みくだして掲げておく。

> 伝へ聞く、昨夜二品女親王〔承香殿女御〕、人に知らしめず蜜《ひそ》かに親《みづか》ら髪を切ると云々。或るひと説いて云はく、邪気の致すところなりといへり。又云はく、年来《としごろ》の本意といへり。宮人秘隠して実誠を云はず。早朝義懐朝臣参入して此の由を奏せしむと云々。又云はく、是れ多く切りたるには非ず、唯額髪許《ばか》りなりと云々。頗る秘蔵の詞に似る。主上頻りに仰せ事あり、と。

関係者に箝口令が敷かれたために、事情は明らかでなく、それだけに揣摩憶測が飛び交うこととなる。周囲の理解や予想を超える言動に対しては、邪気すなわち物の気の所為と見なされがちで、この場合もそうであったらしい。そして、それは冷泉天皇を悩ました物の気とも関係づけて取りざたされたに違いない。冷泉天皇は藤原元方と桓算供奉の霊に憑かれ（大鏡第三巻「師輔」）、その霊は冷泉の子の三条天皇の目の病の原因とも見なされていた

（大鏡第一巻）ように、祟られる一統であったからである。

尊子内親王が髪を切ったからといって、ただちに出家受戒を遂げたわけではない。慶滋保胤による寛和元年六月十七日付「為二一品長公主四十九日一願文」（本朝文粋巻第十四）には、「去《い》む《ん》し月十九日、故延暦寺座主大僧正良源を請じて戒師と為し、終《つゐ》に以て入道す」と記す。この受戒の日付は「去年某月十九日」の誤りと解されているが[注(5)]、それと三宝絵の撰進との先後については、序に出家の功徳を強調するところ、出家の勧めが説かれているとして、この時点ではいまだ正式の受戒を遂げていないとされることが多い[注(6)]。

そうではあるまい。序には出家の功徳を強調する叙述に、次のように続ける。

あな貴と、吾が冷泉院の太上天皇の二人に当たり給ふ女御子、（中略）五つの濁りの世を厭ひ離れ給へり。〔波《は》斯匿《しのく》王ノ娘・勝鬘夫人及ビ宇陀羨王ノ妃・有相ノ例〕法の種を植ゑ、（中略）戒《いむこと》の光を受けてき。今を見て古《いにしへ》を思へば、時は異にて事は同じ。玉の簾、錦の帳はもとの御住まひながら、花の露、香の煙は今の御いそぎに成りにたり。

いにしえの勝鬘夫人および有相の出家受戒と尊子内親王の今とを、事は同じと述べているのを軽く見るべきでない。横田隆志[注(7)]は、慎重に「受戒を示唆する」と述べているけれども、花の露、香の煙が今の急ぎとなったとは、仏前の勤行が宮の営みであるとの意であって、「あな貴と」と置くのは、出家を遂げた内親王を賞賛する言葉にほかならない。

三　平易さと体系性

序文の説明を借りれば、三宝絵は、上巻に「昔の仏の行ひ給へること」、中巻に「中ごろ法のここに広まること」、下巻には「今の僧をもちて勤むること」を配し、体系性をそなえた仏教史であった。そして、若くして出家したばかりの高貴な女性のために撰述されたことによって、その内容とかたちとは強く規定されることになった。

第一に、内親王に奉られたのは絵が主で、詞が従であったということである。序に「あまたの貴きことを絵にかかせ、また経と文との文を加へ副へて」と説明するのは、これより前段に、「女の御心をやるもの」であって、しかし仏道に入った宮にはふさわしくないとして引き合いに出された物語の享受法に等しい。若い宮が日頃見慣れている物語の鑑賞法に倣ったのである。

第二に、そのように書かれたことによって、三宝とは何かについて平易に説いた仏法入門書となった。三宝絵の本文は、経論、仏教類書、[注8]漢文説話集等を駆使して綴られているが、典拠との比較対照によって、抽象を去り、難語を避けて努めて分かりやすく説き明かす姿勢をもっていることが知られる。いま、上巻第九について六度集経を基礎に大智度論を加えつつ本文を構成する様相を詳細に検討した渡辺実[注9]の分析によって、さらに踏み込んでいえば、それは事実の模写を超えて作中の意味構造を説明する解説の文章であり、女のための文章であった。[注10]

こうした指摘に加えて、第三に、「作品がめざした相手はあくまで尊子で」あって「内親王のために書かれた」という事実を従来にもまして強調し、三宝絵を尊子内親王の境遇と強く関わらせて読む読みが提唱されている。[注11]

それはそうにちがいないとして、この書の果たすべき「貴き御心ばへをもはげまし、静かなる御心をもなぐさむ」ることの仏教的な意味が問われなければならない。三宝絵を見、読み、あるいは聞くことは、物語のように「御心をやる」のでないことはいうまでもないとして、そこに描かれ、記されたことがらを知識として身につけることにすぎなかったのかどうか。

この問題について、出雲路修[注12]が注目すべき観点を提出している。すなわち、源為憲は仏宝＝昔の仏、法宝＝中ごろの法、僧宝＝今の僧として仏教史を把握することにおいて僧宝を重視し、しかも仏宝および法宝は僧宝を根拠付けているのであって、三宝絵は「今」に収束する構造をそなえているという。僧宝の今、像法の今こそ、その僧宝を縁として出離を果たすべきであるとして、仏になる道を提示しているというのである。そして、出離の道とは、僧宝讃に、

人の善根を喜ぶに我が功徳となる。もしは自づから行き至りて相ひ扶《たす》け、もしは遙かに見聞きて随喜するに、能く喜ぶ人の心も同じければ、行ふ人の報いと等し。（中略）我が国の近きことをば目の前に見るが如く、公私の仏事、和漢の法会、種々写して、各々書く。戸を出でずして天の下の貴きことを知るは、是の巻に如かず。彼の弥勒の五悔《くゑ》を行へるその中に随喜方便の詞を演《の》べ説き、普賢の十願を立つるその内に随喜功徳の誓ひを憑《たの》むべし。（原漢文）

とする通り、「僧のおこなうさまざまの行事に、直接参加し、あるいは「随喜」することこそ」、末の世の衆生のなすべきことであると説かれていると論じている。

ただし、三宝絵の全体を、僧宝の今、僧の行いに収斂させるのはゆきすぎであろう。なぜなら、序に、「急ぎて仏を念じ法を聞き僧を敬はむこと、ただこの頃のみなり」「惣《すべ》て仏・法・僧を顕《あらは》せば、初めも善く、中も善く、後も善し」といい、僧宝の趣に、「三宝はすべて同じければ、等しくみな敬ひ奉るべし」と説く通り、三宝絵にとって三宝のそれぞれは等価である。また、仏宝の趣に、

仏は常に我が心にいます。遙かに去り給へりと思ふべからず。（中略）罪を滅ぼし願ひを満て給ふこと、いましし時に異ならぬをや。

と、また法宝の趣に、

仏法、東に流れてさかりに我が国にとどまり、あとを垂れたる聖、昔多くあらはれ、道をひろめ給ふ君、今にあひ継ぎ給へり。（中略）大乗経典を、ここにして多く聞き見ること、是れおぼろけの縁にあらず。

と、仏も法も像法の今の本朝に確かに継承され、存在するからである。僧法のみが他にまさる役割を与えられ、現在に結びつけられているわけではない。

とはいえ、他の仏教的善に随喜することを促すのは、三宝絵の著述の目的であったとはいえるであろう。三宝絵は、下巻の僧宝の巻を示すことによって、高貴な身分であるため外出も思うにまかせない内親王に紙上で「天の下の貴き事を知」（僧宝の讃）らしめ、縁を結ばせ、随喜させ、功徳を得させようとしたのであった。

四　結縁への促し

自らが直接勤め行わずとも、法会仏事に参列すること、参列がかなわなくてもそれを描き書いたものを見、読み、知ることは、それだけで意義あることであった。仏教ではそのことを「結縁《けちえん》」と言い表す。結縁は、しばしば仏教的著述の謳うところである。慶滋保胤の手になる日本往生極楽記の序文には、著者が自らの信仰生活を回顧するとともに、撰述の趣意を述べている。いま、そこから摘記すれば、

道俗男女の、極楽に志有り、往生を願ふこと有る者には、結縁せざること無し。経論疏記にその功徳を説き、その因縁を述ぶるものをば、披閲せざることなし。（中略）才曰く、（中略）もし現《あらは》に往生せるものを記さずは、その心を勧進することを得じといふ。（中略）願はくは、我一切衆生とともに安楽国に往生せむ。（原漢文）

とあり、三善為康の拾遺往生伝の序にも、同じ趣の文言がある。

更に名聞の為利養の為にして記さず。只結縁の為勧進の為にして記す。（原漢文）

既に往生を遂げた者、あるいは極楽を志す者と結縁することが、こうした著述を読む目的であり、また他に信仰を

勧めることがそれを著す目的であった。[注13] こうしたあり方は、往生要集にも見ることができる。その跋文は、ある僧の夢告を受けて源信の作った次のような偈で結ばれる。読みくだして掲げる。

已に聖教及び正理に依りて　衆生を勧進して極楽に生まれしむ　乃至展転して一たびも聞かん者　願はくは共に速やかに無上覚を証せん

勧進の趣意を述べる第二句に続けて、偈の後半は、この著述があちこちへと伝わり、往生極楽の教えをただ一度でも耳にする者があって、その人々と著者とが「共に」往生を期することを述べている。往生要集を媒介とする結縁を表明しているのであった。

以上をふまえて、ふたたび三宝絵の序に立ち戻ってみると、次のような一文が目に付く。

その名を「三宝」といふことは、伝へ言はむ者に三帰の縁を結ばしめむとなり。

この著述に「三宝」の名を付けたのは、この書物のことを人に取り継ぎ語り伝えていく者たちがおのずと書名の「三宝」という言葉を発することになるわけであって、それが結果として仏法僧に帰依する縁となるからであるという。たとえ直接閲覧することはなくとも、その名称を音声にするだけで功徳が得られるとする考え方である。そのようなささやかな縁であっても功徳となりうるのであれば、これを披閲する者の功徳は計り知れないと言おうとしている。そのことを直截に述べないのは、第一の読者たる内親王への配慮であろう。そのかわり、序文は次のような誓願をもって閉じられる。

仏の種は縁より起こりければ、ねんごろに功徳の林の言の葉をかき［掻き／書き］集め、深く菩提の樹《うゑき》の善き根をうつし［移し／写し］奉るに、心の緒は玉づさの上に乱れ、涙の雨は水くきの本に流る。願はくは、この志をもちてまた後の世にも引導《みちびか》れ奉らむこと、たとへば、なほ浄飯王の御子の仏に成りたまへりし時、古くより仕れる憍陳如がまづ人より先に渡されしが如くならむ。

仏の種は縁より起こるとは、法華経方便品の、

諸仏両足尊　知法常無性　仏種従縁起　是故説一乗［諸《もろもろ》の仏・両足尊は、法は常に無性にして仏種は縁に従つて起こると知り、是の故に一乗を説きたまふ］

をふまえ、「ねんごろに」以下に三宝絵撰述の趣旨を述べ、その志によって、釈迦の最初の説法を聴聞した憍陳如のように、尊子内親王の成仏の暁にはまず自分が済度されたいと願う。つまり、三宝絵の執筆はそれ自体善根であり、それによって尊子内親王と宗教上の縁を結ぶことにほかならない。

こうして、三宝絵を撰述し、言い伝え、読みあるいは見るという営為は、三宝に帰依し、三宝に結縁することであった。

五　主要三伝本の三様の表記

三宝絵は尊子内親王に献上されて役割を終えたのではなかった。絵は断簡一葉も後世に伝わらなかったけれども、詞は転写を重ね、名古屋市立博物館蔵本（関戸家旧蔵、平仮名）、東京国立博物館蔵本（東寺観智院旧蔵、漢字片仮名交じり）、前田家本（真名）の三種の本を残した。

関戸家旧蔵本は、古筆として珍重された東大寺切として切り出された残帖で、保安元（一一二〇）年の奥書を有する。

保安元年六月七日書うつし／おはりぬ／願以此功徳　普及於一切　我等与衆生／皆共成仏道［願はくは此の功徳を以て　普く一切に及ぼし　我等衆生と　皆共に仏道を成ぜむ］

この年次が書写時のものか、本奥書で親本のものかは決しがたいものの、平安時代後期の筆跡と見て誤らないとさ

れる。[注(14)]雲母で文様を刷り出した美しい料紙に、文字は平仮名に漢字を交えた流麗な筆致の本である。装幀も装飾性がまさり、内親王に奉られたであろう書物の姿を髣髴とさせるが、漢字の読み誤りと見なされる字句もあって、本書を直接遡るところに原本を想定することはできない。注目されるのは奥書の四句の誓願で、類型的ではあるが、本書の書写の営みが「功徳」（実際に筆を執った能筆および彼に誂えた願主の）として認識されるばかりでなく、本書に接する者はもとより、そうでない者も含めて一切衆生と結縁し、そのことを通じて共に救済されることを表明する。この姿勢は三宝絵の使命を忠実に継承するものであるといえよう。なお、漢字には片仮名による振り仮名、片仮名による本文訂正や補入がまま見られる。馬渕和夫[注(15)]によれば、本文とは別筆、漢字片仮名交じり文の異本によって加えられたもの、おそらく僧侶の手になるものであって、ある時期どこかの寺（あるいは東大寺）にあったのではないかとも想像されるという。

東寺観智院旧蔵本は、次のような奥書を持つ。

文永十年八月八日［彼岸／中日］未刻

書写了

戸部二千石三善朝臣（花押）

外村展子[注(16)]は筆者を、鎌倉幕府に仕えた三善（町野）政康と考証している。書写を終えた日について、割注でことさら「彼岸／中日」と記してあるのは、政康が先祖の霊および自身の到彼岸を願っての書写であることを表明したものと解せられる。これが東寺の什物となった経緯は知られないが、寄進によるとすれば、政康かその子孫がやはり自身あるいは一族や先祖の菩提を願って行ったものであろう。この本は、漢字片仮名交じり文、上巻のみ片仮名を双行小書きにする片仮名宣命体であるが、文字遣い等から見て、親本もしくは祖本は平仮名本であったであろうと推定されている。現存本のような表記に改められたのは、高貴な女性の読み物という役割から自由になって、読み書きの簡便さを第一義としたことを意味しよう。僧侶や学者の手元に置かれるにふさわしい。

なお、この本の中巻末尾には「或本云」として、僧の冥界訪問記というべき「妙達和尚ノ入定シテヨミガヘリタル記」が付載されている。本文と同筆の漢字片仮名交じり文で、田辺秀夫[注17]によれば、底本は草仮名書きと推定されるという。この記に関連する「僧妙達蘇生注記」と題される変体漢文の文献があり、本朝法華験記巻上第八に妙達の伝も載る。民間布教の聖たちの活動を反映する資料と見なされる。そうした資料を付載するということは、三宝絵が民間宗教者たちの教化活動にも利用される可能性を有していたことを物語る。

前田家本は、正徳五（一七一五）年の書写ではあるが、寛喜二（一二三〇）年の写本を忠実に写したと目される。各巻に本奥書がそなわるが、いま下巻の本奥書のみを掲げる。

　寛喜二年［庚／寅］四月九日未刻於醍醐山西谷書写了

　　欣求菩提沙門叡賢〔生年／七十七〕

漢字のみを用いて書かれているものの、正格の漢文ではなく、また記録体と呼ばれる変体漢文でもない。仮名本を書き換えて成立したいわゆる真名本[注18]であることは、文字と表現の分析から明らかになっている。ところが、この本は他本を参照しないかぎり、全体を読み解くことはほとんど不可能であるといわざるをえない。山田俊雄[注19]は、「どんな文章の表記であるかは、読者の裁量によって、如何やうにもなるといふ体のものである」という。馬淵和夫[注20]も、「ただ漢字を並べただけで、おそらく一定の読みは期待できないものであろう」としつつ、「他の真名本と同じく、僧侶の人々が物語を読み物として享受しようとした一つの表れ」とも位置づける。一方、増成富久子[注21]は、僧侶の手になるものではないとし、「簡単に理解できるような文章ではないことから、（中略）私的な控え」として書かれたと推定している。

読みは確定できないまでも、意味をたどることがある程度可能であったとして、なぜこのような読み解きにくい本文を読み物としたり、控えとしたりしなければならないのか、またこうした本文を作成する意欲は何に支えられているのか。この問題は、真名本一般についての展望と、前田家本に対する凝視を経なければならない難問である。後考に俟ちたい。

六　むすび

三宝絵の主要伝存本は三本にすぎないけれども、各本の本文から推測される親本、校合の跡から、平安〜鎌倉時代にかけては相当数の本が流布していたと推測される。[注(22)] このことと呼応するように、三宝絵の本文を引用する文献、三宝絵に言及する文献は多い。[注(23)] 日本往生極楽記、本朝法華験記、扶桑略記、今昔物語集、宝物集、私聚百因縁集、栄花物語、大鏡、和歌童蒙抄、袖中抄、太子伝玉林抄等、多種で多数の著述に使用されている。これらは、あるいは史書であり、伝であり、歌学書であって、したがって学問的な使用にも堪え、何より三宝絵の叙述内容に信頼が置かれていたことを物語る。あるいはまた仏教に関する啓蒙や教化、唱導の目的を有する書物で、三宝絵はそうした要請にも応えられるものであった。これらのことは、三宝絵の多面性と有用性を物語るものといえよう。こうして、三宝絵は若い内親王の仏法入門書でありつつ、同時にその目的を超える契機を内包していた。

【注】

（1）三宝絵の本文は、出雲路修『三宝絵　平安時代仏教説話集』（東洋文庫／平凡社　一九九〇年）により、一部表記を改めて読みやすく整える。

（2）小泉弘・高橋伸幸『諸本対照　三宝絵集成』（笠間書院　一九八〇年）「『三宝絵』の研究　回顧と展望　四『三宝絵』の後代文学に対する影響」（小泉）。

（3）尊子内親王の伝及び内親王と三宝絵との関係については、塚田晃信「落飾と受戒の間—三宝絵撰進の背景試論—」（『東洋大学短期大学紀要』第七号　一九七六年三月）に詳細な記述がある。

（4）今西祐一郎「「火の宮」尊子内親王—「かかやくひの宮」の周辺—」（『国語国文』第五一巻第八号　一九八二年八月）。これについて、増田繁夫『源氏物語と貴族社会』（吉川弘文館　二〇〇二年）第一章「二女御・更衣・御息所の呼称」に再検討され、「妃」は令制のそれではなく一種の俗称ではなかったかとする。

（5）山田孝雄『三宝絵略注』（宝文館出版　一九五一年）「三宝絵詞の研究」。

（6）前掲注（3）塚田晃信の論文。また、小泉弘「三宝絵における源為憲の心」（『国文学　解釈と鑑賞』第四八巻第一五号　一九八三年一二月）等も同意見。

（7）横田隆志「尊子内親王と『三宝絵』序説」（『国文論叢』第二八号　一九九九年三月）。

（8）本書第三章1「三宝絵の成立と法苑珠林」参照。

（9）渡辺実『平安朝文章史』（東京大学出版会　一九八一年）第一章第五節　解説の文章—三宝絵詞。

（10）森正人「説話文学の文体」（『国文学　解釈と鑑賞』第四九巻第一一号　一九八四年九月、小峯和明編『日本文学研究資料新集今昔物語集と宇治拾遺物語　説話と文体』有精堂　一九八六年に再録）参照。

（11）横田隆志の前掲注（7）論文が、中巻第四「ししむら尼」の人物造型について、読者となる高貴な女性に対する配慮を指摘するのをはじめ、次に掲げる諸論文に、内親王の境遇と三宝絵の説話選択や叙述との関係についての読み解きがなされている。横田「舎利をめぐる法会と説話—『三宝絵』下巻「比叡舎利会」を読む—」（『国語と国文学』第七七巻第一二号　二〇〇〇年一二月）、「百石讃歎と『三宝絵』」（池上洵一編『論集　説話と説話集』和泉書院　二〇〇一年五月）、「『三宝絵』下巻「盂蘭盆」考」（『仏教文学』第二六号　二〇〇二年三月）。また、簡略ながら早く仲井克己「『三宝絵』の時代」（国東文麿編『中世説話とその周辺』明治書院　一九八七年一二月）にも、内親王の置かれた環境と三宝絵の叙述内容とのかかわりについて指摘がある。

（12）出雲路修『説話集の世界』（岩波書店　一九八八年）第一部二《三宝絵》の編纂。

（13）往生譚の生成、伝承、往生伝の撰述の基盤に、往生人と結縁しようとする意識と営みとがあったことについては、美濃部重克『中世伝承文学の諸相』（和泉書院　一九八八年）第一部「I結縁と説話伝承—往生譚の成立—」が検討している。

（14）『名古屋市立博物館蔵　三宝絵〈解説・翻刻〉』（名古屋市立博物館　一九八九年）「書誌解説」（山本祐子）。

（15）馬渕和夫『古典の窓』（大修館書店　一九九六年）「『三宝絵詞』の草稿本、東大寺切・関戸本について」。

（16）外村展子「東寺観智院旧蔵本『三宝絵』の筆写者」（新日本古典文学大系『三宝絵　注好選』岩波書店　一九九七年）。

(17) 田中秀夫「「妙達和尚ノ入定シテヨミガヘリタル記」について」(新日本古典文学大系『三宝絵　注好選』岩波書店　一九九七年)。

(18) 真名本というものについては、池上禎造「真名本の背後」(『国語国文』第一七巻第四号　一九四八年四月)、山田俊雄「真名本の意義」(『国語と国文学』第三四巻第一〇号　一九五七年一〇月)参照。

(19) 山田俊雄「説話文学の文体―総論―」(『日本の説話　7　言葉と表現』東京美術　一九七四年)。

(20) 馬淵和夫「三宝絵　解説」(新日本古典文学大系『三宝絵　注好選』岩波書店　一九九七年)。

(21) 増成富久子「三宝絵詞・三伝本成立事情の推定―敬語表現の比較研究による―」(『築島裕博士／還暦記念　国語学論集』明治書院　一九八六年)。

(22) 三宝絵の広い流布と有用性を物語る資料として、日本霊異記の一伝本を挙げることができる。日本霊異記の高野本(金剛三昧院本)の中巻第六、七、八、十五、二十、二十四、二十九、三十、下巻第四、六、十三、十四、十九の各縁は、たとえば「三宝絵下条ニ出之故略云々」(中巻第六縁)などとして、三宝絵に同じ説話が載る場合は標題のみ掲げて本文を省略する。

(23) 山田孝雄『三宝絵略注』(宝文館　一九五一年)、小泉弘・高橋伸幸『諸本対照　三宝絵集成』(笠間書院　一九八〇年)、新日本古典文学大系『三宝絵　注好選』(岩波書店　一九九七年)「『三宝絵』の後代文学への影響」(小泉弘)。安田尚道「古文献に引用された『三宝絵詞』(一)」(『青山語文』第一〇号　一九八〇年三月)。

第四章●法華験記

［**概説**］

日本で編まれた法華験記として鎮源撰の本朝法華験記（大日本国法華経験記とも）、源西撰の探要法華験記の二種が伝わる。他に比叡山の薬恒の撰んだ「法華験記」「本朝法華験記」のあったことが知られ、扶桑略記に逸文を留める。

鎮源の本朝法華験記は、上中下三巻、収録説話一二九。比叡山の首楞厳院の僧鎮源の手により長久年間に成立した。巻下第八十七の長久四（一〇四三）年の年次が最も新しい。鎮源の伝は知られないが、源信の主催した霊山院釈迦講に加わる一人であった。本朝法華験記は、日本における法華経霊験の実例を変体漢文により記録するもので、持経者の伝を軸に編成する。慶滋保胤撰の日本往生極楽記に負うところが大きく、これに素材を仰いだほか、説話の配列も往生伝の伝統を継承し、いわゆる七衆の序列により菩薩、比丘、比丘尼（以下略）の順に編成する。三宝絵、僧伝などの文献だけでなく、口承説話も載録していると見られる。

源西の探要法花験記は、上下二巻、収録話数八十六。久寿二（一一五五）年四月八日、慈悲寺少沙弥源西の序文がそなわる。慈悲寺は、醍醐寺の末寺で日野の慈悲尾寺と見なされる。現存本（孤本）は醍醐寺に伝わる。鎮源の本朝法華験記と唐の僧詳による法華（経）伝記とを中心的な資料として、百座法談聞書抄などを併せ用いている。漢と和の説話をおおむね交互に配列する。題号の探要に示される通り、簡便な法華経霊験記として編まれている。ただし、上巻は法華縁起第一、羅什三蔵第二、天台大師第三、伝教大師第四と続き、霊験譚のみならず法華経史を記述する目的のあったことが知られる。

本朝法華験記は藤井俊博『大日本国法華経験記　校本・索引と研究』（和泉書院　一九九六年）により諸本を見合わせて読み下し、探要法華験記は馬渕和夫『醍醐寺蔵　探要法花験記』（武蔵野書院　一九八五年）を用いた。

1　法華霊験譚の受容と編纂

一　はじめに―百座法談聞書抄と説話

天仁三（一一一〇）年二月二十八日から百日、つづけて二百日、ある内親王（佐藤亮雄校註『百座法談聞書抄』〔桜楓社　一九六三年〕「解題」の最も妥当な推定に従えば、後三条天皇の皇女俊子）の発願によって、阿弥陀経と般若心経を添えて、法華経一品ずつを講ずる法会が催された。この講経は筆録されて二十日分が伝存する。百座法談聞書抄と称せられる。

その席で講師たちは、漢訳経典、諸経要集ないし法苑珠林などの仏教類書、法華伝記や三宝感応要略録などの霊験記、あるいは孝子伝などに収められる説話を、譬喩、因縁あるいは教理の例証として語っている。語られる説話は大きく漢に傾くものであった。これは、当時の講経の席の性格をそのまま示しているとみなしてよいか、あるいは、たまたま伝存した部分の講座を担当した講師たちの個性とでもいうべきものであったか、それとも筆録者による取捨選択の結果であるのか、にわかには断じがたい。とはいえ、和すなわち本朝を舞台とする説話が天仁の法座で語られなかったわけではない。

三月八日、法師品を講じた三井寺の香雲房は、「マヂカキ此国事ニハ候ドモ」と前置きして、般若の法施は受けても法華のそれを受けられず、そのため暑中でありながら煩悩によって耐えがたい寒さを覚えると訴える松尾明神に、空也聖が四十余年法華経を誦みしめた衣を与えて、その苦を救うという説話を語っている。これは百座法談聞書抄以前に所伝を見ないけれども、発心集巻第七第二、古事談第三（九十二）、三国伝記巻第六第十五、宝物集巻第七「第十一に、法華経を修行して仏に成べしと申は」という項（新日本古典文学大系三二四頁）、雑談集巻之第九「冥衆ノ仏法ヲ崇事」、元亨釈書巻十四「釈光勝」にも載り、広く長く伝えられていったことが知られる。そして、池上洵一「『発心集』と『三国伝記』―『百座法談聞書抄』との交渉―」（『説話文学研究』第一〇号　一九七五年六月）▼注(1)は、百座法談聞書抄を発心集が承け、発心集はさらに古事談と三国伝記に承けられる、という関係にあることを指摘している。▼注(1)この説話はまた、馬渕和夫編『醍醐寺蔵　探要法花験記』（武蔵野書院　一九八五年）として、解読文と解説を付して影印刊行された探要法華験記下巻第二空也上人にも収められている。行文を検するに、百座法談聞書抄にきわめて近い。

二　百座法談聞書抄と探要法華験記

探要法華験記は、久寿二（一一五五）年慈悲寺の源西によって撰述された法華経霊験記である。もっぱら唐の法華伝記、鎮源の本朝法華験記に材を得ているが、下第二はそれに属さない数少ない説話の一つである。そこで、この説話は探要法華験記が百座法談聞書抄に依拠したのか、それとも、天仁の法談の語り手香雲房と探要法華験記とは、別々にある文献にもとづいたのであろうか。百座法談聞書抄が説法の筆録という特殊な文献であることを考慮すれば、後者と推定するのが穏当であるかもしれない。しかし、池上が述べるように、発心集に取材される機会を持ったとすれば、十分前者の可能性もあるであろう。

いま試みに、両書の本文の一部を対比すれば次のごとくである。参考のために発心集をも併せ示しておく。

百座法談聞書抄	雲林院ニスム侍ケルコロ、七月バカリ、京ノ方ニスベキコト侍テ、アサカゲニ大宮ノヲ、ヂヲ南ミザマニ罷ケルニ、大ガキノホドニ、例ノ人ナムド、ハオボエヌ人ノ、サムサヲイミジクナゲキタルケシキニテ侍ケレバ、 (中略) 人々マウデキテ法施ヲタブニ、般若ノ衣ハオノヅカラ侍。法花ノ衣ノハベラデ、亡《マウ》相天道ノアラシハゲシク、悪業煩悩霜［シモ／ノ］アツク侍テ、カクサムクタエガタク侍ヲ、法花ノ法施ノ［衣ハ］タマハセテムヤ。
探要法華験記	于レ時有二要事一、臨二夜景一出レ京。則出二雲林院一、行二大宮大路一。然於二大垣辺一有二不レ例之人一、七月比、有下吟二寒苦一之気上。 (中略) 然人常来、雖レ賜二法施一、唯有二般若衣一、未レ遇二法花衣一。因レ之妄想顛倒之嵐頻扇、悪業煩悩之霜厚積、縦雖二炎天一、常憂二寒苦一也。聖人若廻二大悲一、賜二法花法施一哉。
発心集	雲林院《ウンリンヰン》ニ住《スミ》給ケル比、七月バカリニ、京ニナスベキ事アリテ、朝カゲニ大宮《ミヤ》ノ大路《ヂ》ヲ南サマヘオハシケルニ、ヲホガキノ辺《ホトリ》ニ、例人《レイビト》ハ覚ヘヌ人ノサシアヘリケルガ、イミジク寒《カン》ヲ怨《ウラ》ミタル気色《ケシキ》ニテ見ヘケレバ、 (中略) 妄想顛倒ノ嵐ハゲシク、悪業煩悩《アクゴウボンノウ》ノ霜アツク侍《ル》間、カク、寒《サムサ》タヘガタキナリ。若《モシ》、法華《ホツケ》ノ法施《ホウセ》ヲ令《シメ》レ得《エセ》給《マハ》ムヤトノ給。

見る通り、探要法華験記と百座法談聞書抄の間の目にたつ相違は、傍線部にとどまる。百座法談が一回的な口頭言語であることを考えれば、両書の関係は深いといわなければならない。香雲房はこの説話を何らかの文献資料に依拠したかもしれないが、しかし、その文献を直接読み上げたり、そのままなぞったわけではないであろう。百座法

談には依拠文献とみられるものが多く指摘でき、その場合、文献と法談の間に観察される差異は大きい。語られることによって、言語表現に生じた変容である。香雲房の語りと探要法華験記の近似は、両者が同一の資料に依拠したというよりは、直接であったか否かは別として、百座法談聞書抄→探要法華験記という関係を想定するのが妥当であろう。

ここで改めて探要法華験記を検するに、天仁の法談で語られたのと同じ説話がさらに三話ある。

①上巻第十三―三月三日条

②下巻第二十九―三月一日条

③下巻第四十三―三月九日条

このうち、①②はそれぞれ両者が法華伝記巻第五第十、巻第九第四に別々に依拠したとみられるが、③はややおもむきを異にする。それは法華伝記巻第九第十六を源泉として、提婆が師子国の五百の餓鬼を救済する物語であった。

いま、餓鬼たちがその飢渇の苦を訴える部分を対比してみる。

法華伝記	我等得二少涕唾一、触二口脣一已来、経二七百年一、久久求レ食不レ得、設得二少尿水一、入レ口成二火灰（炎カ）一。
百座法談聞書抄	タヾウマレテハベリシヲリ、一テイノミヅヲエテハベリシマヽ、ニ、ノドヲウルフルハベラズ。河ヲミテノマムトスレバ、ミナホムラニマカリナリヌ。マシテ、クヒモノハ名字ヲウケタマハラズ。
探要法華験記	始受レ生時得二一掬水一以来、未レ有レ沢レ喉、若見レ流欲（「飲」脱カ）者、皆成二火焰一、還懸レ体、況自余飲食無レ聞二名字一。

明らかに探要法華験記は百座法談聞書抄に近く、法華伝記に遠い。この説話の前半部分についてはおよそ右のごとくであるが、後半に至ると様相が変わる。

餓鬼たちが日に受ける三度の苦を哀訴する部分。

法華伝記	百座法談聞書抄	探要法華験記
朝衆多琰魔卒来。以㆓熱鉄丸㆒含㆑口。以㆓鉄捧㆒而打㆓-擲之㆒。身成㆓火灰㆒段段壊尽。涼風所㆑風、還活如㆑故。即嗔吐㆑火呵責言、汝昔貪㆑食、独口食㆑之。飽呑㆓熱丸㆒。美味有不。呵責已了還去。	卯〔時〕許ニ、ソラヨリネツ鉄ノマウデキテ、ウエニヲチカ、ルトヲモフニ、ミナ身ハ、炭ハヒトコガレテキヘウセヌ。ヤウ〱スヾシキ風キタリテ、オナジスガタニナリヌ。	卯時許衆多炎魔卒来、以㆓熱鉄丸㆒含㆑口。以㆓鉄鋒㆒而打鋒㆓-摧身体㆒、成㆓火灰㆒、段々而尽。然涼風吹来、活如㆑故。時即呵責曰、汝昔貪㆑食、独食不㆑施、今飽呑㆓熱丸㆒。美味有否。如㆑是呵責已去矣。

この部分、探要法華験記の措辞は法華伝記に一致しあるいは近似する。わずかに「卯時許」の句のみ百座法談聞書抄と一致する。以下、探要法華験記は、部分的に百座法談聞書抄と一致ないし近似しながら、おおむね法華伝記に沿って展開していく。こうした近似と相違の現象には、二通りの説明が成り立つであろう。すなわち、探要法華験記は、この説話の前半部分については百座法談聞書抄ないしそれを承けたある資料に依拠し、後半部分については、ところどころ百座法談聞書抄ないしそれを承けたある資料を参照しつつ、もっぱら法華伝記にもとづいて両資料を合成した。または、探要法華験記は、法華伝記、百座法談聞書抄のいずれにも直接は依拠せず、前半部分は百座法談聞書抄に近く後半部分は法華伝記に近い、さらに別の資料にもとづいている。後者が成り立つためには、法談の語り手がある文献資料を忠実になぞって語り、筆録者もまた語りを忠実に再現した、というきわめて特殊な条件を想定しなければならない。しかし、百座法談聞書抄を全体的に観察すれば、そうした想定は成り立ちがたい。

探要法華験記は、はじめ百座法談聞書抄ないしそれを承けたある資料に拠り、つづいてところどころ百座法談聞書抄ないしそれ相当資料を参看しながら、もっぱら法華伝記に依拠して文を綴ったのであろう。

こうしてここに、唐土の説話集の物語が口演され、筆録されたそれがふたたび日本の説話集に編入されるという還流の具体例を追加することができ、百座法談聞書抄が予想以上に流布していた痕跡を見出すことができたのである。

なお、探要法華験記の編纂された慈悲寺は、醍醐寺の末寺で日野にあり、醍醐寺蔵本は深賢が奥書を記している。日野は、発心集の編者鴨長明の隠栖の地であった。そして、発心集第二第十「橘大夫発願往生の事」について、貴志正造が、長明はその説話を醍醐寺の成賢（深賢の師）から入手したのではなかったか、またその他にも同様の説話があったのではないかと推測している（鑑賞日本古典文学『中世説話集』角川書店 一九七七年）。百座法談聞書抄が探要法華験記と発心集を媒介しているとすれば、そのこととあわせて右は興味ある諸点といえるが、こうしたかすかな関係を、百座法談聞書抄の伝来流布の問題と二つの説話集の成立論に組みこむには、さらに多くの材料が要求されるであろう。

三 探要法華験記の編纂

探要法華験記は、唐の僧詳撰するところの法華伝記と、鎮源の本朝法華験記（大日本国法華経験記）にもっぱら材を得て成った。したがって、物語の舞台と人物は唐土と日本の双方にわたり、このことを撰者は序文に「和漢混合、聊及二印土一」［和漢混合して聊《いささ》かに印土に及ぶ］と記す。「混合」と称する通り、説話をその舞台によって漢と和とに分けて編成するでもなく、和と漢の説話がおおむね交互に配せられる。説話配列の基準は、序文に「更不レ定二時先後一、只先二人之所一レ称」〔更に時の先後を定めず〕というように、必ずしも明瞭なものではなかったかのごとくである。馬渕和夫の「解説」は、和漢の説話を交互に配する方法をとらえて、「ある共通点を持つ日本と中国の話を対照させる意図があったものと思われる。そしてうまく対照できないものには、天竺・新羅、また日本同士、中国同士の話も置く」と指摘している。しかしそれは、編纂の少なくとも最上位の原理ではない。序文にはまた「上自二大覚如来一、下至二男女鬼畜一」〔上は大覚如来自《よ》り、下は男女鬼畜に至るまで〕という句も見え、じつはこれこそが編纂の方法を表明したものであった。この観点から、説話の編成を上下それぞれに整理すれば次のごとくである。

	釈迦	比丘	沙弥	比丘	比丘尼	沙弥	優婆塞	優婆夷	癩者	異類
上	第1	第2~28	第29	第30	第31~34	第35	第36~39	第40~41		第42~43
下		第1~22	第23~24		第25~27		第28~31	第32~36	第37	第38~43

上下おのおの、ほぼ仏弟子としての序列に添って編成されていることは明らかであろう。ただし、上巻沙弥薬延第二十九と釈大善尊者第三十、沙弥雲蔵第三十五の位置は変則的である。これらが編成の原則をくずして配せられた理由は明らかでないが、次のように推測される。第二十九は、目録に「沙弥」と題するけれども、比丘として扱われているのかもしれない。というのも、下巻第二十に、薬延と同じく破戒僧でありながら法華経を読誦し念仏をつとめ極楽往生をとげる浄尊の伝が収められ、それは比丘の説話群に位置しているからである。薬延についてはそれと明記しないけれども、浄尊は往生の三、四月前から肉食を断ち、僧としての威儀を具足していたと記述されている。悪人のままの往生という論理は、探要法華験記にはないというべきであろう。薬延を浄尊と同様に扱おうとすれば、第二十九の位置は不自然とはいえない。上第三十五は、沙弥が法華経典を粗末に扱ったために癩者となった

という、探要法華験記唯一の悪報譚である。悪報譚であることが、比丘譚群に続く沙弥譚群に編入されなかった理由ではなかろうか。

これら少数の例外を除いて、仏弟子としての序列を基準に説話が編成されているが、それは、探要法華験記の依拠資料となった本朝法華験記を襲ったものである。本朝法華験記の説話配列は次の通りである。

第一～二　菩薩　第三～九三　比丘　第九四～九七　沙弥　第九八～一〇〇　比丘尼
第一〇一～一一六　優婆塞　第一一七～一二四　優婆夷　第一二五～一二九　異類

そして、この編成方法は、日本往生極楽記の、

第一～二　菩薩　第三～二七　比丘　第二八～二九　沙弥　第三〇～三二　比丘尼
第三三～三六　優婆塞　第三七～四二　優婆夷

という編成にならったものであり、しかもこれは唐土の浄土論、往生西方浄土瑞応（刪）伝を承けている（日本思想大系『往生伝　法華験記』「解説」）。こうして、探要法華験記は、直接には本朝法華験記に拠りつつ、遠くは往生伝の編成方法の伝統を承けているのであった。

四　今昔物語集の編成

今昔物語集本朝篇仏法部にも法華経霊験譚が収録されている。それは、巻第十二第二十五～巻第十四第四十五の三巻にわたる諸経霊験譚群のうちの、巻第十二第二十五～巻第十四第二十八に及ぶ大きな説話群である。

今昔物語集は、法華経霊験譚の多くを本朝法華験記に負うている。本朝法華験記はそればかりでなく、本朝篇仏法部のほぼ全体にかかわり、その形成にあってはきわめて重要な文献の一つであった。しかしながら、今昔物語集

の法華経霊験譚群の配列方法は、本朝法華験記と同じくはない。

今昔物語集の法華経霊験譚については、はやく坂井衡平『今昔物語集の新研究』（一九二三年／増訂版　名著刊行会　一九六五年）第二編（甲）第一章が次のような分類（引用にあたり表記形式を変えた）を示している。

ａ、一般功徳譚　巻一二・25〜37
ｂ、持経仙譚　巻一二・38〜40　巻一三・1〜5
ｃ、経文誦写譚　巻一三・6〜28　31〜38
ｄ、屍体誦経譚　巻一三・29〜30及10　巻一二・31
ｅ、対他経持者譚　巻一三・39〜41
ｆ、化身解説譚　巻一三・42〜44　巻一四・1〜6
ｇ、地獄解説譚　巻一四・7〜10
ｈ、本生譚　巻一四・12〜25
ｉ、蔑法現報譚　巻一四・26〜29

これはしかし、結局話性の分類であって、編纂の方法を扱ったものではない。また、分類自体も観点が明瞭でなく十分な根拠を持っているとはいいがたい。

また、国東文麿『今昔物語集成立考』（早稲田大学出版部　一九六二年）は、二話一類様式による説話配列の方法を指摘し、その増補版（一九七六年）「今昔物語集全説話の展開表」に具体相を示している。国東説を承けて、日本古典文学大系『今昔物語集　三』（岩波書店　一九六一年）「解説」も、やや詳細に説話群を指摘し、説話同士の連関を説くが、こうした微視的な観察は、編成の原理や、編成された法華経霊験譚群全体の体系を説明するものではなかった。

一方、黒部通善「今昔物語集巻十一・十二考―その構想について―」（『名古屋大学国語国文学』第一六号　一九六五年六月）、「今昔物語集巻十三・十四考―法華験記との関係について―」（『名古屋大学国語国文学』第一三号　一九六三年十一月）が説くところをまとめると次のようになる。

一二・25〜31　法華経霊験譚
　32〜40　高僧霊験譚
一三・1〜41　持経者譚
　42〜44　追善による悪趣解説譚
一四・1〜8（過渡的内容）
　9〜11（統一性なし）
　12〜25　前生譚
　26〜29　法華経蔑視による悪報譚

また、小峯和明『今昔物語集の形成と構造』（笠間書院　一九八五年）Ⅳ第一章ⅲは、

一二・25〜30　経自体をめぐる霊験
　31〜40
一三・1〜41　}持経者の読誦を主とする伝記風の霊験
　42〜44　講会・書写供養
一四・1〜11　在俗の法華書写供養（転生）
　12〜25　持経者の法華読誦（転生）
　26〜28　法華経をめぐる現報

のごとく、「経自体の霊験―持経者伝・読誦―講会―読誦―現報と推移している」と把握したうえで、「三宝霊験から因果応報へという本朝仏法部全体の枠組が、同時に一連の法華経霊験譚にも仕組まれるという、二重構造」を指摘し、「法華験記翻訳における話型の発見が、組織化に直接反映している」と論及する。小譚群に分割したその結果に異論はないが、しかし、ここは結論を急ぐべきではない。

私見によれば、法華経霊験譚は次のような小譚群によって編成されている。

①一二・25〜30　経典奇瑞
②一二・31〜一三・41　誦持
③一三・42〜44　聴聞
④一四・1〜11　書写
⑤12〜25　転生
⑥26〜28　謗経悪報

右の区分の根拠につき説明を加えておく。

①の首に当たる巻第十二第二十五は、法華経の書写供養の力により、死後牛に生まれていた願主の母を救済する物語である。巻第十二第二十六〜三十の経典自体が示す奇瑞とは異質の霊験であり、異なる主題を持つから、この一話のみを特立させて別に扱うのがよいかもしれない。ただ、巻第十二第二十五の説話がここに位置することになったのは、巻第十二第二十四に、迦葉仏が牛の姿であらわれて関寺の修造を助けたという説話が置かれ、それとの関連を図った結果であろう。とすれば、巻第十二第二十五は、至って形式的ながら、巻第十二第二十四以前の諸仏霊験譚群とを架橋する説話として機能していることになる。いまは便宜的に①群に属するものとして処理する。

②巻第十二第三十一〜巻第十三第四十一は、さらに細分することも可能であるが、細分は全体の体系を見失うお

それがあるので、あえて一括する。この譚群にあっては、標題あるいは説話本文に、「誦」「読誦」という語が用いられている。他に「持」「受持」という語も頻用されるが、すべての説話にではない。「誦」「読誦」の語のあらわれないのが、巻第十三第四十と第四十一のみで、これらは巻第十三第三十九とともに、法華持経者と他経の持者との優劣を示す説話である。これら三話を競験譚として分立することもできるが、誦持譚として一括してよいであろう。

③巻第十三第四十二〜第四十四は、いずれも標題に「聞説法花」という句を持つ。「説」すなわち講解譚としてではなく、「聞」すなわち聴聞譚として扱うのが適当であろう。

④巻第十四第一〜第十一は、第四、七、八、九を除いて標題に「写法花」の句を持つ（ただし第十一は「写太子疏」）。この句を有しない説話にあっても、法華経書写の功徳が語られていることはいうまでもない。

⑤巻第十四第十二〜第二十五は、すべて標題に「知前生（世）」の句を有し、前生に法華経との縁を結んで今生に持経者となる物語である。標題には「持法花」ないし「誦法花」の句も必ず用いられるけれども、それは類聚の観点ではなかった。誦持の霊験を示す②群と分離したのは、分離する編纂の論理があったと解すべきであろう。

⑥巻第十四第二十六〜第二十八には、標題に「不信」あるいは「謗」の字句があらわれる。法華経に対するそうした態度によって悪報を受けるのである。

右のように六つの小譚群から成っているとすれば、その編成の原理は何であり、法華経霊験譚群はどのような体系を与えられていることになるであろうか。

本朝篇仏法部の法華経霊験譚群の編成は、唐土の験記類の編成方法と関係があると見られる。

いま、弘賛法華伝に就けば、

図像第一　　翻訳第二　　講解第三　　修観第四

遺身第五　　誦持第六　　転読第七　　書写第八

と部類され、法華伝記は、

部類増減第一　　隠顕時異第二　　伝訳年代第三　　支派別行第四
論釈不同第五　　諸師序集第六　　講解感応第七　　諷誦勝利第八
転読滅罪第九　　書写救苦第十　　聴聞利益第十一　依正供養第十二

と部類されている。なお、広くは知られていないけれども、唐の寂法師の撰にかかる法華経集験記の伝存していることが、大曽根章介「漢風の世界と国風の世界―『法華験記』をめぐって―」（『中古文学』第二十一号　一九七八年四月）注(2)によって報告されている。そこに紹介され検討された通り法華経集験記注(3)は、

諷誦第一　　転読第二　　書写第三　　聴聞第四

のごとく編成されている。法華経の教義と信仰についての全体を示そうとする弘賛法華伝および法華伝記と、霊験記として限定された領域を扱う法華経集験記とは、おのずとその組織を異にするが、後者は前二者の後半部分に対応することが知られる。

このように、持経者の行業によって編成するのは、法華経の伝記、験記類に限られず、たとえば、唐の法蔵撰するところの華厳経伝記も同趣である。そして、こうした部類の方法は高僧伝にさかのぼりうる。次に掲げるのは梁高僧伝の編成である。

（一）訳経　（二）義解　（三）神異　（四）習禅　（五）明律
（六）亡身　（七）誦経　（八）興福　（九）経師　（一〇）唱導

経伝記、経験記の部類は、性質上高僧伝のそれと重ならない部分もあり、用語も必ずしも一致しないけれども、対応関係は否定しがたい。

ここで今昔物語集の編成にたちもどると、法華経集験記との対応関係がことに顕著で、弘賛法華伝の図像第一、翻訳第二を除いた部分、法華伝記の部類増減第一より諸師序集第六を除いた部分ともおおむね対応する。したがって今昔物語集の本朝篇法華経霊験譚群は、唐土の験記の系譜下にあると認められる。そこで、唐土の伝記、験記類との対比によって、日本の法華経霊験譚の性格と今昔物語集の編成方法の特徴が明らかになるであろう。

第一に、今昔物語集は講解の小譚群を有しない。それは、やはり講解の部を立てない法華経集験記を直接であるか否かは別として継承したのであろうか。同時に、日本の法華経霊験譚に講解の徳を語るものは少ないのであって、本朝法華験記に講解の行にふれるのは第一、三、三十七、六十七、一二四、一二五、一二七の七話にすぎない。今昔物語集ではそのうち第一、三は法華霊験譚群以外に配せられ、第三十七は聴聞の、第一二四、一二五、一二七は書写の小譚群に配せられているから、今昔物語集が講解の小譚群を構成するのは困難であった。

今昔物語集には修観の小譚群もない。法華伝記、法華経集験記も同様で、そのことと関係するかもしれない。しかるに、本朝法華験記には法華懺法あるいは止観行などを勤める僧は多く、第三、十五、三十四、三十九、四十、四十三、四十四、四十六、五十一、五十五、六十五、七十三、八十二、八十三、九十、九十四、一一六の十七話にのぼる。ただし、本朝法華験記にあってはこの行のことを特に強調せず、読誦の補助的な行として扱われている。今昔物語集はそれを承けたのであろう。また、修観自体が直接奇瑞をよびおこすことはないのであって、法華霊験譚群のなかに、特に修観の小譚群を立てるに及ばなかったのであろう。

唐土の験記類は、誦持ないし諷誦と転読とを分立するけれども、今昔物語集は転読の小譚群を持たない。本朝法華験記には、第三、六、九、十三、十五、十七、二十五、三十九、五十一、七十七、九十七、一〇四、一〇七、一一八の十四話に転読の行のことを述べるが、専一の行とは記述されていない。今昔物語集が転読の小譚群を設けなかったのは、日本のこうした霊験譚の傾向によるのであろう。

また、弘賛法華伝に遺身、法華伝記に依正供養の部を有し、本朝法華験記にも焼身供養した持経者の伝が第九、十五、四十七に載るけれども、今昔物語集はその譚群を持たない。直接であるか否かは知りがたいが、やはりその部を有しない法華経集験記との関係が考えられるところである。そればかりでなく、今昔物語集は焼身供養した持経者の伝を一切採録していない。編者の意図的選択の結果であろうことは、池上洵一「今昔物語集における説話の選択―本朝法華験記の場合―」(『国文神戸』第二号　一九七二年六月)▼注(4)がすでに説いている。

これらに対して、今昔物語集に独自の性格は前生譚群を設けた点にある。これらはすべて本朝法華験記から採録された説話で、俗人あるいは僧が法華持経者になったのは、前生(動物や虫であることが多い)に法華経とわずかな縁を結んだことがあったからである、と明かされる類型を持っている。原型は唐土の験記類にあって、弘賛法華伝巻第六第十七秦郡東寺沙弥、同巻第九第五隋魏州刺史崔彦武(法華伝記巻第七第三隋魏州彦武と同話)、同巻第九第九唐新羅国沙弥などの類話(ただしこの人々の前生は人間)がある。唐土の験記類は物語の類型性に配慮することなく、今生の行業に注目して説話を配置している。今昔物語集における転生者の今生の行業はすべて読誦であり、前生における法華経との縁は、読誦、聴聞、運搬、破損など多様であるが、今昔物語集ではそれらを顧慮することなく、転生という話型に注目したのであった。それは結局、日本の法華霊験譚に転生譚が多いという実状に編成の方針を沿わせたことを意味するであろう。しかし、このように持経者の行業とは異なる基準からする小譚群を設けたために、編成の方法は一貫性を失う結果となった。

謗経悪報の小譚群もまた、唐土の験記類に対応する部をもたない。冥報記を除いて唐土の験記類には、法華経による救済のない霊験譚を収録しないし、本朝法華験記にも第六十一、九十六、九十八の三話(うち第九十六、九十八は日本霊異記を承ける三宝絵からの採録)しかない。第九十六を除き持経者の奇瑞と呼ぶべき性格を持ち、第六十一を今昔物語集は誦持小譚群に編入している。謗経悪報の小譚群はすべて日本霊異記に依拠したものであった。

つまり今昔物語集は、日本霊異記と接触したことによって、唐土の法華経の験記類にない小譚群を用意することになったのである。日本の法華経霊験譚の実状に合わせた編成であり、換言すれば、今昔物語集は法華経霊験のすべての世界を描き出そうとしたといえよう。そして、これらが法華経霊験譚群の末尾に位置したのは、悪報譚であること、すなわち法華経と人が明瞭に否定的な関係でしか結ばれていないからであろう。包括的なものから特殊個別的のものへ、中心的なものから周縁的なものへ、というのが説話群配置の原則であった。

五　編成と体系と原理

今昔物語集の法華経霊験譚群の編成方法が、唐土の験記類と関係を持つことは否定できない。直接それらにならったのであろうか。

しかし、法華伝記は今昔物語集の依拠資料ではない。法華経集験記は、今昔物語集と同一の説話を含んでいるが、両書の直接関係については確認できない。弘賛法華伝については、片寄正義『今昔物語集の研究上』（三省堂一九四三年）が直接関係を指摘し、その説は広く支持されている。ところが、宮田尚「今昔物語集出典研究の点検(三)―弘賛法華伝のばあい―」（『日本文学研究』第一三号　一九七七年一一月）[注(5)]が批判を加え、直接関係に疑問を投げかけている。弘賛法華伝が他の資料よりいっそう今昔物語集に近似する説話を有すること、しかもそのうち二話は現在のところ他に所伝が見当らない、という事実はやはり重い。とはいえ、直接依拠資料としては、三宝感応要略録や冥報記ほどの確かさをもたないというのはその通りであろう。そこで、かりに弘賛法華伝が直接依拠資料ではなかったとしても、同様な法華経霊験記が資料とされたと考えなければならない。今昔物語集が唐土の法華経験記の類と接触し、それにならって本朝篇の法華霊験譚を編成した可能性もあろう。

ただし、それが唐土の験記類の組織を参照することによってのみ編成されたかどうか、検討の余地が残っている。

たとえば、鎮源の本朝法華験記の序文に、

若しは受持読誦の件《ともがら》、若しは聴聞書写の類《たぐひ》、霊益《りやうやく》に預る者これを推すに広し。

という文言があり、第二行基菩薩条の末尾に、

この経にして読誦書写流通《るづう》供養を見ず。

とも記す。また、各巻の末尾に、

聞法華経是人難　書写読誦解説難
敬礼如是難遇衆　見聞讃謗斉成仏

という偈が添えてある。「読誦」「書写」「聴聞」「解説」という行業の称は、唐土の験記類の部類と対応し、また法華伝記巻第六第九における、兜率天内院の弥勒菩薩の言葉、

此処諸天、多是於釈迦遺法中、受持読誦解説書写妙法蓮華経者。

とも通う。すると、本朝法華験記の序文や偈は、唐土の験記類の部類ないし法華伝記巻第六第九をふまえていると見なければならないのであろうか。

そうではなくて、じつはこれらは共通の典拠を有するのである。法華経法師品に、

於法華経、乃至一句、受持、読誦、解説、書写

とあり、見宝塔品に、

於我滅後、若自書持、若使人書、是則為難（中略）暫読此経、是則為難（中略）若持此経、為一人説、是則為難（中略）聴受此経、問其義趣、是則為難

如来神力品に、

我等亦自欲得是真浄大法、受持、読誦、解説、書写、而供養之。

とあり、同品にまた、

応一心、受持、読誦、解説、書写、如説修行、所在国土、若有受持、読誦、解説、書写、如説修行

ともある。法華伝記の弥勒の言がこれらをふまえていることは明らかであり、本朝法華験記にあっても同様であろう。こうして、唐土の験記類および今昔物語集の譚群編成は、経文自体に根拠づけられていたことも知られる。

今昔物語集の譚群編成が、直接には唐土の法華経験記にならった可能性は依然として高いけれども、編者も親しんでいたことが疑えない法華経の経文自体に依拠したと見なす余地は十分あり、また本朝法華験記の序文や偈が参照されたと見ることもできる。そのいずれであるかを明らかにすることはできないが、そのいずれか一つと断ずるのが正しいとも限らない。右のそれぞれが、ともに今昔物語集の編纂に作用したと見るのがよいであろう。

六　本朝法華験記の享受

本朝法華験記、今昔物語集本朝篇の法華霊験譚群は、異なる方法をもって編成されている。今昔物語集は行業を基準とする編成であり、法華経信仰の世界を体系的に記述しようとする目的を持っていたといえるであろう。本朝法華験記は、持経者の仏弟子としての序列による配列である。行業によっては編成されていない本朝法華験記からは、日本の法華経信仰の世界をただちには展望しにくいであろう。しかし、それは単に持経者伝としてのみ享受されたのではなかった。

本朝法華験記の諸伝本は、各巻に目録をそなえ、説話ごとに目録とほぼ同じ標題を付すというのが一般的な形態

である。いま、享保二年板本によっていくつかを例示してみる。

ⓐ第八　出羽国龍化寺妙達和尚（目録）

ⓑ第九　奈智山応照聖人（目録）

ⓒ第八　出羽国龍華寺妙達和尚（標題）

ⓓ第九　奈智山応照法師（標題）

この目録と標題は、人物を中心として編成されたものであることをよく示す。ところが、これを彰考館蔵写本に就けば、右の目録と標題に次のような注記がほどこされている。

ⓐ受閻魔王請事

ⓑ焼身最初

ⓒ依閻王請行向冥途事

ⓓ焼身供養法華経并諸仏事薬王品

また、高野山宝寿院本には次のような注記がある。

ⓐ至閻王庁豪閻王語云日本衆生ヲ悪ヲ誡勧善事

ⓑⓒⓓなし、

彰考館本は、目録のごくわずかと標題の大部分に、宝寿院本は、目録の半数近くにこうした注記を有する。これらが後人の添加であることは、伝本ごとに相違することから疑問の余地がない。見る通り、これらはおおむね、やや長いものと短いものとに分かれる。前者をA類、後者をB類と仮に称すれば、A類はしばしば「……事」と結ばれ、説話内容の要を記したものであり、B類は説話のある特定の要素を摘記したものである。A類とB類は同居することもあって、たとえば彰考館本ⓓの場合、「焼身……諸仏事」がA類に、「薬王品」がB類に相当する。「薬王品」とは、この説話が法華経の薬王菩薩本事品のことを記述すること、換言すればこの説話が薬王菩薩本事品の信仰と関連することを意味している。彰考館本の標題のB類の注記には、右のような信仰の対象に関するもの、ほかにたとえば「法師品」（第十七）、「普賢」（第二十）などが多く、また、「書写」（第二十三）、「読誦」（第三十四）など持経者の行業に関するものも多い。それはA類に属する注記も同様であり、信仰の対象と行業に関する要素が多く含まれている。

真福寺には本朝法華験記の抄出本が蔵せられ、その標題はたとえば次のごとくである。

三　伝教大師

四　普門品事

五　兼不動事

六　薬王品供養焼身事

これらは、三を除いて、信仰の対象である品名や行業に関するもので、あたかも彰考館本、宝寿院本の注記部分と同趣であって、とうてい標題として十分に機能しうるとはいえない。しかし、このような標題を有するということは、真福寺本が持経者伝とは異なる機能をはたすべく抄出されたことを意味するであろう。そして、彰考館本、宝寿院本の目録および標題の注記も、本朝法華験記が持経者伝であると同時に、さらに付加的な機能を求められていたことを示すものであった。

また、大曽根章介「『法華験記』の原型について」（『中央大学文学部紀要』第三九号　一九七七年三月）[注(6)]は、表題を「三宝感応録并日本法華伝指示抄　沙門釈宗性」、内題を「大日本国妙法蓮華経験記説処」とする東大寺蔵写本を紹介している。それは、

玄海往生極楽事（第十二相当）

理満誦宝塔品是名持戒行頭陀者二月十五日往生極楽事（第三十五相当）

などの項目から成り、一見これらは説話標題のように見えるけれども、じつはそれ自体が本文であって、外題の「指示」、内題の「説処」の語から推すに、説話検索のためにその要点を抜き書きしたものであろう。大曽根は、こうした抄出の姿勢をめぐって、各項が多く経典名を含み、経文の一部を引用するところから、経典尊重の態度があらわれていること、兜率天往生に関する説話がすべて採録され、本朝法華験記にあっては必ずしもそれが主題とは見なしがたいものを含むところから、ことに兜率天往生を強調する傾向があることを指摘している。この指摘は至当であるが、付け加えれば、持経者の行業と極楽往生に多く言及する傾向も認められる。そして、なかに、

五蔵供養五智如来六府施与六道衆生事（第九相当）

のように持経者の名を示さない項もあって、真福寺本の標題に通うところもある。これらを要するに、宗性は、法華経信仰の内容に関心を寄せて本朝法華験記を読み、あるいはそうした観点から利用したと推定される。

このように、彰考館本、宝寿院本の目録、標題の注記、真福寺本の標題、東大寺本の抄出は、内容の性格と形式において強い共通性を持つ。本朝法華験記が、僧伝としてばかりでなく、法華経信仰について特に行業や霊験の検索を目的に享受されることがあったことを物語るものである。

目録、標題に説話の内容や特定の要素を注記する説話集は、本朝法華験記に限られない。たとえば、発心集には数少ないが八巻本、五巻本ともにこれをそなえ、私聚百因縁集、三国伝記もかなりの数の説話がこれをそなえている。

それでは、こうした享受はどのような条件のもとで成立するのであろうか。第一に、それは読者の（あるいは編者自身も含めて）信仰の手引きであろう。読者は、「書写」「読誦」「薬王品」などの注記を手がかりに、こうした行業や経典がもたらす霊験利益の先例をたやすく見出し、それをみずからの信仰の支えとし、また規範とすること

ができるであろう。

このような個人的な享受に対して、第二は説話集の開かれた性格である。やや唐突かもしれないが、ここで説草と呼ばれる小さな説話本の存在を想起する。それは説法僧の譬喩因縁を語るための手控えで、岡見正雄「説教と説話―多田満仲・鹿野苑物語・有信卿女事―」(『仏教芸術』五四　一九六四年五月)のほか、永井義憲「金沢文庫蔵『餓鹿因縁』のこと―説話と仏教の接点および戦記文芸の文体―」(『大妻国文』第二号　一九七一年三月)、永井義憲「発心集と説草」(『説話文学研究』第一〇号　一九七五年六月)その他、[注(7)]阿部泰郎「『撰集抄』と説草『僧賀上人発心事』」(『説話文学研究』第一七号　一九八二年六月)が紹介して、検討を加えている。それらは、表紙に「……事」「……因縁」「……物語」と題され、それに物語のある特定の要素に関する小書の副題をそなえ、岡見正雄「小さな説話本―寺庵の文学・桃華因縁―」(『国語と国文学』第五四巻第五号　一九七七年五月)[注(8)]は、これを「説経書のきまりきった表紙の表現」と述べている。説経僧は、そうした表紙の標題や小書をたよりに、説経に必要な小冊子を随意に選び出すことができたのである。これと同じく、目録、標題および注記を手がかりに、僧は説経のためにあるいは著述のために、説話集からも必要な説話を検索することができたであろう。

このように、説話集は信仰や思想の体系的な表現でありつつ、さまざまの利用に応じて解体され抄出されるものでもあった。あるいは後代の人々はそのように享受したのである。本朝法華験記の標題、目録の形態と抄出本は、本朝法華験記がそのような享受の場をくぐりぬけてきたことを物語っている。そして、行業によって伝を部類する唐土の験記類が、説話検索にいかに便利であったかをも物語っている。

【注】

（1）『池上洵一著作集第二巻　説話と記録の研究』（和泉書院　二〇〇一年）第三編第七章に収録。

（2）『大曽根章介日本漢文学論集　第三巻』（汲古書院　一九九九年）に収録された。

（3）大曽根の論文に予告されていた通り、『東京大学図書館蔵　法華経集験記』（貴重古典籍刊行会　一九八一年）として、大田晶二郎の解題を付して写真版が刊行された。

（4）『池上洵一著作集第一巻　今昔物語集の研究』（和泉書院　二〇〇一年）に収録。

（5）宮田尚『今昔物語集震旦部考』（勉誠社　一九九二年）に収録。

（6）前掲注（2）書に収録された。

（7）これらは永井義憲『日本佛教文學研究　第三』（新典社　一九八五年）に収録されている。

（8）岡見正雄『室町文学の世界　面白の花の都や』（岩波書店　一九九六年）に収録。

2　本朝法華験記の説話と表現

一　はじめに

説話集としての本朝法華験記（大日本国法華経験記）の方法をめぐって、問題を深める機会を惜しくも失ってしまった論争があった。

千本英史「方法としての験記―本朝法華験記と往生伝類との相違をめぐって―」（『国語国文』第五三巻第一号一九八四年一月）が、

験記はなんといっても事実を確認する文学であって、いまだ作者の解釈は前面にはおし出されていない。（中略）事実を確認しようとする姿勢は、時には作者の常識を食い破る力となって働いたのである。

と、その基本的性格を導き出して、本朝法華験記の文学的価値ないしその可能性のありかを指し示そうとした。▼注(1)これに対して、大曽根章介「『法華験記』と往生伝」（『説話文学研究』第二〇号　一九八五年六月）が、「作者の潤色や虚構が全く存しないのであろうか」と批判したのである。[注2] ただし、その批判は、中国の験記類と比較して「『法華験記』の著者にかかる冷徹非情な眼を求めるのは至難であろう」と評したり、「口誦の説話の多くは往生譚に重点を置いて集めたのか、或は記述の際に潤色改訂を加えたと推測することは許されないであろうか」などと述べるにとどまり、[注3] 具体的でなかったためであろう、千本の反論[注4]も、

> けれども、鎮源が「験記」という方法を選び取ったことによって、『本朝法華験記』という作品において、作者の解釈が前面に押し出されることなく、作者の信ずる事実に即し、それを確認しようとする姿勢が通底することになったことは否定できないのではないかと思う。

と、同語反復的に自説を繰り返して終わることとなった。

千本の再説のなかでやや目を引くのは、「事実」という語に、一九八四年の論文にはなかった「作者の信ずる」という条件が加えられた点である。それが客観的に保証された事実というよりは、作者の解釈に基づくものであるとの留保を付することによって、言語表現に際して意識的あるいは無意識的な潤色や虚構があるのではないかという批判をかわすことはできたかもしれない。しかし、その結果、説話における、験記における「事実」の概念が混乱し、議論のすれ違いを引き起こしたことは否めない。

この応酬自体は、対立点をあいまいにしたままに終息したために、問題の根幹を探り当てられなかったけれども、本朝法華験記の方法について検討するための手がかりを提供していた。ここでは、両者の論争に介入するものではなくて、その時深められるはずであった、本朝法華験記における説話の事実性にかかわる構成と表現の問題について分析し、その文学としての意義と価値に論及することを目的とする。

本朝法華験記は、題号の通り法華経の霊験を記した書である。それは、千本が強調するように、たしかに「験」というものを事実として提示するところの「記」であった。しかし、それを「作者の信ずる事実」と規定したのは、はたして適切だったか。総じて験記というものがそうであるように、「もし前事を伝へざれは、何ぞ後裔を励まさむ」（本朝法華験記　序）というように、記された「前事」が後裔にとって確かな事実であることによって、法華経の「神徳」「霊運」（同　序）は信ずるに値し、享受する者に対して信心を催させるものであった。したがって、験記にあっては何よりも読者の信が重要で、第一義的には作者の信はかかわらない。それは作者に信がないことをただちに意味するものではもちろんないが。

仏教における信は、論の正しさとそれを支える証の確かさによって生み出され、支えられる。証の確かさを言語をもって実現すること、それが験記のめざすところであった。

具体例に就いて、本朝法華験記の説話構成と表現の方法を探ることとする。本朝法華験記第一二〇大日寺辺老女は、日本往生極楽記第二十一大日寺僧広道伝に基づいて書かれている。ただし、両者にはいくつかの目に立つ相違があり、法華験記がある意図によってその扱いを変えたことが知られる。いま全文を読み下して、両者を対照してみる。

日本往生極楽記	本朝法華験記
大日寺の僧広道は俗姓橘氏、数十年来、専らに極楽を楽ひて、世事を事めず。	

寺の辺に一の貧しき女ありて起居せり。

両の男子有りて、天台の僧為り。兄を禅静と曰ひ、弟を延睿と曰ふ。

其の母即世せり。

二の僧、一心に昼は法華経を読み、夜は弥陀仏を念じて、偏へに慈母の往生極楽を祈る。

斯の時に当たりて、広道夢みらく、極楽、貞観両寺の間に無量の音楽聞こゆ。驚きて其の方を望むに、三の宝車有り。数千の僧侶、香鑪を捧げて之を囲繞し、直ちに亡女の家に到りて、女に天衣を着せしめ、共に載せて還らむと欲す。便ち二の僧に勅して曰はく、汝、母の為に懇志有り、是を以て来迎する也、と。

一夢の中に、亦広道の往生の相有り。

広道、幾《いくば》くの年を歴《へ》ず、入滅せり。此の日、音楽空に満ち、道俗耳を傾けて随喜し、心を発す者多し。

一の女人有り。ⓐ姓名詳らかならず。身貧しく年老いたり。大日寺の辺に起居せり。

両の男子有りて、天台の僧為り。兄を禅静と曰ひ、弟を延叡と曰ふ。

其の母、ⓑ病を受けて、日を経て悩乱し、即ち以て入滅せり。

二の僧、一心堅固に昼は法華経を読み、夜は弥陀仏を念じて、偏へに慈母の往生極楽を祈る。

此の時に当たりて、大日寺の住僧広道夢みらく、極楽、貞観両寺の間に音楽聞こゆ。驚きて其の方を望むに、三の宝車有り。数千の僧侶、香炉を捧げて之を囲繞し、直ちに老女の住める宅に到る。老女は天衣を着、宝冠瓔珞もて其の身を荘厳し、宝車に乗り、ⓒ欣びて還り往く。便ち二の僧に勅して曰はく、汝、母の為に懇志有りて、ⓓ法華を読誦し念仏を勤修し、成菩提を祈れり、是を以て来迎する也、と。ⓔ宝車は西方を指して遥かに去れり。

同じ夢の中に、広道聖人の往生の相有り。

広道、幾くの年を歴ず、入滅せり。此の日、音楽空に満ち、道俗耳を傾けて随喜讃歎し、道心を発す者多し。

本朝法華験記は、日本往生極楽記においては広道の往生に付随的に記述されていた大日寺の辺の老女の往生を中心にすえなおしている。それは、冒頭に広道の出自と行業を提示する構成から、冒頭に老女の存在を提示する構成へと転換したところにとどまらない。両者には、表現においても数箇所の相違があり、それらはそれぞれの書の目的とかかわってそれぞれ理由が考えられる。

まず、広道の出自と行業が、本朝法華験記でほとんど省略されているのは、広道が中心人物でなくなったからである。逆に本朝法華験記で、老女に関してことさらⓐ「姓名詳らかならず」と付加されているのは、中心人物たらしめるための処置、あるいは中心人物である以上必要とされた説明と見なされる。

では、ⓑⓒⓓⓔの付加にはどのような意図があったのであろうか。千本は、法華験記がこの説話を「事件」として載録していると解釈する観点から、ⓑⓓⓔの付加について、「すべてをできるだけ目に見える形で、具体的な形象として表現していこうとする意欲がうかがえる」と説明する。さらには、比丘広道の往生譚から優婆夷の往生譚への編成の転換についても、作者鎮源の「事件」へのこだわりの姿勢を読み取ろうとしている。

しかし、千本の論定には錯誤がある。すなわち、本朝法華験記は法華経の霊験を記す書であって往生伝ではないということと、したがって、本朝法華験記にこれを広道譚として載録することは、はじめからありえなかったということが見落とされている。というのも、日本往生極楽記の本文に就くかぎり、広道は法華経の持者ではなく、その往生にも法華経は関与していないからである。この説話は、兄弟の僧が亡き母の成仏を願って、「昼は法華経を読み、夜は弥陀仏を念じ」たとする日本往生極楽記の記述に基づき、法華経の読誦と阿弥陀の念仏の験による老女の往生譚として、本朝法華験記に載録されたのである。本朝法華験記が法華経の験記であるからには、老女の往生譚として収録するほかない。事件へのこだわり以前の、この説話をどのように機能させうるかという問題であった。

ⓑはしばらくさて置いて、ではⓒⓓⓔの付加にはどのような意図があったか。これらは老女の往生場面の具体

化、詳細化であり、また往生を可能ならしめた二人の子の僧の勤めの確認であって、法華経読誦による往生という主題を鮮明にする機能を果たしている。「事件」へのこだわりと見えた叙述の姿勢は、単にそういうことではなくて、ことがらに「験」としての具体性を付与することによって、「験」を引き起こす法華経の価値を強調していると説明されなければならない。

三　法華霊験の証拠と証人

大日寺辺の老女往生譚で、いま一箇所目につくⓑ「病を受けて、日を経て悩乱し」の付加にはどのような意図があったのであろうか。この記述は日本往生極楽記にまったく対応する記事がない以上、作者鎮源が信じる「事実」としてそれを確認しようとしたと説明するわけにはいかない。また、詳細化や具体化という観点からも説明できない。

そこで、このように人が死に臨んで病を受け悩乱するとは何を意味するかを検証する必要がある。他の臨終の事例の記述が手がかりとなろう。本朝法華験記に「悩乱」ないしそれに類する語を用いて、臨終の様を記述する例は他に第七十蓮秀法師があるばかりで、そこには、蓮秀が「乃至重き病を受け取り、辛苦悩乱し、身冷え息絶えて」死を迎え、悪業の人の赴くべき冥途に向かうが、生前彼が法華持者であったために蘇生することができたと記される。これを除き、逆に、次のように正念のうちに死を迎えて往生極楽を得たとする事例は枚挙にいとまがない。

七十の算を尽くして、六万部を誦せり。正念苦しびなし。定めて知りぬ、安楽の浄刹に往生せることを。

（巻上第二十四　頼真法師）

乃至最後に少しき病ありといへども、身心乱れず、法華を誦して即ち遷化せり。

臨終の時に、身は病の苦しびを離れ、心は迷《まど》ひ乱れず、手に定印を結び、西方界に向ひて、意《こころ》に弥陀を念じ、気息入滅せり。

（巻上第二十八　源尊法師）

往生の予告、光明や紫雲や音楽や薫香などの奇瑞、夢告、これらに加えて、願往生者の臨終正念こそ往生極楽の証であった。それは日本往生極楽記をはじめとして、各種の往生伝の通例である。また、往生要集巻上大文第二の第一には、

凡《およ》そ悪業の人の命尽くる時は、風《ふう》・火《か》先づ去るが故に動熱にして苦多し。善行《ぜんぎょう》の人の命尽くる時は、地・水先づ去るが故に緩縵にして苦なし。何に況むや念仏の功積り、運心《うんじん》年深き者は、命終の時に臨んで大きなる喜び自《おの》ら《づか》生ず。

とある。こうして、老女が悩乱して臨終を迎えたとすれば、三悪道に堕ちたか、あるいはいまだ中有をさまよっているか、少なくとも善き世界に生まれたとは期待しがたい。本朝法華験記は、老女の「即世」を悪業ゆえの悶死と意味づけた。そのような意味では、老女の死は「事件」に仕立てられたといえなくもない。ただ見落としてならないことがある。子の僧たちが、「一心堅固に昼は法華経を読み、夜は弥陀仏を念」ずるのは、そういう母の救済を願っての切実な営為であったということである。本朝法華験記は老女の悩乱を付加することによって、その往生極楽がかなわなかったことを日本往生極楽記よりさらに明示的に記述し、悩乱のうちの臨終であっても、後日の往生を可能にしたところの、子の僧たちによる法華読誦と念仏の効験を強調することができた。老女の悶死はそれ自体が単なる重大事ではなく、霊験の強調という目的に参与する。法華験記が、この説話を子の僧たちの法華読誦と念仏によって老女が往生した説話として載録しようとするかぎり、必要かつ当然の構成と表現であったといわなければならない。

（巻下第一一一　伊与国越智益躬）

この説話にとどまらず、本朝法華験記の表現は、右のように法華経霊験譚としての機能をいっそう明瞭にし、あるいは法華持者の尊さをさらに具体化し強調するという方向を有している。第十吉野山海部峰寺広恩法師は三宝絵巻中第十六にもとづくが、広恩法師に関する、

昼夜に妙法華経を読誦す。摂念精進して、志意堅固なり。

という記述は、法華験記が独自に付加したものである。また、第一一一伊与国越智益躬は日本往生極楽記第三十六にもとづくが、益躬の臨終の場面を比較すると、

〔極〕時に村里の人、音楽有るを聞きて、歎美せずといふこと莫《な》し。

〔法〕此の時に当りて、村里の近き辺《ほとり》、空には音楽満ち、地には奇香遍し。見聞触知のひと、随喜歎美して、道心を発《おこ》さざるもの莫し。

と、場面の具体化詳細化を図り、法華経と念仏による往生の主題を強調している。

本話が老女の往生譚へ転換したとすれば、広道およびその往生はどのような機能を与えられているのであろうか。千本は、本朝法華験記を引用した拾遺往生伝巻中第二十八では広道の往生が消去されてしまったことを指摘したうえで、またも次のように説明する。

では逆に、なぜ『本朝法華験記』は末尾の広道の往生の話を削りとり、全体の結構を整えることをしなかったのか—ここでもやはり鎮源の「事実」への執着をよみとるべきであろう。広道の往生という材料が手もとにある以上、鎮源はそれを捨て去るにしのびなかったのではないだろうか。

拾遺往生伝が消去したように、たしかに広道の往生の要素は絶対不可欠ではない。しかし、日本往生極楽記の広道往生譚にとって老女の往生の要素が必要であったように、本朝法華験記においても広道の往生の要素は相当の役割を果している。往生の証人としてである。老女の往生は、日本往生極楽記、本朝法華験記、拾遺往生伝のいずれで

も、広道の見た夢によって知らされる。そのように往生はしばしば夢告によって伝えられる。夢というものは人と神仏とが交流し、それまで知られることのなかった真実が明かされる場であったから、夢告によるゆえに、往生は何より確かな事実として受け取られたのである。日本往生極楽記において、広道の夢によって老女の往生が告げられ、また広道自身の往生も予告され、そして広道の臨終の奇瑞は予告を裏付けて、これらが相互に支えあって二人の往生の確かさが保証されるという関係である。本朝法華験記にあっても、広道の受けた夢告と往生の相が老女の往生の真実性を支えるであろう。法華験記は、単に、広道の往生が事実としてそうであったから、あるいは日本往生極楽記にそのように記述されていたから、このように記述したわけではない。

往生譚における証人は、一般にその人物が往生人の縁者であったり世に尊ばれている仏教者であることによって、その証言内容に十分な信頼を寄せられる。しかし、そうした証言に疑いの眼を向ける人物が登場する場合もないわけではない。巻下第一〇二左近中将源雅通伝における藤原道雅である。

源雅通は心正直であったけれども、世塵に交わって多くの罪を犯した。ただ、これを悔悟して若くより法華経を信奉し、臨終にも提婆達多品の要句を唱えて入滅した。師檀の契りのあった皮の聖行円の夢に雅通往生の相が見えて、そのことが世間に広まった。ここに、右京権大夫藤原道雅は信ぜずして、「源雅通は一生不善の人であった。もしそうであれば、極楽を願う人は殺生放逸を好むべきか」と謗った。その後、道雅は六波羅蜜寺の講筵に参列して、一人の尼の夢語りを耳にした。尼はこれまで善根を造らなかったことを嘆いていたが、一人の老僧が夢のなかで、源雅通のごとく心を直くして法華経を信奉するならば、善根を造らずとも往生することができると告げたという。これを聞いて藤原道雅は永く疑惑を解いた。

往生に疑念を抱く人物の設定は、日本往生極楽記に例を見ず、後代の往生伝でも一般的でない。千本英史は、[注(5)]「道雅の疑問は、そのまま説話採録者の鎮源の疑問でもあったように思われる」と解釈して、著者鎮源がこうした悪人往生譚について「うまく自身で納得できなかったようである」と、いわゆる「事実」とそれを記述する作者の意識との間に懸隔のあることを指摘する。大曽根章介も、▼注(6)藤原道雅の疑惑を取り上げて、「作者の不信疑惑に異ならない」とする。しかし、これらは誤読であろう。雅通の往生を夢に知ってこれを世間に広めた皮の聖は、民間布教に携わり貴族社会からも尊崇を集めていたから、往生譚の語り手にふさわしく、またその語るところの真実性も保証されることになる。そして、それをも疑う役割は道雅にこそふさわしい。よく知られているように、道雅は関白道隆を祖父に内大臣伊周を父に持って高貴な血を享けながら、荒三位と呼ばれてさまざまの紛争を引き起こし、花山院女王殺害事件の黒幕と▼注(7)目されたことなどもあって、悪評高い人物であった。したがって、道雅の疑惑はこれに著者が同感するような性質のものではなく、否定され解消されるためにだけ置かれていたのである。老尼の夢告が、かの荒三位をも改心させたということを記述することによって、源雅通の往生の確かさが強調され、善根を修めずとも、かねて信奉し臨終に読誦することによって救済を期待しうる法華経の利益の広大さが確認されている。

こうして、本朝法華験記の説話の構成と表現は、法華経の尊さを強調するという方向を持っていることが明らかであり、したがってそこに記述されることがらは単なる事実ではなく、法華経の「験」としてあらかじめ解釈ずみの事実にほかならなかった。あるいは、本朝法華験記の表現は、事実を法華経の験として意味づけていく営為であった。そして、ことがらの事実性を確認する方向をもって記述されるとしても、また事実らしさをめざして記述されるとしても、それは必ず「験」に収斂していくべきものであった。

四　視点人物の機能

本朝法華験記第一〇二左近中将源雅通伝も第一二〇大日寺近辺老女伝も、証人を説話内部に設定することによって往生の確かさを示すという方法を取っていた。奇瑞を目撃し、夢告を受ける人物の視線を通して叙述するのは、往生伝の方法の一つであって、本朝法華験記はこれを継承したと認められる。そして、それにとどまらず、本朝法華験記は、できごとを目撃し伝達するということに関して、たとえば日本霊異記や唐代の験記類の持たない特徴的な説話構成をそなえている。それは異境訪問譚の枠組みを与えて、持経仙の不思議あるいは破戒法師の往生の衝撃を伝えようとしたことである。

日本の仏教は神仙思想や固有の山岳宗教と結合し融合して、本朝法華験記のなかには法華経の持者でありつつ仙人でもあるという僧が登場する。彼らは、たとえば本朝法華験記第四十四陽勝仙人のように、他の修行者たちに飛行の姿を目撃されたり、修行者と仏法について言葉を交わしたり、修行者に食物を与えたり、あるいは病む親の家の上から法華経を聞かせ、あるいは比叡山の不断念仏を聴聞に帰山したりと、此界との縁を絶たない者もいないではないが、普通は山中深く尋ね入ったあるいは迷い込んだ修行者が偶然にもただ一度出会ったとして語られる。たとえば第十一吉野奥山持経者某。

沙門義叡が諸山を巡歴し、金峰山に入って道を失い山中をさまよっているうちに、清浄で典雅な僧房を発見する。そこには、年二十歳ほどの僧がいて法華経を読誦している。僧は修行者を見て、ここは往古より人の来ない所なのにと驚いた。その僧は、もと比叡山の僧で、本山を離れ流浪して修行していたが、老いてここに止住することにしたのであった。修行者はそこでさまざまの不思議を目の当たりにした。修行者は、山中の持経仙が験力によって空中に跳らせ進ませる水瓶に従って、人里に戻ることができた。

同じ型の説話が第十八比良山持経者蓮寂仙人にある。それは、葛川の修行者が夢のなかで「結縁せよ」との告げを得て、比良山で法華経を受持し修行している仙僧を尋ね当てる説話であった。また、第十三は熊野参詣の僧が、宍背山で法華経を読誦する遺骸を見つけ、その霊と交流する説話である。これは、仙境訪問譚とはいえないけれども、山中という異界で異人と邂逅するという構成は基本的に同じである。超絶した法華持者の事績が旅の修行者によってはじめて知られ世に伝えられるところも変わらない。

こうした説話構成は、第七十三浄尊法師、第九十加賀国尋寂法師、第九十四沙弥薬延にも認められる。旅の修行僧が肉食妻帯の破戒法師の家に一宿するが、法師はじつは罪業を深く懺悔し、たゆまず勤行を続ける法華持者であったことが知られ、旅僧は破戒法師の往生の証人となるというものである。

修行僧の見聞として語られるこれらの説話の構成と表現は、この種の説話の発生や伝来およびその背景についてある示唆を与える。これらの説話の末尾には、次のような記述がそなわっているからである。

義睿法師、里に出でて涙を流し、深山の持経者の聖人の作法徳行を伝へ語る。（第十一）

同行善友《ぜんう》に語り伝へ、仏因を植ゑしむ。（第十八）

この種の記述は、不思議を体験した旅の修業僧がこれらのできごとの最初の語り手となること、そして、この不思議は修行僧の確かな見聞であったことに注意を喚起して、そのできごとの事実性を確認強調するとともに、彼らが語り伝えることによって聞く者に法華経の尊さを説き明かし、信仰を勧める役割を果たしたことを示している。つまり、これらの説話は法華経と法華持者の尊さの例証であると同時に、法華持者による民間布教の活動の実態をも物語っていた。聖たちは、このような説話を用いて布教活動を行っていたということである。

そもそも聖はその宗教的な特別の力によって、常人の足跡の及ばない場所に往還し、常人の目に見えないものを見て、その不思議な経験と見聞を世間に伝達する人々であった。たとえば、第一二四。

霊験所を巡歴して苦行を積んでいた修行者が、越中立山に行ったときのできごとである。火山活動の盛んな立山は冥界と見なされ、「日本国の人、罪を造れば、多く堕ちて立山の地獄に在り」と言われていた。修行者はそこで一人の若い女の亡者に遇う。亡者は、「生前仏師の父を持ち、仏物を用いたために地獄に堕ちて苦を受けている。願わくは、このことを父母に伝え法華経を書写し供養して、自分を救済してほしい」と訴えた。修行者は両親を尋ね当ててこのことを告げ、両親が娘のために法華経を書写供養すると、夢のなかで娘は忉利天に生まれたことを告げた。

立山にかぎらず、高山深山は人がみだりに足を踏み入れる所ではなかった。山は他界であり異界であり、それゆえに死者の霊の集まる場所であり、立山のように地獄に見立てられたのである。そして、亡き娘が冥界で苦を受けている様子を語り、亡者の言葉を取り次いで、両親に法華経の書写供養を勧めた営為こそ聖たちの教化活動である。同様な例は、本朝法華験記第八妙達の伝にもあり、また別に妙達の冥界での見聞録として「僧妙達蘇生注記」（天治二年書写の奥書、続々群書類従所収）、「妙達和尚ノ入定シテヨミカヘリタル記」（東寺観智院本三宝絵付載）があって、これらの書も聖の宗教活動の産物であり、活動のための手引きと見られる。

ただし、このことは説話と説話集に外在する問題であって、本朝法華験記の方法の問題としてとらえなおす必要がある。

持経仙の不思議にしても破戒法師の往生にしても、仏教の常識や日常の感覚からは驚倒すべきことがらであった。そして、本朝法華験記ではそれらは直叙されない。たとえば第十一の金峰山の持経仙の場合、

義叡見て心に歓喜を生ず。

比丘乃至種々の希有の事を見る。

客僧聞きて弥《いよい》よ希有難遇の念を生ず。

と不思議を見聞きする修業僧の視点と感想を通して記述される。またこれら奇異、希有の意味するところは、

此の問ひを作して言はく、…聖人答へて言はく

聖人に問ひて言はく、…聖人答へて曰はく

客僧又問ふ、…聖人答へて曰はく

と、旅の修行者の問いに対する持経仙の答えを通して明らかにされていく。ことがらを作者が直接提示するのでないところは、修行者の視線と疑念とが読者の関心を強く喚起する叙述の方法である。その叙法は臨場感を作り出し、もってそのできごとの事実性を支えることになるであろう。

こうした叙法は、破戒法師の往生譚にも見られる。たとえば、第七十三の場合、破戒法師浄尊の姿と行為は旅の修業僧の目を借りて記述される。

この家主を見るに、是法師也。頭髪は三、四寸にして、身には綴りの衣を着たり。其の体《すがた》は麁醜にして、親近《しんごん》すべきこと難し。

このように修業僧の畏怖し嫌悪する視線を通して描かれ、その食物も、

食物は飯《いひ》に非ず、粥に非ず、菜《な》にも非ず、菓《このみ》にも非ず。食は例の物に非ずして、肉血《ししち》の類《たぐひ》に似たり。

と説明される。ここで確認されるべき「事実」というものがあるとすれば、それは「食物は肉血の類に似たり」の一事にすぎない。▼注(8) ところが、ここでは五つの否定を重ねたのちに提示されているので、その見慣れぬ食物は一体何であるかと不審を抱いて凝視する旅僧の視線と、忌まわしい肉血であることを見てとった時の激しい驚愕の感情を纏綿させている。

しかし、この浄尊の風体の意味するところ、食物の意味するところは、夜中の勤行と翌朝の懺悔告白によってようやく明らかとなる。読者は旅僧の目と耳とを借りて、破戒法師の浄行という驚くべきできごとを発見し了解し、そしてそれを経てようやく宗教的真実が立ちあらわれてくるのを経験することになろう。

五　大乗の懺悔

慶滋保胤は、日本往生極楽記の序文に、

瑞応伝《ずいおうでん》に載する所の四十余人、此の中に牛を屠り鶏を販《ひさ》く者、善知識に逢ひて十念に往生す。予此の輩《ともがら》を見るごとに、弥よその志を固くせり。

と述べるものの、自身の著した極楽記には一人の悪人往生の伝も収めていない。当時そうした事例を拾うことはできなかったのであろう。保胤とその周辺には、悪人往生譚を生み出し伝えていくような思想的基盤はなかったのではあるまいか。源信が主宰し保胤も参加した横川首楞厳院三昧会の起請にも、悪人往生の例が引用される。▼注(9) そこにも、

彼張鐘者販鶏之悪人也、異香満室。敗善者殺牛之屠士也、紫雲遶家。豈非最後善知識之故力哉。況我等戒行雖欠、心願是深。［彼の張鍾は鶏を販く悪人なれども、異香室に満てり。敗善は牛を殺す屠士なれども、紫雲家を遶《めぐ》れり。豈に最後の善知識の故力にあらずや。況むや我等戒行欠けたりと雖も、心願是れ深し。］

として、我ら一党の往生のかなうであろうことが述べられる。悪人や屠士の往生自体が問題なのではない。戒行は欠けることがあっても、この起請の別の箇所に述べられているように、二十五三昧会に集う者達は、「五逆を造らず、七遮を犯すこと無」く、また「殺生盗淫を離れ、貪瞋癡を遠くし、麤悪語を禁《いまし》む」ることに努めていたからである。こうして、保胤らにとって、悪人往生は、それに引き比べて罪業を造らず善根を積むみずからの往生をいっそう確かなものにする特殊な事例にほかならなかった。

これに対して、先の第七十三の破戒法師浄尊の往生に代表されるように、悪人往生譚、悪人救済譚を多く採録し

たのは本朝法華験記の特徴であり、浄土信仰の新しい地平の拓かれたことを告げるものであった。こうした思想史的意義は、もちろん文学的価値とは別ものといわなければならない。しかし、思想性と言語表現の獲得した価値とが無縁であったともまたいえない。本朝法華験記における悪人の往生または救済が、説話のなかの人間の悪にかかわる営為そのものの意味を問い、そのことを通して人間存在の深奥に迫ろうとしているからである。

本朝法華験記には、三つの悪人往生譚が載り、別にまた今昔物語集巻第十五第二十七と打聞集第二十七とに北山の餌取法師の往生譚がある。これらは構成や往生人の境遇も酷似し、この型の説話が固有名詞を入れ替えては繰返し語り継がれ語り広められていたことが知られる。これらの説話も、善人の往生を確かなものにする例証としても機能しうるのであるが、見落とすわけにいかない特徴は、往生者のみずからの悪行と人間の悪業に対する自覚の深さである。彼らは妻帯し肉食し、殺生の罪さえ犯している者もいる。その一方で、彼らは不断に懺悔し勤行に励んでいる。それは、往生西方浄土瑞応〔刪〕伝の悪人が臨終に始めて懺悔し、念仏によって往生がかなうというありかたとは、罪業と救済との扱いに大きな懸隔があるといわなければならない。

これらの説話の思想的基盤を探ろうとする時、注目されるのは、第七十三浄尊、第九十尋寂、第九十四薬延の三人がいずれも法華懺法を修したと記されている点である。法華懺法とは観普賢菩薩行法経によって天台大師智顗が作成した法華三昧懺儀に基づいて行われる観法で、六根を懺悔して清浄ならしめ、誦経座禅して二十一日間を勤めるが、日常に略儀でも行う。彼らが修していたのは略儀の行法であろう。本朝法華験記のなかに法華懺法を行じたとする記事は、ほかに第四叡山慈覚大師、第十五薩摩国持経沙門某、第三十四愛太子山好延法師、第三十九叡山円久法師、第四十播州平願持経者、第五十一楞厳院境妙法師、第五十五愛太子山朝日法秀法師、第八十二多武峰増賀上人、第一一六筑前国優婆塞の九伝を数える。

また、この行法では、行者が寂定に入ると目のあたりに普賢菩薩が見えるとされるが、本朝法華験記には普賢の出現を語る説話も少なくない。こうして、本朝法華験記の悪人往生譚、悪人救済譚は天台宗の罪業観を基盤に成立し、あるいはそうした基盤に立脚する鎮源の罪業意識を通して表現が与えられていると見通される。

本朝法華験記の悪人往生譚のなかで最も注目されるのは、第七十二浄尊伝である。浄尊は法華懺法、法華経読誦、念仏を勧めた翌朝、旅の僧に向かって懺悔告白を行う。

> 弟子浄尊は、底下の福薄き賤しき人也。愚癡無智にして善悪を知らず。人身を得て復《ま》た法師と作《な》ると雖も、還りて悪道に入り、成仏せざらむことを歎く。今生の栄えを期せず、只無上道を念ず。戒律を持《たも》ち護ることは、誠に如法ならず。三業を調へ直さむことは、仏意に叶はず。只大乗に依りて生死を離れむと欲す。分段の依身は必ず衣食に資《よ》る。田畠を耕作すれば、多くの罪業を作る。檀越を尋ねむと欲すれば、嚫施《しんせ》は報い難し。一切の構結は罪業無きに非ず。是に依り弟子、世間に稀望《けまう》無き食を求め、露命を継ぎ資《たす》け、以て仏道を求む。所謂牛馬の死骸の肉也。（以下略）

往生者の内面を語るこうした発話は、往生西方浄土瑞応〔刪〕伝や日本往生極楽記の類に記述されることはない。この長大な言葉こそが、肉食妻帯の破戒法師の思想的拠りどころであり、破戒僧往生の教理の裏付けであった。浄尊はみずからの無知と破戒を率直に告白し、それでも、否それゆえに生死を離れようと切に願っている。どのようにしてか。浄尊は「只大乗に依りて、生死を離れむ」と述べている。これこそは、法華懺法を勧める行者の精神であった。いま三宝絵巻下（三）比叡懺法によれば、それは次のような行法であった。

> 小乗ノ懺悔《さむぐゑ》ハタヾカロキトガヲノミウシナフ。大乗ノ懺悔ハヨクヲモキ罪ヲスクフ。行法《ぎやうぼふ》ニイハク、尺迦《しやか》多宝分身ノ諸仏ヲミタテマツラムト思ヒ、六根ヲキヨメテ仏ノ境界ニ入リ、諸《もろもろ》ノサハリヲハナレテ、菩薩ノ位ニ入ムト思ヒ、モシコノ身ニ五逆四重ヲカシテ比丘ノ法ヲウシナヘラム、カヘリテ清浄ナルコトヲエテ、スグレタル功徳ソナヘムトオモハム物ハ、ムナシク閑《のどか》ナラム所ニテ三七日コレヲオコナヘ、トイヘリ。

右は、法華三昧懺儀の「明三七日行法法華懺法勧修第一」の取意である。浄尊が「大乗に依りて」というのは、三宝絵にいう「大乗の懺悔」と響き合い、それはまた法華三昧懺儀の冒頭に、法華懺法を修する者を「大乗経を誦まむ者、大乗行を修めむと欲する者、大乗意を発さむ者」と規定するところにつながる。そして、浄尊はまさに、

若有現身犯五逆四重失比丘法。欲得清浄還具沙門律儀。得如上所説種種勝妙功徳者。亦当於三七日中一心精進修法華三昧。

［若し現身に五逆四重を犯し、比丘の法を失ひ、清浄を得ては、還りて沙門の律儀を具へて、上に説く所の如き種種の勝妙の功徳を得むと欲する者有らば、亦当に三七日中にして、一心に精進し法華三昧を修むべし。］

（法華三昧懺儀）

と説かれているような、五逆罪まではないにしても、四重罪のうちの婬戒を犯して「比丘の法を失」っている法師であった。

ただし、法華験記巻中第七十三は法華懺法の思想を援用して終わったのではない。作者が、肉食という浄尊の破戒行為にひたと寄り添ったために、その告白を格別の宗教的な深さにまで至らせることができた。それは、その他の破戒法師の往生譚との比較によって明瞭となろう。今昔物語集、打聞集の北山の餌取法師譚では、牛馬の肉を食うことに関して、

亦可食《くふべ》キ物ノ無ケレバ、餌取ノ取残シタル馬・牛ノ肉《しし》ヲ取リ持来テ、其レヲ噉《くらひ》テ命ヲ養テ過ギ侍ル也。

（今昔物語集巻第十五第二十七）

と法師は語り、説話の末尾には、

然レバ、此ヲ聞ク人、「食ニ依テハ往生ノ妨《さまたげ》ト不成《なら》ズ。只念仏ニ依テ極楽ニハ参ル也ケリ」ト皆知ケリ。

と結ばれる。▼注(10) 牛馬の肉を食うことは法師の消極的な選択であり、説話は、そうした破戒行為を打ち消すほどに大き

い念仏の功徳を強調することになる。本朝法華験記のその他の二つの破戒法師譚でも、

頃年法華を受持し、仏道を修習す。世路棄て難くして、妻子を具すと雖も、猶ほ菩提を期して、生死を厭離し菩提を欣求す。（第九十加賀国尋寂）

罪業の力に依り、殺生放逸破戒無慙を行ふと雖も、偏へに信力を生じて、法華経を誦す。（第九十四沙弥薬延）

と、それぞれ当の尋寂と薬延によって簡略に説明されるにとどまる。これらにあっても、妻帯、殺生、肉食が悪行と規定されて、そうした悪行を超える信力あるいは法華経や念仏の力によって往生を遂げたという説明になっている。したがって、北山の破戒僧と相知った比叡山西塔の延昌僧正は、北山の僧の「死ナム時ハ必ズ告ゲ奉ラム」という言葉を忘れてしまい、薬延と相知った無動寺の聖人も、薬延のふるまいを罪深いとして「何ぞ往生を得むや」と信じなかったところに端的に示されるように、悪と善とは単純な対立関係にある。

これらに対して、浄尊伝では肉食という破戒行為に積極的な意味が付与されている。

今一度、浄尊の言葉に耳を傾けてみよう。「分段の依身は、必ず衣食に資る」以下の説明には飛躍があり、論理も粗いけれども、人が衣食に支えられて生きていく以上、罪業を避けられないということが痛切に語られている。出家として生産に携わらないならば、殺生の罪を犯さずにすむかも知れないが、在家の布施に頼るかぎり、働く者たちの罪業の上に露命を継いでいるにすぎない。こうして、一切の構結（営み）は罪業を離れることがないとして、それらの罪業を避けるべく、世人の捨てて顧みない牛馬の肉をあえて食物とするというのである。しかし、そのふるまいは法師の身でありながら肉食という戒律を犯す結果となる。罪業を避けて避けて、しかし結局はみずから破戒を引き受けなければならない。こうした矛盾に耐えながら、選び取られているのは戒律の形式ではなく内面性である。その時、肉食という破戒は正しい。善は必ずしも善ではなく、悪はまた単なる悪ではないからである。

こうして、浄尊の告白懺悔は一人の破戒法師の自己認識というよりは、人間存在についての普遍的かつ根源的な問いかけを含んでいたといわなければならない。その問いかけは、本朝法華験記の作者が、この説話を法華経の霊験の例証の一つにとどめるのではなく、罪業を具有する人間存在の本然を凝視し続け、深い罪障意識の底から救済というものを手繰り寄せようとしたところに成立した。それを経て、善悪正邪は常に背中合わせであり、罪業に支えられてこそ救済はかなうという、際どい宗教的真実がほの見えてくる。▼注(11) 浄尊にも、鎮源にも、そして読者の視界にも。

【注】

(1) 後に補訂して『験記文学の研究』(勉誠社　一九九九年)に収録。ただし、ここに引用した一文を含む部分は採録されなかった。類似する文は該書の序章に見える。
(2) 後に『大曽根章介日本漢文学論集　第三巻』(汲古書院　一九九九年)に収録。
(3) 大曽根の批判が具体的でなかったのは、先に発表されていた「漢風の世界と国風の世界―『法華験記』をめぐって―」(『中古文学』第二一号　一九七八年四月、前掲注(2)『大曽根章介日本漢文学論集　第三巻』に収録)に、本朝法華験記には中国の験記類に類話の見られるものがあって、それらは「著者が創作した架空の話」と指摘したことなどがあったからであろう。
(4) 千本英史「験記ジャンル作品の可能性」(『説話文学研究』第二四号　一九九二年六月)。『験記文学の研究』(一九九九年　勉誠社)に収録。
(5) 千本英史注(1)書。
(6) 大曽根章介注(2)論文。
(7) この事件は今昔物語集巻第二十九第八に載る。荒三位の名も出る。その背景については池上洵一『新版今昔物語集の世界　中世のあけぼの』(一九九九年　以文社)「2事実から説話へ(その2)―花山院女王殺人事件―」が詳しい検討を行っている。『池上洵一著作集第三巻　今昔・三国伝記の世界』(和泉書院　二〇〇八年)に収録。なお、井上宗雄『平安後期歌人伝の研究』(笠間書院　一九七八年)、関口力「荒三位藤原道雅考」(『國學院大學大学院紀要―文学研究科―』第一二輯　一九八一年三月)に詳伝が載る。

（8）この説話を引用する拾遺往生伝巻上第二十八には、「荷ひ来たる所の物、皆血肉の類也。即ち以て食噉す」、今昔物語集巻第十五第二十八には「此ノ持来タル物共ヲ食《くふ》ヲ見レバ、牛・馬ノ肉《しし》也ケリ」と記される。一切を解釈し意味づけてしまう表現方法を持つ今昔物語集が、ここでも先回りして「牛馬ノ肉也ケリ」と説明を与えてしまったために、翌朝の浄尊の告白懺悔までに持続されるべき不審が無効になって、表現効果を損ねてしまっている。こうしたところに、逆に本朝法華験記のすぐれた表現性を見ることができる。

（9）二例は、それぞれ往生西方浄土瑞応〔刪〕伝の「張鍾馗第三十八」「汾州人第三十九」に相当する。

（10）打聞集にも、簡略ながら「人ハ食物不依云々」と同じ趣の言葉が見える。

（11）本朝法華験記の説話にあって、罪業と救済とがこのように表裏の関係にあることについては、森正人「聖なる毒蛇／罪ある観音―鷹取救済譚考―」（『国語と国文学』第七六巻第一二号　一九九九年一二月）に、本稿とは異なる視点と方法によって論じた。

第五章・打聞集

［概説］

表紙のほぼ中央に「打聞集」、続けて割書で「下帖／付日記因縁」、表紙左下に「桑門栄源□」（□は「之」の残画か）と記す。「因縁」は説法の場などにおいて用いられる因縁としての説話の意であるとすれば、本書に収める二十七条の説話が該当すると見られる。原装は袋綴じ、現装は巻子本であるという。

栄源は打聞集を書写し所持していた者の自署で、ひいては編者であったか。表紙に「長承三年」の年号が二箇所に記され、西暦一一三四年頃の書写（成立）か。表紙の「従建立中堂戊辰歳至于長承三年甲寅歳（以下略）」の文字、紙背文書が比叡山関係のものであること、天台宗の金剛輪寺より出現したこと等から、天台宗の寺院で成立し、伝来したと推定される。

収録する説話の大半が今昔物語集、梅沢本古本説話集、宇治拾遺物語と共通し、表現の一致も見られ、これらの説話は源隆国撰の散佚宇治大納言物語に淵源すると認められる。つまり打聞集は、宇治大納言物語あるいはその流れを汲む説話集から説話を抄出することによって成立したと見なされる。ただし、その抄出の姿勢と方法は不安定で、概して粗笨である。巻末には、僧、天皇、藤原氏の大臣の生没年や略歴、南都の三会等に関する断片的な記事が置かれ、大鏡および大鏡裏書からの引用も見られる。説法などに用いるために、私的な覚書として作成されたのであろう。

『打聞集』を読む会『打聞集　研究と本文』（笠間書院　一九七一年）に翻刻本文が収録され、東辻保和『打聞集の研究と総索引』（清文堂出版　一九八一年）に紙背文書も含めた全文の写真と表紙及び本文の翻刻が収録されている。これらの翻刻を参照しつつ、『打聞集の研究と総索引』の写真を用いた。

1　打聞集本文の成立

一　はじめに

　ある本文からいま一つの本文が成立する時、そこには常に異文の発生する可能性がある。それは一般に、原本に意図的にはたらきかけて異なる本文を作成する場合は、これを改作と称して肯定的に、あるいは改竄として否定的にも見なされ、また親本の忠実な再現をめざしながらなお親本との間に相違が生じた場合は、これを誤写と称して否定的に見なされる。本文批判の目的を純正な本文の追求、いいかえれば原作本文の再建におくならば、改作・改竄と誤写とを峻別するのは当然のことであろう。けれどもそれは、作者または書写者の意識の次元においてしか成立しない弁別であって、必ずしも本文が成立する時の実態に即したものとはいえない。

　いったい、書写とは文字の羅列の単なる再現ではないであろう。それは、基本的に書写者の読みを経由するのであって、その結果、親本の本文が書写行為にはたらきかけ、あるいは逆に書写者が親本の本文に無意識的にはたらきかけてしまう、そのような相互作用のうちに成りたつ。こうして書写行為は、おのずから創造的契機をはらむことになる。そこで無意図的な本文の改変が、誤謬として負の意味しかもたないとする立場をとりつづけるかぎり、そうした創造的契機の見失われることは必定であろう。書写行為を、本文が成立する時の文学的営為の総体として把握する視座が、ここに用意されなければならない。

右の立場にたってここで対象とするのは、平安時代の末ある一人の僧によって書写されたと認められる、打聞集と題する零本である。それは、二十七条の説話とその目録、および説話本文に対して注記的性格を持つとみられる類の覚書風の記事から成り、規模も表紙ともに十七丁（現装巻子本の由）と小さく、内容も雑多、書写態度も粗笨な書物にすぎないが、種々の意味で問題を持つことは広く知られている。

打聞集の主要部分を構成する説話本文の背後には、当然口語りなるものが存したであろう。しかし打聞集現存本は、以下次第に述べていく通り、一旦文字に定着した本文を転写して、すなわち先行本文と書写者の関係において成立したと見なされるのであって、実際の口語りの関与した形跡はない。ただ、実際の口語りにあって語り手の裁量による語りかえが自由であったように、打聞集の本文も書きかえがなされ、また実際の口語りがそうであったように、一定のかたちを得た表現がそのまま保存されてもいる。そこに説話集本文なるものの一般的な姿を呈していることになるであろうが、打聞集が希有な例であるのはそれがついに再転写の機会を持つことなく、誤脱、訂正、改変の跡を未整理のままにとどめているからである。それらの分析は、そのかぎりにおいて打聞集という書物の成立をめぐる特殊個別的な問題に終始することになるが、おのずと説話集本文の問題一般に、さらには書写行為のはらむ創造的契機にかかわっていくであろう。

二　成立説の検討

打聞集は、橋本進吉による「山口光圓氏蔵打聞集解題」を付して、昭和二年に古典保存会より複製刊行されている。その解題は短いけれども、打聞集の持つ問題点に漏れなく筆を及ぼしており、以後の研究の基本的方向を定めたといってよい。橋本がそこで確定したことの一つは、この書物が、誤写訂正の跡より見て転写本であるということであった。しかし同時に、

宛字極めて多く、（中略）甚しきものあるを以ておもへば、或は本書はその名の示す如く、種々の説話を聞くに任せて筆録せるものにして、必ずしも諸書を渉猟して編纂せるものにはあらざるべきか。

とも述べて、語りの筆録による成立を想定している。はなはだしい宛字と誤写訂正という二つの現象は、相矛盾するかにみえるが、橋本はこれを、原本は語りの筆録、現存本はその転写と認定して、筆録と転写の二階梯が一つの本文のなかに混在していると解釈したもののごとくである。この説は、以来今日に至るまで幾度も確認され、祖述され有力であった。

しかるに、貴志正造「『打聞集』における宛字の意味―成立論への試みとして―」（『打聞集　研究と本文』笠間書院　一九七一年）に、現存本は転写本でなく、むしろ語りの筆録原本にほかならないとする説が提唱された。しかし、この説はいかにも成立しがたい。現存本が転写本であるとの認定が、もはや動くとは考えられないからである。これをたとえば、打聞集の本文、特にその長文塗抹の現象を詳細に検討した、小内一明「打聞集本文覚書」（『打聞集　研究と本文』笠間書院　一九七一年）などに就けば十分である。また、本稿の以下もこれを検証するであろう。

そこで、打聞集の現存本が転写本、原本が語りの筆録であるとすれば、そのことは、打聞集という一書物の成立の問題にとどまることを許さない。すなわち、打聞集と今昔物語集、梅沢本古本説話集、宇治拾遺物語とが少なからぬ同話、しかも表現の細部まで一致するような同話を共有する現象をどのように解釈するか、そこからそれぞれの説話集の成立をどのように説明するか、その方向を強く規制せずにはおかぬであろう。しかし、語りの筆録説ははたして成立しうるであろうか。

じつは、語りの筆録が無条件に認められているわけではなかった。野口博久「打聞集の性格―第三話・第十三話を例として―」(『打聞集　研究と本文』)は、今昔物語集、梅沢本古本説話集との対比を通じ、打聞集を含むこれらが直接語りに拠ったものではなくて、共通母胎すなわち散佚宇治大納言物語の介在を想定すべきことを主張している。あるいは、これとほぼ同様の見通しにたっての立論が、もっぱら今昔物語集の成立研究の側から積み重ねられていた。本田義憲「和文クマーラヤーナ・クマーラジーヴァ物語の研究」(『奈良女子大学文学会研究年報』Ⅵ 一九六三年三月)、「敦煌資料と今昔物語集との異同に関する一考察Ⅰ」(同Ⅶ　一九六四年三月)、黒部通善「今昔物語集震旦部考(二)―中国仏法伝来説話と打聞集―」(『同朋学報』第二〇号　一九六九年六月、『打聞集　研究と本文』に再収)[注(1)]、宮田尚「今昔物語集巻六の仏法渡震旦譚―その打聞集的な資料との交錯―」(『打聞集　研究と本文』)など。打聞集の原本が語りの筆録であるとする説は、決して定説ではない。

語りの筆録説を主張する時、その原本なるものをどのように規定するかという問題を避けることはできない。しかし、従来この点に関しては必ずしも厳密ではなく、そのことによって、語りの筆録説には常に不明瞭な要素がつきまとっているといわざるをえない。現在、その最も明快な発言は、ひとり小内一明に聞くことができるのであって、それを整理すれば次のごとくであろう。

(一)　親本も「打聞集」の書名を持っていたであろう。

（二）親本は、目録、説話本文、同時人覚書を主要内容とし、現存本第一四丁までが相当するであろう。すなわち第一五丁以下の大鏡、大鏡裏書の抄出部分は含まれない。

（二）にいうように、第一四丁までの記事は顕著に一群をなす。けれども、それは（一）を保証するものではないであろう。「打聞集　下帖／付日記因縁」という書名が、第一四丁までに限定されるか、第一五丁以下にも及ぶか、その解釈はともに成りたつ。そして、現存本打聞集が複数資料から説話を承けているか、それとも一種の資料から承けているか、後者の場合、その一書全体を承けている（右の（一）の措定がこれに相当する）のか、あるいはその一部を承けたにすぎないのかも、明らかではないのである。打聞集の成立研究に（一）を前提とすべきではない。

しばしばいわれるように、打聞集は説法の手控え作成を主たる目的として編まれたものであろう。そのことは強調されてよいが、そこから打聞集が説法を聞くにまかせて筆録されて成ったとするのは混同である。この二つは、まったく次元を異にする問題として区別されなければならない。また、書名となった「打聞」という名辞も、それがただちに筆録されて成ったことを意味するものではないであろう。それは、書物の内容に対する編者の規定や認識を示すものではあっても、成立事情を説明しているとすることはできない。もとより、遡源すれば打聞集の説話は口語りにゆきつくであろう。語りの筆録説とは、その口語りと打聞集現存本との距離が僅少であると見なす立場であるが、その認定は、現存本のおびただしくはなはだしい宛字と、不整な表記という現象に立脚している。しかしながら、そうした現象は、語りの筆録の結果あるいは痕跡と解さなければならないのであろうか。解することができるのであろうか。改めて、打聞集の宛字が、傍訓、補入、誤脱、訂正とともに総体的に検討されなければならない。なお、ここで検討を加える範囲は、第一四丁までの目録および説話本文とする。

三　宛字の意味

1　宛字の諸相

打聞集における宛字の頻出という現象は、はやくから注目されてきた。橋本進吉はその極端な四例を示し、中島悦次『打聞集』（白帝社　一九六一年）「解説」、『宇治拾遺物語打聞集全註解』（有精堂　一九七〇年）「打聞集解題」は十三箇所を挙げて説明を施す。これらを承けて、宛字の問題を成立研究の側から本格的に検討したのは貴志正造であった。打聞集（以下特にことわらないかぎり現存本を示す）が、語りの筆録原本であるとする認定は成立しがたいにしても、そこで用意された視点には注目すべきものがある。すなわち宛字と誤写訂正とは同時的に発生したとするのである。従来の研究は、いわゆる原本の問題をあいまいにすることによって、貴志説の出発点をしりぞけきってはいない。打聞集本文の諸特徴は、むしろこれが十分成立しうることを物語ってはいないであろうか。

貴志論文の掲げる宛字の用例は、八十一の多きにのぼる。再調査して、これにいくばくかを加えることもできる。逆にそれらのうちには、「秡《スクハム》」（六ウ12、漢数字で丁を、オ、ウでその表、裏を、アラビア数字で行を示す。以下これにならう）のごとき単なる誤字と見なされる例、「竹法蘭」（一二オ2）におけるごとき「竺」の省文と見なされる例など、別に扱うべきものも含まれている。あるいはまた、正書すれば「法文」とあるべきところを、「法門」（七オ6、その他多数）と表記するのは、他の資料にも例があって慣用的な表記法と認められるから、これらも別の扱いをするのが適当であろう。

宛字なるものをどのように規定するか、すでにそのこと自体が大きな問題である。これにかかわって、田中武久「『打聞集』の宛字―今昔物語集との比較―」（『王朝文学』第九号　一九六三年一〇月）に、分類整理も試みられている。しかし、ここでは宛字の語学的検討を目的とするものではなく、その用意もない。ただ、打聞集の漢字表記には、他に容易に例を見ない特異なものがきわめて多いということは、広く承認されるところであり、その分析は、打聞集の親本の姿と打聞集の書写行為の様態を知る手がかりを与えるであろう。

2　清濁と撥音

打聞集の特異な表記方法は、一般に宛字がそうであるように、語義を考慮せず同一のまたは近似した音の漢字をあてたために生じたものであるから、これをふたたび音に還元するならば、それらの多くについてもとの語形と語義を理解するのにさほど困難を伴わない。ところが、なかにその例外すなわちもとの語形を失って語義が解しがたくなっているもの、まったく別の義に転じてしまっているものが含まれている。単純な誤字・脱字と見なされるものを除くと、次の九箇所を挙げることができる。

ⓐ本体（一オ7）―菩提（今昔物語集巻第六第三）
ⓑ五者寺（二ウ3）―建初寺（今昔物語集巻第六第四）
ⓒ清岸寺（六オ13）―栖霞寺
ⓓ心毒ト云川（七オ8）―信度河（今昔物語集巻第六第六）
ⓔ何況○漢（一二オ4、○は補入のしるし、「漢」を見せ消ち、右に「野干」―何況ヤ五岳（今昔物語集巻第六第二）
ⓕ唐人（一二オ4）―道士（今昔物語集巻第六第二）
ⓖ白縁寺（一二オ6）―白馬寺（今昔物語集巻第六第二）
ⓗ経論（一二オ8）―禿（今昔物語集巻第六第二）

ⓘ起経（一三ウ8）―義観（宇治拾遺物語第一四二）

上段に打聞集を、下段には推定される本来の語とその根拠を示す。いずれも今昔物語集、宇治拾遺物語との共通話のなかにあるが、すべてが打聞集の責任といえるかどうかは、個別の検討を経なければならない。さしあたり留意すべきは、これらが単純な誤字とはいいがたいが、しかしもはや宛字の域を超えてしまっているという点である。このような大きな相違が生じてしまった理由は、語りの筆録の想定以外に説明不可能なのであろうか。そこで、改めてこれらを注意深く観察すれば、その多くが音の清濁と撥音に関係していることに気づく。するとそれは音声の問題ではなく、表記が介在していると予想されるであろう。

ⓐの「本体」が、打聞集の誤りとはにわかに断じがたい。今昔物語集と対比すれば、

実ノ功徳ハ我心ノ内ノ本体ノ清クイサ清ヨキ仏ニテイマスカルヲ思ヒ顕ナム実ノ功徳ニハシ侍

実ノ功徳ト云ハ、我ガ身ノ内ニ菩提ノ種ノ清浄《しやうじやう》ノ仏ニ在《まし》マスヲ思シ顕《あらはす》ヲ以テ、実ノ功徳トハ為ル

（今昔物語集）

いずれも成りたちうる表現であろう。しかし少なくとも、「本体」と「菩提」は一方が一方の変化であることは疑いのないところである。いま、今昔物語集を原姿と見なすならば、その変化の跡は次のように説明できる。「菩提」を仮名表記すれば「ホタイ」であり、打聞集が親本のこうした表記に接したとする。そこで、「ホ」の文字を濁音かつ撥音無表記と見なし、さらに「タイ」を清音と見なしたとする。すなわち「ホンタイ」と解したうえで、「本体」の表記が選ばれたと推測することができる。この経過を簡略に示す。

菩提―ホタイ（親本）→ホンタイ（理解）→本体（表記）

なお、打聞集こそが原姿であったとすれば、右を逆にたどることによって説明可能である。また、かりに打聞集の親本が平仮名文であったとすれば、「ほ」に「本」を字母とする平仮名が用いられていて、それを漢字に誤読した

ことが、「本体」の誤解をうながしたとも考えられる。

ⓑ「五者寺」は、打聞集にも、「造リ始ムル寺ト名付」と説くから、「建初寺」が本来の姿であることは疑問の余地がない。中島は、「コンシヨジ→ゴンシヨジ→ゴシヤジ」という聞き誤りと推測し、貴志も同意見である。竹岡正夫「『打聞集』訓訳」（『香川大学学芸学部研究報告』第Ⅰ部第一八号　一九六四年八月）も、特にこれに注して、『ゴンショジ』の書き誤りであろう。（中略）こういうところから、この辺は他の同種の文献を見ながら写したものではなく、耳に聞いた話を筆記したのではないかと推測できる」とする。成立しない解釈ではないが、むしろこれも、親本に仮名表記されていたとすれば、いっそう容易に自然に説明できる。「建（コン）」の撥音を表記しなければ、「コシヨシ」となる。これを打聞集が、「コ」を濁音と見なし、さらに「ヨ」を「ヤ」と誤読した、あるいはすでに親本に「ヤ」と誤写されていたとすれば、「五者寺」の表記も出現する。この経過を簡略に示すと次のごとくである。

建初寺―コシヨシ（親本）→ゴシヤジ（理解）→五者寺（表記）

ⓒ「清岸寺」とあるのは、天竺で作られ震旦を経て日本に渡ったという釈迦像の安置されている寺で、清凉寺の誤りかとも考えられるが、清凉寺の前身であった栖霞寺に由来するであろう。すなわち仮名書きの「セイカシ」の「カ」を濁音で撥音無表記と解し「セイガンジ」と受け取ったうえで、清岸寺と表記したのではないか。[注(2)] 以下の過程が想定される。

栖霞寺―セイカシ（親本）→セイガンジ（理解）→清岸寺（表記）。

ⓓ「心毒」にも、仮名表記が介在しているとみられる。「信度河」の仮名表記「シムトカ」の「カ」を「ク」と誤読し、あるいはすでに親本に誤写があったとすれば、それにそのまま漢字をあてたのであろう。なお、天竺を「信度」とも「身毒」とも表記するから、この知識が「シムトク」と連合した結果、「毒」の文字が選ばれたとも考

えられる。

ⓔは、今昔物語集に就けば、「何況ヤ、五岳ノ道士ト云フ者、其ノ数有リ」とある。東辻保和『打聞集の研究と総索引』（清文堂　一九八一年）「補注」に、

「野干」は狐であるが、それでは意味をなさない。竹岡博士より「『野干』は『若干』の借字。今昔の『其ノ数有リ』に当り、『唐人』は今昔の『道士』の借字ではないか。（山田氏）」旨の教示をいただいた。

とする。この想定も一応成りたつ。しかし、「野干（若干）の唐人（道士）と云ふ物」という文脈は、不自然さをまぬがれない。「野干」は「五岳」に相当すると見るべきであろうが、その変化の跡をたどるのは容易でない。両者の仮名表記は、「カ」一字を共有するのみである。ただ、打聞集の姿をみれば、訂正、補入の跡が複雑で、親本の解釈に迷ったことを物語っている。打聞集が、今昔物語集の「五岳ノ道士」に相当する語句を理解しかねたことは明らかである。ちなみに、今昔物語集には「五岳ノ道士」という語句がいま一つ用いられ、それに相当する語を打聞集は「術人」とする。親本の語句を正確には解しかねて、おおまかに前後の文を参勘して変えたのであろう。やはり、「野干」を「若干」の借字とは見なしにくい。

打聞集の訂正補入はやや不分明ながら、はじめ「何況漢」と文を構え、後に「野」を補入し、「漢」を「干」にあて直したのであろう。すると、親本の「コカク」を一旦「後漢」と解し「漢」とあて―打聞集は、この物語を天竺の仏法と震旦の人々の対立と読み取り、あたかも物語の時代が後漢と明示されているから、そうした理解が生ずる理由はあった―後に、「イムハヤ」の「ヤ」を二度読み、これにつづく「カン」と結合させて一語に「ヤカン」と理解し直したのかもしれない。あるいは、後に説くように、「唐人」は「道士」の誤解と認められるから、仏法の敵対者を震旦の人々すなわち「唐人」と解したうえで、これを時代設定の「漢」にひかれて「漢人」と書きかけ、中止して「唐人」と続けたとも憶測される。

ⓕ「唐人」は、打聞集第二十二話中に七例現れる（単に「唐」とする一例もある）。どの文脈でも、天竺より渡来した仏法者に敵対する宗教者として登場する。それは「唐の人」には違いないが、今昔物語集のごとく「道士」とあるのが原姿であろう。貴志は、「道士というのがよくわからず、話者の音声だけを写した」として、語りの筆録説を展開する。しかし、たとえ聞き誤りが生じたとしても、七回は出現する語の聞き誤りが最後まで訂正されないというのも不自然であろう。「道士」の借字と推測する説は先に紹介した。しかし、借字とするにも音が違いすぎる。ここにもまた仮名表記が介在していて、それを誤読した結果と解すべきである。「道士」が「タウシ」と仮名表記されていたとしても、「タウ」をそのまま清音と見なし、「シ」を濁音で撥音無表記すなわち「ジン」と受けとった結果、「唐人」の表記が成立することになる。その過程は次のように示すことができる。

道士―タウシ（親本）→タウジン（理解）→唐人（表記）

物語が展開しても、「唐人」の語がさほどはなはだしい矛盾を引き起こさなかったために、打聞集はついにみずからの誤読に気づかなかったのであろう。

ⓖ「白縁寺」は、他の資料にてらしても「白馬寺」が正しく、これが原姿と認められる。「バ」と「エン」の音は遠く聞き誤りは生じにくく、漢字の字形も遠く誤写の可能性は小さい。しかし、ここに仮名表記の介在を想定すれば、変化の事情を説明しうる。すなわち、「者」を字母とする平仮名は、「衣」を字母とする平仮名に誤られやすいから、これを誤読し、あるいはすでに親本に誤写されていたとする、さらにその「え」を撥音無表記と解して、「縁」字があてられたのではないか。つまり、

白馬寺―ハクハ〈エ〉シ（親本）→ハクエンジ（理解）→白縁寺（表記）

という過程が想定される。

ⓗ「経論」の語は第二十二話中に三例あり、問題になるのは次の二箇所である。

㋑異国ヨリアヤシキ経論ノ由ナシ事共ヲ書ツ、ケタル文仙人ノカハネナトヲ以テ渡来ヲ

㋺只此経論ニ対テ力ラクラヘヲシテ

これらを今昔物語集に照らせば

㋩異国ヨリ奇《あや》シノ禿《かぶろ》ノ、由無キ事共ヲ書キ継《つ》ケタル文《ふみ》共及ビ仙人ノ骸《しにかばね》ナドヲ持《もて》渡セルヲ

㊁此ノ禿ニ値《あひ》テ力競《ちからくらべ》ヲシテ

とあって、「経論」は「禿」に相当する。㋑は「経論ノ」の「ノ」を同格の助詞と見なすならば、十分自然な文脈である。しかし㋺の不自然さはいなめず、今昔物語集を勘案すると、いずれも原姿は「禿」であって、これが「経論」に変化してしまったのであろう。貴志はこれをも聞き誤りとするけれども、仮名表記の介在が十分想定される。「禿」が、「カフロ」または「カムロ」と仮名表記されていた。打聞集は、その「ロ」を撥音無表記と受けとり「ロン」と見なして、「論」字をあてたのであろう。「カフ」が「経（キヤウ）」にあてられる理由は解しがたいが、仮名表記の誤読によるか、あるいはすでに親本に誤写されていたのであろうか。たとえば打聞集は、「希有」という語を「ケフ」（四オ14）、「希有」（一一ウ16）、「ケウ」（一三オ11）と不安定に表記し、〈ウ〉と〈フ〉に混同が観察されるから、「カフ」「カム」の部分に誤読、誤写が加われば、「経」字が出現する可能性はある。こうして整理すれば、

　禿―カフ〔ム〕ロ（親本）→キヤウロン（理解）→経論（表記）

という過程を想定することができる。

ⓘ「起経」は僧の名であるが、法名にはいかにもふさわしくなく、宇治拾遺物語の「義観」ならありえよう。ただし伝未詳の僧であって、これが正しいともまた断じがたいけれども、いま「義観」を原姿または原姿に近いと見なしておく。そしてそれが、「キクワン」あるいはこれに近いかたちで仮名表記されていたとすれば、打聞集の

「起」字の採用は、「キ」を清音と受けとったところに原因するのであろう。「クワン」あるいはその近似形から、「経（キヤウ）」への過程は不明である。やはり誤読、誤写が加わっているのであろうか。

以上、宛字を音に戻しても義の通じがたい、すなわち原形を失って単なる宛字とは見なされない九例を検討した。すべてが、如上の推理の通りに発生したとはいえないにしても、その多くに音の清濁か撥音の関係していることは、偶然ではないであろう。したがって、それらが音の類似ゆえ、すなわち筆録の際の聞き誤りによって生じたとするよりは、親本の仮名表記を誤読したと解釈する方が蓋然性が高い。そして、その他のおびただしい特異な表記法も、仮名表記を漢字に直すという条件下で発生した、と類推することができる。

四　表記の改変

1　仮名と漢字

打聞集の宛字に関する如上の解釈が成立するためには、（一）親本が存在したということ、（二）親本の仮名表記を漢字に宛てる作業が行われていたということ、という前提が不可欠である。そこで以下の論述は、（一）の作業仮説にたって（二）を検証し、それを通じて（一）を証明する手続きをとる。

打聞集には、（A）漢字に傍訓を付し、また（B）仮名の傍に漢字を付することが多い。

（A）については、東辻『打聞集の研究と総索引』「打聞集における漢字の用法」に検討がなされている。その調査によれば、固有名詞を除き完全付訓漢字は九十九語、うち字類抄、名義抄ともに掲出されていないもの二十六語を数える。この二十六語がいかなる意味を持つかについて東辻に触れるところはないが、慣用をはずれた用字法ということであろう。そして、それが完全付訓漢字の三割近くにも達するということは、やはり看過しがたい。漢字用法の特異なるゆえに生ずるかもしれない誤読を防ごうとした、と推測することができる。言い換えれば、宛字には付訓が多い。それは、打聞集が親本の仮名表記を漢字に直し、親本のかたちを付訓として残した、という事情を物語っているのではないか。この推測は、（B）の分析から支援を得るであろう。以下に、（B）例をその関係箇所とともにすべて掲げる。

ⓐアタ（五オ11）

アタ〈傍に「怨」〉（五オ13）

アタ〈傍に「怨」〉（五オ15）

ⓑキウシ〈傍に「龜茲」〉（五ウ16）

ⓒヘ〈傍に「戸」〉（一〇ウ5）

ヘ（一〇ウ5）

戸〈傍に「ヘ」〉（一〇ウ10）

ⓐⓒにみられる二様の表記法は、同一話内の同一紙面内に近接している。二例とも、はじめ仮名表記した語に後に漢字を付す、あるいは仮名表記を漢字に改める、という経過を跡にとどめているのではないか。ⓐは、三度「アタ」という語を写しながら、その間「アタ」の漢字あるいは義に思い至らず、親本の表記に従った。後に「怨」をあてるべきことに気づき、さかのぼって13、15行目には付したが、11行目はこれを省くか見落すかしたのであろう。漢字を付されたのが後出の箇所であることによって、右の推測は十分成りたつ。ⓒは、はじめ「ヘ」の漢字あるいは義に思い至らず親本のままに仮名表記したが、10行目でこれに想到し、漢字をもって表記するとともに、さかのぼって5行目の傍に漢字を付したと観察される。しかし、おそらくその文字に自信がなかったものか―事実「戸」は「房」の異体字であり、壺、瓶を意味する「ヘ」にあてるには無理があった―念のためその文字に付訓を

施しておいたのであろう。この表記の変化は、それがまさに書写を続けながらの処置であったことを物語っている。このような不整な表記は、転写の際に整理されるのが普通であるから、これらは現存本の書写過程に発生したとみて誤らない。

つづいて、右の三例と通う、漢字の傍に訂正の別の漢字を付する例を、それの関連する箇所とともに掲げる。

ⓐ　尊トキ（一オ2）
　　尊キ（一オ3）
　　尊キ〈「尊」を消し、傍に「貴」〉（一オ5）
　　尊キ（一オ5）

ⓑ　年人〈傍に「利仁」〉（七ウ3）
　　利人〈「利」は一旦「年」と書きかけてそれに重ね書き、「利」の傍に「トシ」〉（七ウ7）
　　利仁（七ウ8）

ⓒ　延正僧正〈「正」の傍に「昌」、「正」の傍に「昌」と書き塗抹、「正」をなぞり消した斜線をまぎらす〉（一三ウ17）
　　延昌（一四オ5）

いずれも同一話内に近接して現れる。

ⓐにおける5行目の訂正は、「尊」字を不適切とみて「貴」字を選んだことを意味する。打聞集にあって、「タフトシ」の表記には「尊」「貴」の両方が用いられるが、「尊」は一オ2、3、5の三例に限られ、以降は「貴」に統一される。東辻が指摘するように、表記の基準に変更のあったことを意味するものであろう。すると、5行目の抹消傍書による訂正は、まさしくその基準変更の瞬間を示していることになる。この基準変更と文字の訂正は、現存

本の書写にかかるものであり、親本は関与していない。しがたって打聞集は、「タフトシ」に対して漢字表記を任意に選択できるという条件のもとで書写されたと認められる。それは、親本の仮名表記を漢字に直したとも、親本の漢字用法に別の基準をもって臨んだ結果とも、二つの解釈が成りたつ。

ⓑはかなり複雑な経過をたどったことが知られ、それはおよそ以下のごとくであったと推測される。（一）まず3行目の「トシヒト」に「年人」とあて、（二）7行目にも「年」と書きかけたが、「利」を適切とみて書き重ね訂した。その時「利」字が不明瞭になったので、「トシ」と付訓した。ただし、いまだ「仁」字には思い到らず「人」のままとした。（三）8行目に至って、「利仁」が適切であることに気づいた。（四）そこで3行目にたち戻って、傍に「利仁」と付しておいた。ⓑの不整は、如上の過程を想定する以外に説明不可能であろう。それは、打聞集の書写者が、「トシヒト」にいっそう適切な表記を求めつづけた過程であった。

これをめぐって、貴志は「語音の忠実な記載だけを目的とした用字」として語りの筆録を主張し、東辻も「打聞き故の誤記か」と推測する。しかし、この現象をただちに語りの筆録の結果とすることはできない。それは、仮名表記を漢字に直す時にも、漢字表記を別の漢字に改める時にも発生しうるからである。ここで確認しておくべきことは、この不整な表記がまぎれもなく現存本の書写において生じたということである。「年」を「利」に書き重ね訂した跡も、8行目の「利仁」も3行目の「利仁」の付加も、現存本の選択であったことを明白に示す。東辻の語りの筆録が現存本について想定されているのか、その親本について想定されているのか判然としないけれども、この現象を語りの筆録をもって説明しようとすれば、貴志説のごとく、現存本こそ語りの筆録原本であるとする立場にたつほかないであろう。しかし、現存本が転写本であることを否定できない以上、ここに口語りの介在を想定する余地はないといわなければならない。こうして、親本の表記が「トシヒト」であったか、「年人」であったかは確定しがたいけれども、この現象は転写の過程で表記を改める際に生じたと想定する以外に、説明の方法はないことになる。

ⓒは、一旦「延正」と記して、ある程度書き進んでから誤りに気づき、これを訂そうとしたが訂正箇所を錯覚した、後に錯覚に気づき本来訂正すべき箇所を改めて訂正した、という経過が推測しうる。ただしこの場合は、単なる誤記であったかもしれず、打聞集が、親本の仮名表記を漢字に直した、あるいは親本の不適切な漢字表記を改めた証拠とは断定できない。

以上六例の検討を勘合する時、打聞集には、親本の仮名表記を漢字に直す傾向のあることが看取される。それは、これらだけの特殊な傾向ではない。如上の例に比して規模こそ小さいが、打聞集に多い重ね書きによる訂正の跡にも顕著である。

2　文字の訂正

打聞集の重ね書きによる文字の訂正については、下の、つまり訂されたもとの文字を推定できる場合がある。それらは、小内一明「本文（翻刻と註記）」（『打聞集　研究と本文』）、東辻『打聞集の研究と総索引』にたんねんに判読指摘されている。いまそれらにもとづき筆者の検出も加えて、表記の問題にかかわる一群を掲げる。

ⓐ獄ヒトヤニ（一ウ8）　「人」に重ね書き
ⓑ往テ（二ウ1）　「行」に重ね書き
ⓒ如是（二ウ11）　「カク」に重ね書き
ⓓ年百余歳（三オ5）　「歳」に重ね書き
ⓔ骨（三オ6）　「ホ」に重ね書き
ⓕ札（四ウ13）　「フタ」に重ね書き、「フタ」と傍書

ⓖ木（六ウ14）　「キ」に重ね書き
ⓗ成テ（六ウ15）　「也」に重ね書き
ⓘ以テ（一〇ウ８）　手偏に重ね書き
ⓙ欽明（一二ウ12）　「金」を大書しこれに重なるように「欠」

ⓐⓑⓓⓗⓘⓙは、ある語にある漢字をかけてあるいは一旦あてた後に、これを別の漢字にあて直した経緯を示す類である。ⓗⓙは、文脈からみて、もとの字よりいっそう適切な漢字が選択されたことは明らかである。ⓐも、親本が仮名表記されていて、これを「人……」と漢字にうつしかけたが、「獄」がさらに適切と判断した結果とも、親本にたとえば「人屋」とあってはじめそのまま写しかけたが、適切な用字に訂した結果とも解釈される。ちなみに、これと同一話の宇治拾遺物語第一九五の古活字版では「人屋」「人や」、伊達本では「人屋」という表記をとる。ⓑの訂正の理由は不明。打聞集における「イ（ユ）ク」の表記は、「行」「往」と仮名が混在して不統一である。ⓓも適切な用字に改めた結果と認められる。東辻が指摘するように、打聞集には、年齢、年月には「年」を助数詞には「歳」を用いるという原則が見出されるからである。こうした文字の訂正は、いわゆる宛字の問題とも相関する。たとえば、「也ニケリ」（五ウ８）、「アツク也ヌ」（一三オ８）は宛字がそのままにされた例、ⓗは宛字しかけて訂し正書した例であった。ⓘにはじめ書いた手偏は、「持」を書きかけたのであろうか。一般に書き分けられる「持」と「以」は、打聞集にあってはやや様相を異にして、「持」を用いるべきところをそのように表記したのはわずか二例で、九例が「以」、一例が仮名書である。しかし、「以」を用いるべきところで、「持」とする例はない。ⓘが「持」から「以」への訂正であったとすれば、結局それも打聞集の規準にのっとった表記ではあった。

如上の重ね書き訂正は、親本の不統一あるいは不適切な漢字の用法に、打聞集が整理を施したとも、親本の仮名表記を漢字にうつす時、いっそう適切な漢字を求めた結果とも解釈できる。一定の傾向は認められつつも、打聞集全体を覆う文字用法の未整備という現象は、容易に前者の成立を許さないのではないか。そのことを明白に示すのが、ⓒⓔⓕⓖの四例である。いずれも、一旦は仮名表記しかけた語を、漢字に改めたとみてよい。少なくともこれらの語は、親本では仮名表記されていた。漢字による漢字への重ね書き訂正の語、その他の特異な用法で漢字表記した語にも、これを及ぼすことは可能であろう。

打聞集に衍字と見なされるものはほとんどないが、次はその一例である。

ケニサ、候事ナ、リ（五オ4）

竹岡は、「「サ、サブラフ事ナナリ」のつもりで「候」の頭音が「、」と書かれたものであろう」と注し、東辻は、「候」の訓の第一音節を示す「迎え仮名」と称して、判断は微妙に違う。表記の結果をどう受けとるかは別にして、「サ、フラフ」と仮名表記されていた親本を一旦はそのまま写しかけたが、途中で漢字表記に変更するという事情から、「、」が残ることになったと考えられる。

こうして、ここに検討した語は親本では仮名表記であったことが確かであり、あるいはその可能性があり、打聞集は、これを漢字に表記し直していく方針をもっていたことが認められる。これらのすべてを打聞集の書写に帰することはできないが、仮名から漢字への表記法の変更を想定することによって、宛字、付訓、付漢字、書き重ね訂正、その他不整な表記という打聞集本文の特徴を統一的に説明することができる。旧来の、宛字の頻出と不整な表記という現象に立脚しての、現存本またはその原本が語りの筆録であるとする説は成立しない。語りの筆録説は、別の根拠を提示することが求められている。

3 筆録説批判

表記法にかかわらなくとも、文字の訂正の跡からは、その親本の様態とそれに対する打聞集の書写のあり方をうかがうことができる。以下に掲げるのは、その特殊な一群で、いずれも一、二字にとどまる重ね書きによる訂正である。上段に打聞集に確定された本文を、中段に下に判読される訂正前の文字を、下段に他の説話集に収められる同話の、打聞集本文に対応する箇所を示す。

ⓐ夢ニソ（三ウ1）―〈ハ〉―夢ニハ（今昔物語集巻第十一第二十八）
ⓑ吹立ラレタル（四オ6）―〈テ〉―被吹立テ（今昔物語集巻第十一第二十五）
ⓒ御坐ケレハ（四オ7）―〈ル〉―在マシケレハ（同右）
ⓓ散タリケルヲ（四オ8）―〈レハ〉―散タルヲ（同右）
ⓔタヘカタウ（四オ16）―〈シ〉―難堪シ（今昔物語集巻第五第三十二）
ⓕ懸ツヽ（五オ9）―〈テ〉―懸ツヽ（同右）
ⓖ法門ノ沈ヨリ（七オ11）―〈ヲ〉―法文ヲ沈メムヨリハ（今昔物語集巻第六第六）
ⓗ額ノ（七オ18）―〈ヲ〉―額の（宇治拾遺物語第一〇七）
ⓘ薬ニナム（八オ3）―〈也〉―薬ニナム（今昔物語集第四第二十四）
ⓙ推量ニ（八オ9）―〈テ〉―推量リテ（同右）、をしはかりに（梅沢本古本説話集第六十三）
ⓚ顔コトニ（九オ14）―〈ヲ〉―毎面ニ（今昔物語集巻第五第三）
ⓛ得サセタラハ（九ウ3）―〈ム〉―得ラハ（同右）
ⓜ賜ヘクハ（九ウ6）―〈キ〉―可給クハ（同右）
ⓝイカナリシソ（九ウ9）―〈ルソ〉―何ナリシ事ゾ（同右）
ⓞ事ナレハ（一三ウ3）―〈ル〉―事なれは（宇治拾遺物語第一四二）

このうちⓒⓓⓕⓗⓘⓚⓛⓜⓝⓞは、親本を写し誤ったことに気づいて訂した類と一応認められる。訂正後の本文が、今昔物語集、宇治拾遺物語の本文に一致する、あるいは酷似することからもそれは明白である。誤写の原因は一様ではないが、たとえばⓒはⓓに、ⓓはⓒに目うつりを起し、ⓛは前行の「盗タラム」に目うつりを起したものと推定される。いずれも単純な性質の描写である。ところが、ⓕⓗⓘⓚⓜⓝⓞの訂正は、文字の読み誤りや書き誤りによって生ずるいわゆる誤写とは少しく異質な側面を持つ。そこには、誤写を引き起こすような字体の類似が見当らないばかりか、訂正前の文字をもって文を続けることが可能であるような本文が復原されるからである。すなわち、打聞集に最終的に確定した本文が今昔物語集、宇治拾遺物語に一致あるいは酷似することによって、親本に忠実であろうとした意識はたしかに認められるけれども、その書写行為は、文字の一字一字を再現するのではなく、おおよその文意をくみとりながら文を構えようとする意識をも、そこに潜在させていたのではないか。

右の推測を支えるのが、残るⓐⓑⓔⓖⓙの存在である。これらは、訂される前の文字がかえって今昔物語集の本文に一致するという、一見奇妙な様相を呈している。打聞集のはじめ誤った文字が、他の説話集の本文に一致するというような偶然が、幾度も重なるとは考えられない。単純な誤写として処理し去ることができないとすれば、訂正前の文字こそが親本の本文であったと見るべきではないか。ⓙは、訂されたものとの文字が今昔物語集に、訂した文字が梅沢本古本説話集に一致する。いずれが親本の本文であったか判断が困難であるこの場合を除き、打聞集ははじめ親本の通りに写しかけて、途中で文脈を改めたという事情を想定するほかはない。おおまかに意をくみとって文を構えれば十分、とする意識の顕在化である。

打聞集の親本は存在した。それは、右に述べたこととその他のさまざまの徴証をあわせて、もはや疑問の余地はない。そして、打聞集が語りの筆録原本であるとする説も成立する余地はない。

打聞集の親本なるものが、今昔物語集、梅沢本古本説話集、宇治拾遺物語そのものではなく、また打聞集がこれらの説話集の親本でもありえないことは、すでにこれまでの研究が明らかにしてきていることである。その親本が、現存本と同じ書名をもち説話の数も構成も等しかったか、あるいは、別の書名をもち説話の数や構成も異なっていたかは、いまのところ不明というよりほかない。ただそれが、今昔物語集、梅沢本古本説話集、宇治拾遺物語の共通祖となったある書か、その共通祖を承けたある書であったことは、これまでの研究や、打聞集の訂正とそれらの説話集本文との異同を検した如上によっても確実であろう。そうした問題はさらに追究の余地があろうが、いまはこれを論ずる場ではない。さしあたり、打聞集は、今昔物語集、梅沢本古本説話集、宇治拾遺物語との共通祖またはそれを承けるある書に依拠して成ったこと、現存本は親本に忠実であろうとし、同時にその表記、文脈を改変するという姿勢でも書写されたことを確認して十分とする。

そこで、このことが認められるとすれば、打聞集の原本が語りの筆録であるとする説も、無条件には成立しがたくなるであろう。語りの筆録説は、打聞集に見られるおびただしい宛字や不整な表記という現象を根拠にしていた。しかし、それらは現存本書写の際に発生した可能性が高く、語りの筆録との認定は、単なる印象にもとづくものでしかなかった。そして、打聞集の親本が今昔物語集、梅沢本古本説話集、宇治拾遺物語の共通祖またはそれを承けるある書であったとすれば、打聞集の原本にのみ語りの筆録が想定されなければならない理由は、ここに消滅する。ここに至ってなお、打聞集の原本が語りの筆録であると主張されるならば、そのことが、共通祖のある書について証明されなければならない。共通祖であったある書は語りの筆録であったかもしれないし、あるいはなかったかもしれない。しかしそれは、現存する説話集本文の異同を操作して確かめられる性質の問題でない。そうした操作は、語りの筆録の認否に無意味である。

五　本文の改変

1　表記の動揺

いま、打聞集のなかから任意の四つの行の本文を抜き出してみると、それらはとうてい同じ文献とは考えられないほど、表記形式の相違が大きい。

ⓐ見ル時ニ大師大形ニ成給ヌ使驚テ不成俗テ王秦ス宣旨云他国ノ聖也（一〇オ13）

ⓑ後漢明帝ノ御時帝王夢金人来也夢覚了□大臣問給大臣申云他国ヨリ止（一二オ1）

ⓒタハカリニヨリアル事ナレハイミシウ、レシウナム思尓時ニ大臣目ヨリナミタノコホル、（五オ16）

ⓓ法師ヲ召テ此国ニアカメラル、術人ハ嫉カリテカ、ル事ヲナナム申イカナルヘキ事ソト仰ラル（一二オ14）

ⓐⓑは、すべての自立語が漢字で表記されていて、付属語と活用語尾の省略が目立つ。一方、ⓒⓓは少なからぬ自立語が仮名で表記され、付属語と活用語尾の省略がほとんどない、という明確な対立が認められる。このように打聞集の表記はきわめて不統一で、ⓐⓑのごとき表記形式で書かれる説話もあれば、ⓒⓓのごとき表記形式のみで書かれる説話もある。すると打聞集は、文体を異にする二種ないしそれ以上の複数資料から説話を得ているのであろうか。そうではなくて、打聞集には二種の表記形式しかないのでなく、漢字と仮名の割合、付属語と活用語尾の省略の度合は行によって区々であり、ⓐⓑのごときとⓒⓓのごときを両極として、その中間にさまざまの程度の表記形式が混在しているというのが実情である。しかも実は、ⓑとⓓはともに第二十二話に属する行であって、同一話のなかでさえ表記形式は動揺しているのである。表記形式の差を、ただちに依拠資料の違いに求めるわけにはいかない。このことは、何に由来し何を意味しているのであろうか。

こうした表記の不統一がどの段階で成立したかについては、次の三通りの想定が可能である。

（一）説話がはじめて文字化された祖本の段階

（二）打聞集書写の段階

（三）祖本から打聞集までの転写のある段階

そして（二）（三）の場合、その原態として、

（A）自立語を多く漢字表記し、付属語、活用語尾の省略の多い形式（以下、略表記体と呼ぶ）

（B）自立語を多く仮名表記し、付属語、活用語尾の省略の少ない形式（以下、非略表記体と呼ぶ）

が想定される。

すでに論じたように、打聞集は今昔物語集、梅沢本古本説話集、宇治拾遺物語と少なからぬ共通説話を有し、それらはある共通祖に出るものであった。そこでかりにその共通祖が略表記体であって、打聞集がこれを承けて一部は略表記体を残し、一部は非略表記体に変えたとする。そして、梅沢本古本説話集、宇治拾遺物語の非略表記体は、祖本の略表記体を変えたものとする。しかしこの想定は成立しない。なぜならば、祖本（とは文字通りの祖本だけではなく、表記形式に変更が生ずるまでの諸転写本をも含む）を別々に変えたはずの梅沢本古本説話集、宇治拾遺物語と、打聞集の非略表記体部分との間に、現在みられるような表現の細部にわたる一致が生ずるはずはないからである。祖本は略表記体ではなかった。このことは（一）を完全には否定しないが、その可能性をきわめて小さいものとするであろう。

（一）が成立するには、今昔物語集、梅沢本古本説話集、宇治拾遺物語三書の祖本があって、それは、打聞集の略表記体のごときを非略表記体に直したものと想定されなければならない。しかし、その想定も成立しがたい。打聞集の略表記体のごときは、文意をたどることを非常に困難にさせ、物語の再現さえ容易でないと考えられるから

である。略表記体は、後代の書きかえの結果と見るべきであろう。

打聞集の文体の分析によっても、打聞集の祖本は非略表記体であった可能性が高い。宮田裕行「打聞集の漢文訓読語」（『文学論叢』第二十七号　一九六四年三月）、「共通説話の語彙・語法―今昔物語集と打聞集について―」（同第三十八号　一九六八年三月）に、一見漢文的にみえながら、打聞集の文体は一般和文に近いということが確認されている。その基底に和文脈の文体があるとすれば、祖本の表記も非略表記体であったと見るのが自然であろう。

こうした見通しは、前節での検討の結果とも符合する。すなわち、打聞集は親本の仮名表記を漢字に改める傾向があるから、略表記体が現存本書写において出現した可能性は高い。付属語と活用語尾の省略は、仮名表記を基調とするかぎり不可能であって、漢字表記をとることによってはじめて可能となる。仮名から漢字への書きかえは、付属語と活用語尾の省略を随伴し、略表記体を成立させる契機となりかつこれを助長するであろう。如上は、親本の非略表記体が打聞集によって略表記体に書きかえられたということの、いまだ十分な証明とはなりえないが、以下この見通しにたっての検証が継続される。

打聞集における誤脱訂正は、一、二字にとどまるものばかりでなく、さらに長い字句にわたる類もある。その検討は、黒部通善「打聞集所収『道場法師説話』考―付・名古屋における道場法師説話―」（『同朋学報』第二十二号　一九七〇年六月、『日本文学研究資料叢書　説話文学』に再収）、小内一明「打聞集本文覚書」（『打聞集　本文と研究』）に詳しく、以下はこれらに負うところが大きい。

第十四話に、行を隣りあわせて二箇所、墨線を引いて抹消している。傍線部がそれにあたる。

コフ悦ナカラ楼ニ登テ初夜ノ鐘ヲ付ク ⓐ立リ巳ニ付ハテ、寺ノ大衆耳ヲ立テ聞ク又（八ウ9）

後夜ノ鐘ヲ付 ⓑ寺大衆立リ巳付ハテムトスル程ニ（八ウ10）

ⓐは次行の「立リ已」に目うつりして脱文を起こしかけ、ⓑは前行の「寺ノ大衆」に目うつりして衍行を起こしかけたものとみられる。親本に、「鐘ヲ付ク」「鐘ヲ付キ」と相似た字句があったことに原因するであろう。ここで注目されるのは、本来の位置に写された部分と、抹消された箇所との間に相違があるということである。送り仮名の有無、助詞の表記の有無である。こうして、打聞集の書写は、付属語と活用語尾を必ずしも忠実には再現しない方法でなされたことが明瞭に認められるのであって、略表記体が、打聞集の書写において出現したことを示している。この場合、いずれが親本の表記であったか速断は許されないとしても、はじめの書写より二度目の書写がいっそう簡略であることによって、非略表記から略表記への方向を示唆している。

さらにⓐには、やや大きな字句の相違が見られる。はじめは「付ハテ、」とし、二度目は「付ハテムトスル程ニ」とした。単なる誤写ではないことは明白であって、打聞集の書写が文脈の改変を伴うものであったことを示している。この改変は、先に掲げて検討した例、いずれも助詞の次元にとどまる文字一、二字の重ね書き訂正と類似し、なおそれらより大きい。文字の重ね書きによる訂正の場合は、訂した文字が親本通りであるとも、訂された文字が親本の姿であるとも推測された。この場合は、いずれが親本の姿を残しているか明らかでない。

ⓐのように、表現のやや大きな改変がなされた、あるいはなされようとした例のうち、顕著な一群に敬語表現がある。

ⓒ失給テ（一ウ11）　「テ」に重ね書き
ⓓ来給テ（一ウ13）　「テ」に重ね書き
ⓔネタニケリ（六オ9）　「タ」を抹消、「ニ」は「マ」に重ね書き
ⓕ参給（七ウ14）　「タリ」に重ね書き

これらの場合も、いずれが親本の本文であったかは分からないが、打聞集が、親本の待遇表現にはたらきかけた、

またはたらきかけようとしたことは疑うべくもない。東辻保和『打聞集の研究と総索引』「説話の待遇表現―打聞集と今昔物語集の関係を通して―」に、打聞集の待遇表現の不統一性が指摘され、そこに語り手の存在を想定し、「より生々しく、語り手の心が待遇表現に表われているとは見られないか」という説明が与えられている。つまり、不統一は未整備と解釈され、語りの筆録説を補強するもののごとくである。しかしながら、ⓒ～ⓕの存在は、未整備というよりは打聞集の書写時における改変の結果という解釈に導く。

2 叙述の簡縮

非略表記体から略表記体への改変は、純粋に表記法の相違としてのみ現れることもある。たとえば、

僧申云尺迦牟尼仏ノ御弟子也仏法伝ムカ為ニ遠カナル天竺ヨリ来也（一ウ6）

僧申ていはく釈迦牟尼仏の御弟子也仏法をつたへんために遙に西天よりきたりわたれるなり

（宇治拾遺物語第一九五）

の場合、宇治拾遺物語の仮名を漢字に直し、付属語、活用語尾を省略すれば、打聞集とほとんど変るところがない。一方、

使開堂アサル大師シ仏中ニ居テ不動尊念奉給（一〇オ11）

その使堂へいりてさがしける間大師すべきかたなくて仏の中に逃いりて不動を念給ける程に

（宇治拾遺物語第一七〇）

使来テ堂ヲ開テ求ム大師可為キ方無クテ仏ノ中ニ居テ□（今昔物語集巻第十一第十一）

などに就けば、表記の略化ばかりでなく、表現の省略も含んでいる。こうした表現の省略は、打聞集全体にわたって観察されるところであるが、それは略表記体の採用と連動していると認められる。つまり、物語自体が簡縮化さ

れるときは、例外なく略表記体が用いられている。

次に掲げる第十六の長文抹消は、そうした事情をかなり具体的に示している。

答云青龍寺焼全堂戸《ツマニ》ⓐ火也火付也其消也云々明年秋唐人（一〇オ3）
来ⓑ問此事□云去年四月日火付付テ消息ヲ奉大師許其状云（同4）
去年四月其日青龍寺金堂火付キ然ニ日本方ヨリ雨風頓吹テ（同5）

これも傍線部が墨線で抹消されている。ⓐは一応その直後の「火付也」の単なる書き損じとみられるが、それにしても、「也」字のみ抹消、あるいは「付」字の補入という、簡便な方法をとらなかったところに不審が残る。ⓑの「去年四月日」と「火付」は、次行にあるほぼ同文の箇所への目うつりによると一応考えられる。しかし、ⓑ部分に「青龍寺金堂」の字句がないこと、「火付」箇所の訂正は、「火」字のみの抹消で十分であったにもかかわらず、「付」字にまで及んでいること、「問此事□云」に対応すべき字句が見当らないこと、これらを勘案すれば単なる誤写ではありえない。

小内はさまざまの可能性を検討したうえで、次のような見解を提示している。

親本に「此事を問ひて云く」といった表現か、又は「唐人が来り此事を問ふ消息をたずさえ来つて大師のもとに奉つた」といった意図の表記（完全であったか否かは別）があったために、「問此事□云」の語が記録され、不要な表現として「去年四月日」と共に塗抹消去されたとみてよかろう。

妥当な推測というべきであろう。その場合、「問此事」は、消息中の「若シセラル、事有云々」に対応しているのであろう。また、抹消されたⓑの直後の「付テ」は、「云々」の文字の上に重ね書きされていて、「去年四月日火付云々」というかたちで、打聞集は一旦文を完結させていたことが知られる。これらを総合して、目うつりなどの外的条件によって誤写が生じ訂正がなされたとは考えがたく、打聞集の書写は、叙述のかなり大きな改変を伴ってなされることがあったのである。それでは本話の場合、どういう条件下で叙述の改変と訂正がおこなわれたのであろうか。まず注意されることは、本話が略表記体の傾向を最も顕著に持っており、それとかかわって、物語叙述がはなはだしく簡縮化されているという点であろう。本話は今昔物語集巻第十一第十二の一部と同話であるが、それに比して全体が著しく簡略になっている。結局は抹消されることになったⓑの「問此事□云」が、親本の要約であったであろうことは、小内の説くところに従ってよく、その抹消も物語叙述の簡縮化にほかならない。また、ⓑの「去年四月日火付云々」が、次行の「去年四月其日青龍寺金堂火付キ」に対応するとすれば、これにも叙述の簡縮化が観察される。こうして、ここにみられる抹消は、物語要約の不手際または要約方針の変更の結果と見なされる。

ⓑ部につづく「付テ」という文字によって、重ね書き訂正されることになった「云々」という字句は、打聞集のなかに十五例現れる。国東文麿「打聞集―その文学」(『国文学　解釈と鑑賞』第三十二巻第三号　一九六五年二月、「打聞集攷―その文学―」と改題して『打聞集　研究と本文』に再録)が注目し、小林保治「打聞集の特質と方法」(『打聞集　研究と本文』)が詳細に検討するように、その字句は物語叙述の略述を意味しており、その現れ方にはある偏りが認められる。すなわち第十六、十七、十九、二十五、二十六、二十七話にのみ用いられ、それらはいずれも本朝を舞台とする物語で、集の後半部に集中する。そこで、この問題を表記法との関係でとらえると、それらの説話はいずれも略表記体を基調とする。物語叙述の簡縮化と、略表記体の採用との呼応はここに明白であろう。

このように、打聞集に明瞭に認められる仮名の漢字表記化と表現の改変が、略表記体の出現を基礎づけ、そのことが物語叙述の簡縮化と連動しているとすれば、「云々」を用いての物語の省略が、現存本の書写においてなされた可能性は高い。ことに、第十六話において最終的に抹消された「云々」は、現存本によるものと断じてよいであろう。つまり、はじめ「去年四月日火付云々」と終結させた文が、かりに親本の姿であったとすれば、次行のそれに対応する部分に、現在見るごときさらに詳細な叙述を再現することはできないはずであって、はじめの「云々」は現存本による処理と見なすほかない。これらを総合的に判断して、非略表記体から略表記体への改変、叙述の簡縮化は、打聞集書写の段階で発生した蓋然性が高い。

六　本文の生成

1　表記の変遷

打聞集の表記法を全体にわたって観察すると、略表記体と非略表記体の現れかたには、ある傾向が認められる。

第一に、前節に指摘したように、略表記体は、集の後半の本朝を舞台とする説話に集中的に現れる。いま試みに、一行に用いられる漢字数が仮名数と同じかそれ以上である行、それが一説話の総行の三分の二を占める、つまり略表記体の傾向を持つ説話を示すと、第十六、十七、十九、二十二、二十四、二十五、二十六、二十七の八話となる。第二十二話を除きいずれも本朝話で、しかも「云々」の字句の用いられる説話のすべてが含まれる。この現象が、打聞集の書写段階で発生した蓋然性の高さは、先に論じた通りである。少なくともそれは、祖本にまでさかのぼることはありえないであろうから、この現象は、書写方針の意識的あるいは無意識的変更の結果と見なされる。変更の理由は、親本の忠実な再現作業に次第に倦んだとも、本朝の物語は書写者がすでに親近するものであったから、表現の細部に及ぶ再現を必要としなかったとも解釈できる。いまのところその判断は困難で、おそらくその二つの要因が複合しているというのが真に近いであろう。しかし、略表記体と非略表記体の現れ方を、これのみで律することはできない。

第二の傾向は、略表記体が紙面の変り目に集中して出現するということである。一オ、三オ、七ウ、九ウ、一〇オ、一一オ、一二オ、一二ウ、一三オ、一三ウの最終行付近に略表記体が集中する。その箇所に相当する説話が全体として略表記体の傾向を有するからでもあるが、一オ、三オ、七ウ、九ウの四箇所は、明らかに非略表記体に属する第一、五、十二、十五話に相当する。紙面の終りという外的条件が表記を規定していることを認めなければならない。

第三に、略表記体は説話の首と尾に多く現れる。次に、その典型というべき第二十二話に例を示す。説話の行の番号、その行の漢字数、仮名数の順に掲げる。

行	漢字	仮名
①	27	3
②	28	7
③	26	9
④	24	13
5	18	20
6	16	25
7	16	24
8	12	30
9	15	25
10	15	25
11	13	24
12	20	14
13	11	32
14	12	29
[15]	18	18

行	漢字	仮名
16	13	26
⑰	20	12
⑱	17	12
[19]	16	16
20	15	21
㉑	21	18
[22]	18	18
㉓	22	15
㉔	21	15
㉕	19	18
㉖	22	9
㉗	25	9
㉘	20	10
㉙	23	12
㉚	12	6

漢字数が仮名数をうわまわる行の番号には○を、漢字と仮名が同数の行の番号には□を付す。こうした略表記体の行が、説話の首と尾に集中する傾向は顕著である。さらに、本話の場合、第18行は一二オの最終行にあたり、第二の傾向をあわせ示している。

このほか、説話の首と尾に略表記体の集中する傾向をみせるのは、第三、五、九、十八、二十一話、話首に略表記体の集中するものは第二、六、八、二十、二十三話、話尾に略表記体が集中するものは第十、十二、十五話、行数が少ないためにとらえがたいものを除く打聞集説話の半ばを超えるから、これは有意味的である。

また、第二と第三の傾向は相関的である。話尾が、紙面の最終行にあたる場合が多いからである。第四（二ウ）、第十二（七ウ）、第十四（八ウ）、第十五（九ウ）、第二十一（一一ウ）、第二十五（一三オ、ただし本話は一行のみの説話であるから除外するのが適当）がこれに相当する。すると打聞集には、説話を紙面の最終行で完結させ、話首を紙面の第一行に置こうとする意図がはたらいていたと観察される。ただし第五、十話はそれぞれ終りの二行を次の紙面にゆずり、第七、二十七話は紙面の末二行目から写しはじめられているから、堅持しなければならなかったほどではないとしても、やはりゆるやかな方針のあったことは認めてよいであろう。紙面の終りに略表記体が多用されることとは、説話をその紙面に収めるべく、行数を減じようとする意図の現れと一応見なすことができる。ところが、紙面の最終行で説話を閉じる五話のうち、話尾に略表記体を採用するのは第十二、十五、二十一の三話にとどまる。一見右の推測は成立しないかのごとくであるが、他の二話は紙面に余裕があったために、略表記体を必要とはしなかったと解することができる。

紙面の終行付近に略表記体が頻出する理由は、いまだ十分には説明されていない。略表記体は紙面の始行付近にも多く用いられるのであって、このこととあわせて解釈が与えられなければならないからでる。いま、第一行目に略表記体の出現する紙面を示すと一ウ、二ウ、三オ、七オ、七ウ、八ウ、一〇オ、一〇ウ、一一オ、一一ウ、一二オ、一二ウ、一三ウ、一四オであり、全体の半ばを超す。ことに、七オと八ウは、その前後に略表記体の行はなく孤立的で、紙面最初行の略表記体採用は有意味的である。そしてこの現象は、話首における略表記体頻出と当然相関する。

紙面の始行、終行付近に略表記体が頻出する現象とそれへの解釈は、それが親本の姿にかかわるのではなく、打聞集現存本の書写という一回的特殊な営為のもとで生じたとする推測を、ほとんど動かしがたいものとするであろう。するとそこから、話首と話尾に略表記体が頻出する傾向はみかけ上のものにすぎなくて、紙面の始行、末行に略表記体が多用されるという、第二の傾向に併呑されてしまうという解釈も成りたつかもしれない。しかしこれは正しくない。紙面の位置とは無関係に、話首、話尾に略表記体の現れる例は依然として多いからである。

略表記体の現れ方の第二、第三の傾向は相関する。それらが統一的に把握されることによって、はじめて略表記体と非略表記体の関係、その出現の理由は十全に説明されるであろう。

略表記体は、親本の非略表記体から生じた。略表記体の採用は、物語叙述を簡縮化する姿勢を示すものである。これまでの検討によるこうした確認にたてば、略表記体は、打聞集の書写における親本本文へのはたらきかけの強さを、非略表記体はその弱さを表していると見なされる。打聞集にみられる表記法の不統一は、親本本文へのはたらきかけの度合の不定であり、そのことは、書写意識の不安定を物語るものであろう。しかし、打聞集の表記は全体に不統一でありながら、また明瞭に三つの傾向が看取されるのであって、それは親本本文に対する書写意識のある規則的な変化の跡と認められる。すなわち、打聞集は紙面、説話の始めに略表記体をもって物語叙述の簡縮化をはかり、その中半は親本本文に寄り添いつつ書写し、紙面、説話の終りに至ってふたたびはじめの方針を回復する、これをくりかえしながら、次第に簡縮化の度合を強めていったのである。紙面、説話の始めと終りの略表記体は、親本本文へのはたらきかけの保持、回復であり、中半の非略表記体はその放棄である。そうした放棄が意識的になされる理由は見出しがたいから、物語叙述を簡縮化する方針の忘失というべきであろう。

しかしその忘失は、書写者が物語叙述の世界に身をゆだねたと見なされるべきで、かえって、そこに積極的な意味を見出すことができないであろうか。それは、親本の本文を単に文字の羅列と見なしてこれを機械的に再現するのではなく、物語叙述の世界を読むことを通じて、はじめて成立する性質のものだからである。こうして打聞集の読みは、叙述の簡縮化、文脈の改変、表記の略化として現れ、一方に、親本の世界への没入として現れているということになる。

2 創造の契機

打聞集の編纂あるいは書写の目的が、説法のための覚書の作成であったであろうことは、しばしば説かれているところである。事実、その粗笨な本文は、打聞集が私的な覚書に十分とどまったことを告げている。

益田勝実『説話文学と絵巻』「説話文学の方法（二）」が、打聞集の打聞的性格を指摘したうえで、説話のはらむ人間および人間性の問題が文学の舞台に移されて、具体的形象を媒介として追求され、〈語りかけようとすること〉を完結しているようなものとは、まだいえない。しばしば具体的に説話の形象を忠実に写しながら、やはり、その限界の内部にとどまっていた。

と評するのは、その点に関する典型的な見解であろう。それは、小峯和明「宇治拾遺物語の伝承と文体（4）―打聞集説話との関連―」（『文芸と批評』第四巻第六号　一九七六年七月）[注(3)]による、打聞集の説話受容が基本的に受動的であると規定し、しかし同時に、表現の鋭い破片をとどめてもいるという指摘と呼応する。ただし、益田の、「まだいえない」「とどまっていた」との認定が逆倒であることはすでに論じた。また小峯が、表現の鋭い破片をとどめさせたものを、「伝承力」とか「文芸以前の力」という抽象に逐いやってしまったのも適切ではない。それは、親本の本文と書写行為の交錯する、きわめて具体的な場において生起しえたのである。説法のための覚書作成を主たる目的として編まれた、あるいは書写された打聞集が、粗笨な本文をもってそうした性格をたしかに体現し、しかし一方で、物語叙述を簡縮化する企図を忘失し、親本本文に寄り添ってこれを忠実に再現してしまった。換言すれば手控えにとどまることができなかった点が重要なのである。「文芸以前」ではなく、まさにそのことがすぐれて文学的な課題とはいえないであろうか。

打聞集の本文成立は、少なくとも受動的ではなかった。たしかにそこには、今昔物語集におけるごとき、主たる原拠に別の資料を接合し、あるいは原拠を改変して説話の再構成をはかり、細部に表現を与え、また一定の文体にうつし変えるという類の営為は見られない。しかし、そうした営為のみを能動的ととらえ、意味あるものと評すべきではない。それとこれとは、書写者あるいは作者の、親本あるいは原拠へのはたらきかけの方向を異にするだけであって、親本あるいは原拠が、書写者または作者へもまたはたらきかける相互作用のうちに、本文が成立するしくみは等しい。叙述の簡縮化を創造に逆行する営為と見なす立場をとりつづけるかぎり、本文というもののこうした動的性格はついに発見されないであろう。

打聞集の本文は、単なる文字列の再現によって成立したものではなかった。表記法の変遷にそのことを典型的に示していた第二十二話が、ここにふたたび具体的に取り上げられる。

打聞集は、仏法の敵対者「タウシ＝道士」をすべて「唐人」とすることによって、この物語の性格を変えた、そしてその誤読は、それにとどまらず、別の箇所の本文にも作用を及ぼさずにはおかなかったのである。今昔物語集に、

此ノ国ニ本ヨリ被崇ル、五岳ノ道士ト云フ者共ハ嫉妬ノ心ヲ発シテ

とあり、打聞集の親本にもそうあったであろう「五岳ノ道士ト云フ者共」を「術人」に変えた。注意深くみれば、「術人」の下には判読不能であるが別の文字がある。はじめ親本のままにか、あるいはまた別の語を書きつけようとして書き重ねた、そういう逡巡の跡をみせている。「道士」を「唐人」と誤認してしまっている打聞集の書写者は、「五岳」という語をも解しかねて、前後の関係から判断して「術人」という語をおしあてたのである。

こうして、仏法が中国固有の宗教を圧倒するこの物語は、打聞集によって最終的に次のように理解され、提示さ

れたことになるであろう。天竺から伝来した仏法の敵対者は「唐の人」、つまり国王と一人の大臣を除く中華の人々全体であり、これを代表して仏法者に挑んだのが「術人」、つまり「唐人」のなかの特別の呪力をそなえた人々であると。この枠組は、以後の書写を微妙に支配していく。たとえば、「唐ノ方ニ中様」(一二ウ6)の「唐」は「人」の脱落であろうと一般に推測されているけれども、必ずしもそうではなく、「道士」を「唐人」と置き換えることによって成立しえた、十分適切な表現であった。打聞集の誤読による語の置き換えは、当然その語の現れる文の意味を変え、またいくばくかの不整合をも生み出している。けれどもそれらを超えて、天竺の仏法を排撃するのが中華の人々全体であることによって、仏法側の非勢はいよいよきわだち、しかし、仏法と中華固有の宗教との対立はやや不鮮明になるという、物語の変質を招来したことがここでは重要であろう。

また打聞集は、「カフロ＝禿」を「経論」と誤読することによって、二箇所の親本とは異なる本文を作った。一つはまったく矛盾のない本文となり、いま一つに「此経論ニ対テ力ラクラヘヲシテ」とやや不自然な本文を出現させた。それは不自然ではあったが、術競べが双方の経論を介して、つまり法文に火を放ちあうという方法でおこなわれ、仏法方の経論は霊験を示し、「唐人」方の法文は焼け失せてしまう結末と、奇妙な呼応をつくり出すこととなった。

意図的な本文の改変ではなかったにもかかわらず、このように、一、二語の置き換えが、物語における人物の機能と事件の構図を変化させてしまった。ここには、書写者の読みを通じての親本本文へのはたらきかけが、また逆に、親本本文の書写行為に対する規制が認められた。そして、一旦そこに成立した読みと本文が、つづく書写行為を規定していく関係が観察された。

もとより、ここに成立した打聞集の本文は、物語展開上の不整合を含む。しかし、この「唐人」「術人」「経論」に立脚して、打聞集の本文が矛盾のないかたちに訂正され、整えられていく可能性はあった。そしてそれが、別の資料によって再訂される機会をついに持たず転写が重ねられ、「正しい」本文として固定していく可能性はあった。ここに至って、本文の正しさとは相対的なものにすぎなくなるであろう。そして、親本本文の忠実な再現を企図しながら発生する誤写と、親本本文への意図的なはたらきかけつまり改作とは、本文作成者の意識の次元でしか弁別可能でない。誤写が、少なからず書写者の読みを随伴するならば、それは決して無価値な誤謬とはいえない。誤写はいま一つの創造行為である。

本文が単なる文字の羅列でもなければ、文字を記す行為の結果でもないことは、打聞集の存在がこれを実証している。打聞集は、そうした本文成立の過程を如実に残す希有な書物である。けれども、それは打聞集の本文形成のあり方が、特殊であったことを意味するものではないであろう。本文とは、書写者が意識的にも無意識的にも親本本文にはたらきかけることと、逆に親本本文が書写行為にはたらきかけることの、たえざる相互作用を内包しているのであって、そのようにして本文が成立する過程そのものの動的な全体にほかならない。

【注】

（1）黒部通善『説話の生成と変容についての研究』（中部日本教育文化会　一九八二年）に収録。

（2）論文発表時には「「清岸寺」は、他資料にてらして「清涼寺」とあるべきところ。変化の事情は推測しがたい」と記述した。後日、新潮日本古典集成『今昔物語集　本朝世俗部一』（新潮社　一九七八年）「解説」（本田義憲執筆）が、「聞書のあとを残す打聞集の、鳩摩羅什物語にある「清岸寺」が、実は嵯峨栖霞寺（清涼寺）を誤聞したものである」（三〇九頁）と指摘していたことに気づいた。これとは別に矢野貫一（当時・愛知県立大学）より教示があり、今回は矢野の指摘に従って書き改めた。

（3）小峯和明『宇治拾遺物語の表現時空』（若草書房　一九九九年）に収録。

［付記］

引用の本文は必要な箇所を除き、通行の字体に改め、文字の大きさも整理した。

第六章●今昔物語集

［概説］

今昔物語集は、編者、成立年次とも知られない。現存本の祖本で鎌倉時代中期をくだらないとされる鈴鹿本が南都の興福寺に伝来していたことから、興福寺を成立の場に宛てる考え方もある。成立時期は、俊頼髄脳を資料として用いているところから、俊頼髄脳の成立時期である天永二～三（一一一一～二）年頃がその上限、さらに同じく依拠資料の弘賛法華伝の日本への初伝を保安元（一一二〇）年と見てこれ以降とするのが一般的である。また保元の乱（一一五六年）、平治の乱（一一五九年）の動乱は影を落としていないと見られ、それ以前かと推測されている。

全三十一巻、ただし巻第八、第十八、第二十一の三巻は欠けていて、それは成立当初からのものと見なされる。収録する説話の総数は一〇五九、このうち題目のみで説話本文を欠くもの一九である。また、本文を完備しない説話も多く、本文の随所に欠字もあって、全体として未完成の相を示している。

各巻には標題があり、巻第一～五が天竺、巻第六～十が震旦、巻第十一～三十一が本朝とされ、さらに「付仏後」（巻第四）、「付孝養」（巻第九）、「付宿報」（巻第二十六）と続けられる巻もあれば、「付」以下を欠く巻もある。大まかに言えば、三国仏法史の構想を有し、さらに各国を仏法と世俗とに区分して説話を編成している。それは当時日本における一般的な世界観の具体化であり、そのような意味で今昔物語集は説話をもって全世界を記述する試みであった。

漢字片仮名文で、鈴鹿本は、自立語を漢字で、活用語尾と助詞・助動詞を片仮名で表記する。打聞集などと同様の表記法で、形式を整えようと努めている。

新日本古典文学大系『今昔物語集　一～五』（岩波書店　一九九三～一九九九）を用いた。

1　今昔物語集説話の世界誌

一　はじめに――成立の環境

今昔物語集は、一〇五九の説話（ただし、うち一九は題名のみで説話本文を欠く）を、三一巻（ただし、巻第八・十八・二十一は欠）に編成する説話集である。物語の舞台は天竺（インド）・震旦（中国）・本朝（日本）の三国にわたり、都から辺境、禁中から街巷、また海上・海底・山中、そして天上から地獄に及ぶ六道世界である。語られるのは、仏教以前のはるか昔より、「只此ノ二三年ガ内」（巻第二十七第三十七。ただしこれは、依拠資料の記載を踏襲したにすぎないと推測され、今昔物語集自体の編纂時期とはかかわらないか）までの、聖なるあるいは俗なるさまざまのできごとで、その物語世界はまことに多様である。しかし、一方でそれぞれの説話は、「今昔……トナム語リ伝ヘタルトヤ」という、冒頭末尾の句を与えられて形式的統一が図られ、一定の法則性をもって説話が配列され、巻々の編成にもかなり明瞭な方針が認められる。今昔物語集は、広く多様な世界を整ったかたちに編み上げた書物であるといってよい。

このような書物が、誰によって、どこで作り出されたのか、確かなことは分かっていない。その成立時期も、一二世紀前半、おおよそ一一二〇~三〇年代と見当がつく程度で、確定するに至らない。また、説話集はしばしば序文を有して、そこに著述の目的を記すことが多いのに対して、それを欠く今昔物語集からは、編纂の目的や背景を直接知ることもできない。ただ少なくとも、今昔物語集の成立したのは時代の大きな転換期に当たり、価値観の動揺するなかで、有職故実・漢詩文・和歌などさまざまの領域で集成類聚が行われ、同時にまた新しい価値、新しい領域を積極的に記述する試みがなされた、[注(1)] そのようなうねりの大きな一つと位置づけることはできる。

今昔物語集に限らず、平安時代末から鎌倉時代にかけて説話の集成類聚は幾度も試みられ、多くの説話集を生んでいるが、それに劣らず重要であるのは、説話がさまざまの場で活用されていたということである。説話集の成立も、そうした説話の生きてはたらく場に強くうながされたというべきであろう。

説話のはたらく場の一つが説法の席であった。説法の席で講師は、譬喩としてあるいは例証としてあるいは因縁としてさまざまの説話を引用する。百座法談聞書抄は、ある内親王の発願によって天仁三(一一一〇)年二月二十八日より百日、続いてさらに二百日にわたり、阿弥陀経と般若心経を添えて日ごとに法華経一品が講ぜられた説法の筆録抄出で、当時の説法の様を具体的に伝えている。この座で多く語られているのは天竺・震旦を舞台とする説話で(本朝を舞台とするのは一話のみ)、それらは経律異相、法苑珠林あるいは諸経要集などの仏教類書、また法華伝記、三宝感応要略録などの伝記類、[注(2)] また孝子伝に基づいたと見られる。一方、保延六(一一四〇)年の識語を持ち金沢文庫本仏教説話集と仮称されているのは、唱導の草案と見るべき資料であるが、そこにも諸経要集あるいは法苑珠林の説話が利用されている。[注(3)] これらのうち三宝感応要略録、孝子伝は今昔物語集の主要な依拠資料であり、直接にではないが、今昔物語集には経律異相、法苑珠林あるいは諸経要集から多くの説話が流れ込んでいる。

このことは、今昔物語集が説法のための説話を集成する目的で編まれたことをただちに意味するわけではないけれども、共通の基盤を有することには注意を向けておかなければならない。なお、今昔物語集の本朝篇仏法部の依拠資料となった三宝絵は、落飾したばかりの尊子内親王のために、源為憲が筆を執った仏教入門書であるが、それにも法苑珠林利用の跡が顕著である。▼注(4)

講師のなかには、和歌とその由来譚を用いて説法をする者もあった。藤原清輔の奥義抄には、ある人が語ったこととして、

昔、大和の国の長者の家に仕える者の子真福田丸が芹を摘んでいる時、長者の姫をかいま見て恋心を抱くようになった。姫の方便によって仏道に導かれた真福田丸は、高僧と仰がれる元興寺の智光となった。後に、姫は行基の前世の身であったことが明らかになる。行基は文殊の化身であった。

以下は原文を示す。

是は書きたることにてもあらず。人の文殊供養しける導師にて仁海僧正ののたまひける也。さて、

せりつみしむかしの人もわがごとや心にもののかなはざりけむ

といふ歌を詠じて、この歌はこの心を詠める也となむのたまひける。

説法の席で文殊菩薩の霊験の例証として真福田丸説話が語られ、それがまたおそらく和歌講釈の場で披露されたのである。この説話は、構成や叙述を少しずつ異にしながら、「芹摘みし」という古歌の背景の故事として種々の歌学書に載るほか、歌学の知識との関係を離れて文殊霊験譚として、あるいは行基伝の一こまとして、梅沢本古本説話集下（六十）、今昔物語集巻第十一第二などにも載録されている。▼注(5)

右は説話の場の様相の一端にすぎない。有職故実の伝授の場でも、昔の天皇や廷臣の逸話などの語られることが多かったことは、たとえば藤原忠実の談話を筆録する中外抄、富家語に知られる。大江匡房の談話を記した江談抄

にも、天皇や廷臣の言動のほか、歴史・宗教・漢詩文にかかわるさまざまの知識、たとえば故事、史書に載らない伝承も熱心に語られている。すなわち知識は説話のかたちで記憶され伝えられたのである。説話が知識としての価値を持つゆえに、それは文字化されることになった。文字化されたそれらは、言談の場の雰囲気を伝えているが、やがて場から切り離されて、類聚本江談抄などのように部類集成され、また古事談などの説話集に編入されることになる。▼注(6)

説話は、単に有用な知識として語られ、聞かれ、記憶されたばかりではない。説話自体が新しい思想や観念の表現であり、また説話には価値の流動や価値の転倒それ自体が構造化されている。たとえば、貴族社会内部に自己反省の気運が生じ、それが浄土思想と結んだ。慶滋保胤は日本最初の往生伝日本往生極楽記に、往生極楽の例証として往生者の信仰、修道、臨終の奇瑞を記録した。この日本往生極楽記は今昔物語集巻第十五の主要な資料となった。また、それに続いて大江匡房の続本朝往生伝、三善為康の拾遺往生伝と後拾遺往生伝、藤原宗友の本朝新修往生伝が書かれた。

浄土思想の深化拡大と呼応して、仏教教団のなかにも変質が生じた。すなわち教団が世俗とのかかわりを強めていくことに対して批判の目を向け、教団や本寺から離れて山林で修行し、各地の霊場を巡歴し、あるいは民間布教に携わる聖の活動が盛んになる。本朝法華験記（大日本国法華経験記）は、往生要集の著者源信の周囲にいたと推測される比叡山の鎮源の撰述にかかる、法華経霊験譚と法華持経者の伝の集である。これには教団を離れて活動する聖たちの姿が描かれるほか、彼らが民間布教の場で利用したであろう説話が載る。この書も今昔物語集の重要な資料となった。さらに今昔物語集の資料とされたと推測されるものに、地蔵菩薩霊験記がある。改作本しか伝わらないけれども、これも民間信仰と深くかかわっていることが認められる。このようなかで生まれた往生伝や霊験記には、教義の形式主義をくつがえす新しい信仰の世界がとらえられている。今昔物語集はそれを共有するにとどまらず、新しい価値と新しい宗教的人間を、どの書よりも鋭敏にとらえている。

今昔物語集は、このような説話の生きてはたらく場を基盤として成立し、そして右に言及したさまざまの説話資料が利用されている。こうして、今昔物語集は古代説話の多くの流れが流れ込んだ、大きな湖であった。ただし、そのことは今昔物語集が単に説話の集大成であったことを意味しない。ここで、今昔物語集の一〇五九という説話の膨大な数量を支えた理念が問われることになる。

二　三国仏法史

今昔物語集の各巻には、たとえば「巻第四　天竺付仏後」「巻第六　震旦付仏法」「巻第二十六　本朝付宿報」など、巻の番号と題が付されている。この題によって、説話の舞台を指標として全体を天竺巻第一～五、震旦巻第六～十、本朝巻第十一～三十一と大きく三分類し、「付」以下によってさらに下位分類を施してあることが知られる。

天竺・震旦・本朝の三国は、当時の日本にあっては世界の全体に相当した。つまり今昔物語集は、空間を基準として世界を三分割したのである。そして、三分割されたそれらは、時間を原理として統合されている。すなわち、天竺―震旦―本朝という配置は、日本に独自の仏教的世界観に基づくもので、仏法の創始、伝来、定着の歴史であった。要するに、今昔物語集の基本構成は、世界仏教史である。

右のような史的編成の方法は、さらに各篇の巻編成と説話配列の水準にもたどることができる。まず天竺篇、巻第一第一～八には釈迦の誕生から成道までの物語を置き、巻第一第九～巻第三第二十七に釈迦の転法輪を挟み、巻第三第二十八～三十五の釈迦涅槃の物語で閉じる構成は、まぎれもなくこの三巻が釈迦伝であることを示している。また、巻第四に釈迦入滅後の物語を配することは「付仏後」の標題にも明示されている通りで、しかも説話に年次の明記のあるものはその順に、あるいは高僧たちを主人公とする説話では法脈をたどるかたちで配列され、全体として説話が年代順に編成されている。こうして、巻第一～四は天竺仏法史であった。

震旦篇の冒頭は仏法伝来史である。巻第六第一は、秦の始皇帝の時代に天竺から釈の利房《りぼう》らが経を携えて来たけれども、禁獄され、そこに釈迦如来が現れて救い出して天竺に帰っていった、こうして中国に渡るはずであった仏法は伝わらなかったという説話である。続く巻第六第二に、後漢の明帝の時代に初めて仏法が伝えられたという説話を置き、以下、巻第六第十まで仏法伝来譚が続く。

本朝篇の場合は説話数も多く、いっそう整った組織を具えている。すなわち、

巻第十一　第一～十二　仏法伝来譚
　　　　　第十三～三十八　寺院建立譚
巻第十二　第一～二　塔婆建立譚
　　　　　第三～十　法会創始譚

と、四つの大きな説話群から成り、一般的包括的な話題の説話群から特殊個別的な話題の説話群へと次第に移行してゆくように編成されている。そして、その大説話群はまたいくつかの小説話群に分けられ、本朝仏法伝来譚群には、第一～三に汎仏法とでもいうべきものの伝来創始が、第四～八には南都諸宗の伝来、第九～十二には真言宗と天台宗の伝来が配置されている。寺院建立譚群では、第十三～二十一に東大寺以下の南都七大寺の建立縁起が、続いてその他の大寺の縁起が置かれる。法会創始譚群でも、首の第三～五に維摩会・御斎会・最勝会の三会が、つづいてその他の法会の由来が語られる。こうした編成を支えているのは、寺院と法会についての公認された格式に対する尊重であり、史的関心である。

これら仏法伝来史譚群の特徴を個々の説話の水準で観察すれば、それは、そこに語られたできごとが始まりであることとその意義を確認し、しかも絶えることなく現在に盛んに継承されていることを強調する点である。

此ノ朝ニ天台宗ヲ渡シテ弘メ置ケリ。其後、此ノ流レ所々ニ有リ。亦、国々ニモ此ノ宗ヲ学テ、天台宗于今《いまに》盛リ也トナム語リ伝ヘタルトヤ。（巻第十一第十）

此寺ニ仏法ヲ弘ヌ。于今《いまに》仏法盛也。今ノ三井寺ノ智証大師ト申ス、是也。（巻第十一第二十八）

彼ノ会《ゑ》（中略）承和元年ト云フ年ヨリ始メテ永ク山階寺ニ置ク。（中略）藤原ノ氏ノ弁官ヲ以テ勅使トシテ、于今《いまに》下遣《くだしつかは》シテ被行《おこなは》ル。（巻第十二第三）

こうして、今昔物語集は、「今」を昔に変わらず仏法が繁栄する時代としてとらえていることが知られるけれども、一方で、

実《まこと》ニ、世ノ末、希有ノ仏ニ在《まし》マス。世ノ中ノ人、専《もはら》ニ可崇奉《あがめたてまつるべ》シ。（巻第十一第三十）

実ニ、夢ノ教ヘノ如ク、此ノ山ノ毘沙門天ノ霊験新《あら》タニシテ、末世マデ人ノ願《ねがひ》ヲ皆満《みて》給フ事無限《かぎりな》シ。（巻第十一第三十五）

と、現在を末世、末代とする認識がある。今に対する二つの見方は、一つの説話に同居することがある。

其流レ、仏法繁昌ニシテ于今《いまに》盛リ也。但シ、慈覚ノ門徒ト異《こと》ニシテ、常ニ諍《あらそ》フ事有リ。其レ、天竺・震旦ニモ皆然ル事也トナム語リ伝ヘタルトヤ。（巻十一第十二）

三井寺の仏法の繁栄に、延暦寺との争いのことを続ける。天竺・震旦の例に言及するのは、舎利弗《しゃりほつ》と目連《もくれん》とが神通を競う物語に付された次のような評語と関連するであろう。

仏ノ御弟子達モ如此《かくのごとき》ノ挑事《いどみごと》ヲシ給也ケリ。増《ま》シテ末代ノ僧ノ知恵・験《げん》ヲ挑《いど》マムハ尤裁《もともことわ》リ也カシトナム語リ伝ヘルヤ。（巻第三第五）

寺院間の僧の争いは、末代であることのあらわれであった。

そして、明確に仏法の衰滅を言うのは、元興寺弥勒像縁起の巻第十一第十五である。それは、天竺で化人の童子によって造られた、眉間より光を放つ弥勒像が、白木《しらぎ》（新羅）を経てわが国に伝えられたと語る、小三国仏教史ともいうべき物語であった。日本に渡って来たときにはこの像はもう光を失っていたけれども、それが安置された元興寺には、「僧徒数千人集リ住シテ、仏法盛《さかり》也」という状況がもたらされた。しかし、やがて「末代（ニ）及テ」争いが起きて、「元興寺ノ仏法ハ絶《たえ》タル也」という結果となる。この説話に対して今昔物語集は、

但シ、彼ノ弥勒ハ于今御《いまにおはし》マス。（中略）亦、天竺・震旦・本朝、三国ニ渡給ヘル仏也。（中略）世ノ人、尤《もと》モ礼《らいし》可奉《たてまつるべし》ト。

という評語を加えた。「彼ノ弥勒ハ于今御マス」というのは、単にその事実を報告したのではない。この像の伝わるかぎり、化人の童子の「此ノ仏ヲ礼スル人、必ズ、彼ノ天ニ生レテ仏ヲ見奉ル」という誓願、すなわち救済の保証が失われていないことを語ろうとしている。末代の今こそ、三国伝来の弥勒像が信仰され礼拝されなければならない。

こうして、今昔物語集が仏法創始・伝来譚を語るのは、そうした過去の聖なるできごとを末世・末代たる現在に結びつける営為であり、評語にくりかえされる仏法繁盛の記述は、日本の仏法の現状というよりは、希求であり願望であったといわなければならない。三国仏法史の構想もまた、末代・末世なればこそ、天竺、震旦、本朝とたしかに受け継がれてきた仏法の一筋につながろうとする意識に支えられている。

三　仏法／世俗対応構成

今昔物語集の各篇は、それぞれ仏法部に対するいわゆる非仏法の巻をそなえている。天竺篇巻第五、震旦篇巻第十、本朝篇巻第二十一〜三十一がそれにあたる。ただし、これらの巻々にどのような意味を与えるか、仏法部との関係をどのように把握するかについては、意見は分かれている。それは、各巻の標題の記載のしかたに理由の一つがある。すなわち、「付」以下の題を持たない巻もあれば、巻第五「付仏前」のように、一見したところ非仏法部とは認めにくい例もある。さらに、「付世俗」とするのは巻第二十四、二十五、二十八の三巻にとどまるなど、不統一が目につく。したがって、「付」以下の題を無視してしまってよいことにはならないが、絶対視するのもかえって危険であろう。

最も大きな問題は、「付」以下の題がすべて同じ水準のものかどうかという点である。つまり、本来的には「天竺／震旦／本朝（篇）―仏法／非仏法（部）―□□」と三つの水準で標題が与えられるべきところを、第二、第三の水準を区別することなく付しているのではないか。たとえば、「付孝養」と題された巻第九は儒教的な孝の理念を語る孝行譚を含んでいるものの、全体として仏教的な孝養の範疇に入るとみてよい。▼注(7) つまり、巻第九は「震旦篇―仏法部―孝養」という位置づけであって、第二次の分類を省略したのであろう。これは非仏法の部にあっても同様で、「付宿報」（巻第二十六）、「付霊鬼」（巻第二十七）、「付悪行」（巻第二十九）、「付雑事」（巻第三十、三十一）が、「仏法」と同一水準にあるとは考えがたいから、本朝篇―非仏法部―宿報／霊鬼／悪行／雑事という関係にあるとみるべきであろう。

それでは、「付世俗」とされる巻第二十四、二十五、二十八はどうか。前田雅之は、この三巻を詳細に検討して、

「公」の埒外にあって尚且つ「公共性」を有するさまざまなものたち」と規定する。▼注(8) 今昔物語集の付題を尊重するかぎり、当然の追究の試みであろうが、ここは第三次の分類と見るよりは、第二次の分類呼称であったのではないか。というのも、第一に、宿報／霊鬼／悪行と並立するような「世俗」という概念は考えがたいし、第二に、世俗と仏法とが一対をなすというのが常識だからである。つまり、巻二十四、二十五、二十八の三巻には第三次の分類呼称が与えられなかったという事情が想定される。

ただし、これまで「非仏法」と仮称してきた、仏法と対になるべき概念を「世俗」と呼び換えてよいかどうかは、なお検討が必要であろう。それは、「本朝」とされるのみで付題をもたない巻第二十二、二十三との関係や、天竺・震旦篇との関係のなかで考えられなければならない。

巻第五、巻第十はそれぞれ「仏前」「国史」と付題される。「仏前」には釈迦の仏教以前とともに非仏教の世界が記述されている。巻第五第一には僧迦羅国の、第二には執師子国の建国譚が置かれ、第三〜十には国王の登場する説話が続く。巻第十は、第一に秦の始皇帝、第二に漢の高祖の即位前の説話、第三に高祖が帝王となる説話、以下第四に漢の武帝、第五に前帝、第六、七に唐の玄宗皇帝と、帝王の説話が時代の順に続く。第八には、帝寵のない後宮の女（「女御」と称されている）と一人の男との恋愛、結婚が語られるが、帝王譚群に含めてよいであろう。第九〜十四には孔子、荘子、費長房の説話が置かれる。興味深いことに、第九の標題には「臣下孔子道行値童子問申語」とあって、「臣下」の語はやや不審である。これは、本来説話配列に関する編者の心覚えとして書きつけられてあった字句が、標題に紛れてしまったのであろう。▼注(9) すると、第九の「臣下」はその説話が臣下賢人譚群の首にあたること、したがって第八以前は帝王譚群であることを示している。第十五〜十八には武人譚（第十五は孔子譚でもある）が置かれる。これらを通じて、「国史」とは王朝史に相当すると解してよい。こうして、巻第五と巻第十との構成上の対応は明瞭で、巻第五は「仏前」であるとともに天竺王朝史としての役割が与えられていることになる。

この対応関係は本朝篇にも認められる。巻第二十二には、鎌足より時平に至る藤原氏大臣の説話が世代の順に配列されている。これが震旦篇巻第十第九～十四に対応するとすれば、欠巻となっている巻第二十一は巻第十第一～八の帝王譚群と対応することになり、本来は本朝の天皇譚すなわち帝紀のごときものが予定されていたと推測される。では、巻第二十三は巻第十第十五～十八武人譚と対応するであろうか。じつは巻第二十三には特殊な事情がある。説話の数が少ないうえに、説話番号も第十三から始まり、しかも第十五相当以下は、目録題も説話標題も説話番号を欠いている。この巻第二十三は、やはり第一～十四（ただし第十四は本文を欠く）と説話数も少なく、兵譚を集成して収録説話に共通するところのある巻第二十五と合わせて、もともと一巻を成していたのが、構想の変更によって分離したと推測されている。この推測に立てば、本朝篇が二十一、今昔物語集の全体が三十一という変則的な巻数を持っている事情も説明しやすい。そして、震旦篇巻第十第二十四～二十五に学問譚、第二十六に音楽譚が置かれているが、これらに対応するのは、本朝篇巻第二十四の技芸・医術・陰陽道・算道・音楽・漢詩文・和歌などの諸道譚である。こうして、再編成前の巻（現巻第二十五と現巻第二十三）が、震旦篇巻第十第十五～十八武人譚と対応するものとして、巻第二十二の次に位置していた蓋然性はきわめて高い。こうして、本朝篇の原初構想と震旦篇との対応はほぼ完全である。すなわち、

巻第十　第一～八	帝王譚――	〔巻第二十一　帝紀〕
第九～十四	賢人譚――巻第二十二	大臣列伝
第十五～十八	武人譚――原巻第二十三	兵列伝、諸芸譚
第十九～二十二	信義譚▼注(10)	
第二十三～二十六	諸道譚――巻第二十四	諸道譚

四　公と兵

巻第二十二と、原巻第二十三の前半部分を成していたであろう現巻第二十五とは、ともに中心人物となる大臣と兵とをそれぞれの系譜をたどりながら世代の順に説話を配列する。したがって、それらは一種の歴史叙述であり、それぞれ藤原氏史、兵史ともみなしうる。そのうえ、両巻はおおかたの説話で、

巻第二十二　公ニ仕リ―身ノ才止事無ク―成上ル／子孫―摂関トシテ―于今―栄ユ

巻第二十五　兵トシテ―公ニ被仕ル／子孫―兵トシテ―公ニ仕リテ―于今―栄ユ

と、ほとんど同じ視点から記述されている。すなわち、大臣と兵とは「公」に収斂すべく位置づけられている。その収斂すべき「公」は巻二十一に記述される予定であったと推測されるから、巻第二十二と原巻第二十三とは対をなして、巻第二十一とともに本朝史を構成すべきないし本朝史に参与すべき巻であったことになる。[注(11)]

ただし、右のように〈兵史〉を特に取り出して〈藤原氏史〉と並置されたものとするとらえ方に対しては、池上洵一に批判がある。[注(12)] 池上は、原巻第二十三が、

〈武勇〉第一～十六話、〈強力〉第十七～二十話、〈相撲〉第二十一～二十五話、〈馬芸〉第二十六話

と、四譚群からなっていたと推測し、また震旦篇との対応をも考慮したうえで、いわゆる〈兵列伝〉も他の譚群とともに技芸としての武勇を語る説話と規定しうるという。そして、原巻第二十三から現巻第二十五への分巻は、兵が王朝的な技芸の枠に収まりえない存在と認定し直すに至った結果であると論じている。たしかに、現巻第二十五の兵譚群のみを巻第二十一、二十二と関連づけて原初構想を導こうとしたのは短絡で、兵に与えた位置が過大であった。たとえば、続本朝往生伝の一条天皇伝に、その代に優れた人材の輩出したことを述べようと諸階層、諸道の

人物を列挙する記事では、親王・上宰・九卿・雲客・文士・和歌・舞人・異能（相撲）・近衛（舎人）・陰陽・有験・真言・能説・学徳・医方・明法・明経・武士と、最末尾に置かれる。医術・陰陽道・算道・管弦・詩歌などの文化的諸道譚を集成した巻第二十四の次の巻に兵説話を置いた今昔物語集の扱いも、これと同じであった。兵の社会的位置およびその技能に対する評価を示して余りあるといえよう。

しかしながら、今昔物語集はその原初構想にあっても現巻序にあっても、肉体的諸道譚（巻第二十三）を文化的諸道譚（巻第二十四）の前に置き、しかも原初構想では肉体的諸道譚の首に兵説話を置こうとしたのであった。今昔物語集にあっては、巻の始めに置かれた説話ほどその巻の主題を中心的に担う。つまり、兵譚が諸道譚群に包摂されるといっても、今昔物語集はそれに最も枢要な位置を与えようとしたのであった。これらのことは軽視されてはならない。

兵譚の特別な扱いは、巻第二十五として最終的に独立した一巻を与えられたところに端的に示されているが、それは説話の表現の水準にも具体化されている。兵を公に仕える（厳密には「被仕《つかは》ル」と叙述される）存在と規定していることは先に指摘した。それは、

道ニ付テ止事無《やむごとな》キ医師ナレバ、公・私《おほやけわたくし》ニ被用《もちゐられ》タル者ニテナム有ケル。（巻第二十四第七）

道ニ付テ古《いにしへ》ニモ不恥《はぢず》ヂ、当時《そのかみ》モ肩ヲ並ブ者無シ。然レバ、公・私《おほやけわたくし》ニ此ヲ止事無《やむごとな》キ者ニ被用《もちゐられ》ケル。（巻第二十四第十五）

などと異なるところはないかに見える。ところが、巻第二十五の兵譚にあっては、「公ニ」とはあっても、けっして「私ニ」用いられるとは記されない。実際には兵が権門の私兵でもあったことはよく知られていよう。巻第二十五以外の兵についてならば、

世ニ並ビ無キ兵《つはもの》ニテ有ケレバ、公《おほや》ケモ此レヲ止事無《やむごとな》キ者ニナム思食《おぼしめし》ケル。亦、大臣・公卿ヨリ始テ、世ノ人皆

此レヲ用キテゾ有ケル。（巻十九第四）

と記述されることもある。しかし、巻第二十五では、兵の私に用いられる側面を意図的に消去していると認められる。また巻第二十五にあって、「兵ノ家」としての繁栄がくりかえし強調されるのも見落とされてはならない。他の諸道譚において、子孫の繁栄をいうのは巻第二十四第十五のみである。兵譚は〈武勇〉譚以上のものであった。その事情は、ほかにもたとえば、「家ヲ継タル兵」ではなかった藤原保昌が「家ノ兵ニモ不劣《おとらず》トシテ心太ク、手聞キ、強力ニシテ、思量《おもばかり》ノ有ル事モ微妙《みめう》ナレバ」、公モ「兵ノ道ニ被仕《つかはる》ル」と強調するところに認められる。こうして、巻第二十五のつまり原巻第二十三の諸道譚群の首に置かれた兵は、他の諸道の者たちと一線を画して、藤原氏の大臣たちとともに公を支える存在として明確な規定が与えられていたのである。

兵が公を支えるという今昔物語集の認識、池上にはたとえ「破天荒」に見えたとしても、たしかにあった。そして、そのことは必ずしも時代に突出したものでもなかった。今昔物語集よりは先に成立したとみられる大鏡巻一「清和天皇」条に、

この御末《すゑ》ぞかし、今の世に源氏の武者《むさ》の族《ぞう》は。それも、おほやけの御固めとこそはなるめれ。

という。「おほやけの御固め」とは、単に朝廷の警固という兵の職能をいうのではあるまい。

才なき人は、世の固めとするになむ悪しき。（宇津保物語「国譲下」巻）

おほやけのかためと成りて、天下をたすくる方《かた》にて見れば、またその相《さう》たがふべし。（源氏物語「桐壺」巻）

貞信公をば、『あはれ、日本国の固めや。永く世を嗣ぎ門ひらく事、ただこの殿。』（大鏡第六）

のように、普通「かため」とは摂政関白として朝廷の柱石となることをいうのであって、その用例は右のほかにも、源氏物語「若菜上」、栄花物語巻第十五「うたがひ」、浜松中納言物語巻の一、今鏡「すべらぎの下第三　二葉の松」にみえる。このことをふまえるならば、大鏡も、源氏の武者について摂関大臣にも並ぶ独自の位置を与え

ていると解される。すでに武力というものが、公を支える重要な要素と見なされつつあったことを示す。

こうして、原今昔物語集にあって、「おほやけのかため」たる兵の説話は、巻二十三の前半に置かれてその確かな位置を占めるはずであった。それらは巻第二十三から分立されて巻第二十五に移され、原初構想は結局実現しなかった。ところが、帝紀を語るべき巻第二十一が完成しなかったために、兵譚が巻第二十三の位置に置かれる理由の大半を失ったこと、第一に、兵が公に仕えるものであると同時に、彼らの独自の精神や行動様式が公の秩序に容易におさまりえないという、危険な体質を持っていることが改めて浮上してきたためであろう。はからずも、巻第二十五第一、二は、平将門、藤原純友という兵が、ついには滅びるものの、公に反逆する説話であった。

五　世俗か王法か

天竺篇巻第五、震旦篇巻第十、本朝篇巻第二十一〜三十一の巻々は、従来世俗部と呼ばれ、そのように扱われてきているが、これを積極的に「王法部」と読み換えようとする説が、小峯和明によって提唱されている。[注(13)]それは、今昔物語集の組織、個々の説話の構成や叙述に、この時代の観念形態たる仏法王法相依思想が体現されていることを具体的に指摘しつつ、今昔物語集そのものを、仏法—王法の相互に支え合う構造体として解読しようとする観点を用意した説であった。そして、特に本朝篇諸巻の「世俗」「宿報」「霊鬼」「悪行」を統括する上位概念として〈王法〉を措定している。この提起は、先に述べたように、巻第二十一に「帝紀」を置く計画であったと推定されること、巻第二十二に大臣列伝が置かれること、原巻第二十三前半に兵列伝が配されていたこと、そして巻第二十二の大臣列伝、現巻第二十五の兵列伝には、公との関係を強調しつつ大臣と兵の役割の重要性を説くことに鑑みて、重要な提起であった。

しかし、問題は巻第二十六以降の巻々の位置づけにある。巻第二十六～三十一の六巻については、たとえば出雲路修によって、今昔物語集の段階的成立を想定して、源隆国の計画編纂した二十五巻本今昔物語集の増補部分であるとする説も出されているほどで、[注14]巻第二十五以前の巻々との懸隔が指摘されてきている。

巻第二十六以下の巻々には「宿報」「霊鬼」などの付題があり、それぞれの巻に収められた説話の傾向もおおむね把握できる。しかし、その巻々が全体としてどのような体系のもとに、どのような機能をはたすべく配置されているか、巻第二十五以前の巻々ほど明瞭でない。国東文麿は、仏法、世俗の二部をそれぞれ「歴史」「賞讃」「教訓」に分ける視点をもって、巻第二十二～二十五の賞讃に対して、巻第二十六～三十一を教訓の巻々であると規定した。[注15]この認定は、その分類を支えたはずの理念について、十分な検証がなされていない点に不安が伴うけれども、やはり巻々の性格についての一定の有益な指摘であった。すなわちそれらの巻々が、それぞれ賞讃自体をあるいは教訓自体を目的として編まれたか否かは別にしても、巻第二十二～二十五が、公とのかかわりにおいて一応肯定的な存在を取り上げているのに対して、巻第二十六～三十一が、どちらかといえば否定的な世界を取り上げているということである。

こうした様相について、小峯和明は、「巻二十五と二十六以後とには明らかに断絶があり、〈王法〉部を企図しつつ〈王法〉部ならざるものへ超出する動態がほの見える」として、各巻の主題の把握と位置づけを試みている。すなわち、巻第二十六「宿報」では「〈王法〉部に仏法をもちこむこと、仏法・王法相依ないし仏法即世俗を物語の解釈によって実践しようとしたのではなかろうか」、巻第二十七「霊鬼」と巻第二十九「悪行」については、「秩序から疎外、畏怖される反王法的存在を、語りによって封じ込める企図」を見いだし、巻第二十八「世俗」は「笑いを武器とする社会秩序の安定を保つ巻」と見る。[注16]巻第三十一「雑事」には夫婦男女の愛をめぐる説話が収められているが、ここには仏法の八苦の「愛別離苦」の心情が一貫しており、「人間が生きるかぎり避けえない宿業を浮彫りにしようとしたのであろう」と位置づける。巻第三十では、巻末の話群が「天皇を核とする国家・国土関連話」であることに注意を向け、特に巻末話に国土安泰への希求を読み取って、そこに〈王法〉部の一つの帰結を見ている。このように、ある巻には仏法王法相依思想を、ある巻には王法の論理の貫徹を、ある巻には仏法の論理の浸透を指摘して、巻第二十六〜三十一全体を統一的に説明することができないままである。小峯の立場からすれば、それは今昔物語集の編成自体に由来するのであって、結局は、「仏法の認識による人間存在の洞察の深化」によって、「人間道の実相を見すえ」「人間の宿業を掘り下げる」「表現の構造が」、「〈王法〉部を内実からつき崩していったのであろう」と把握しようとしている。

しかし、そのようにいわゆる〈王法〉部にもし内部崩壊がもたらされているとすれば、巻第二十一〜三十一は〈王法〉部ならざる何ものかであり、形式論理的には、それは改めてしかるべく規定し直され、内実にふさわしい名称が与えられなければならない。言い換えれば、〈王法〉部という観点に立つことによって、巻第二十一〜二十五と巻第二十六〜三十一との間に懸隔を強調するのでなく、二つの巻群に架橋して、全体を包摂統合する論理を用意しなければならない。

六　公の外縁

改めて、巻第二十六〜三十一の主題と性格について検討する。

巻第二十六は「宿報」と題される。宿報とは、たしかに仏教思想に立脚する観念である。しかし、人のさまざまの禍福が前世の業因によるとする受け止め方は、当時ほとんど常識に属することであった。したがって、標題が仏教語であるからといって、この巻が仏教思想を語ろうとしているとか、仏教的な論理が持ち込まれていると強調すべきではない。ここには、因果のうちのもっぱら果のみが、人の身の上にふりかかった思いがけない珍しいできごととして示されて、それを引き起こしたはずの因縁との関係において説明されることはない。また、そのできごとを報として記述しても、その報に善悪の評価を与えないし、来世の果報のために現世で善行を積むよう教訓することもない。これらが、悪業により後世に畜生に生まれる説話、悪行によって現報を感ずる説話を収める巻第二十と一線を画するところであり、巻第二十六が仏法部でなく世俗部に位置する理由である。

巻第二十七「霊鬼」に語られているのは、超自然的存在と人間とのかかわりである。超自然的存在に遭遇した人が恐怖を味わったり、あえなく命を落としたり、あるいはそれを撃退したりする。要するに、人間の日常生活を脅かすさまざまのモノ（霊・精・鬼）たちが跳梁跋扈する世界である。この巻の性格を示すものとして興味深いのは巻二十七第三で、桃園邸の柱の穴から手を出して招く怪異に対して、仏像を懸けてみたけれどもやまず、征矢を打ち込んだところ効果があったと語る。これについて「征箭《そや》ノ験《しるし》、当《まさ》ニ仏経《ぶつきやう》ニ増リ奉テ恐《おぢ》ムヤハ」と表明する。たしかに、モノの調伏には験者のあずかることも多かったはずであるが、この巻では陰陽師の活躍が目に立つ。巻第二十七第三の批評とは裏腹に、この巻の非仏教的性格が顕著である。しかも、野猪《くさいなぎ》が普賢菩薩に化けて聖人をたぶらかす説話が巻第二十第十三にも載り、巻第二十第十四は説話本文を欠くけれども、標題から狐が僧をたぶらかす説話であったと知られる。この二話は巻第二十七に収録されても不自然ではないけれども、あえて巻第二十に置かれたのは、たぶらかされるのが仏教者であったという一点にかかっている。つまり、巻第二十第一〜十二の天狗譚と一群をなすものとして、反仏教的存在として位置づけられている。このことが、とりもなおさず巻第二十七の超自然的存在の非仏教性を物語っている。

巻第二十八は「世俗」と題されて、笑いを主題とする説話が集成されている。笑いとは、人間に固有のものであり、笑いの場にはしばしば笑う優位者と笑われる劣位者との落差が顕著に現れる。あるいは社会的文化的落差そのものが笑いである。しかし、一方で社会的な優位者や権威を持つ者が笑われることも多い。たとえば、乗り慣れない牛車に乗ったために酔って散々な目に遭う源頼光の郎等たちは、立派な風采と武技と肝力とでかねて畏敬されていた兵であったし（第二）、天皇の帰依を受けて尊ばれていた穀断の聖人は、その不正が暴露され「米屎《よねくそ》ノ聖」とはやし立てられて逃亡する（第二十四）。また、厳粛なるべき公事の座でひそかに男根を露出して蔵人を笑わせる殿上人があり（第二十五）、やはり公事の座で、勿体ぶった外記が冠を落として哄笑が響きわたる（第二十六）。御導師が、はした者に鋭く巧みな「物云ヒ」でやりこめられる（第十四）。このように、笑いは、社会のさまざまの約束ごとを混乱させたり、権威を失墜させたり、通常の認識を転倒させたりするものでもあった。つまり人間社会にあっては、価値の外縁に位置するものであった。

巻第二十九「悪行」にはさまざまの悪の世界が記述されている。ここに描かれる悪は、仏教の立場から見ても当然悪には違いないけれども、その評価に仏教的な基準がもちこまれることは基本的にない。わずかに、瘡を癒すために嫁の腹を割いて児干（胎児の肝）を取ろうとした平貞盛《さだもり》の所業を「慙《はぢ》無キ心」（仏教語の「無慙《むざん》」の読み下し）と評し（第二十五）、殺生を好み、追われる鹿が一頭も逃れぬよう石などの障害物を取りのけて狩場の整備をして、「石拾《いしひろひ》ノ罪ヲ何《いか》ニセムズラム」と嘆きながら死んだ源章家《あきいえ》に来世の悪報がほのめかされる（第二十七）程度である。阿弥陀の聖の強盗殺人の悪が露顕した時にも、「我天ノ責蒙《せめかうぶり》ニケリ」と観念するにとどまる（第九）。ここの悪はほとんど検非違使《けびいし》などの公権力によって取り締まられ、世俗の法によって裁かれるべき犯罪であった。

巻第三十は、男女の出会い、恋愛、別離を語る巻である。「雑事」という付題はこうした主題に対する編者の認識を示すものであろう。「男モ女モ、何《い》カニ罪深カリケム」（第一）などの語もあるけれども、これらは今昔物語集にしばしば見られる、作者が説話の本来の機能を見失ったために生ずる物語の主題と評語の齟齬で▼注(17)、恋愛譚を通して愛欲を罪として戒めようとしているわけではない。

巻第三十一も「雑事」と付題されるが、巻全体の主題を読み取るのは困難である。いくつか仏法に関する話題も含まれているけれども、三宝の霊験とかすぐれた僧侶の行とか、仏法の価値を具現する説話はない。

以上の検討によって、巻第二十六〜三十一の全体的な特徴の第一は非仏教性である。特徴の第二は、公の権威や人間社会の秩序に対立する世界、あるいは公や社会の価値とは疎遠な世界が記述されていることである。この特徴は、公を中心にして、公に従属し、公の権威や価値を支える巻第二十一〜二十五と対照的であるといえよう。それでは、巻第二十一〜三十一の全体はどのように把握すべきであろうか。公あるいは王法という概念をもって全体を覆うとすれば無理のあることは、先に見たとおりである。公（王法）の価値や権威そのものあるいはそれに従属しそれを支えるものから、公の価値や権威に対立するあるいは疎遠なものまでの広い世界は、結局「仏法」に対する「世俗」と見なすのが自然であろう。世俗世界の中心から外縁までを視野に収めつつ、公および公にかかわる中心的なものを前の巻に、外縁を後の巻に配置したということである。

七　混沌と秩序

公と疎遠なあるいは対立する世界は、単にそのようなものとして世俗世界の外縁の位置を与えられたばかりではない。それらも巻第二十二〜二十五の巻々と同じく、部類が試みられている。

たとえば、巻第二十七「霊鬼」では、さまざまの怪奇現象の原因や正体が何であるかについて、強い関心が向けられ、つとめてそれを明らかにしようとしている。それはモノ（霊・鬼・精）の鎮撫や調伏にあずかる陰陽師や験者が、まずその原因をつきとめて、しかるのちにそれにふさわしい対処方を選ぶのと似ている。正体を知られること自体がモノの敗北であったから、今昔物語集は、説話をもって語り記すことによってモノの制圧を試みているといってもよい。事実、多くの説話末尾の評言に、人間の知恵や勇気や武力による、モノに対する勝利を強調し宣言する。モノの正体を明らかにすることの必要性は、これにとどまらない。今昔物語集は、怪奇の原因と正体を明らかにしたうえで、それらを霊・鬼・精・動物・神のおおむね五類に分けて、その分類に基づいて説話を配列している。つまり、今昔物語集は超自然的存在たちの非日常の、闇の、混沌の世界に、分類配列という理知の光をあてて、了解可能な存在として位置づけたのである。

巻第二十八でも、笑いの対象と契機が何であるかによって笑いが分類され、それに基づき、

第一～七　　人の行為の逸脱「嗚呼《をこ》」による笑い
第六～二十　「物云ヒ」による笑い（第六、七は前群とも重なる）
第二十～二十五　肉体の異状による笑い（第二十は前群とも重なる）
第二十六～四十四　人の行為の失敗「嗚呼」による笑い

と配列されて、ここにも笑いの体系化が試みられている。

また、巻頭にどのような説話を置くかにも、編者は意を用いている。たとえば、巻第二十七第一は、平安京遷都以前に落雷によって非業の死を遂げた男の霊の物語で、これが巻頭に置かれたのは、京で最も古い霊であったからである。巻第二十九第一は、京の西の市の蔵に入った盗人の物語であるが、これが巻頭に置かれたのは、結局読者には正体を知らされなかった盗人が、天皇と特別の関係があると示唆されているからであろう。日常や公の秩序の埒外にあるものに対して、日常や公の論理を用いて了解と位置づけを与えたのである。

こうした様相は仏法部とも対応している。巻第二十第一～十二に置かれた天狗譚に注目しよう。天狗とは仏教に対立する存在である。そうした反仏法的存在が仏法部に位置するのは、かれらが仏法に敵対しつつ同時に三宝に屈

伏することによって、仏法の権威を裏側から支えているからである。このように、仏法に対立する世界を含むことによって、巻第十一～二十は仏法部としての全体を示すことができるのである。なお、天狗譚の首の巻第二十第一、二には、天狗の震旦から本朝への渡来を語る説話が置かれる。ただし、巻第二十第一の天狗は転生して仏教者となり、巻第二十第二の天狗は仏法に敗北して震旦に逃げ帰るのであって、天狗が敗北することによって仏法の権威を支える関係は明瞭である。しかし、これら反仏教的存在についても、仏法伝来史に対するいわば反仏法伝来史として記述しようとするところに、外側の混沌の世界にも秩序を与えようとする、今昔物語集の編纂の根底にあるものが指し示されているのではないか。

これと同じく、反〈公〉の世界をも公の論理に組み込み、公の範疇外の存在を記述することによって公の権威を鮮明にするという関係において、巻第二十六～三十一を〈王法〉部と呼ぶなら呼んでもよい。

こうして、仏法も公も、また仏法にも公にも疎遠なあるいは対立するものも、世界のあらゆる事象を記述し、編成する試み、それが今昔物語集であった。世界のあらゆる事象を記述し編成しようとする姿勢は、「雑事」と付題された巻第三十、三十一という位置づけの困難な二巻を具えている点に示されている。前田雅之は、編纂物が「雑」「雑事」の篇目をもつのはむしろ普通のことであるとして、「「雑」があってはじめて組織は完成体とする思考があったのだろう」と論じている。注(18)

【注】

（1）大隅和雄「古代末期における価値観の変動」『北海道大学文学部紀要』第一六巻一号　一九六八年二月)。なお一部は、『日本文学研究資料新集　今昔物語集と宇治拾遺物語　説話と文体』（有精堂　一九八六年）に載録。この論文は、今昔物語集にもふれながら集成類聚の問題を思想史的観点から展望している。

（2）「伝記」とは、経・律・論・疏という主要な仏教書の周辺に位置して、それらを補助する、仏教に関する歴史や霊験などの事実を記した書をいう。森正人「古代の説話と説話集」（『説話の講座4　説話集の世界Ⅰ―古代』勉誠社　一九九二年）、本書第一章1参照。

（3）池上洵一「金沢文庫本仏教説話集の説話」（『国文論叢』第一二号　一九八五年三月）参照。池上洵一『池上洵一著作集第二巻　説話と記録の研究』（和泉書院　二〇〇一年）に収録。

（4）森正人「三宝絵の成立と法苑珠林」（『愛知県立大学文学部論集』第二六号　一九七七年三月）、本書第三章1参照。ただし、出雲路修校注『三宝絵　平安時代仏教説話集』（平凡社、一九九〇年）は、直接依拠したのではなく、何らかの経典の抜き書き集に基づき、その本文が現在の法苑珠林、諸経要集の本文に遺存している、という関係にあると述べている。

（5）この説話については、山岡敬和「「真福田丸説話」の生成と伝播（上）（下）」（『伝承文学研究』第三一号、三二号　一九八五年五月、一九八六年五月）など参照。

（6）院政期の故実説話に関しては、田村憲治『言談と説話の研究』（清文堂　一九九五年）、伊東玉美『院政期説話集の研究』（武蔵野書院　一九九六年）など参照。

（7）稲垣泰一「今昔物語集の〈孝養〉説話―天道と慈悲」（『講座平安文学論究』第四輯、一九八七年）、原田信之「今昔物語集震旦部の孝養譚―巻九の編纂意図をめぐって」（『立命館文学』第五一五号、一九九〇年三月）など参照。原田の論文は、原田信之『今昔物語集南都成立と唯識学』（勉誠出版　二〇〇五年）に収録。

（8）前田雅之「説話集における中世の濫觴―〈公〉・〈私〉・〈世俗〉をめぐって」『日本文学史を読むⅢ　中世』（有精堂　一九九二年）。前田雅之『今昔物語集の世界構想』（笠間書院　一九九九年）に収録。

（9）類似の例は「不信蘇規破鏡与妻遠行語第十九」「直心紀札剣懸猪君墓語第二十」の「不信」「直心」で、これらも説話配列のための覚書であったと推測される。

（10）この譚群の位置づけはむずかしい。小峯和明『今昔物語集の形成と構造』（笠間書院、一九八五年）は武人譚に含める。

（11）森正人『今昔物語集の生成』（和泉書院　一九八六年）Ⅲ1説話形成と王朝史。

（12）池上洵一「今昔物語集の方法と構造　巻廿五〈兵〉説話の位置」（『日本文学講座3　神話・説話』大修館書店　一九八七年）。池上洵一『池上洵一著作集第一巻　今昔物語集の研究』（和泉書院　二〇〇一年）に収録。

（13）小峯和明『今昔物語集の形成と構造』前掲注（10）。

（14）出雲路修『説話集の世界』（岩波書店　一九八八年）。

（15）国東文麿『今昔物語集成立考』（早稲田大学出版部　一九六二年）。

（16）のちに小峯和明「中世笑話の位相　今昔物語集前後」（『日本の美学』二〇号、一九九三年）には、「妥当かどうかなお疑問なしとしない」とする。

（17）森正人『今昔物語集の生成』Ⅱ１物語と評語の不整合。

（18）前田雅之「今昔物語集の普遍性と個別性―基礎論的考察と巻三十・三十一付雑事―」（『説話文学研究』第二九号　一九九四年六月）。前田雅之『今昔物語集の世界構想』前掲注（８）に収録。

〔追記〕

今昔物語集の編成については、小峯和明、森正人、前田雅之、その他の諸説を再検討した研究として、李市埈『今昔物語集』本朝部の研究―その構成と論理を中心に―』（大河書房　二〇〇五年）が刊行された。

2　今昔物語集の仏教史的空間

一　はじめに――説話の水準と編纂の水準

今昔物語集の編纂は、説話をもって世界を記述する営為であった。合わせて三十一の巻（ただし、もともと巻第八、十八、二十一の三巻を欠く）は、巻第一〜五に「天竺」、巻第六〜十に「震旦」、巻第十一〜三十一に「本朝」の標題を持ち、ごく少数の例外を除いて、標題に掲げられた国を舞台とする説話が配置されている。今昔物語集は、要するに空間を第一の指標として説話を分類したのであった。そして、空間によって分割した世界を天竺、震旦、本朝の順に配置編成したのは、天竺に生まれた仏法が震旦を経て本朝に伝わったとする仏教的歴史観に基づく。言い換えれば、今昔物語集は空間を基準として分割した世界を時間によって統合している。

このような今昔物語集について、天竺と震旦を異空間としてとらえようとする時、それは一見自明のことのようであって、しかし、その異空間なる概念について問い直さないわけにはいかない。本朝（日本）において本朝の言語で記述され編纂され、そして本朝以外の人間が読むと想定されることもなかったはずの文献にあって、天竺と震旦はいうまでもなく異邦であり異境である。そこは異空間にはちがいないけれども、今昔物語集という説話集を成り立たせている世界観に即する時、問題はそれほど単純ではない。

今昔物語集における天竺あるいは震旦の問題を取り上げようとする時、二つの水準を用意しなければならない。一つは編纂の水準であり、今一つは説話の水準である。今昔物語集は説話の集であるが、集を構成する個々の説話は均質ではなく、種々の資料から引用されている。その説話の負う本来の性格、あるいはその説話がかつて置かれていた場（依拠資料、文脈）から引き継いだ性格と、今昔物語集に編入されるに当たって蒙った改変や付加に注意を払いながら、それらの説話が今昔物語集の編纂の論理に規定されて機能する様相を記述することとしたい。そのことを通じて、今昔物語集における天竺、震旦の意味するもの、そして本朝に対する認識を明らかにしたい。

二　婆羅門僧正渡来譚をめぐって

今昔物語集における天竺、震旦の問題を考えるために、具体的な一つの事例から取り上げてみよう。巻第十一「婆羅門僧正、行基に値《あ》はむが為に天竺より来朝する語（原漢文、以下同じ）第七」は、聖武天皇の代、東大寺大仏の開眼供養に、行基が天竺の婆羅門僧正を講師として迎える説話である。行基が難波の津に赴き閼《あ》伽《か》（の器）を海に浮かべ、西を指して漂って行ったそれは婆羅門僧正の船を導いて来る。行基と婆羅門は旧知の間がらのように親しく語り合い、そして歌を詠み交わす。行基は、

　霊山《りやうぜん》ノ釈迦ノ御前ニテ契テシ真如朽《くち》セズ相見ツルカナ

と詠み、婆羅門はこう返す。

迦毘羅衛《かびらゑ》ニ共ニ契リシ甲斐有リテ文殊ノ御顔相見ツルカナ

この歌によって、二人はかつて天竺でともに釈迦の説法を聴聞したことがあり、行基は文殊菩薩の化身であると知れたというのである。

この説話は諸書に載って広く知られているが、三宝絵中巻第二、日本往生極楽記第二、本朝法華験記上巻第二にあっては、いずれも行基伝の一部をなし、同時に日本仏教史ないし法華経弘通史の一齣として機能している。また歌論書の俊頼髄脳には「歌は（中略）その心あるものは皆詠まざるものなし」ということの例証として、堅い言葉をも詠み込んだ事例として引かれている。

では、今昔物語集はこれにどのような機能を負わせているか。巻第十一の第一には聖徳太子、第二には行基、第三には役の優婆塞の伝が置かれて日本仏教の創始が記述され、第四～第十二には日本から震旦に渡り仏法を学んで帰朝した僧、天竺あるいは震旦から渡来して仏法を伝えた僧の伝が並ぶ。本第七も本朝仏法史の一部として仏法伝来譚群のなかに位置づけられていると見なされよう。

この説話には、どの文献資料においても、行基と婆羅門僧正が対面して互いに親しくふるまう様と、詠み交わされた和歌とを通じて、二人の間の格別に深い因縁が強調されている。今昔物語集は、三宝絵に依拠しつつ、別の資料を加えてその事情をさらに具体的に説明する。すなわち、婆羅門僧正は、文殊菩薩に会うために天竺から震旦の五台山までやって来たが、そこで出会った老翁から、文殊は「日本国ノ衆生ヲ利益センガ為ニ、彼ノ国ニ誕生シ給ヒニキ」と聞いて、日本に渡ってきたのであった。行基は、婆羅門僧正の渡来を予知して迎え、互いに親しく言葉を交わしたのである、と。このように付加された部分については、東大寺要録巻第二に引用される「大安寺菩提伝来記」に詳細な記述があり、今昔物語集は、それとは若干相違のある扶桑略記抄の天平十八年条に引用される「或記」かそれに近い資料に依拠したと見られる。

三宝絵を基礎に右の要素を加え、かつ標題にも婆羅門僧正が天竺より来朝したと明記することによって、この説話は本朝仏法伝来譚としての性格が鮮明になり、今昔物語集における組織上の機能が強まることになった。

ほかにも例はあるが、婆羅門僧正の天竺より震旦を経ての本朝渡来を語るこの説話は、三国仏法伝来史に類似する構成を持ち、したがって小型の今昔物語集と評することもできる。そして、文殊菩薩とそれを慕う婆羅門僧正の行為が、本朝、震旦、本朝とを一挙に緊密に結びつける。釈迦如来こそ不在であっても、釈迦説法の庭が難波の津にあるいは東大寺に再現したと語ろうとするかのようである。また、震旦との関係でいえば、文殊の化現であるところの行基が日本に存在すると語ることによって、日本もまた文殊菩薩の聖地として名高い五台山に等しい、というよりは、今や日本こそ文殊の聖地にほかならないと宣言している。

これらを通して明らかになるのは、異空間であるはずの天竺、震旦と日本との等質性である。その等質性を支えているのは、仏法という価値であるといえよう。

三　海を越えて感応する知

今昔物語集は、行基が婆羅門僧正を迎えたことについて、来訪を「兼テ知テ」「空ニ知リテ」迎え、「本ヨリ見知タラム人ノ様ニ」言葉を交わしたと記述する。行基のこうした姿は、巻第十一「行基菩薩仏法を学びて人を導く語第二」にも見える。行基を妬み憎んだために地獄に堕ちた高僧智光が蘇って、罪を謝するために行基のもとに赴いた時、「菩薩空ニ其ノ心ヲ知テ、智光ノ来ルヲ見テ、咲《えみ》ヲ含テ見給フ」と記述する。「空に知る」とは、菩薩としての行基のすぐれた観のはたらきを語っている。こうした記述は、行基に限られない。巻第十一「智証大師、宋に亘《わた》り顕蜜の法を伝へて帰り来る語第十二」に、智証が日本にいながら震旦の青龍寺の火事を知り、法力を用いて消したという霊験を語り、これについて、「此《ここ》ニ御《おは》シ乍ラ、宋ノ事ヲ空ニ知リ給フハ、実ニ是ハ仏ノ化シ給タルニコソ有ケレ」と賞賛される。

海を越えてすぐれた二つの知が感応する例は、ほかにもある。巻第十一「弘法大師、宋に渡り真言教を伝へて帰り来る語第九」には、空海が唐に渡り青龍寺の恵果阿闍梨に謁するや、恵果は次のように語ったという。

咲ヲ含テ喜テ云ク、「我レ汝ガ可来《きたるべ》キ事ヲ兼テ知レリ。（中略）我レ法ヲ可授《さづくべ》キ弟子無カリツ。汝ニ皆可伝《つたふべ》シ」ト。

そして、恵果阿闍梨は密教を空海に「瓶ノ水ヲ写スガ如」く伝える。その後、空海が第三地の菩薩であることが明らかになる。

同じ趣の説話が最澄に関しても伝えられる。巻第十一「伝教大師、宋に亘り天台宗を伝へて帰り来る語第十」、最澄が震旦に渡り、天台山の道邃和尚と順暁和尚から顕密の法を「瓶ノ水ヲ写スガ如」く習う。そして、仏隴寺の行満座主が最澄を見て、昔聞いたこととして次のように語る。

智者大師ノ宣ハク、「我レ死ニテ後、二百余年ヲ経テ、是ヨリ東ノ国ヨリ、我ガ法ヲ伝ヘテ世ニ弘メムガ為ニ沙門来ラムトス」ト宣ヒキ。今思ヒ合スルニ、只此ノ人也。

と。これに続くところ、今昔物語集には欠字があるけれども、残存する文字と依拠資料の三宝絵巻下第三を参照して読みとるならば、行満座主は帰国して法を広めよと、法を授けたという。そのことをまたも「瓶ノ水ヲ写スガ如シ」とするのは、今昔物語集が独自に加えた表現であった。師が弟子に仏法を残らず伝授する意を表す「写（瀉）瓶」を平易に言い換えたこの語は、今昔物語集に多用される。これらを通じて、最澄は智者大師（天台大師）智顗によって選ばれた伝法者であり、授けられた仏法もまた智顗のそれと等しいことが示される。

智顗との特別の関係は、円仁についても、巻第十一「智証大師、宋に亘り顕蜜の法を伝へて帰り来る語第十二」

に語られる。最澄の弟子義真の弟子となった円珍は、震旦に渡り天台大師智顗ゆかりの禅林寺に赴く。禅林寺では、いにしえ智顗が説法するに当たり、石を打ち鳴らして全山に響かせて合図し、大衆を集めていた。ところが、その石は大師の没後鳴らなくなって久しかった。試みに円珍が小石で打ってみた。すると、

其響《そのひびき》山・谷ニ満テ、昔ノ大師ノ時ノ如シ。然レバ、一山ノ僧、皆、「大師ノ返リ在《まし》マシタル也ケリ」ト思テ、泣々ナム日本ノ和尚ヲ礼拝シケリ。

これに続き、円珍への密教の付法が語られる。青龍寺の法詮阿闍利は恵果和尚の弟子、天竺の三蔵善無畏阿闍梨第五代の伝法の弟子であると説明した上で、次のように語る。

法詮、日本ノ和尚ヲ見テ、咲ヲ含テ、寵愛スル事無限シ。然レバ蜜法ヲ授ル事、瓶ノ水ヲ写スガ如シ。

法詮の表情に含まれる「咲」は、見てきたように巻第十一第二の行基が智光に対する場面、第九の恵果が空海に対する場面にも記述されていた。徳の高い僧による対面した相手への深い理解と寛容を表している。その一方で、第九において空海は「日本ノ和尚」「日本ノ沙門」、第十における最澄は「日本ノ沙門」、第十二における円珍は「日本ノ和尚」と呼ばれる。伝法の場面において「日本ノ」と冠称するのは、彼等がほかならぬ震旦の地にあること、震旦の僧に囲まれあるいは対面していることを強く意識させる。彼はまさしく異国に身を置いているのであった。しかし、そのことによって、たとえば円珍についていえば、日本の僧でありながら、天台大師智顗の再来にほかならないこと、善無畏三蔵の仏法をあますところなく伝えていることが強調されることになる。このように説くことによって、本朝の仏法が震旦の高僧に、さらには天竺の釈尊にたしかにつながることが示される。そして、それぞれの説話がそのような意味を具現することによって、仏法伝来史譚としての機能を果たすこともできる。

これらにも、空間を越えて時間を超えて貫く仏法という普遍的な価値が捉えられている。こうして同じ価値が弘通する世界であれば、震旦も天竺も遠隔の地ではあっても、日本の仏法にとって異空間ではありえない。

四　対中華意識の見え隠れ

今昔物語集の説話のなかには、仏法によって、本朝が天竺と震旦とに結びつけられているという認識に立脚しながら、仏法という価値基準に照らして、本朝こそが震旦よりも優れているという意識をひそかに滑り込ませ、あるいは揚言するものがある。

巻第十一「道照和尚、唐に亘りて法相を伝へて還り来る語第四」は、玄奘三蔵のもとで唯識の法門を「瓶ノ水ヲ写スガ如ク」修得した道照が日本に帰国するにあたり、唐の弟子たちが師に不審と不満をつのらせる。すなわち、「此ノ国」の「止事無《やむごとな》キ徳行」の「若干ノ御弟子」をさしおいて、なぜ「日本ノ国ヨリ来レル僧」を重んじられるのか。そして、

縦《たと》ヒ日本ノ僧止事無《やむごとな》シト云フトモ、小国ノ人也。何計《なにばかり》ノ事カ有ラム。我ガ国ノ人ニ可合《あふべ》キニ非ズ。

と。しかし、弟子たちは、後に夜ひそかに道照の房を窺い、経を読む道照の口から光が出ているのを見て、その高徳を知って恥じいることになる。

日本が小国であるとは、聖徳太子の口からも発せられている。今昔物語集巻第十一第一、太子は自らの終焉を間近にして、「我レ、昔シ、多ノ身ヲ受テ仏ノ道ヲ勤行シキ。僅ニ小国ノ太子トシテ、妙ナル義ヲ弘メ、法無キ所ニ一乗ノ理ヲ説（以下欠字）」と述懐する。小国とは単に国土の規模の小さいことをいうのではない。本朝を「法無キ所」と言い換えている通り、仏法というものを知らなかった世界、仏法が遅く伝わった世界として、聖徳太子が仏教者として過去に生を受け続けてきた天竺と震旦に対して、劣った国という意を響かせる。三宝絵中巻第一に基づく叙述で、平安時代にあっては一般的な日本観である。仏法という価値基準に照らす時、本朝はそのような国で

あった。しかし、日本から渡った僧たちは、震旦の高僧たちに待ち迎えられ、選ばれて法を継ぐべき者と認められる。小国日本の僧であっても、大国の高僧に評価を得た、というよりは、小国の僧であるが故に震旦の僧による評価が切望されるのである。

　しかし、こうした劣等意識は、前節に取り上げた説話に見たように微妙にねじれ、あるいは翻る。震旦を価値の基準とし、震旦の文物に憧憬する心性が、自らを劣等とする意識を作り出し、その意識が震旦のみならず朝鮮半島の国々、さらには自らに向ける視線を屈折させてしまうからである。

　これを、巻第十九「参河守大江定基出家する語第二」に就こう。寂照（俗名大江定基）は劇的な出家を遂げた人として、多くの文献に名をとどめ、今昔物語集もまた出家譚の一つとして巻第十九に収める。今昔物語集巻第十九第二は、出家譚のみならず寂照説話を諸資料から取り集めており、寂照が震旦に渡ってのちのできごとを二つ載せている。一つは、寂照が国王の前で飛鉢の法を行い面目をほどこす説話、いま一つは、五台山で文殊に出会う説話である。

　飛鉢譚は次のように語られる。僧たちが鉢を飛行させて斎食を受けるよう国王より命じられ、震旦の僧たちは皆飛鉢の法を行じて食を受けるが、その法を修得していない寂照が「本国ノ三宝助ケ給ヘ。我レ若シ鉢ヲ不令飛《とばしめ》ズハ、本国ノ為ニ極テ恥也」と祈誓するや、寂照の鉢は震旦の僧の誰よりも速く飛び、斎食を受けて戻ってきた。これは宇治拾遺物語第一七二と同源で、宇治拾遺物語の祈誓の言葉には「我が国の三宝、神祇助け給へ」とあって、神祇信仰を排斥する今昔物語集が依拠資料から「神祇」を削除したとは、新日本古典文学大系脚注の指摘する通りであろう。それにしても普遍的であるべき三宝に「本国ノ」が冠せられたところ、この説話には、震旦に対抗して本朝の仏法を称揚しようとする意識がこめられていることは明瞭である。

　続く文殊化現譚は次のような顚末である。寂照が五台山に詣でた時、子を抱き犬をつれた汚らしい女が現れ、人々が追い払おうとするのを、寂照が食べ物を恵んだ。そして、貧女は子を抱き犬を連れて湯屋に入り、湯を浴びた。人々が追い払おうと湯屋に入ると、掻き消すように失せ、軒から紫雲が立ち上った。そこで女が文殊の化身であると知ったというものである。宋の広清涼伝巻中菩薩化身為貧女八に類話が載る。それには、女は二人の子と犬を連れていたとし、文殊の姿を現すとともに、子供は善財および于闐王、犬は獅子になったとする。今昔物語集の説話は、五台山で伝承されていた説話がいささか崩れ、それに寂照を組み込んだものとみなされる。今昔物語集では、寂照が女の聖性を見抜いたとまでは記述されていないけれども、文殊は寂照を目指して出現したと語ろうとしたのであろう。震旦の僧に比べて慈悲深い姿に形象されている。

説話のなかで、震旦における寂照はこのように日本国の名誉を担う存在である。価値の基準や、宗教と文化の根源が震旦にあることを認め、自国があらゆる面で劣等であることを甘受しつつ、しかし、それをくつがえすように自国の優越を語ってはばからない、そうした説話の類型に、寂照は組み込むに最もふさわしい人物であった。[注(1)]

前田雅之は、今昔物語集の本朝仏法伝来史の構成と叙述について、本朝を尊しとする「自国意識」と、天竺、震旦、本朝に仏法が弘通していることによって、それら三国が普遍的な価値によって律せられているとみなす「三国意識」とが、折り重なって叙述されたと論じている。[注(2)]

五　今昔物語集にとっての異空間はどこにあるか

今昔物語集にとって、天竺、震旦は遠隔の地ではあっても異空間ではない、とは極論と評されるかもしれない。しかし、言語や風俗が異なるといえども、天竺も震旦も仏法という同じ価値が流通している限り、別世界ではないという認識が今昔物語集にはあった。別の言い方をすれば、今昔物語集が、天竺に始まり、震旦を経て、本朝に伝来した仏法について、「于今盛《いまに》リ」（巻第六第二、巻第十一第九、第十など）とする構想に従って世界を記述しようとするかぎり、今昔物語集に語られる世界は基本的に異空間とはいえない。

しかし、今昔物語集はいくつかの説話を通して、異空間（異界、異境、異郷）があることをかいま見せる。巻第三十一「陸奥国の安倍頼時、胡国に行きて空しく返る語第十一」「鎮西の人、度羅《とら》の島に至る語第十二」以下、「越後の国に打ち寄せられたる小船の語第十八」までの八説話一群がそうである。何かのはずみでそこに足を踏み入れ、あるいは見も知らぬものが漂着したことによって、公の支配の及ばない世界、こちら側とは異なる価値に秩序だてられている世界のあることを知る。▼注(3) そのような未知の存在をも含めて世界の一切の事象を記述し、意味づけ、位置づけようとする意志が、今昔物語集編纂の出発点であり、基底であったからである。

【注】

（1）森正人「対中華意識の説話―寂照・大江定基の場合―」（『伝承文学研究』第二五号　一九八一年四月）参照。

（2）前田雅之『今昔物語集の世界構想』（笠間書院　一九九九年）第Ⅱ部2章「三国意識と自国意識　本朝仏法伝来史の歴史叙述」。ただし、折り重なりの内実が説明されなければならないだろう。

（3）前田雅之『今昔物語集の世界構想』第Ⅳ部3章「異国・異人と御霊　ザインとゾルレンの境目」、高橋貢「『今昔物語集』巻第三十一の異郷（境）関連話（第十一～十八話）にみる想像性とその限界」（『専修国文』第七八号　二〇〇六年一月）参照。

〔追記〕

本節は、『国文学　解釈と鑑賞』誌の「説話・物語の異空間」という特集の趣旨に沿って執筆された。

3　今昔物語集の滑稽と世俗

──信濃守藤原陳忠強欲譚をめぐって──

一　はじめに

今昔物語集巻第二十八の「信濃守藤原陳忠落入御坂語［信濃の守藤原の陳忠、御坂《みさか》に落ち入る語《こと》］第三十八」と題される説話は、標題だけを見ると、信濃守が転落事故に遇ったことを語っているかのようである。もちろん転落事故はあった。

藤原陳忠が任を終えて都に上る時、荷馬および人の乗る馬は数知れず、おびただしい行列であった。信濃から飛騨へと越える御坂峠の懸橋《かけはし》を陳忠の乗った馬が踏み折り、馬もろとも谷底へ転落してしまった。谷の深さを見れば、命はないものと誰もが思った。ところが、下からほのかに呼び声が聞こえ、陳忠は生きていたのである。「旅《はた》籠《ご》（旅の荷物を入れる籠）を下ろせ」という声にしたがって、旅籠に縄をつけて下ろした。谷底からの指示を待って引き上げると、存外に軽い。上がってきたのは、旅籠一杯の平茸であった。続いて下ろした旅籠を引き上げると、今度は重く、中には片手は縄を掴み、片手には平茸を三房ほど持った陳忠がいた。「何の平茸ですか」と問う郎等たちに、木の枝に掛かって無事であったこと、その木に平茸が多く生えていたので手の届くかぎり採ったけれども、まだ残りがあったようだと、「極《いみじ》キ損ヲ取ツル物カナ。極キ損ヲ取ツル心地コソスレ」と言う。郎等達は、そこで始めて「現《あらは》ニ御損《ごそん》ニ候《さぶらふ》」と声をそろえて「散《さ》ト咲《わら》ヒニケリ」。しかし、陳忠は「僻事《ひがごと》ナ不云《いひ》ソ、汝等《なむぢら》ヨ。宝ノ山ニ入テ、手ヲ空《むなし》クシテ返《かへり》タラム心地ゾスル。「受領《じゆりやう》ハ倒《たふる》ル所ニ土ヲ摑《つか》メ」トコソ云ヘ」と言う。そこで年配の目代が守に阿諛追従しながら、陰で「忍《しのび》テ己等《おのれら》ガドチ咲《わら》ヒケル」と伝えられている。

このように守が危うい命を助かったあとの言動と配下の者たちの反応とが、この説話の中心というべきであろう。今昔物語集の説話の標題は、常に説話の主題や中心的なことがらを表現しているとは限らない。そこで、右の要約をふまえてこの説話の主題のありかを確認しておこう。

この一連のできごとには、二つの笑いが含まれている。一つは大損をしたと悔やむ陳忠に対する郎等たちの一斉の笑いであり、いま一つはその笑いを間違いとしてなおも受領の精神を説いてやまない陳忠に対する郎等たちの侮蔑的な忍び笑いである。さらに、この説話の末尾に次のような批評が示されている。

此レヲ思フニ、然許《さばかり》ノ事ニ値《あひ》テ、肝心《きもこころ》ヲ不迷《まど》ハサズシテ、先ヅ平茸ヲ取テ上《あがり》ケム心コソ、糸《いと》ムク付《つけ》ケレ。増《ま》シテ便宜《びんぎ》有ラム物ナド取ケム事コソ、思ヒ被遣《やら》ルレ。此レヲ聞《きき》ケム人争《いか》ニ憾《にく》ミ咲ケムトナム語リ伝ヘタルト也。

陳忠の心の働きを「むくつけし」と評し、在任中の強欲ぶりを推し量り、このことを聞く人がどれほど憎み笑ったことかと改めて推測しているところに、今昔物語集がこの説話にどのような意味を付与しようとしているかが知られよう。ただし、国司の苛斂誅求を暴露し糾弾しようとしたと読んでは、今昔物語集の説話としては行き過ぎになる。その強欲ぶりが陰で笑われるところに、編者の意図の中心はあったと見られる。

二　説話の機能と表現行為

巻第二十八第三十八が信濃守の強欲を笑う説話であるということを、今昔物語集のなかで集に即して確認する。説話集としての今昔物語集の構造を単純かつ厳密に記述し分析しようとする時、（一）説話集、（二）説話、（三）言語の三つの水準において捕捉することが可能であり、適切である。そして、これらはそれぞれ次のような三つの言語行為を通して実現されると措定することができる。▼注（1）

Ⅰ　編纂行為……諸説話の機能を統合し、説話の集合に体系を与えること。

Ⅱ　説話行為……説話を実現し、意味を提示すること。

Ⅲ　表現行為……説話を実現するための具体的な言語表現。

説話集というものは、この三つの営為が相互に働きかけかつ働きかけられる関係のなかで生成すると見なされる。すなわち、説話は表現行為を通じて具体化され、そのことによって意味つまり説話の主題を実現することになる。そして、説話は、その意味が最も効果的に実現されるような表現を要求する。たとえば、巻第二十八第三十八における物語部分の「忍テ己等ガドチ咲ヒケル」という叙述、および説話末尾の「此レヲ聞ケム人争ニ憡ミ咲ケム」なる批評は、説話の意味の発現を促し確かめる表現行為である。この強調と確認を伴いつつ説話全体が提示されて、説話行為がなされたわけである。このようにして提示された説話は意味を具備することによって、滑稽の一事例として機能することができる。

この説話が滑稽の事例であるとは、その配置された位置によっていうことができる。巻第二十八は、滑稽を主題とする説話を集めた巻であって、第三十八の説話はこの巻に収載されることによって、滑稽の一事例として機能し巻の論理を分担することになる。

では、この説話を編者はなぜ第三十八に置いたか。

はやく、坂井衡平[注(2)]は巻第二十八を「滑稽譚」と総括しつつ、説話の「話性的細分論の試み」を行っている。その細分論は、今昔物語集の各巻が主題ないし素材の共通あるいは類似する説話群によって編成されていることを指摘するものであった。ただし、滑稽の素材ないし笑いの契機に注目しただけで、説話の扱い方や滑稽の捉え方に関して恣意性を克服しえているかどうか。そこで、説話群の括り方にできるだけ客観性を与えようとするならば、今昔物語集編者がその説話にどのような意味を付与しようとしているか、その説話行為のあり方を捕捉する必要があり、説話の意味を具体化するどのような表現行為を遂行しているかに立ち入って検証する必要がある。

そこで、第一、第二話に就けば、それぞれ「嗚呼《をこ》ヲ涼《さが》シテ人ニ被咲《わらはる》ル」「此《かく》ゾ悲シテ酔死《ゑひしに》タリケル、嗚呼《をこ》ノ事也」という表現があり、人のふるまいを「嗚呼」と評して笑う説話として提示されていることが知られる。以下第六話まで、人の言動の失態あるいは周囲との不調和が笑いを呼び起こしていて、それらも「嗚呼」の範疇に入ると見なされる。第六話には、清原元輔の失態の場面があり、これについて元輔自身が「君達ハ、元輔ガ此ノ馬ヨリ落テ、冠落《おと》シタルヲバ嗚呼《をこ》也トヤ思給《おもひたま》フ」という言がある。ただし、坂井はこの第六を利口滑稽譚として分類し、それには理由がある。元輔は右の言に続いて、落馬と落冠の不可避であったこと、晴れの場のその先例を弁じたてて、いよいよ大路の笑いを招く。このことについて、今昔物語集は次のような批評を添えている。

此ノ元輔ハ、馴者《なれもの》ノ、物可咲《をかし》ク云テ人咲《わら》ハスルヲ役《やく》ト為《す》ル翁ニテナム有《あり》ケレバ、此《かく》モ面無《おもな》ク云也ケリトナム語リ伝ヘタルト也。

「物可咲ク云フ」ことおよびそのように巧みに面白く言う者を称して「物云ヒ」というが、そうした人が笑いを呼び起こす説話は、第二十話まで連ねられている。第二十には、童ノ糸可咲《いとをかし》ク云タル事ヲゾ、聞ク人讃《ほめ》ケルトナム語リ伝ヘタルト也。

との評語があって、「物云ヒ」譚として提示されていることは明白である。ところが、第二十は、同時に僧の肉体の異様さについて、

此レヲ思フニ、実《まこと》ニ何《い》カナリケル鼻ニカ有ケム。糸奇異《いとあさまし》カリケル鼻也。

という評語をそなえ、この説話の今一つの中心を確認している。そして、この主題は続く説話群に引き継がれて、以下第二十三まで、肉体の通常からの逸脱が笑いの原因となる説話が配列されている。したがって、第二十は「物云ヒ」譚群と形姿嗚呼譚群との両方に属し、両群を連結する機能を有していると認められる。

第二十四以下の説話は、どのような観点にたって分類構成されているかを説明するのはむずかしいが、人間のさまざまの行為が笑われているととらえることができる。この巻の前半を多く占めた「物云ヒ」すなわち人間の言語活動に対して、肉体活動にかかわる滑稽である。失態や錯誤や特異な性向に由来する逸脱、あるいは周囲との不調和が「嗚呼」と評されている（第三十一、三十四、三十七、四十一、四十二）。第三十八も、そのような滑稽の一事例ということになる。そして、この大説話群にも下位分類が施されて、主題や素材の類似する二話ないし三、四話を連接しつつ構成する方法が認められる。国東文麿の提唱した二話一類様式である。▼注(3)

信濃守陳忠の強欲が笑われる第三十八に続くのは、「寸白、任信濃守解失語［寸白《すばく》、信濃守に任じて解け失する語］」と題されて、寸白（真田虫）持ちの女が生んだ子が成人して信濃守となり、坂迎えという着任の饗宴の席で特産の胡桃入りの酒を強いられ、「実ニハ寸白男」と正体を明かして水となって流れ失せてしまうという説話である。胡桃を嫌がる守の様子から「寸白ノ人ニ成テ生レ」た人であると、国の介が見抜いたのであった。今昔物語集は末尾に、「聞ク人ハ、此レヲ聞テ咲《わらひ》ケリ」という一文を添えるから、前第三十八とともに国司、しかもともに信濃の守を笑う説話であった。しかし、寸白の守が溶け失せたことをその場では誰も笑っていないし、「此レヲ思フ

ニ、寸白モ然《さ》ハ人ニ成テ生《うまる》ル也ケリ」として、「希有《けう》ノ事ナレバ、此ク語リ伝ヘタルト也」と結ぶから、この説話が今昔物語集以前に滑稽譚として語られたり書かれたりしていたかどうか、かなり疑わしい。今昔物語集は、これを巻第二十八のなかに組み入れ、第三十八の次に配置し、「聞ク人ハ」の一文を加える（おそらく編者が新たに付加したのであろう）という措置を通して、滑稽譚として機能させようとしたというべきであろう。

三　滑稽の体系化

今昔物語集はなぜ巻第二十八に滑稽譚の集成を行ったのであろうか。

この問題については、わずかに小峯和明が、[注(4)] 今昔物語集を仏法王法相依の理念に立脚して編成されているとして、従来は「世俗」の部として捉えられてきた巻第二十二〜第三十一を〈王法〉部と読み替え、本朝〈王法〉部の巻々の位置づけを図るなかで論及する。そして、〈王法〉部の正統たる組織は巻第二十五までで一応完結すると見なされ、巻第二十六以降は「〈王法〉部を企図しつつ、〈王法〉部ならざるものへ超出する動態がほのみえる」と概括している。巻第二十五と巻第二十六との間に断絶ないし落差があると説くのは小峯にとどまらず、今昔物語集の段階成立説に立つ出雲路修[注(5)]は、巻第二十六以降を増補部分に当たるとしている。

〈王法〉部そのものについてはここでは問わない。小峯によれば、巻第二十八の笑いは、都から地方へ、階層の上から下へ、中心から周縁へ攻撃的に向けられているとして、「巻二十八は笑いを武器とする社会の安定を保つ巻」と見なし、「笑いによる社会の秩序化を企図した巻として、〈王法〉部の組織にくみこまれた」と位置づけている。

笑いというものが小峯の指摘するような性質を持つことは確かであるけれども、こうした論定は一面的であり、今昔物語集の実態ともかけ離れている。誰が誰を笑うかという観点からいっても、笑いの方向は決して一様ではない。たとえば、第十四は、御導師仁浄が宮中で八重というはした者をからかったところ、鋭い利口をもって切り返される説話である。下の階層から上に向けられた笑いであった。ここに中心的に取り上げている第三十八も、信濃守を郎等達が陰で笑う説話ではなかったか。

むしろ笑いは、社会秩序の破壊や混乱を惹起ないし内包するものでもあった。たとえば、「弾正弼源顕定、出閇被咲語［弾正弼源顕定《だんじやうのひつみなもとのあきさだ》、閇《まら》を出して咲はるる語］第二十五」は、公事の席で殿上人源顕定が、上卿には見えないように、同僚の蔵人には見えるように密かに性器を掻き出し、蔵人がこれを見て笑ってしまい、笑ったことを上卿に「何《い》カデ汝《なむぢ》ハ、公《おほやけ》ノ宣《おほせこと》ヲ仰セ下《くだ》ス時ニハ、此ク咲《わらふ》ゾ」と叱責される説話である。厳粛なるべき公事の場に笑いは不作法とされた、つまり笑いは厳粛さをかき乱すものであることが明白である。

こうした関係を屈折したかたちで示しているのが、第二十、禅智内供の鼻もたげの童子の利口の場面である。内供は不調法をした童子を追い立てる。すると、

童立テ隠レニ行テ、「世ニ、人ノ此《かか》ル鼻ツキ有ル人ノ御《おはさ》バコソハ、外《ほか》ニテハ鼻モ持上《もたげ》メ。嗚呼《をこ》ノ事被仰《おほせら》ル、御《ご》房《ばう》カナ」ト云ケレバ、弟子共此レヲ聞テ、外《と》ニ逃去テゾ咲ケル。

この説話は、宇治拾遺物語第二十五にも載り、表現も相近いけれども、右の場面には顕著な相違が見られる。

たつまゝに、「世の人の、かかる鼻もちたるがおはしまさばこそ、鼻もたげにも参らめ。をこの事の給へる御房かな」といひければ、弟子どもはもののうしろに逃のきてぞ、わらひける。

童子の利口が内供に直接浴びせられる宇治拾遺物語と、陰で吐かれる今昔物語集との相違は、何を意味しているのだろうか。おそらくこの説話は散逸宇治大納言物語ないしその流れを汲む説話集に起源し、現存の両説話集がそれぞれに継承したと推測される。そして、他の説話の受容の姿勢と方法から類推して、宇治拾遺物語はおおむねその

まま受け入れ、今昔物語集は独自の改変を施して採録したと見られる。つまり、原典の「たつままに」ないしそれ相当の表現を、今昔物語集は「隠レニ行テ」と改めたと考えられる。こうした今昔物語集の改変は、編者の世間知あるいは通俗的な感性に由来していて、内供の地位にある僧侶に対して中童子ほどの身分の者が、当人の面前でこうした無礼な口をきくことはありえない、あるいはあってはならないと判断した結果であろう。▼注(6) こうして、確かに利口は武器であり、笑いは攻撃である。しかし、それは社会の規範を破壊し秩序を混乱させる危険な側面を具えていた。今昔物語集の改変はその弥縫策にほかならない。

こうして、巻第二十八が笑いをもって社会の秩序化を図ったとはいえない。しかし、今昔物語集は、笑いの秩序化を図ったとは言えるであろう。見てきたように、今昔物語集巻第二十八は滑稽譚を集成している巻であるが、笑いの理由や契機に注目することによって、説話を分類し配置している。とすれば、笑いというものの体系化を試みた巻と評することができよう。こうした観点にたって、巻第二十八の編成を見れば、第一～七の説話群は、第五を除いていずれも祭礼かそれに準ずる場での笑いである。祭りと笑いの関係の深さを如実に示すとともに、こうした説話を巻頭に位置させる営為を通して、編者は笑いの本性の何であるかを語ろうとしているのではなかろうか。今昔物語集の各巻頭には、当該巻の主題を最も典型的に担う説話、最も古い説話、起源を語る説話を置くのが通例であるからである。巻第二十八には滑稽の体系化が図られていると見られる。

四　公とその外縁

今昔物語集巻第二十八が滑稽譚を集成した巻であるとして、それは本朝篇世俗部において他の巻々とかかわってどのような位置が与えられているのであろうか。

ここで、本朝篇世俗部の編成を概観すれば次の通りである。

巻第二十一（欠）　　　　　（天皇紀か）
巻第二十二　　本朝　　　　藤氏大臣列伝
巻第二十三　　本朝　　　　諸道（武芸、強力、その他）
巻第二十四　　本朝付世俗　諸道（技芸、医、陰陽、管弦、詩歌、その他）
巻第二十五　　本朝付世俗　諸道（兵列伝）
巻第二十六　　本朝付宿報　宿報
巻第二十七　　本朝付霊鬼　霊鬼（霊、精、鬼、変化、神）
巻第二十八　　本朝付世俗　滑稽
巻第二十九　　本朝付悪行　悪行（悪行、動物）
巻第三十　　　本朝付雑事　男女夫婦の愛
巻第三十一　　本朝付雑事　雑

巻第二十八の位置を明らかにするためには、本朝篇世俗部全体を視野に入れておかなければならないが、比較的説明しやすい前半部分から検討する。本朝篇世俗部は天竺篇巻第五および震旦篇巻第十との対応関係が観察され、そこから、巻第二十一は欠けているものの、震旦篇巻第十第一〜第八の帝王紀と対応して天皇の説話を時代順に配列する計画であったのではないかと推定されている。そして、巻第二十二の藤氏大臣列伝は、震旦篇巻第十第九〜第十四の臣下賢人伝と対応し、巻第二十三の武芸および強力譚は、巻第十第十五〜第十八の武人伝と対応する。

成立論上、構成論上問題とされてきたのが、巻第二十三と巻第二十五である。両巻はともに説話数も少なく、説話内容にも相通うところが多い。そこで、この二巻は始めは合わせて一巻として巻第二十三の位置に置かれていて、後にその前半部分が巻第二十五に移されたと推測される。現巻第二十五の説話には第一から第十四まで説話番号が付され（ただし第十四は標題のみ）ていること、しかも巻第二十三は巻頭の説話に番号がなく、続く説話が第十四とされるのみで、以下すべての説話に番号が付されていないこと、これらの現象も右の推測を裏付ける。今昔物語集の原初構想における巻第二十三の前半部分が、現巻第二十五の説話であったとすれば、これら兵列伝は震旦篇巻第十第十五〜十八の武人伝と現在の形態よりも対応関係が密になり、巻第二十二との関連も新たに見えてくる。

巻第二十二と巻第二十五は、ともに中心人物たる大臣と兵の伝を世代の順に系譜をたどりながら配列し、しかもほとんどの説話で、

巻第二十二　公ニ仕リ―身ノオ止事無ク―成上ル／子孫―摂政関白トシテ―于今栄ユ

巻第二十五　兵トシテ―公ニ被仕ル／子孫―兵トシテ―公ニ仕リテ―于今栄ユ

と「公」と関連づけつつ、同じ視点から大臣と兵およびその家を評価し記述している。両巻は、まさにその「公」を記述する計画でありながらついに成立に至らなかった巻第二十一とともに、一種の本朝史をかたちづくるはずであった。▼注(7) こうした様相は、今昔物語集本朝篇世俗部の構成原理が「公」にあったことを物語っている。

今昔物語集の公中心主義は、巻第二十四にも認められる。

今昔、典薬頭□ト云人有ケリ。道ニ付テ止事無《やむごとな》キ医師《くすし》也ケレバ、公・私ニ被用《もちゐられ》タル者ニテナム有ケル。（第七）

今昔、賀茂忠行《かものただゆき》ト云陰陽師《いふおんやうじ》有ケリ。道ニ付テ古《いにしへ》ニモ不恥ヂ《はぢず》、当時《そのかみ》モ肩ヲ並ブ者無シ。然レバ、公・私ニ此ヲ止《やむ》事無《ごとな》キ者ニ被用《もちゐら》ケル。／保憲ハ止事無キ者ニテ、公・私ニ仕ヘテ聊《いささか》モ弊《つたな》キ事無クテゾ有ケル。然レバ、其子孫于今《いまに》栄ヘテ陰陽ノ道ニ並無《ならびな》シ。（第十五）

巻第二十二、第二十五における人物および家の評価の視点と類同する。こうして、巻第二十一〜二十五には、公を基軸にその権威や認知とかかわる人間の営みの世界が、専門的な道として捉えられ記述されているということができる。

これに対して、巻第二十六〜三十一には公の権威や秩序と対立する世界、あるいは公と疎遠な世界が描かれていると見なされる。

巻第二十六は「付宿報」と題される。「宿報」とは仏教の概念であるが、この巻では因果のもっぱら果が人の上にふりかかった思いがけないできごととして示されて、それを報として善悪の評価を与えることはない。また、その因に関心は向けられず、来世の善報のために今生の善行を勧めることもなく、仏教性は払拭されている。

巻第二十七にはさまざまの怪異が記述されている。怪異を引き起こす超自然的存在は、人間が活動を停止する夕暮れ方に活動を開始し、夜中に頂点を迎え、明け方に終息する。また、彼らは人の住まぬ荒れた建物や山中に生息し、川や橋や門などの境界で人間と遭遇し、あるいは人間の世界に侵入してその秩序を脅かそうとする。

巻第二十九は「付悪行」と題されて、窃盗、強盗、強姦、人身売買、殺人およびその未遂などさまざまの悪が描かれている。これらは仏教的観点からしても当然悪には違いないけれども、仏教の立場からその行為を断罪したり、戒めたりすることはない。これらの悪は検非違使などの公権力によって取り締まられ、世俗の法によって裁かれるべき犯罪であった。

巻第三十は「付雑事」と題して、男女夫婦の愛情を語る。巻第三十一も「付雑事」とされ、文字通り今昔物語集の組織に所属を得にくいと見られる説話を置く。ただし、特に異国や異境に関する説話が目につき、高橋貢の「仏の世界からも、天皇の権威の点からももっとも遠い話を置こうとしたのではなかろうか」という指摘は[注(8)]、妥当であろう。

本朝篇世俗部後半の性格が右の通りであるとして、滑稽譚を集成した巻第二十八もまた公との疎遠という傾向をはずれていない。

五　世俗とは何か

巻第二十八には「本朝付世俗」という題がそなわっている。この題の意味するものは何であろうか。「付世俗」の題を持つのは、ほかに巻第二十四と巻第二十五との二巻がある。今昔物語集はこの三巻をなぜ「付世俗」と題したか、またこの「世俗」が何を意味するかは明らかでない。今昔物語集は、この題以外に説話標題にも本文にも「世俗」の語を用いることはないのである。

まず、巻第十一〜巻第二十（ただし巻第十八は欠）における「本朝付仏法」の「仏法」と対応する概念と解することができる。そうした世俗の概念は仏法の世界では一般的である。

不親近諸外道、梵志、尼揵子等、及造世俗文筆、讃詠外書、及路伽耶陀、逆路伽耶陀者。［諸外道、梵志、尼揵子等と、及び世俗の文筆、讃詠の外書を造るものと、及び路伽耶陀、逆路伽耶陀の者とに親近せざれ］

（法華経　安楽行品）

ゆるし奉り給はば、仏法に付ては慈悲也、世俗に付ては情也。

（保元物語　中　左府御最後付けたり大相国御歎きの事）

今昔物語集の巻の題は「天竺」「本朝」とのみあって「付□□」を持たない巻第一、二、三、第二十二、二十三もあり、「付仏法」のように広い概念のもの、それより下位の概念と見られる「付仏前」（巻第四）「付孝養」（巻第九）というものもあり、巻名は未整備にとどまっている。しかし、おおよそ今昔物語集の巻の題には、（一）天竺

／震旦／本朝、（二）仏法／世俗、（三）主題の三つの水準が用意されている。そこで、たとえば巻第二十六などは「本朝／世俗／宿報」の三つの水準の第一と第三とが示されていて、巻第二十八は「本朝／世俗／□□」と第一、第二の水準を示し、第三水準の題を付与しなかったと解しうる。つまり今昔物語集は、第二、第三の水準を区別しないまま題の命名を行ったということができる。ならば、「世俗」は「仏法」と対になるべき名称にほかならない。▼注(9)

一方、「世俗」を「仏法」の対概念ではなく、「宿報」や「悪行」などと同水準の下位分類基準と見ることも可能である。その場合、「世俗」の意味するところは何か。この観点に立っての立ち入った検討は、前田雅之▼注(10)によってなされている。前田は、「付世俗」と題される今昔物語集の三巻を読解しつつ、〈公〉の埒外にある公共性という意味内容を導き出している。

ここでは一旦今昔物語集を離れて、「世俗」の用法をいくつか拾ってみよう。

①今案、額如斗、足如升、腹緩、頸急、鼻湿、尻乾也。出或経。又世俗曰、一斗、四升、鼻湿、緩乾、其義一同〔今案ずるに、額斗《ひさく》の如く、足升《ます》の如く、腹緩《ゆる》び、頸急に、鼻湿り、尻乾く也。或る経に出づ。又世俗に曰はく、一斗、四升、鼻湿り、緩び乾れたり、と。其の義、一に同じ。〕　（口遊　禽獣門　九曲）

②依二新屋一不レ儺、依二世俗風一。　（小右記　寛仁三年十二月三〇日）

③我は学文《がくもん》に疎《おろそ》かなりし故に、不知の事多きなり。聖徳太子の守屋大臣《もりやのおとど》を責めさせ給ひし事体《ことてい》の世俗の事は、忘れざるなり云々。　（比良山古人霊託）

これらの用例を含めて、世俗とは世間、世の中、世間の習わしの意で用いられる。したがって、前田のように公共性と規定してもよいのであるが、それは権威のない、根拠が確かめられていないという響きを伴っている。①は、良牛の条件についての記述であるが、「或る経」の説を引いた上でそれと一致する「世俗」の説を示している。世間で言われるところは確かな文書に書かれているわけではないが、掲げるに値するという態度である。②も、書物や権威ある人の説ではないが、世間の習わしなので従うことにするというのである。③は世上のできごとについて語られているが、前文の「学文（問）」上の知識と対照関係にあると受け取られる。こうして、世俗とは、宗教や聖人の教えや学問の裏付けはないけれども、世上流布のことがらであった。

このことをふまえて、巻第二十八が「付世俗」と題され滑稽譚が集成されたのは、滑稽や戯笑というものが価値や権威を具現することこそ無いけれども、世の中に生きている人間の営みとして、記述され分類され編成されるに値するという考え方に基づくものであろう。それは公や道とも無縁であるが、世界の一切を記述し位置づけようとするならば、権威のない「世俗」として位置づけ名辞を与えようとしたということであろう。

六　隣り合う説話どうしの干渉

巻第二十八第三十八は強欲な国司を笑う説話を提示し、滑稽の事例として今昔物語集のなかで機能することになった。編纂を支える説話行為、説話を実現する表現行為という関係が右のように観察された。ただし、このような観点は、再検討の段階に入っている。

竹村信治は[注(11)]、今昔物語集において編纂とはどのような営みであったのかを問い直して、

この作品の〈編纂〉は、（1）説話への読み込み、またそれを通してなされるはずの自己をとりまく世界への洞察に支えられた営みとはなしがたく、（2）既得の認識体系に変更を迫り、新たなる認識の表現を生む行為とは認めがたく、（3）組織構成も一元的に作品表現を担うものとなしがたい

として、従来の研究の「作品表現解明に向けての過剰な〈編纂〉への注視、フレームの意味性に偏りすぎた作品解釈の姿勢」について批判を行った。

ここに批判されることになった研究は、全三十一巻、一〇五九の説話（ただし題目のみで本文を欠く一九の説話を含む）を有する説話集の大きさと、説話の舞台の広さとに見合う、たとえば小峯和明の仏法王法相依思想、[注12] たとえばまた森正人の三国にわたる歴史叙述[注13]などの大きな思想や編纂の理念を導き出して、そこに今昔物語集の成立と文学的可能性の秘密を解く鍵を見いだそうとするものであった。それらの研究では、論者が今昔物語集の欠巻や巻の不整斉からその原初構想を引き出し、編者に代わって理念を完成させる営為さえなされたのであった。

竹村の批判に示されたような新しい研究の視点と展開は、一九九六年の鈴鹿本の国宝指定と、それに続く『鈴鹿本今昔物語集―影印と考証―』（京都大学学術出版会　一九九七年）の刊行、これを受けての翌年一月仏教文学会例会のシンポジウム「鈴鹿本今昔物語集から」の開催によって、いっそう顕著なものとなったといえよう。前田雅之[注14]は、そのシンポジウムで、今昔物語集の形態の子細な観察にもとづいて、編纂および標題と文章表現の整備の各水準における「たゆたい」＝判断保留を導き出して、

> 今昔物語集の編纂とは、編集方針と実際の編纂が常に跛行的な往復運動を起こして揺れ動き、瓦解と隣り合わせながら、編纂構想の統御に従順と服するタイプとは対蹠的な種々の欲望や意志が重層的に重なった営為と言えるようである。

と分析したのであった。

もちろん従来の研究にあっても、今昔物語集の編纂と表現の方法が、その未完成を必然のものにしたなどとの指摘がなされなかったわけではない。しかし、その視線の先には今昔物語集がなぜ、いかに形成されたか、生成したかという課題が最も重要なものとしてあった。今昔物語集は世界の意味を問う説話集であるとして論ずる論者たちを、まさに世界の意味性そのものがとらえて放さなかったからである。

新しい研究動向を担うのは、今昔物語集における説話編成および表現と、その編纂の場を取り巻いていた種々の

説話資料との距離を計りながら、今昔物語集の構想とそれを支える方法を慎重に析出しつづけてきた荒木浩[注15]である。荒木の研究の全体像はようやく明らかになり、今昔物語集の編纂の営為を構想のうねりとして躍動的に記述してあますところがない。

如上の批判や研究の成果をただちに説話の読解や分析に応用できる段階にはないけれども、構造と意味性にとらわれない一つの視線を信濃守陳忠の説話に注いでおきたい。手がかりは国東文麿[注16]の説に得られる。国東は、今昔物語集の全体について隣り合う説話どうしが「強い連想契機によって一括されて二話類を形成し、そのおのおのの話類は比較的弱い連想契機によって関係づけられ展開せしめられている」ことを指摘している。

そして、巻第二十八第三十八について、「馬に乗って御坂を通り、転落の難にあうが、うまい所得をしたうえ助かる」と要約し、前置されている「東人、通花山院御門第三十七［東人、花山院の御門を通る語］」を、「馬に乗って院の御門を通り、無礼とがめの難にあうが、うまく振る舞ってほめられ助かる」と要約して、この二話が一類をなしているとする。また、第三十九について、「信濃守が胡桃酒を前に置かれて、忽然と消え失せる」として、第三十八との間に「信濃守の旅中」という「連想契機」があるという。

国東の説を受けて、各巻の組織と説話の配列を検討する日本古典文学大系『今昔物語集五』（岩波書店　一九六三年）「解説」は、「三七・三八は馬で隣るものか」としたうえで、

三八・三九は、国守の任畢てと新任と、平茸と胡桃と、追従を事とする目代と新守の正体を見破った老介とがそれぞれ対比される。更にいえば、あらゆる機会を利用し手に触れるすべての財物を入手しようとする貪欲と自分自身の存在を水泡に帰する悲劇との対照も加わっていると見るべきか。

このように説話どうしが隣り合う時、編者の意図の如何にかかわらず、読者は不可避的にそこに何らかの連関を読み取ってしまう。それは、説話が隣り合うことによって、それぞれの説話の持っている諸要素が照らしあい、干渉

しあうからである。右に掲げた二つの読みは、国東が両話の類似に着目し、日本古典文学大系が対比と対照つまり相違に着目する点に特色がある。したがって、右のどの読みが適切であるかは問う必要はない。しかし、対比と対照は類似を前提とする。したがって、右のどの読みが適切であるかは問う必要はない。主題の理解という点ではどちらも適切ではないが、それよりも注目したいのは、説話を構成する人間とその言動、道具立て、舞台などの類似ないし相違に注目することによって、説話の中心でなく細部が浮かび上がるということである。その浮かび上がる細部は、説話の主題の理解や集のなかにおける機能の把握から、読者の読みを逸らしてしまうことになる。たとえば、国東のように、第三十七と第三十八とから、馬に乗る者が難に遭い難を逃れるとして括るならば、滑稽という主題は見えなくなる。日本古典文学大系の第三十八と第三十九とを対照する読みも、信濃守を笑う視点を見失ってしまう。

と、このように述べたからといって、国東と日本古典文学大系とを単に難じているわけではない。説話が集のなかに置かれることによって、意味が強調されることもあれば、逆に意味の破片が散乱することもあって、それは面白いと指摘したいのである。

【注】

（1）森正人『今昔物語集の生成』（和泉書院　一九八六年）Ⅳ1編纂・説話・表現、同「編纂・説話・表現―今昔物語集の言語行為再説―」（『国語国文学研究』第三二号　一九九七年二月）参照。後者の論文は『場の物語論』（若草書房　二〇一二年）に収録。
（2）坂井衡平『今昔物語集の新研究』（誠文堂書店　一九二三年、増訂版　名著刊行会　一九六五年）。
（3）国東文麿『今昔物語集成立考』（早稲田大学出版部　一九六二年、増補版　一九八七年）。
（4）小峯和明『今昔物語集の形成と構造』（笠間書院　一九八五年、増訂版　一九九三年）Ⅳ組織と世界認識　第一章　組織構成の展開。
（5）出雲路修『説話集の世界』（岩波書店　一九八八年）第一部　三《今昔物語集》の編纂。
（6）この種の改変は、例えば人の超常的な体験を夢の中のできごととして書き換え、巻第二十四第十六において、安倍晴明が陰陽道の術を用いて蛙を殺すのをそそのかす役を僧たちから君達へと書き換えた類と相通う。

（7）森正人『今昔物語集の生成』Ⅲ1説話形成と王朝史。ただし、こうした捉え方に対しては、池上洵一『池上洵一著作集第一巻 今昔物語集の研究』（和泉書院　二〇〇一年）第四編第四章「巻廿五の分立―〈兵〉説話の位置―」（最初の発表は一九八七年）などの批判がある。これに対しては、森「説話の世界文学構想―今昔物語集」（『講座日本文学史　第3巻』岩波書店　一九九六年）で応えた。本書第六章1今昔物語集説話の世界誌。

（8）高橋貢「『今昔物語集』巻三十一考」（『専修国文』第六二号　一九九八年一月）。

（9）こうした考え方は、森『今昔物語集　五』（岩波書店　一九九六年）「解説」および前掲注（7）「説話の世界文学構想―今昔物語集」に示した。

（10）前田雅之『今昔物語集の世界構想』（笠間書院　一九九九年）Ⅲ部4章「〈公〉・〈私〉・「世俗」新たな公への対処」。

（11）竹村信治「『今昔物語集』と編纂」（『説話文学研究』第二九号　一九九四年六月）。

（12）小峯和明『今昔物語集の形成と構造』、前掲注（4）。

（13）森正人『今昔物語集の生成』、前掲注（7）。

（14）前田雅之「鈴鹿本今昔物語集のたゆたい―鈴鹿本から見た空白・途中欠脱・欠話・「目録標題―本文標題」の諸問題―」（『仏教文学』第二三号　一九九九年三月）および『今昔物語集の世界構想』（笠間書院　一九九九年）Ⅳ部5章今昔物語集のたゆたい・可能性・アイロニー。引用は後者による。

（15）荒木浩「仏法初伝と太子伝―今昔物語集本朝部の構想をめぐって―」（『説話文学研究』第二九号　一九九四年六月）、「聖徳太子伝から国史へ―今昔物語集本朝部の構想をめぐって―」（『説話論集』第七集　一九九七年一〇月）、「〈表題〉から見えるもの―『鈴鹿本今昔物語集から』―」（『仏教文学』第二三号　一九九九年三月）、「『今昔物語集』本朝部の構想―巻二十五「兵」譚の成立と「今」をめぐって―」（『文学』隔月刊　第二巻第二、三号　二〇〇一年三・四月、五・六月）。これらは他の諸論文とともに『説話集の構想と意匠―今昔物語集の成立と前後』（勉誠出版　二〇一二年）として集大成された。

（16）国東文麿『今昔物語集成立考』、前掲注（3）。

第七章●説話の場と説話集の生成

1 説話と説話集の時代

一 はじめに

日本文学史は、政治経済史の時代区分に依拠し、あるいはそれを参照しつつ、古代、中古あるいは平安時代文学と中世文学とを区分するのが一般的で、そのために文学史の記述が実態以上に明確に画期されているとの感は否めない。古代文学史は、文治元（一一八五）年平氏が壇ノ浦に滅亡した年をもって最後とし、あるいは源頼朝が鎌倉に幕府を開いた年から中世文学史を始めるのが一般的である。政治史にもとづく時代区分はある程度有効である。しかし、文学史においては、建久三（一一九二）年の鎌倉幕府の成立は平安京遷都ほどの意味を持たないのではないか。たしかに武家による幕府の成立、守護・地頭の設置は、日本社会に大きな変化をもたらしたかもしれないが、文学の担い手（制作者と享受者）のありかたや彼らを取り巻く環境が、それほど大きく変化したとはいえない。鎌倉時代初期の文学は、依然として京都という空間を中心に、そこに住む貴族および周辺の僧侶によって担われていた。

日本文学の中心的なジャンルで、時代区分の指標となしうる和歌の場合、中世はいつ始まるかという問題に対して、詠歌意識の消長を指標として、王朝和歌は、堀川百首（一一〇五～一一〇六年頃、堀河天皇に奏覧）の前後を境に漸次中世和歌へと推移していったのではないかとする見解が、久保田淳によって提示されている。[注(1)]

説話と説話集に着目して時代区分を考えようとするとき、代表的な説話集を指標として今昔物語集成立の下限と目される保元の乱（一一五六年）までを古代、あるいは宇治拾遺物語の成立上限の建暦二（一二一二）年～建保三（一二一五）年からを中世と見ることもできようが、いかにも粗い。ここでは、平安時代末における説話および説話集をめぐる状況が鎌倉時代にも引き継がれ、途絶えることのない流れを作っていることを重視する観点に立つ。そのことをふまえ、院政期を中心にその前後の時期において、説話の生まれる場、それが伝承され、記録され、編纂される動向について整理を加えようとするものである。

堀川百首に歌題の撰定及び和歌の詠進者として参加した大江匡房（一〇四一～一一一一年）は、当時第一級の漢学者であって、多数の著述を残している。匡房の著述は漢詩や願文などにとどまらず、江家次第（儀式書）、続本朝往生伝、本朝神仙伝、遊女記、傀儡子記、狐媚記、朗詠江注（和漢朗詠集の注釈）など多種にわたり、またみずから筆を執ったものではないが、その談話を弟子の筆録した江談抄も伝わる。このような多様な著述は、匡房個人の能力や資質のあらわれであるとしても、そのような才能を育て活動の場を与えた当時の社会に目を向けないわけにはいかない。匡房の生きた時代が、摂関期とは異なる知性を求めていたのではないか。

藤原忠実は、匡房の風貌や江家次第に対する評価をはじめ彼に関する談話をたびたび語っているが、匡房本人から摂関家を継ぐべき者の心得について教訓された思い出を、少なくとも二度語った。中原師元が記録している。父の師通が息子の忠実を前に据えて、この子は学問が嫌いで困るとこぼしたのを、匡房は「関白摂政は詩作りて無益也。公事大切也」（中外抄・下二一、一部変体漢文を読み下す）、「摂政関白必ずしも漢才候はねども、やまとだましひだにかしこくおはしまさば、天下はまつりごたせ給なん」（中外抄・下三〇）、そこで「日記を書くことを身につければ、立派な学者になりましょう」と諭したという。漢才を学んだ者は、ともすると、大和魂すなわち現実的にものごとを処理する能力を欠きがちであると考えられていた。たとえば、今昔物語集巻第二十九に「明法博士善澄、強盗に殺さるる語第二十」と題して、清原善澄が強盗に入られ、思慮を欠いた言動によってあえなく殺されてしまったという説話が載る。今昔物語集の編者は、

善澄、才ハ微妙《めでた》カリケレドモ、露《つゆ》和魂《やまとだましひ》無カリケル者ニテ、此《かか》ル（ママ）、心幼キ事ヲ云テ死ヌル也

と、世の人の批判の言葉を記す。同時代の大鏡でも、たとえば、朝廷内で権力争いに敗れた菅原道真、藤原伊周について才ある者と評する一方で、巧みな政治的処理能力を発揮した藤原時平に対してはすぐれた大和魂の持ち主として評価するところと響き合うものがある。これらが類型的な人間理解にとどまっているとしても、平安時代後期の価値観を典型的に表現していると認めてよい。

匡房は政治の中枢近くにあって実務能力を振るいつつ、貴族社会の周縁あるいは外部を積極的に記録し続けていた。傀儡子記、遊女記は、制外の民というべき人々に関する簡明な文体による記録である。みずからの眼による観察にもとづいて彼らの生態そのものを記述したというよりは、観念や書物の知識に結びつけようとする姿勢が見受けられる。しかし、新しい表現素材を求めた点だけでも凡百の漢学者ではなかった。▼注(2)

さらに、同時代人による次のような評価は、彼の位置をよく語っているといえよう。読み下して示す。

或る人談《かた》りていはく、江帥［匡房］、此の両三年行歩相叶はず、仍りて出仕せず。只、人の来たり逢ふごとに、世間の雑事を記録する間、或いは僻事多く、或いは人の上多し。偏に筆端に任せて世事を記す、尤も不便《ふびん》か。見ず知らず暗に以て之を記す、狼藉極まりなしと云々。大儒の所為《しょゐ》、世以て甘心せざるか。

（中右記　嘉承二［一一〇七］年三月三〇日）

中右記の同じ年の九月二十九日条にも「暗に世間の事を記録」していると、同じ趣旨の記事がある。匡房の記録したという「世間の雑事」とは何であったか。右に挙げたさまざまの記であるのか、それとも日記（匡房には「江記」という日記があったけれども、死に臨んで焼き捨てるよう命じたという。現在ほとんど残されていない）か、いずれにしても、筆を執る匡房の姿勢を大学者にふさわしからぬ逸脱と世人は見ていた。しかし、こうした評価こそが、現実を見すえ時代に積極的にかかわっていこうとしたであろう匡房という人物の意義を、逆説的に照らし出している。

匡房の著述や学芸にかかわる活動は、今日我々が説話と称しているものによって支えられている、あるいは説話というものを積極的に用いつつ展開しているのは、匡房にとっても説話にとっても注意すべきことであろう。匡房らが生きた時代は、説話が盛んに生まれ、記され、集められた時代であり、あるいは説話がその時代をおそらく最も尖鋭に表現しているという意味で、十一世紀後半から十三世紀初頭はまさしく説話の時代であった。以下、しばらく大江匡房を中心に問題に迫りたい。

二　大江匡房の文業と説話

大江匡房の記の諸作品には洛陽田楽記、狐媚記など、匡房が目の当たりにしたできごとや、当時世上に流布していた風聞が記述されている。洛陽田楽記は、永長元（一〇九六）年夏に田楽が京都市中に大流行した事件を記し、狐媚記は、康和三（一一〇一）年に同じく京市中で起こった狐の妖異を記す。これらは、単に好奇心に任せて珍しいできごとを記録したわけではないであろう。匡房は、田楽の見物をとりわけ愛好した郁芳門院がその後病になり死去したことを記し、「ここに知る、妖異の萌す所、人力及ばざることを」と解釈し、このできごとの背後に作用する冥の力に目を凝らしている。それは、国史にしばしば記述されるところの、常と異なるできごとが、神や天による人間社会や政治のありかたに対する批判、不快の表明、あるいは個人の運命に関する警告、すなわち「怪異《けい》」（和語では「もののさとし」）と見なす思想に立脚している。匡房は史家の眼を失っていない。そもそも、「記」とは漢文の文体の一種で、事実をそのままに記すものであり、それゆえ歴史の資料となり、あるいは歴史そのものとも認められるものであった。

　狐媚記には狐の妖異に関する長短五つの説話を記せる。その第四話。説法の名人として知られた増珍律師が法会に招かれ、鐘を鳴らして法事を始めると辺りの様子が一変して、用意されていた食事が排泄物になるなどしたので逃げ帰った。後日そこを尋ねると、あったはずの家もなかったという。袋草紙上巻、扶桑蒙求私注に同じ話が載り、今昔物語集巻第二十に、説話本文を有しないけれども「野干、人の形と変じて僧を請じ講師と為す語第十四」という標題があり、この説話に相当するかともされている。今野達は、今昔物語集の編者がこの説話の大概について知っていたものの文献資料を入手できなかったために、本文未収録のままに終わったと推測している[▼注(3)]が、これに従えば、康和三年以降も巷間に流布伝承されていたと見なされる。ただし、狐媚記は、「狐媚の変異は多く史籍に載せたり」と唐土の先例をあげたうえで、日本のそれについて「季《すゑ》の葉《よ》に及ぶといへども、怪異古《いにしへ》のごとし。偉《めづら》しきかな」と結ぶ。匡房は新奇な素材を記述したかもしれないが、漢学者としての節度を失わなかった、というより、紀伝道の博士としてこれらの巷説を歴史的に意味あるものとして拾い上げたのである。

　それとともに匡房にとって、少なからず説話はそれ自体を語り聞いて楽しむものではなかったか。匡房が若き俊秀藤原実兼を相手に語った談話を筆録した江談抄、その古本系諸本は、〈物語の場〉の様相をよく伝えている。その一例。説話の冒頭部分は読み下して、続く部分は要約にとどめる。

又談ぜられて云はく、村上の御時、宮鶯囀暁光といふ題の詩に、文時三位を召して講ぜらるるに、其の間の物語知らるるか、如何、と。答へて云はく、知らず、と。語られて云はく、尤も興有る事也。［村上帝と菅原文時とが、互いの詩作品の優劣について見解を述べ合った。文時は始め御製が優っていると言い、ついで対等であると言い、天皇に責められたあげく、実は文時の方が優っていると申して逃げ去った。］（神田本第四十三）

「尤も興有る事也」と前置きして語り始める条は、神田本第四十一にもあって、博雅の三位が逢坂山の盲目の琵琶弾きから秘曲を伝授される説話である。いずれも相当の長さをそなえ、学芸の道に精神を傾ける人間の言動と心の働きが面白く表れている。「興有る」とはそうした点への語り手の共鳴にほかならないが、それは当然聞き手の感興を呼び起こす。具体性をそなえた詳細な記録にそのことは示されている。江談抄の文体は記録体（変体漢文）を基調とするが、まま片仮名表記が混じる。片仮名表記は、備忘を第一義として説話の大要を書き留めれば十分とするのでなく、語り手の口調までも残そうとした結果であって、換言すれば、説話に働きかけられた筆録者の姿のあらわれにほかならない。盲人の秘曲を聴くために博雅の三位は逢坂山に三年通い詰める。風の少しある八月十五夜、今夜こそと予感していると果たして啄木が弾ぜられる。さらに、

目暗《めくらひと》独り心を遣《や》りて、人もなきに歌を詠じて云はく、あふさかのせきのあらしのけはしきにしゐてぞゐたるよをすぐすとてと詠じて、絃に鳴らす。博雅涙を流して啼泣す。好道あはれなりと思ふに、目暗独り又云はく、「あはれ興有る夜かな。若し我ならぬすきものや今夜世間にあらむな。今夜心得たらむ人の来遊せよかし。物語せむ」と独り云ふを、博雅音《こゑ》に出して曰く、「博雅こそ参たれ」と云ければ

ここに「独り」と三度繰り返して、盲人の孤独と、同時にそれに対する博雅の深い共感が強調され、これらを通じて芸道に執する者たちの心の通い合いが捉えられている。

身につけるべき知識として尊重する態度と、人間的なものの発露への感興、この二つのことに支えられて説話を

「語り—聞く」場は成立し、展開していく。江談抄をはじめとする貴族の言談録については、小峯和明[注4]ほか、篠原昭二[注5]、池上洵一[注6]、田村憲治[注7]などが検討を行っているが、それらは何を、どの順序で、どのように語ったかと、もっぱら語り手とその語りの実相を析出しようとするところに関心の中心を置く。

そのことはもちろん重要であるが、聞き手という条件なしに言談は成立しないのであって、語りに対して誰がどのように耳を傾けたか、あるいは聞き流したか、つまり聞き手の属性や態度が語りの内容や方法を規定することへも注意を向けるべきである[注8]。このように、聞き手（筆録者）は語り手の語りたい欲求を叶えさせるためにのみ対座しているのでないばかりか、関心と必要に従って筆録すべき事項を取捨選択し、それをどのように筆録するかをみずから決定することができる。言談録はそのようなものとして形を得ていることを見落としてはならない。たとえば、古本系江談抄には項目のみを記す条も少なくない。

又云、小野宮叙二位事。　（水言抄第二二三）

又云、亭子院時、賀茂臨時祭始事。　（水言抄第二二四）

第二二三については、どのような趣旨であるか推測は及ばない。第二二四は、大鏡第一巻宇多天皇条に「賀茂の臨時祭はじまる事、この御時より也」と記すところに相当することは明らかであるが、同第六巻に、宇多天皇が位に即く前、まだ臣下であった時に賀茂明神の託宣を得て、即位の後臨時祭を始めたという、皇統の交替をめぐる神秘の説話が背景にあったと見るべきである。こうした簡略な記述にとどまったのは、実兼の無関心か、あるいは大宅世継によれば「その事はみな世に申し置かれて侍る」と世間周知のことで、実兼にも熟知のことであったためかは決しがたいが、筆録者の判断の結果であった。

これらのことは、言談録というものが何より聞き手（筆録者）にとって記憶しておくべき知識の記録であったことを示している。江談抄に限らず、中外抄、同じく藤原忠実の談話を高階仲行が筆録した富家語に載せられているのはいわゆる説話ばかりでなく、学芸や朝廷の儀式に関するさまざまの知識である。説話もまた知識であり、あるいは知識を説話の形で授受したのである。

後世、古本系江談抄をもとに朗詠江注を加えて、▼注(9) 六巻の類聚本系江談抄が編纂された。第一は「公事」「摂関家事」「仏神事」の三群に分け、第二「雑事」、第三「雑事」、第四（標題を欠く、詩句・詩人に関することを収める）、第五「詩事」、第六「長句事」と題される。源顕兼の編んだ古事談の第一王道后宮、第二臣節、第三僧行、第四勇士、第五神社仏事、第六亭宅諸道、ほどには整っていないけれども、部分的に一致するのは、素材の類似および書物を利用する人とその目的に重なるところがあったからである。なお、古事談は江談抄からも資料を得ている。

筆録された事項が整理され分類されることによって、語りの背景や話題をめぐる語り手と聞き手の言葉のやりとりは捨象され、それらは知識それ自体として扱われることになる。類聚は、言い換えれば匡房が有し、実兼が習得しようとした知識の体系化であった。

三　歌語の由来譚と説法の場

説話は知識である、正確にいえば知識は説話によって保持され、説話を通じて提示される。そのことの意味について、大江匡房とともに堀川百首の詠進に加わった源俊頼に視点を移して検討する。俊頼は、大納言経信の三男として生まれ、近衛少将、左京権大夫、木工頭の官歴を経て、天永二（一一一一）年以降は散位であった。第五番目の勅撰・金葉和歌集を編み、家集に散木奇歌集を持つ。自由で新しい趣向と表現は次代に評価され、中世和歌を切り拓いた歌人と位置づけられる。俊頼にはまた、歌論書として俊頼髄脳（俊頼無名抄、唯独自見抄などとも）がある。

俊頼髄脳は必ずしも体系的ではないが、おおよそ（一）歌の本質、（二）歌の起源、（三）歌の姿、（四）歌詠み、（五）詠歌の方法、（六）秀歌、（七）詠歌の技法、（八）歌語、（九）連歌、そして再び（一〇）歌語、の順で説かれる。具体的で実践的な記述が目につくのは、初心の読者を想定しているからであろう。その具体的な記述方法は、説話の使用に表れている。

たとえば、（四）には「神・仏・みかど・きさきよりはじめたてまつりて、あやしの山賤《やまがつ》にいたるまで、その心あるものは、皆詠まざるものなし」として、

行基菩薩の歌に、

霊山の釈迦のみまへにちぎりてし真如くちせずあひみつるかな

婆羅門僧正の返し、

迦毘羅衛《かびらゑ》にともに契りしかひありて文殊のみかほあひみつるかな

を挙げ、東大寺大仏供養に際して、行基がその導師として天竺より婆羅門僧正を請じ、二人が難波で対面した時詠み交わしたと説く。この歌は拾遺和歌集巻第二十「哀傷」に収められ、歌論書としては、古来風体抄も同じように「この国に生まれもし、来たりもする人は、権者も聖者も、皆歌をば詠む」事例とする。

なお、この説話は三宝絵中第三、日本往生極楽記第二、本朝法華験記第二にも載る行基伝の一節であり、今昔物語集巻第十一「婆羅門僧正、行基に値《あ》はむが為に天竺より来朝する語第七」の主要部分をなし、日本仏教史の一齣であった。俊頼髄脳と古来風体抄は、それを「生きとし生けるもの、いづれか歌を詠まざりける」（古今和歌集・序）という理念の例証として機能させたということができる。

説話とは、このように文脈（あるいは「場」と称してもよい）において機能し、場の如何によって機能を変える

ものである。

古来風体抄は、右の説話に智光と行基の前世の因縁の説話を続ける。論議の場で、高僧の智光に対して若き行基が「真福田が修行に出でし片袴我こそ縫ひしかその片袴」と歌を詠みかけたところ、智光は帰伏したという。それには次のような事情があった。かつて長者に仕える女に十七、八歳の真福田という童があり、長者の娘に恋心を抱いたが、娘の巧みな導きによって童は優れた僧になった。智光である。真福田が修行に出る時に片袴を縫ってやった娘は、智光が智者になったのを見届けて亡くなったが、その娘こそ現在の行基であったというわけである。この説話は、今昔物語集巻第十一「行基菩薩、仏法を学び人を導く語第二」、梅沢本古本説話集下第六十「真福田丸事」に載る。説話の構成も詠まれる歌も少しずつ相違するものの、それぞれ、

文殊ノ化シテ生《うまれ》給ヘルトナム語リ伝タルトヤ。（今昔物語集）

行基菩薩、この智光を導かんがために、仮に長者の娘と生まれ給へる也けり。行基菩薩は文殊なり。（梅沢本古本説話集）

のように結ばれ、行基の超越的な高徳を語るものであり、文殊霊験譚としての性格を有することは明らかである。そして、行基が菩薩と称され、文殊の化身であったがゆえに「権者も聖者も、皆歌をば詠む」（古来風体抄）例証たりえたのではあった。

ここで、三書を対照すると随所に相違点のあるなかから、梅沢本古本説話集で他の二書にはない要素に注意を向けたい。童が恋心を抱くようになったきっかけが次のように記される。

池のほとりに至りて、芹を摘みけるあいだに、この長者のいつき姫君、出でて遊びけるを見るに、顔貌《かたち》えもいはず、これを見てより後、この童、おほけなき心つきて

梅沢本古本説話集のこの説話の構成と表現は藤原清輔の奥義抄下巻余問答十一と類似し、右の部分も相近い。奥義

抄の説話は、

芹摘みし昔の人もわがごとや心にものはかなはざりけん

という古歌に詠まれている「芹摘みし」という言葉の由来をめぐる一説として載録されたのであった。すなわち、

問云、せりつみしむかしの人と云ふ古歌を、あるは后のせりめしけるを、庭はく者おのづから見たてまつりて思ひに成りて、めしし物也とて芹をつみて、仏僧などに奉りし事のあるなりといへり。或は献芹といふ本文の心也など申すは、いづれにつくべきぞ。

と問を設け、これは、「芹摘みし」の歌語の由来について、「献芹と申す本文」と賤しい男の后への恋の「ものがたり」との二説を示した俊頼髄脳を受けたものと見られる。奥義抄は、これに「いづれともさだめがたし。ただし、或人のかたりしは」と置き、真福田の発心譚を掲げる。そして、

是はかきたることにてもあらず。人の文殊供養しける導師にて仁海僧正ののたまひける也。さて、[注(10)]

せりつみしむかしの人もわがごとや心にもののかなはざりけむ

といふ歌を詠じて、此歌はこの心をよめる也となむのたまひける。

と結ぶ。梅沢本古本説話集にとっては些事にすぎなくても、右のように古歌の由来譚として機能するためには、童が芹を摘んだという場面は不可欠であった。

右に見る通り、奥義抄には二重の〈物語の場〉がある。第一に、「或人」が語り手となり清輔が聞いた歌語講釈の場であり、第二にその場に引用された、仁海僧正による説法の行われた文殊供養の法会である。もしこれを事実とすれば、仁海は永承元（一〇四六）年に九十六歳で没しているから、俊頼髄脳を五十年以上もさかのぼる時期に語り出されたことになる。ただし、俊頼髄脳とほぼ同時期に書かれた藤原範兼の和歌童蒙抄には、

にはの草をけづるもの、その家のいつき女のせりくふを見て、志わりなきが故に、せりをつみて奉りけりな

ど、昔より云伝へたる、たしかに見えたることやはあらむ。

と、主家の娘に恋心を抱いたとし、綺語抄（藤原仲実）にも「内にいつくしきむすめのせりをくひてありけるを見て」とある。

芹摘み説話について検討した伊藤博[注(11)]は、

A　庭掃きの賤の男の高貴な女性への及ばぬ恋の話

B　真福田丸の恋を契機とする発心譚、行基女人化身譚

C　中国の献芹の故事

と、これを三種に分け、BはAの一変種と位置づける。いま、かいま見られた高貴な女性を長者の娘とするものをA1とし、后とするものをA2とすれば、BはA1をもとに智光および行基の伝、文殊化現譚として機能すべく変形したと見なされる。奥義抄所収説話が、はたして仁海によって語り出されたかどうかはさだかでないけれども、いかにも仏教説話にふさわしい構成と表現をそなえている。それは、猛者《まうざ》（長者）の姫が真福田の恋心をそそりつつ、そらしつつ巧みに段階的に仏道に誘導していく展開である。

①忍びて文などかよはさむに、てかかざらむくちをし。てをならふべし。

②我父母死なむことちかし。其後は何事もさたせさすべきに、もじ知らざらむわろし。学問すべし。

③忍びてかよはむに、わらはは見ぐるし、ほうしに成るべし。

④そのことゝなきにほうしの近づかむあやし。心経、大般若などをよむべし。

⑤なほいささか修行せよ。護身などするやうにてちかづくべし。

真福田はこれらの試練を次々と成し遂げ、出家の後姫の死を知ってついには真実の道心を起こすのであった。菩薩が女に化現して男の恋心を巧妙にあやつり道心に転じさせる説話は、今昔物語集巻第十七「比叡の山の僧、虚空蔵

の助けに依りて智を得る語第三十三」にもあって、菩薩霊験の類型をなしていたと見られる。伊藤博の説くように、芹摘み説話そのものはすでに源氏物語の時代に流布していたであろう。俊頼髄脳に「物語に人の申すは」、和歌童蒙抄に「昔より云伝へたる」と記す通り、少なくとも百年を超える口頭伝承の歴史があったのである。「芹摘みし」の歌とそれに伴われる物語とが広く流布していたために、説法にも利用されることになったのであろうし、あまたの人々に共有されていたがゆえに、伝承・伝播の過程で変化と混淆が繰り返されたのである。それは不安定な口頭表現であるゆえに変化したと一般化すべきでなく、それが具体化される場の性格によって、場を構成する語り手と聞き手との働きかけ合いのなかで変化するものであった。

四　注好選・俊頼髄脳から今昔物語集へ

「芹摘みし」の歌語の由来については、くだって顕昭（承元三〔一二〇九〕年までは生存）が、袖中抄巻第六にこまごまと諸説を掲げて検討を行っている。顕昭の結論は、

家々の髄脳にさまざまにいひたれども、確かなる証文も見えず。なほ献芹といふ本文《ほんもん》こそさもと聞こえ侍れ。

というところに落ち着いている。文選注所引の列子と、文選注所引博物記なる資料を引く和歌童蒙抄との二つを挙げ、これが愚意に叶うと述べる。「本文」とは典拠とすべき故事や成句のことで、漢籍に求められるのが一般的である。

和歌の素材や歌語の由来をめぐって「本文」を引きつつ説明することは袖中抄に限らず、俊頼髄脳、その他の歌学書にも広く見られるところであるが、彼らがそれをどのような書から引用しているか、何から学んでいるかは必ずしも明らかでない。俊頼髄脳の場合、さかのぼれば漢籍であることは知られるものの、直接の典拠が経書や史書

の原典とは認めがたく、特定するのはむずかしい。おそらく和漢の類書などから学んだのであろう。

歌学書の類と直接の関係は認められないけれども、そのような場で引用すべき「本文」の集成として伝わるのが注好選である。注好選には次のような序文がそなわる。

□惟《おもむ》みれば、末代の学士未だ必ずしも本文を習はず。茲《これ》に因《よ》りて、纔《わづ》かに文書を学ぶと雖も、本義を識《し》りがたし。譬へば、田夫の苗を作りて穂を作らざるが如し。惟《これ》只力をのみ竭《つく》して、是何の益か有らんや、者《てへ》れば、粗《ほぼ》之を注《しる》して小童に譲ると云々。（原漢文）

注好選の現存本は完本ではないが、上「付俗家［俗家に付す］」、中「付法家明仏因位［法家に付して仏の因位を明らかにす］」、下「付禽獣明仏法［禽獣に付して仏法を明らかにす］」の三巻より成り、上巻は中国故事一〇二条（ただし一部欠落）、中巻は主として仏教説話六〇条、下巻はもっぱら動物にかかわる天竺と震旦の説話五〇条（ただし巻末は欠落）を収める。たとえば、「紀札懸剣［紀札は剣を懸けき］」第七十三（上）、「薬王焼身臂［薬王は身臂を焼《とぼ》す］」第九（中）などのように、しばしば四文字で標題を掲げ、変体漢文でその由来について説明を加える。初学者が故事を唱えやすいよう、記憶しやすいよう、短小な句にまとめ、注を施す蒙求注などに倣ったものであろう。

注好選の書名がよく寺院の聖教目録に見られること、古写本が二点、東寺観智院本（仁平二［一一五二］年の伝領奥書があり、したがって注好選の成立はこれをさかのぼる）と河内金剛寺本（元久二［一二〇五］年の書写奥書がある）として寺院に伝わること、経論の注釈に用いられ、仏教説話集としての私聚百因縁集（正嘉元［一二五七］年成立）、唱導資料としての説経才学抄などに引用されていることなどから、寺院での活用が盛んであったと見られる。

古代末期の説話集との関係では、これが今昔物語集と多くの説話を共有すること、注好選説話の相当数が今昔物語集の編纂に用いられた点が注目される。ただし、注好選と今昔物語集、およびその出典との関係は単純でない。
注好選の原拠の多くは漢籍と仏典であり、出典の書名を明記する場合も少なくないが、必ずしもそれに直接基づいたとは認めがたく、今は散逸した資料の介在している蓋然性が高い。たとえば、下「二羽の鸚鵡は辟支仏《びゃくしぶつ》と成る第七」は冒頭に「賢愚経に云はく」として、説話を引用する。たしかにその巻第十二「二鸚鵡聞四諦品第五十一」に載るが、注好選の本文はそれを要約して引く法苑珠林巻第十七、諸経要集巻第二に近い。そこで、法苑珠林あるいは諸経要集に拠ったか[注(12)]といえば、そうともいいがたい。というのも、注好選は、説話を「是《ここ》を以て知りぬ、人身は尤も励み修すべき者也」と結び、これは独自の文言と認められるからである。ただし、ありふれた教訓で、原典になくとも付加することはむずかしくないかもしれないが、注好選のいくつかの説話の結びに見られるこの種の文言を見ると、特定の場（文脈）において説話を機能させた形跡が見て取れる。唱導資料等から引用されたのではないか。

今昔物語集の説話で、経論に原拠を有すると見られるものの、経論そのものや法苑珠林、諸経要集などの中国の類書にも直接依拠していないと見られるものは多数ある。これらについても、今は失われた類書や唱導資料が編纂に用いられたであろうとの推測は許されよう。

鸚鵡の天への転生と成仏の説話は、今昔物語集巻第三「須達長者の家の鸚鵡の語第［十二］」に引用されている。両者を比較すると、二つの相違点が目を惹く。第一に、説話を「此ヲ以テ思フニ、法ヲ聞テ歓喜スル功徳無量《はかりな》シトナム語リ伝ヘタルトヤ」と、主題から自然に導きうる評語で結んだことである。第二に、鸚鵡が転生し辟支仏となったことについて、

法ヲ聞テ歓喜セシニ依テ、此ノ二ノ鳥四天王天ニ生ルベシ。（中略）一々ニ天ノ命尽畢テ人界ニ生レテ、出家シテ比丘ト成テ、道ヲ修シテ辟支仏ト成ル事ヲ得ベシ。

と、転生と成仏はまだ実現しているのではなく、「ベシ」をもって将来のこととして予告した点である。この改変は、今昔物語集天竺篇の構成とそこにおけるこの説話の位置づけおよび機能に関係する。

今昔物語集巻一～第三は、釈迦の誕生・出家・成道に始まり、涅槃に終わるところから、仏伝として編成されていることが明らかである。つまり、本説話も釈迦在世中のできごととして語られなければならなかった。鸚鵡の飼い主である須達長者は釈迦と同時代の人であり、鸚鵡が転生を繰り返したのちに人と生まれ仏になるとすれば、それははるか先の未来でなければならない。この説話を巻第三に配置するためには、転生と成仏を未来のこととして「ベシ」をもって語る必要があった。

これに限らず、今昔物語集が他の文献から説話資料を得るとき、漢字片仮名交じりの表記に統一するほか、原資料に対して少なからず改変を加える場合がある。たとえば、今昔物語集巻第二十七は「本朝付霊鬼」と題されて、幽霊、妖怪などの変異に関する説話が集成されているが、そのなかに歌学書の俊頼髄脳から採録した説話がある。「京極殿にして古歌を詠《なが》むる音《こゑ》有る語第［二十八］」▼注(13)で、京極殿において上東門院は、「コボレテニホフ花ザクラカナ」（上の句は「浅緑野辺の霞は包めども」）の歌を何ものかが詠ずるのを聞いたが、人の姿は見えず「鬼神ナドノ云ケル事カ」と恐れたというのである。説話内容は俊頼髄脳と大きくは変わらないが、俊頼髄脳では、

もののの霊など、めでたき歌と思ひそめて、常にながむらむは、まことによき歌なめり。

と、この歌はわずかに拾遺抄に入っているだけで世間ではさほど評価されないけれども、超自然的存在が詠じたわけであるからすぐれた歌であるようだと判断している。つまり、この説話は「浅緑」の歌が秀歌であることを証する機能を有していると認められる。これに対して今昔物語集は、普通は夜中に活動するはずの「物ノ霊」が、日中に歌を詠ずるという恐ろしいできごとの事例として提示している。

此レヲ思フニ、此レハ狐ナドノ云タル事ニハ非ジ。物ノ霊ナドノ、此ノ歌ヲ微妙《めでた》キ歌カナト思ヒ初《そめ》テケルガ、

花ヲ見ル毎ニ、常ニ此ク長《なが》メケルナメリ、トゾ人疑ヒケル。然様ノ物ノ霊ナドハ、夜ルナドコソ現ズル事ニテ有レ、真日中ニ、音《こゑ》ヲ挙テ長メケム、実ニ可怖《おそるべ》キ事也カシ。

説話の意味をずらして、機能を転換したということができる。意味の変更は、主題を確認強調する右の評語だけではない。上東門院が歌を詠ずる声を聞いて、寝殿の南面を見ても人の姿はなかったということに続いて、俊頼髄脳が単に「怖《お》ぢおぼしめして」と叙述するところを、

数《あまた》ノ人ヲ召テ見セサセ給ケルニ、「近クモ遠クモ、人不候《さぶらは》ズ」ト申ケレバ、其ノ時ニ驚カセ給テ、「此ハ何カニ。鬼神ナドノ云ケル事カ」ト恐ヂ怖レサセ給テ

と、入念な探索と鬼神のしわざかとする推測を加えるという表現行為▼注(14)を通じて実現される。編者が、上東門院に声の主を「鬼神」と推測させたのは、第一にその姿が見えなかったとされるところ、第二に鬼神が優れた詩歌を賞するという説話類型に対する理解から導かれているのではないか。古今和歌集序文に、和歌は「目に見えぬ鬼神をあはれと思はせ」るものとあり、たとえば江談抄第四（二十）には、都良香の詩が羅城門の鬼神を「あはれ」と感動させたという説話が載る。

今昔物語集は説話のなかで、声の主について上東門院には「鬼神」と推測させ、世の人には、狐などでもなくて「物ノ霊」と推測させている。では、編者はどちらの判断を是としているか。「人疑ヒケル」とあいまいな表現が加わっているが、後者であろう。今昔物語集では、「此レヲ思フニ」という発語を持つ叙述は、「人」に仮託されていてもしばしば編者の考えを代弁すると認められるからである。そして、この判断に基づいて本話の巻第二十七における位置も決定されたといってよい。今昔物語集巻第二十七は、超自然的存在の引き起こした怪異説話を集成しているが、その配列は、霊（死者の霊魂）、精（非動物の霊魂）、鬼（人を食う獰猛な妖怪）、動物（変化など特殊な能力を持つ狐・野猪《くさゐなぎ》など）および神の五つに分類し、その分類に基づいて同類のものをまとめるという方法で編成

がなされる。この説話は、第二十四～第三十に連続する霊の説話群に位置づけられている。

今昔物語集が説話の舞台、年代、素材、主題を基準に載録する巻と位置を定めていること、右に見た通りである。元の資料から切り離されて新たな位置づけを得るということは、その説話が新たな場を得るということであり、目録などで検索されて次の利用の機会を待つということでもあった。

五　説話集の編纂と改編・抄出

今昔物語集は一〇〇〇を超える説話を三十一巻に編んだ日本最大の説話集である。編纂に用いられた資料は、冥報記、弘賛法華伝などの中国の験記、日本霊異記、三宝絵、本朝法華験記などの仏教説話集、孝子伝、日本往生極楽記などの伝、散逸宇治大納言物語などの仮名説話集、注好選のほか現在は散逸した類書など多種多数であり、さながら日本の説話の集大成であった。

平安時代末期には、詩文集、歌謡の集など、規模の大きな編纂物が生まれる。大隅和雄によれば、それは、律令的価値体系の外部にあるものへの関心、ひいては知識の拡大がもたらされた結果、類聚の枠組の崩壊が引き起こされ、このことが知識を量的に集成する方向に向かわせたのであったとされ、今昔物語集はその典型であるという。▼注(15)

今昔物語集は、集の全体を天竺・震旦・本朝の三篇に分け、三篇それぞれを仏法と世俗の二部に分け、各部をさらに巻に付された主題によって細分しようとしている。たしかにその組織に未整備の部分は少なくないが、細部はともかく、全体的を編成する理念は明確であった。単なる量的集成ではない。天竺・震旦・本朝の三国は仏教的世界観に基づくもので、当時考えられていた全世界を意味している。巻第一～五に天竺を、巻第六～十に震旦を、巻第十一以降に本朝を配したということは、世界を空間によって分割し、時間によって統合したということができよう。言い換えれば、今昔物語集は天竺に始まり、震旦を経て本朝に伝来したものとして三国仏教史を構想したのである。仏教史の構想は各篇の巻および説話の編成を通じて具体化されている。前節でみたように、巻第一〜三は釈迦の生誕より涅槃に至る釈迦伝として、巻第四には、釈迦涅槃以後の説話が、年代の明らかな説話については年代順を乱さないよう配列されて、涅槃後の天竺仏法史にほかならない。震旦篇、本朝篇も明らかに史的な編成が企てられている。このことどもに関する検討[注16]は省略するが、今昔物語集の編纂は、全世界の過去から現在に至るすべてのことがらを対象として、それぞれを位置づけ、意味づけることであり、要するに説話をもって世界を記述し尽くそうとする営みであった。

このような大規模な編纂作業に対して、個別の目的に応じた説話集も作られる。探要法華験記は、中国の法華伝記と本朝法華験記を主たる資料として両説話集から説話を抄出し、これに若干を別の文献から資料を得て、合計八六の説話を上下二巻に編んだものである。書名の「探要」の語に示される通り、和漢（わずかに天竺の説話を加える）にわたって必要な説話を厳選して、小規模の書に編むことによって利用の便を高めようとしたのであろう。この書の成立の環境と使用目的を推測させるのが、右二書以外に用いられた資料である。下第二には百座法談聞書抄が、下第四十三にも法華伝記に加えて百座法談聞書抄が一部用いられたらしい。[注17]百座法談聞書抄は、天仁三（一一一〇）年二月二十八日より百日、続けて二百日ある内親王の発願によって催された法座で語られた講師の説法の筆録である。説法の僧たちは、経典や法苑珠林あるいは諸経要集などの仏教類書、法華伝記などの中国の験記類に取材し、これを譬喩や因縁として説法に利用した形跡が認められる。その筆録が再び説話集に用いられるのは一見特殊な事例のようであるが、説話集とその編纂の場のあり方を具体的に示すものといえよう。

源隆国が編んだとされる宇治大納言物語は現存しないが、院政期から鎌倉期にかけて編纂された多くの説話集の中核的資料となっているとみられる。逸文から判断して、仏教説話から世俗説話にわたる多様な説話を収めていたらしい。

ただし、後代の説話集との関係は一様ではない。たとえば今昔物語集における位置は、その構想に沿って必要とされる位置に組み込まれる資料の一つであった。打聞集（表紙に長承三［一一三四］年という年号が見え、この頃の成立か）は、わずか二十七条の仏教説話を収める。ほとんどが今昔物語集、梅沢本古本説話集、宇治拾遺物語の説話と重なるところから、宇治大納言物語より抄出して成ったのであろう。多くが僧の事績を語る説話で、編者の関心のありどころも伺われるが、全体として叙述は簡略化され、項目のみの記事も含まれ、漢字片仮名交じり文を用いるところから、説法や著述のための備忘を目的として僧侶の手で作成されたと認められる。これに対して、梅沢本古本説話集は鎌倉時代の編と見なされるが、上巻に和歌説話（一条朝に活躍した女性歌人の逸話や歌徳を主題とするものが多い）を、下巻に仏教説話（観音霊験譚が多い）をまとめ、現存本は流麗な仮名文字を用いているところから、女性の教養書として編まれたのではないか。宇治拾遺物語は、序文に、宇治大納言物語の成立と流伝に多く筆を費やし、宇治拾遺物語はその系譜下にあることを述べる。実際に宇治大納言物語ないしその一部を中核に、古事談等から新たに説話を加えるなどして成ったと見られる。仏教説話、世俗説話の双方にわたる多様な説話一九七を収め、滑稽譚（性にかかわるものも少なくない）などが多い点、序文に宇治大納言物語について述べられた「さまざま様々《やうやう》なり。世の人、これを興じ見る」という記述が、そのまま宇治拾遺物語の性格として継承されている。

右にみたように、説話集とは、先行説話集との関係において、そこからの載録、抄出、再編、増補等の営みを通して生成し流伝をつづけるものであった。説話はこのようにして時代を渡る。

【注】

（1）久保田淳『中世文学の世界』（東京大学出版会　一九七二年）「中世文学史への試み」。ただし、久保田はのちに、『日本文学全史　３　中世』（學燈社　一九七八年）「序章」において、さまざまの考え方に触れつつ千載和歌集の成立時を中世文学の上限とする立場を取り、また『岩波講座　日本文学史　第５巻　一三・一四世紀の文学』（一九九五年）「中世文学史論」では、保元の乱に中世文学の始発を求める考え方に至っている。

（2）大江匡房の作品については、小峯和明『院政期文学論』（笠間書院　二〇〇六年）Ⅱ「大江匡房論・前編」、Ⅲ「大江匡房論・後篇」が全体的かつ詳細な読解を行っている。

（3）『今野達説話文学論集』（勉誠出版　二〇〇八年）「今昔の本文欠話臆断―内容の推定が示唆するもの―」。

（4）小峯和明『院政期文学論』（笠間書院　二〇〇六年）Ⅱ七「『江談抄』の語りと筆録―言談の文芸―」、小峯和明『説話の言説』（森話社　二〇〇二年）。

（5）篠原昭二「博雅蟬丸琵琶伝習説話をめぐって―江談抄を中心として―」（『白百合女子大学研究紀要』第二号　一九六六年一二月）は、この琵琶伝授説話の伝承関係と表現に関する詳細な検討を行っている。

（6）池上洵一『説話と記録の研究　池上洵一著作集　第二巻』（和泉書院　二〇〇一年）所収の諸論文。

（7）田村憲治『言談と説話の研究』（清文堂　一九九五年）。

（8）森正人『場の物語論』（若草書房　二〇一二年）Ⅰ１「〈物語の場〉と〈場の物語〉序説」に一般的検討を行った。なお、着目するところは異なるが、佐藤道生の説いたように、学問で身を立てようとするにも後ろ盾を失った実兼が、匡房に学ぶべく近侍したところに江談抄成立の背景があったとする観点も重要である。「「朗詠江註」と古本系『江談抄』」（『説話文学研究』第四二号二〇〇七年七月）参照。

（9）黒田彰『中世説話の文学史的環境』（和泉書院　一九七七年）Ⅰ一江談抄と朗詠江注。

（10）日本歌学大系本にはかく作る。「書きたる」と解するほかないが、袖中抄に引用された奥義抄には「うきたる」とある。「浮きたる」と解してこれに従うべきか。

（11）伊藤博『源氏物語の原点』（明治書院　一九八〇年）第Ⅱ編第９章　芹摘み説話をめぐって―源氏物語との一接点。

（12）『今野達説話文学論集』（勉誠出版　二〇〇八年）「東寺観智院本「注好選」管見―今昔研究の視角から」は、注好選は法苑珠林に直接依拠していると判断している。

（13）鈴鹿本の説話標題番号は「廿九」に作るが、第二十一が欠けているため、番号がずれる。なお、東大本の目録（鈴鹿本には目録を欠く）では、本説話の番号を欠いている。編纂作業が完了していないことを示すものであろう。

(14) 今昔物語集における説話の意味と機能の関係については、森正人『場の物語論』（若草書房　二〇一二年）Ⅶ今昔物語集の言語行為再説—編纂・説話・表現—。

(15) 大隅和雄「古代末期における価値観の変動」（『北海道大学文学部紀要』第一六巻第一　一九六八年二月）。

(16) 小峯和明『今昔物語集の形成と構造』（一九八五年　笠間書院、増補版・一九九三年）、森正人『今昔物語集の生成』（和泉書院一九八六年）、前田雅之『今昔物語集の世界構想』（笠間書院　一九九九年）など参照。

(17) 本書第四章1法華霊験譚の享受と編纂。

2　唐代仏教説話集の受容と日本的展開

一　はじめに

説話集あるいは仏教説話集と今日呼ばれている書籍群は、古代中世においてどのような文献として認知されていたか。

ここにいう説話集とは、近代の日本文学（国文学）研究がその学術的発展の過程で成立させた概念でありながら、どの範囲の作品を指すか、基本的な性格をどこに見定めるか、学界に共有されているとはいいがたい。『日本古典文学大辞典』（岩波書店　一九八三～一九八五年）の「説話集」の項（西尾光一執筆）も、おおよそ右のように述べたうえで、「説話集もしくは説話文学は、他の既存のジャンルから説話集と呼ぶにふさわしい作品を選別して集合させることによって、かろうじてそのジャンルとしての成立が認知されるといっていい」と論定している。

このことは、説話集と呼ばれるテクストについて、それぞれ編纂の目的、編纂の場、享受の相がいったん不問に付されて、形態上の特徴に注目して取り立てられ、文学作品として認定されていることを示すものである。とはいえ、こうした扱いは日本文学研究の方法上必要であり、また文学史を記述する上からも有効であって、これを安易に放棄するわけにはいかない。同辞典が、続けて説話集を、

（一）仏教説話集の類（平安時代）
（二）平安朝中期以降に成立した説話物語集の類
（三）平安朝末院政期から鎌倉期にかけてつくられた故実の記録や説話の類纂を編集目的とした一群の説話集
（四）鎌倉期の仏教説話集の系列

と類別するのは、当時の研究状況を反映するものであった。

ところが、一九八〇年代以降研究者の関心はそれぞれの理念や世界観あるいは編纂目的に依拠して形態を得ている説話集から離れた。その一方で、『日本古典文学大辞典』に「唱導・説教その他に関連して説話をふくむさまざまの雑多な書物が中世に出ているが、類別できるほどのものはない」と評価されたところの諸資料がむしろ注目を浴び、説法、注釈、芸能、絵解、軍記、物語草子など説話が活きて働く場を取り扱う研究が大きな流れとなって今日に及んでいる。

説話集とはそのように働く説話を定着させ集成したものと見なされるが、しかし、説話集が説話の活きて働く場と無縁であったわけではない。という意味は、単に、たとえば口頭で伝承されていた説話を説話集が記録したところにとどまらない。また、説話叙述が、語りの方法に擬してなされているということばかりでもない。説話集が、説話の働く場そのものに深く関わって生成し享受されていたということである。そして、そのことが、説話集のかたちを規定することになったのではないか。

ここでは、右のような観点と想定にたって、今改めて日本の古代を中心に一般に仏教説話集と呼ばれる一群の書

籍を取り上げ、それらを文学史的・文化史的に評価し位置づけることをめざして、法華経霊験記を中心に、中国の伝記類からの影響、その受容の諸相を検討するとともに、日本的特徴を導き出す。また、それが利用されるところの宗教的諸活動のなかで、どのような目的をもって収集・記述・編纂され、成立後どのように享受（書写、抄出、引用、読書）されるか、さらにはそのことが説話集にどのようなかたちを取らせることになるかを、明らかにしようとするものである。

二　「伝記」としての説話集

古代中世において、仏教説話集に与えられた位置がどのようなものであったかを明らかにしようとするとき、それらの書籍がどのようなものとして認識され、つまり何と呼称され、どのように享受されたかを知ることは、一つの手がかりとなるであろう。

まずは、鎌倉時代の慶政の手になる閑居友上巻第一に就こう。上巻第一は「真如親王天竺に渡り給ふ事」と題され、平城天皇の皇子高岳の親王が出家し、渡唐し、天竺を目指すも途半ばにして斃《たお》れる物語を載せ、それを「このことは、親王の伝にも見え侍らねば、記し入れぬるなるべし」と結び、これに編者の本書撰述の趣旨を述べる序相当の記述が続く。そのなかに、

> さても、発心集には、伝記の中にある人々、あまた見え侍るめれど、この書には、伝にのれる人をば入るることなし。（中略）長明は、人の耳をも喜ばしめ、また結縁にもせむとてこそ伝のうちの人をも載せけんを、世の人のさやうには思はで侍るにならひて、かやうに思ひ侍るなるべし。

鴨長明の発心集には、先行の伝に採録された人々を多く載せているが、それは、発心集を読む者および読むのを聞

く者を喜ばせ、また人物の事績を記述する営為と、またそれを享受する営為を通して仏法的な縁を結ぶことを目指したものであろうと編者は推測する。しかし、そのことが世に理解されないことに配慮して、閑居友は、先行書たる伝に載せられた人のことを載せず、そのかわり、その伝にかかわる天竺、震旦、本朝の昔の事例を一筆簡潔に書き添えることにしたと説明する。この説明のなかで、はじめ「伝記」と称し、後に「伝」と呼ぶのは同じものを指しているように聞こえる。いずれにしても「主として日本往生極楽記以下の往生伝類」（中世の文学注）、「本朝往生伝等の先行往生伝類」（新日本古典文学大系注）を念頭に置いていることは動かぬとしても、ただちに「伝記」と「伝」とが同一の概念であることを意味しない。

とはいうものの、「伝」と「伝記」が同一概念を表しているかに見える事例がないわけではない。たとえば、宝物集（久遠寺本）上巻[▼注(1)]に、

此事、コマカニ相応ノ伝ニシルセリ。　（三八丁オ）

とあるところは、宝物集（吉川泰雄氏蔵本）巻第二に、

此事、こまかに相応の伝記に記せり　（新日本古典文学大系　八〇頁）

と記述する。「伝」と対応する「伝記」も人の生涯を記す書と解されなくもないが、しかし、古代中世には人の事績の記録については「伝」と称するのが普通である。それに、たとえば室町時代の説話集の三国伝記の書名の意味を、天竺、震旦、本朝の伝すなわち三国の人の生涯の記録を集成したものと受け取ることはできない。

また、発心集（慶安四年板本）巻第七（二）[▼注(2)]には、中将雅通の往生に続けて、次のような記述がある。

或伝記ニ云、唐ニ幷州ト云国アリ、彼ノ国ノ人ハ、七八歳ヨリ道心アリテ、念仏ヲ申テ、多ク極楽ニ生ズ。

［以下、僧延法師が法華経読誦の功を翼として極楽に飛んで行き、阿弥陀仏に対面する夢をみる。］

この説話は唐の法華伝記巻第五唐幷州釈僧衍十に原拠を有し、発心集は、直接か否かはともかく、百座法談聞書抄

三月三日条に記録された説話に拠った蓋然性が高いとの指摘がある。[注(3)] 法華伝記、百座法談聞書抄は「伝記」ではあっても、いわゆる伝ではない。

古文献に見える「伝記」という言葉は適切に説明されることがほとんどない。辞典類の記述も混乱している。これを明確にするために、さらに「伝記」の用例を掲げておく。

三教之中、経・律・論・疏・伝記、乃至詩・賦・碑・銘・ト・医・五明所摂之教。

（遍照発揮性霊集巻第五「与越州節度使求内外経書啓」）

むかし、一人の梵士ありき。その名を長那といひき。［以下、観音、勢至菩薩の前生譚］是かすかなる伝記にあらず。たしかの経の文なり。

（宝物集巻三）

彼ノ道宣与《と》韋茶《（ママ）》天トノ物語ヲ注セル一巻ノ伝記、是アリ。感通伝ト名《なづけ》タリ。

（延慶本平家物語　第二本二　法皇御灌頂事）

これらの用例を通じて、次のように言うことができる。「伝記」とは、内典の中核たる経・律・論・疏よりは価値や権威が一段劣るものの、それに準じて仏教的に有用な書籍で、人物の事績を記す「伝」やできごとをありのままに記す「記」などを中心とする書籍群と認められる。宝物集にいう通り、「たしかの経」に対比して「かすかなる」と評価するところに、いかなる位置を与えられていたかが読みとれよう。こうして、閑居友が、はじめ「伝記の中にある人々」といい、後文に「伝にのれる人」と言い換えたのは、両者が等しいことを意味するのでなく、「伝」は「伝記」と呼ばれる書籍群に包含されると説明しておけば十分であろう。

右のような判断に裏付けを与えるのが、鶴見大学蔵の「五合書籍目録」と呼ばれるべき佚名の書籍目録[注(4)]である。その「伝記　仏法」の項には、次のような書目を掲げる。

三宝感応録、日本霊異記、日本感霊録、大唐三蔵取経記、続集古今仏道論衡、感通賦、扶桑略記抄、釈氏蒙求、清涼伝、州育王宝霊鰻二伝、日本国地蔵菩薩霊験記、五条坊門地蔵験記、因縁記、三宝絵、宋朝往反消息、良史書札、寂昭往反消息、玄奘歴見国、破垣、仏法本紀、明州阿育王山広利経寺、［日本］法花験記

ここには、経律論疏には該当しないけれども、仏教の教義や仏教の歴史の理解を助ける書籍が並んでいる。注目されるのは、和漢の霊験記（験記）等、今日説話集と呼ばれている書籍を多く含んでいることである。説話集は仏教的書籍群のなかでは伝記という位置を得ていたことが知られる。それによって、伝記がただちに仏教説話集を意味するものでないことはいうまでもないが。

ただここで注目されることの一つは、これらの書籍が和・漢の別なく並んでいることであり、それは和漢の伝記が同じ場で同じように用いられたことを示すものであろう。では、それらがそのように用いられるのはどのような場であったか。

三　説法教化の場における説話の機能

発心集巻第七第三に、「或伝記ニ云」として百座法談聞書抄ないしそれ相当資料が引用されていた。続く巻第七第四にも「又、或伝記ニ云ク、揚州ニ人アリテ」として、前話と同じく震旦を舞台として、一人の居士が涅槃経のなかの「常住」の語を聞くことの功徳を信ぜず、かえってそれを誹ったために死後地獄に送られるべきところを、閻魔王の前でその二字を耳にした功徳を申し立て、救済されたという説話が載る。長明が直接依拠したかどうかは明らかでないが、三宝感応要略録巻中第七十を源泉とすると認められる。この説話は言泉集四帖之一「五部大乗経」にも引用され、三宝感応要略録からは他に数条が言泉集に引用される。法華伝記などとともに、説法教化の席に所収説話が持ち出されることの多い書籍であった。

説法教化には震旦を舞台とする説話が多く用いられたようである。平安時代の説法の構成や表現を具体的に伝えているのは百座法談聞書抄である。百座法談聞書抄は、天仁三（一一一〇）年、ある内親王おそらくは後三条天皇皇女俊子を発願として、百日ついで二百日の間、法華経一品ずつに阿弥陀経と般若心経を添えて講じられた説法の聞き書きで、その二十日分が伝わる。聞書抄は一日分ずつ、日付に続きおおむね講師の名、講じられた法華経の品名を掲げ、法談の内容を記す。法談は、まず経の趣意を述べ、経文を講釈し、教理の理解を助ける説話を語り、施主を賛嘆して閉じられる。

いま、六月二十六日の教釈房の説法を取り上げる。教理と説話の最も単純な関係の事例である。

①今日講ゼラレ給フトコロノ陀ラ尼品ノ心ハ、薬王菩薩勇施菩薩及四大天王等ノヲノ〳〵願ヲオコシ、陀ラ尼ヲ説テ持経者ヲマボラム事ヲ説キタマフ品ニマシマス。（中略）タヾ法花経ト申ス名ヲ聞ク許ニ、広劫多生ヲコナヒ給テ三身円満シ究竟妙覚ノクラヒニカナヒ給ヘル仏ノ、此人ノ福ハハカルベカラズトノタマヘルハ、オボロケナラヌ功徳ニコソ候メレ。

②昔シ温州ト申所ロニ、ヒトリ無悪不造ナリシウバソクアリキ。ソノ名ヲ孫居トイヒキ。仏法ニオヒテ信受スル事ナシ。［孫居の家に乞食沙門が来て、法華経を読む。孫居は追い払い、沙門は経袋を落として逃げる。孫居は経袋を上に捧げて置き、そのことを忘れてしまった。やがて孫居は死んで閻魔王庁に赴くが、一人の親切な獄卒に教えられて法華経の名字を唱えたことがあると閻魔王に訴え、地獄に堕ちることなく蘇る。親切な獄卒は、乞食沙門が残した法華経であると語った。蘇ってのち］経フクロヲモノノカミヨリモトメイダセルニ、現ニ一巻クチノコレリ。コレヲ見テ道心ヲオコシテ仏法ヲ修行シキトヤ申テ候ラム。

③何況ヤ、内親王天下（殿下）ノ名門（名聞）ノタメニモアラズ、利益ノタメニモアラズ、心ヲイタシテ一部八巻廿八品ヲシカシナガラ受持読誦シ、日々ニ開講演説セシメ給フ。心シテモ思ヒ、コトバシテモ申ツクスベカ

ラヌ御功徳トコソ思エ候へ。

①に教義を説き、それを実証する具体的事例を②に示し、その事例にはるかにまさる願主の功徳の大きさを③に強調し賛美する構成である。▼注(5) ②の説話は出典未詳であるが、地名と人名から推すに唐土で撰述された伝記であろうか。

説話が説法教化のなかで果たす機能は三種に整理することができる。いま百座法談聞書抄のなかから具体的な事例を示しつつ説明する。▼注(6)

（一）譬喩…「たとへ（ひ）」と呼ばれ、「たとへば」などの発語をもって提示され、「ごとし」などの語で閉じる。

然ルヲ、仏ノ智恵ハサトリガタク信ジガタカルベケレバ、喩ヒヲ説キテシラシメムガ為メナリ。喩トヘバ、諸ノ人アリテ［財宝を求めて険路を行くに行き着けず、引き返そうとするも、道をよく知る者が出現して皆を財宝のある所まで導く。］ネガヒニシタガヒテ、財ヲアタヘムガゴトシ。（閏七月八日）

（二）因縁…説法教化のなかに取り上げられる経典・仏・菩薩・仏弟子、場所の由来、仏教的営みの起源等関連するできごとの説明。

又阿弥陀経三巻ヲミトコロノ聖霊ノヲムタメニ廻向シマウサセタマウ、其ノイハレ候事ナリ。昔善友《ゼンウ》太子ト申人、衆生ヲ憐愍シタマヒテ［財宝を求めて旅立つ。太子の父母は帰らぬ太子のもとに消息を頸につけた鵝鳥を遣わし、太子の返事を受け取る。］マシテ阿弥陀ノ鷲王ニ三巻ノ経ヲツケタテマツラセ給ヒテミトコロノ聖霊ノ御菩提ヲトブラヒタテマツラセ給ハムニ（六月十九日）

（三）例証…教理を実証する具体的事例、「証」などの字句を含んで提示される。

又、薬草喩品ハ講ジタテマツルニ、其証アラタニマシマス品也。［梁の文帝の代、旱魃に当たり僧に法華経を読ませたところ、薬草喩品の「其雨普等　四方倶下」のところで雨が降り出した。］（六月五日）

説法の場において教義とかかわる説話の機能は常に確然とするわけではないが、他の唱導資料に照らしても、およそ右のように整理するのが適切であろう。

四　法座における説話利用の方法

百座法談聞書抄は、右に見た通り教理展開のなかで説話を用いている。講師たちは、説話をどこからどのように得ているのであろうか。その傾向を知るために、各法座に説かれた法華経の品名、講師、説話の舞台、説話の機能および出典と見なされる資料について整理しておく。▼注(7)

二月二十八日		大安寺僧都永□	震旦・例証・法華伝記
二月二十九日	方便品	香雲房阿闍梨	震旦・例証・法華伝記
三月一日	譬喩品	同人	天竺・例証・法華伝記／震旦・例証・法華伝記
三月二日		同人	震旦・例証・法苑珠林
三月三日		同人	震旦・例証・法華伝記
三月四日		同人	震旦・因縁・法華伝記／震旦・例証・法華伝記
三月五日		同人	震旦・例証・未詳
三月七日	人記品	同人	天竺・因縁・釈迦伝類／天竺・因縁・釈迦伝類
三月八日	法師品	同香雲房	天竺・例証・未詳／震旦・例証・未詳／本朝・例証・未詳
三月九日		同人	西域・例証・三宝感応要略録／天竺・例証・法華伝記
三月十二日	安楽行品	実教房	震旦・因縁・未詳

三月二十四日	陀羅尼品	大輔得業	不明・例証・未詳／天竺・因縁・大智度論ないしそれの所収類書
三月二十六日	勧発品	大輔得業	震旦・例証・法華伝記
三月二十七日		同人	震旦・因縁・止観輔行伝弘決か／天竺・因縁・報恩経または経律異相ないし法苑珠林等／震旦・例証・未詳
六月五日	薬草喩品	香象房	天竺・因縁・未詳、法苑珠林等／天竺・因縁・未詳／震旦・例証・法華伝記／震旦か・例証・未詳
六月十九日	法師品	善法房已講	天竺・因縁・須弥四域経／天竺・因縁・報恩経ないし経律異相／天竺・譬喩・未詳／天竺・因縁・阿育王経ないし法苑珠林
六月二十六日	陀羅尼品	教釈房	震旦・例証・未詳
閏七月八日	化城喩品	新成房	不明・譬喩・未詳／天竺・因縁・未詳
閏七月九日	人記品	同人	天竺・因縁・経律異相
閏七月十一日		覚厳得業　尊勝院	西域・例証・三宝感応要略録

このように、講師たちが語った説話は三月八日の一座を除いて天竺と震旦を舞台とし、出典と目される資料も経論のほか海彼で撰述された仏教類書や験記類すなわち伝記である。平安時代末の僧侶たちがどのような範囲から説話を得ていたか示すものであろう。とはいえ、出典未詳の説話も少なくない。それらのすべてを当時の口頭伝承に帰することはできないのであって、なお、今日に伝わらない伝記も多かったにちがいない。

そして、出典と目される文献が指摘できるとしても、それらが講師達の直接参看した資料であったとは断定しがたい。しかし、判断を留保してそこに立ち止まるのでなく、いま講師が文献資料によりつつ説法を組み立て説話を利用したと見なす。その場合にも、講師が伝記類から備忘のために説話の抜き書きし、いわゆる「説草」「小さな説話本」▼注(8)を作成して懐中に入れていたか、法座で語るべき説話をあらかじめ伝記類に求め、適切なものを探して記憶して高座に上がったか、さまざまな想定が成り立つけれども、文献と百座法談聞書抄の筆録との異同に注目することで、講師の説話利用の方法を明らかにする。取り上げるのは、三月九日条である。

九日、同人、心経不註

①阿弥陀経ハタヾ阿弥陀仏ノ名号ヲ、アルイハ耳ニフレ、或ハクチニトナフルニ、ミナ極楽ニ往生スルヨシヲトケル経也。

②ムカシ、きうし《キウシ》国ノカタワラニヒトツノシマアリケリ。［漁師の島に、見知らぬ魚が寄った。偶然に「阿弥陀仏」と言ったところ魚が集まり、たやすく獲れた。これにならって島人は老若男女「阿弥陀仏」と唱えて魚を獲るようになり］、ソノシマノオトコ女、ヲヒタルワカキ、魚ヲトラムタメニ三年バカリガホド、ヨルヒル念仏ヲシケルハ、ミナ極楽ヘマイリニケリ。［そこを往生の島と言い、魚を阿弥陀魚と名づけた。］イロクヅヲスクヒテ、モノ、イノチヲコロサムガタメニ「阿弥陀仏」トトナウルニ、ミナ往生シニケリ。

③イカニイハムヤ、心ヲイタシテ孝養報恩ノタメニ阿弥陀経供養シ、後世菩提ノタメニ念仏ヲセシメタマハムヲヤ。

④法華経ハ一部ヲヘズ、タヾ一品一句キ、タテマツルニ、モロ〳〵ノ煩悩タチドコロニノゾカル経ニマシマス。

⑤仏ノ滅後ニ提婆菩薩ト申ヒジリオハシケリ。ヨロヅノ国ニアリキテ、仏法ヲ修行シタマヒケルニ、師子国トイフ国ノ海ノホトリヲユクニ、五百ノ餓鬼ニアヒタマヒヌ。［餓鬼は苦しみを訴え、救いを求める。］菩薩、法華

経ヲ一品ヨミテ餓鬼ニキカシメタマヒケレバ、ヨロコビオガミテサリヌ。ソノ夜、菩薩ノユメニ、「五百の天人が現れ、「自分たちは師子国の餓鬼であったが、法華経読誦を聞いて天上に生まれることができた」と礼を述べた。」

⑥ソノ経ハ、カヤウニタヾ一品ヲキクニ、アラタナル証マシマス経ナリ。

右の②の説話は、①に説かれる阿弥陀経の利益の例証、⑤の説話は④に説かれた法華経聴聞の徳の例証として置かれたことは瞭然としている。説法の講師は教義に沿って適切に機能しうる説話を選んだはずであるが、そのうえでそれをどのように提示したのであろうか。幸いなことに、これらの説話には出典が知られる。②は、三宝感応要略録巻上第十八阿弥陀仏作大魚身引接漁人感応であり、⑤は法華伝記巻第九月支蘇摩耶菩薩所見餓鬼十六である。

百座法談聞書抄②と三宝感応要略録とを対照すると、主題を同じくするものの、構成と表現に関して随所に相違が認められる。その注目すべきは以下の箇所である。すなわち三宝感応要略録にあっては、最初に往生した者が紫雲に乗って海辺に帰って来て、魚は阿弥陀仏が我等衆生を憐れんで化現したものであると島人に告げること、魚の骨は蓮華であること、「見者感悟、断殺生念阿弥陀仏」、すなわちそれを見る者は殺生を断って阿弥陀仏を念じたと説かれるけれども、百座法談聞書抄にはこれらの要素は一切ない。それどころか、傍線部「モノ、イノチヲコロサムガタメニ」の通り、島人は阿弥陀の救済に対してついに無自覚である。この変化が香雲房の語りによって生じたのか、それともそれ以前にすでに生じていたかは明らかでないけれども、阿弥陀仏の願力の大きさが強調されることになり、③において願主内親王の功徳の大きさが際だつ結果となる。

⑤の説話も、原典との相違で目につくところは、五百の餓鬼が天人となって提婆菩薩のもとを訪れ直接救済の報告を行うのに対して、傍線部「菩薩ノユメニ」のように往生が夢に示されること、菩薩は原典では「薩達磨芬陀利修多羅（妙法蓮華経）等深法」を説いたとするのに対して、百座法談聞書抄は傍線部の通り「法華経一品」を読ん

と解しうる。そこには応報の厳しさが強調されて、牛身をのがれさせる仏法の功徳は説かれていないが、次のような事例もある。

高橋東人は、亡き母のために法華経を書写し供養すべく導師を請じた。導師の夢に牝牛が現れ、この家に飼われている牛であって、生前子の物を無断で用いた母の後身であると語った。導師より聞いて東人の知るところとなり、子は「今我免し奉る」と告げ、法会が終わると牛は死んだ。（中巻第十五縁）

明記はされないが、ここには法華経書写の功徳により子が事情を知りえて、母も牛身を脱することができたと示唆されている。同時にこうした語り方は、今生の行いが必ず後世に報いとして現れ、悪業によって人が畜生の身を得てしまうという冷厳な事実に対する不安と恐怖を基盤としているように見える。

ところが、本朝法華験記になると、逆に前世に牛であって法華経に結縁したことにより、今生は持経者となっているという説話が第二十四、第二十六に載る。一部本文を掲げつつ、第二十四の梗概を示す。

［沙門頼真は法華経を暗唱し、日に三部を読んでいた。性格は静かで言葉数少なく、ただ始終口と歯を動かすこと牛のようであった。頼真はこの所作を前世の悪業と恥じ、比叡山の根本中堂に参籠して因果を知らしめよと祈った。］第六夜に至りて、夢に音声を聞きて、その形を見ず。頼真に告げて云はく、汝先生の身は、是れ鼻の欠けたる牛なりき。近江国愛智郡の中の貫首の家の内なりき。貫首、経の供養を作して、八部の法花牛に負ほせて、将《ゐ》て伽藍に登りき。経を負ひたる功徳に依り、牛の身を脱れて人間に至り、法華経を誦し、法文の理を解して仏法の器と作《な》りぬ。今生法花を読誦するの功徳薫習して、生死を遠離し、涅槃を証すべし。宿習猶し残りて余報未だ尽きず、喫々《せふせふ》として常に嚼《か》めり、といふ。

わずかな縁であっても大きな功徳がもたらされる法華経の力を強調する説話である。法華経の功徳が生を超えてなおも作用するという型の事例を、もう一つ示しておきたい。

「沙門念覚は道心堅固で、法華経を読誦していた。ただし、経を誦むとき、ある三行の文を暗唱することができなかった。念覚はこのことを普賢菩薩に祈った。」夢に老いたる僧あり、来たりて告げて云はく、汝宿業有りて三行の文を忘れ失ひつるなり。汝先生において、衣魚の身を受け、法華経の中に在りて、三行を食《は》み失ひき。又経の中に住みたるに依り、今人身を得て法華経を誦む。経文を食みしに依り、三行の文を誦むを得ざるなり。（中略）と。「夢覚めて三行の文が読めるようになって、毎日三部の読誦を怠らなかった。」

（本朝法華験記　中巻第七十八）

これらの説話にも中国説話の型がふまえられている。次に掲げるのは、弘賛法華伝巻第六釈某である。

「秦郡東寺の沙弥、法華経を誦するに薬草品の「靉靆」の二文字を覚えることができなかった。」師、夜即ち夢に一の僧を見る。之に謂ひて曰はく、（中略）沙弥前生に寺の側東村に在りて、優婆夷の身を受けたり。本より法華一部を誦めり。但し其の家の法華は、当時薬草喩品、白魚《しみ》の靉靆二字を食み去りたり。時に経本に此の二字無し。其れが為に今生新たに受くるも、習ひ未だ成らざるのみ。（中略）、と。」師は、夢に告げられた家を尋ね、二字を欠いた薬草喩品を見出だし、十七年前に其の経の持ち主であった妻が死んでいたことを確認した。

衣魚が経を食み失ったために、経文の中のある文字が読めないという趣向を共通に具えながら、転生して法華経持経者となったのは、一方は経典の持ち主であった優婆夷とし、一方は衣魚自身とする相違は決定的である。本朝法華験記は、劣悪卑小な生き物であっても法華経との縁によって救済されることを語りつつ、主人公達に深い罪障意識を表出させている。先に取り上げた説話のなかに次のような記述がある。

何なる因ありてか世間の人に違ひて、この身の黒色なる。（第二十六）

先世の罪業悪縁を発露して、懇ろに重ねて読誦し、毎日に三度、更に闕《か》き怠らず。（第七十八）

本朝法華験記は、六道に輪廻するすべての生類は、人であれ、畜生であれ、虫であれ等しく罪深い存在であり、かつあまねく法華経の救いにあずかる可能性を持つという思想に立脚しているとみなされる。人間の女に姿を変えて男と契り、「我、君の死に代りて、全く君の命を保たむ。我が苦を救はむがために、妙法華経を供養すべし」と言い置いて死ぬ狐（第一二七）、美男の僧に懸想して裏切られた女が大毒蛇となって、僧の隠れ籠もった鐘を巻き、尾で龍頭を叩きつつも「両の眼より血の涙」を流す姿を描き出している（第一二九）ところ、人が低劣な畜生に変身し苦しみを受けることへの素朴な恐れを脱却し、一切衆生が六道世界で生まれ変わりを繰り返すことに対して、内省的な視線が向けられているといってよい。日本的な動物観、人間観、あるいは生命観の深化を認めることができる。

それは、本朝法華験記が、狩猟、漁撈、農耕など生産に従事して罪障深い者たちにも救済はあるのか、否、この世に生を受けて命を継いでいくかぎり罪を犯すことを避けられない人間に救済はあるのか、こうした問いを手放そうとしなかったことを意味しよう。▼注(13) 本朝法華験記の問いは、民衆教化の場でこそ深められたに違いない。

六　日本の法華験記の編纂・抄出・再編

本朝法華験記は、法華経持経者譚および法華経霊験譚一二九を上、中、下三巻に編成している。そのなかには、他に所伝を聞かない説話も多いが、源為憲の三宝絵、慶滋保胤の日本往生極楽記を資料とする説話も目に付く。三宝絵、日本往生極楽記の影響は資料の面にとどまらず、編纂の視点と方法は日本往生極楽記を踏襲している。

本朝法華験記は、次のように七衆すなわち仏弟子の序列を基本として編成される。すなわち、

第一～二　菩薩　　第三～九三　比丘　　第九四～九七　沙弥

第九八～一〇〇　比丘尼　　第一〇一～一一六　優婆塞　　第一一七～一二四　優婆夷

第一二五～一二九　異類

この配列が往生伝のそれにならっていることは明らかである。日本往生極楽記は次のように編成されている。

第一～二　菩薩　　第三～第二七　比丘　　第二八～二九　沙弥

第三〇～三二　比丘尼　　第三三～三六　優婆塞　　第三七～四二　優婆夷

日本往生極楽記は、中巻冒頭三話に第一聖徳太子、第二役行者、第三行基を置いた三宝絵にならうところがあったと認められる。すなわち、日本往生極楽記は第一に聖徳太子伝、第二に行基伝を配し、行基伝の奥に編纂の経緯を記す。それによれば、保胤は在俗の時往生伝の編纂を一応終えて、中書大王（兼明親王）に伝の追加および潤色を委嘱した。親王は聖徳太子、行基を載せるべしとの夢想を得た。しかし、病のために筆を執ることができなかったために、その二伝は保胤が追加したというのである。日本往生極楽記が、三宝絵を参考資料としたことについては指摘がある。[注14] 本朝法華験記もまた、編者鎮源が夢想を得て行基伝を加えたと記す。第一聖徳太子、第二行基と配することによって、日本往生極楽記、本朝法華験記二つながら日本仏教史としての性格を具えることとなった。これによって、本朝法華験記は、序文に「受持読誦の伴、若しは聴聞書写の類、霊益に預かる者」について記録すると述べる通り、持経者伝を通じて、法華経受持史、法華経霊験史叙述を目指して編纂されたのであった。その志向は、各巻の首に置かれた目録、各説話の標題の付け方にも表れている。目録（享保二年版本）にはたとえば、

第一　伝灯仏法聖徳太子　　第二　行基菩薩　　第三　叡山建立伝教大師

とあり、若干字句の相違があるが標題も同様である。この原則は無名の人物、神、異類にも適用される。

第百廿七　朱雀大路野干　　第百廿八　紀伊国美奈倍道祖神　　第百廿九　紀伊国牟婁郡悪女

このような編纂の観点と方法を選び取ったことによって、本朝法華験記は海彼の験記類と相当異なる性格を具え

る結果となった。唐や新羅の験記類の組織は以下の通りである。

新羅・寂法師撰『法華経集験記』

諷誦第一　転読第二　書写第三　聴聞第四

唐・恵祥撰『弘賛法華伝』

図像第一　翻訳第二　講解第三　修観第四

遺身第五　誦持第六　転読第七　書写第八

唐・僧詳撰『法華伝記』

部類増減第一　隠顕時異第二　伝訳年代第三　支派別行第四　論釈不同第五

諸師序集第六　講解感応第七　諷誦勝利第八　転読滅罪第九　書写救苦第十

聴聞利益第十一　依正供養第十二

これらの験記類における法華経受持霊験説話の編成は、行業の種類を基準になされていることが知られる。本朝法華験記は、これらと記述する対象が完全には重ならないために単純な比較は意味を持たないけれども、編纂の原理が基本的に異なっていたといわなければならない。▼注(15)

編者鎮源の理念は、本朝法華験記に法華経持経者伝のかたちを取らしめたが、本朝法華験記を享受する者は、誰もが編者の理念に追従するわけではなく、それぞれの目的や関心を有していたのであった。享受者はそれぞれの必要や関心に応じて説話を読み、抜き出し、引用するであろう。その一事例が抄出本の作成である。たとえば、真福寺文庫本日本法華験記は二十四条の抄出で、次にその目録を掲出する。ただし目録のみではどの説話を抄出したかが分からないので、（　）内に享保二年版本の標題を示しておく。

1伝教大師（第三比叡山建立伝教大師）

2普門品事（第四叡山慈覚大師）
3兼不動事（第五叡山無動寺相応和尚）
4薬王品供養焼身事（第九奈智山応照法師）
5依誦法華不老不死事（第十一吉野奥山持経者某）
6由願力死骸誦経（第十三紀伊国完背山誦法華経死骸）
7千部転読勝事（第十五薩摩国持経沙門某）
8法華物徳（第十八比良山持経者蓮寂仙人）
9［欠］（第八十三楞厳院源信僧都）
10懺悔事（第八十二多武峰増賀上人）
11聞経勝用（第八十六天王寺別当道命阿闍梨）
12普門品菩薩観音事（第八十五仏師感世法師）
13懺悔懺法事（第九十加賀国尋寂法師）
14提婆品　又兼懺悔（第百二左近中将源雅通）
15観音妙法事（第百七大隅掾紀某）
16法華経書写願事　兼四十九日事（第百八美作国採鉄男）
17書写奉納事　兼ソトハ（第百十肥後国官人某）
18観音品　十八日持斎事（第百十三奥州鷹取男）
19普門品事（第百十四赤穂郡盗人多々寸丸）
20観音　十八日持斎事（第百十五周防国判官代某）

21可読開結二経事（第百十八加賀前司兼隆朝臣第一女）
22観音経　兼殺生事（第百廿三山城国久世郡女人）
23畜類書写経事（第百廿六越後国乙寺猿）
24為畜類書経事（第百廿五信乃国蛇鼠）

真福寺本は、第十九以降第八十一以前の説話からの引用がないから、中巻を欠く本から抄出を行った可能性が高い。どのような目的と関心をもって抄出を行ったかについて記すところはないが、ただ観世音菩薩普門品（観音経）ないし観音菩薩信仰に対する関心を有していたらしいことは抄出説話から見て取れる。同時に、持経者への関心、霊益にあずかる者への関心は希薄で、信奉の対象や行業に注意を向けていることが、標題から明らかに見て取れる。

右のように「観音」の字句が繰り返しあらわれるような標題の付け方は、むしろ説話検索に不便を来たしかねないが、それでもあえてこうした方法を選んだのには理由があったであろう。それは抄出した者の理念や関心に由来するというよりは、抄出本を利用する者のためであった。この標題は、本朝法華験記の目録および標題に加えられた傍書、注記に通うところがある。いま二つの写本の目録と標題から二、三を掲げる。

宝寿院本目録
第六　西塔平等房延昌僧正［謚慈念大師］
第七　無空律師［依天井銭成小蛇　載往生記］
第八　出羽国龍花寺妙達和尚［至閻王广蒙閻王語云日本衆生ヲ悪ヲ誡勧善事］
※［　］内は傍書

彰考館本標題

第七　無空律師　依法華経書写改蛇身事依銭貨受蛇身事
第八　出羽国龍化寺妙達和尚　依閻王請行向冥途事
第九　奈智山応照法師　薬王品供養焼身事

これらの注記および傍書は、持経者の名のみでは知りがたい説話内容、受持した品名、霊験を引き起こした受持の方法等を含んで、説話の検索に有用である。著述のために、あるいは説法のために必要な説話を本朝法華験記の中から得ようとする者にとって、抄出本の標題、目録あるいは標題に対する注記、傍書はよい索引となったにちがいない。後代の享受者の施した加工であろう。あわせて注意を向けておきたいのは、このような注記や傍書が、「説草」「小さな説話本」の表紙の記載に通うところがある点である。たとえば金沢文庫本観音利益集には「長谷観音蓮入上人依長谷観音告拝弥勒事」「陸国鷹取　依観音経之力遁難所事」などと題される。これも利用者の便に応えようとする意図に出ることは明らかである。

一方、法華伝記および本朝法華験記に深い関わりを持つ文献として探要法華験記がある。[注16]「探要」の語を冠する通りやや簡便な法華験記で、上巻四三、下巻四三の説話をもって編成される。いま序文の末の部分を読み下して示す。ここだけからもどのような説話集であるか、大概をうかがい知ることができるであろう。

更に時の先後を定めず。只人の称ふる所を先にす。敢へて家の貴賤を択ばず。只行ひの愛しつべきを貴しとす。和漢混合して聊かに印土に及ぶ。仍りて筆を和訳に探り、恐るらくは要を愚慮に備ふ。（中略）名づけて探要法花験記と曰ひ、以て来葉の持経者に伝ふ。時に久寿二年夏四月八日　慈悲寺小沙弥源西序して云ふこと尓り。

「和漢混合」というのは、主たる資料として本朝法華験記および法華伝記を用い、それらから交互に説話を配置するからである。上巻の冒頭六話について目録とその出典を掲げる。

法華縁起第一…出典未詳
羅什三蔵第二…法華伝記巻第十　十種供養記九
天台大師第三…法華伝記巻第二　隋国師智者大師国清寺釈智顗八
伝教大師第四…本朝法華験記巻上　第三比叡山建立伝教大師
慈恩大師第五…法華伝記巻第三　唐大慈恩寺釈窺基四
慈覚大師第六…本朝法華験記巻上　第四叡山慈覚大師

法華伝記も、本朝法華験記ともに有用な文献であるが、それぞれについて全巻を揃えて傍らに置くことが困難な者のために、その要を摘んで一冊にまとめて便宜を図ったと考えられる。

このように和漢の説話を交互に配したところには、「共通点を持つ日本と中国の話を対照させる意図があった」[注17]ことは明らかであるにしても、それは験記編纂にあたっての手法にとどまるものではあるまい。この書物を閲読し、利用する後人への配慮が働いていたであろう。それは、著述において、説法の座において漢と和の事例を組み合わせて示す必要のあるとき、容易に相関連する和漢の説話を求めることができるからである。漢と和の組合せは単なる趣向でなく、実用的な目的にも適うものであった。

探要法華験記に関して今一つ注意を向けておきたいのは、百座法談聞書抄に基づく説話が二条含まれているということである。下巻空也聖人第二は百座法談聞書抄三月八日条に、下巻獅子国餓鬼等第四十三は三月九日条（典拠は法華伝記巻第九第一六）に依拠したと判断される。かりにそれが直接でなかったとしても、百座法談聞書抄を源泉としていることは疑えない。とすれば、ここに説話が説法の座と書物の間を往還していたという確実な事例を見ることができる。

七　むすび

説話集の編纂は、編者の世界観や思想の具体化であるといってよい。そのような意味で、仏教説話集はたとえば仏教史叙述、教理と信仰の理解を助ける知識の集成であるといえよう。どの範囲から説話を収集し、どのように配列するかは、編者の理念に支えられる。したがって、説話集は、おのずと宗教的体系性を具現することになる。

説話集は、編纂に当たり他の説話集等からも必要な説話を収集し、みずからの体系に沿わせて採録する。あるいは他の説話集から必要な説話のみを抄出することによって、説話集が編まれることもある。あるいは一旦完成を見た説話集に、他の資料から説話を増補して、新たな体系を付与することもある。したがって、説話集は成立してそこで固定し安定し終わるのでなく、それが享受される場、享受する人によって形を変えていく。抄出も増補も改編もひとつの編纂であり、新たな体系化にほかならなかった。このように場に応じて、享受者に応じて変容し続けてやまないもの、それが説話集であったといわなければならない。

【注】

（1）小泉弘編『古鈔本寶物集』（角川書店、一九七三年）による。

（2）大曾根章介・久保田淳編『鴨長明全集』（貴重本刊行会　二〇〇〇年）による。

（3）池上洵一『池上洵一著作集　説話と記録の研究』（和泉書院　二〇〇一年）第七章　『発心集』と『三国伝記』――『百座法談聞書抄』との交渉――。

（4）鶴見大学『古典籍と古筆切　鶴見大学蔵貴重書展解説目録』（一九九四年）に一部写真と解説が掲載されている。なお、この目録については、本書第一章「古代の説話と説話集」でも、仏教説話集の位置をめぐって簡単な指摘を行った。

（5）百座法談聞書抄における説法の場の説話の用い方とその働きについての検討は、森正人『場の物語論』（若草書房　二〇一二年）Ⅵ説話の意味と機能―百座法談聞書抄考―。

（6）説法の場における説話の三機能については、百座法談聞書抄とその他の唱導資料等に拠りつつ、森正人『場の物語論』Ⅰ2巡の物語の場と物語本文。

（7）説話の出典調査については佐藤亮雄『百座法談聞書抄』（桜楓社　一九六三年）、山内洋一郎「法華百座聞書抄の説話」（小林芳規『法華百座聞書抄総索引』武蔵野書院　一九七五年）の成果を参考にした。

（8）永井義憲『日本仏教文学研究　第三集』（新典社　一九八五年）第四編　唱導の文芸、岡見正雄『室町文学の世界　面白の花の都や』（岩波書店、一九九六年）第二第七節「小さな説話本―寺庵の文学・桃華因縁―」等に説かれている。

（9）日本霊異記の撰述目的と序文及び題号に関する解釈については、本書第二章1日本国現報善悪霊異記の題号と序文。

（10）矢作武「Ⅱ　『霊異記』と中国文学」（山路平四氏郎・国東文麿編『日本霊異記』早稲田大学出版部　一九七七年）。

（11）河野貴美子『日本霊異記と中国の伝承』（勉誠社　一九九六年）。

（12）末武恭子「法華験記の先蹤」（『国語と国文学』第五三巻第九号　一九七六年九月）。

（13）森正人「聖なる毒蛇／罪ある観音―鷹取救済譚考―」（『国語と国文学』第七六巻第一二号、一九九九年一二月）および本書第四章2本朝法華験記の説話と表現。

（14）小泉弘・高橋伸幸『諸本対照　三宝絵集成』（笠間書院　一九八〇年）。

（15）本朝法華験記を含めて、諸書における法華経霊験譚の集成と分類については、本書第四章1「法華経霊験譚の享受と編纂」に論じた。本節では、以下やや視点と論点を移して論及する。

（16）馬渕和夫編『醍醐寺蔵　探要法花験記』（武蔵野書院　一九八〇年）として、本文の写真に読み下し文等を添えて刊行されている。

（17）前掲『醍醐寺蔵　探要法花験記』「解説」。

初出一覧

序章　説話集研究の観点
（「日本の説話・説話集研究の混迷と拡散のなかから」『説話と思想・社会　説話伝承学'86'87』桜楓社　一九八七年四月）

第一章　説話と説話集
1　古代の説話と説話集
（「古代の説話と説話集」『説話の講座4　説話集の世界Ⅰ―古代―』勉誠社　一九九二年六月）
2　院政期の説話と説話集
（「説話集の編纂」『国文学　解釈と鑑賞』第五三巻第三号　一九八八年三月）

第二章　日本霊異記
1　日本国現報善悪霊異記の題号と序文
（「日本国現報善悪霊異記の題号と序文」『日本文学説林』和泉書院　一九八六年九月）
2　日本霊異記の説話と表現―因縁の時空―
（「因縁の時空―日本霊異記の説話と表現―」『国語と国文学』第六四巻第五号　一九八七年五月）

第三章　三宝絵

1　三宝絵の成立と法苑珠林

（「三宝絵の成立と法苑珠林」『愛知県立大学文学部論集（国文学科編）』第二六号　一九七七年三月）

2　三宝絵の撰述と享受

（「三宝絵—内親王のための仏教入門書」『国文学　解釈と鑑賞』第七二巻第八号　二〇〇七年八月）

第四章　法華験記

1　法華霊験譚の受容と編纂

（「法華霊験譚の享受と編纂—唐代験記類と百座法談聞書抄・探要法華験記・今昔物語集・本朝法華験記—」『和漢比較文学叢書4　中古文学と漢文学Ⅱ』汲古書院　一九八七年二月）

2　本朝法華験記の説話と表現

（「本朝法華験記の説話と表現」『論集　説話と説話集』和泉書院　二〇〇一年五月）

第五章　打聞集

1　打聞集本文の成立

（「打聞集本文の成立」『愛知県立大学文学部論集（国文学科編）』第三一号　一九八二年三月）

第六章　今昔物語集

1　今昔物語集説話の世界誌

（「今昔物語集の世界文学構想」『岩波講座日本文学史　第3巻　一一・一二世紀の文学』岩波書店　一九九六年）

2　今昔物語集の仏教史的空間
（「天竺震旦―『今昔物語集』の三国仏教史観のなかで」（『国文学　解釈と鑑賞』巻第七一巻第五号　二〇〇六年五月）

3　今昔物語集の滑稽と世俗―信濃守藤原陳忠強欲譚をめぐって
（「今昔物語集「信濃守藤原陳忠」」『〈新しい作品論〉へ、〈新しい教材論〉へ』右文書院　二〇〇三年一月）

第七章　説話の場と説話集の生成

1　説話と説話集の時代
（「説話の時代」秋山虔編『平安文学史論考』武蔵野書院　二〇〇九年一二月）

2　唐代仏教説話集の受容と日本的展開
（「唐代仏教説話集の受容と日本的展開」『東アジアの文化構造と日本的展開』北九州中国書店　二〇〇八年三月）

後書き

本書は、はじめ「古代説話集の研究」と題して刊行すべく計画し準備を進めてきた。数十年以前から、このように題される研究書が書かれなければならないと私は考えていた。そして、それは遠からず誰かによってまとめられるであろうと思ってもいた。しかし、そのような研究書は今日に至るも出現していない。

右のような課題を私自身のものとして明瞭に自覚したのは、『今昔物語集の生成』（和泉書院　一九八六年）を上梓する前後であった。今昔物語集研究および物語研究と併行して散発的に発表してきた古代説話集に関する幾編かの論文に続いて、「法華霊験譚の享受と編纂―唐代験記類と百座法談聞書抄・探要法華験記・今昔物語集・本朝法華験記―」（本書第四章1）を執筆したところで、およその方向は定まったように思う。『説話の講座』（勉誠社一九九一～一九九三年）の企画編集に参加して、本書の核となるべき「古代の説話と説話集」（本書第一章1）を書く機会を得たことは幸いであった。二〇〇一年に「本朝法華験記の説話と表現」（本書第四章2）を執筆して骨格はできあがったものの、刊行までには時日を費やしてしまった。これを補強し具体化するいくつかの論文を執筆する時間が必要であったからであり、執筆に専念する時間を持つことができなかったからでもある。定年による退職を迎える頃になって、ようやく刊行がかなうこととなった。

ただ、日本感霊録（抄出本）と地蔵菩薩霊験記（改編本）に考察の筆を及ぼすことができなかったのは心残りである。また、本書を構成する論文には、「三宝絵の成立と法苑珠林」のように執筆が愛知県立女子短期大学・愛知県立大学文学部に専任の講師として採用された一九七六年に執筆したものもあって、それらを改めて刊行する意義があるものかどうか、そのことも気がかりではある。これらにとどまらず、全体として志したところにはほど遠いが、これ以上の時間をかけたとしても完全は期しがたい、世に送り出すべき時であろうと思いなった頃しも、幸いにも笠間書院から刊行の機会が与えられたのであった。

橋本編集長との打ち合わせの場で、書名をもう一つの案として用意していたものに変更することを決断した。「生成」の意味するところは序章に述べた通りで、ここには繰り返さない。

原稿の整理に際して、引用本文の点検という煩雑な作業に徳岡涼さんのご協力をいただき、索引の点検補正には渡邊朝美さんの手を煩わした。心よりお礼を申し上げる。

なお、本書の刊行にあたっては熊本大学の学術出版助成を得た。

二〇一三年十二月十四日

森　正人

本朝法華験記

探要法華験記

打聞集

今昔物語集

古代説話集の巻・説話索引

日本霊異記

三宝絵

●わ

●ま

●や

●ら

●な

●は

●た

●さ

人名索引

●や

●ら

●わ

●ま

●な

●は

●さ

書名索引

●あ

●か

著者略歴

森　正人（もり　まさと）

1948年　鹿児島県に生まれる
1971年　熊本大学法文学部卒業
1976年　東京大学大学院博士課程中途退学
愛知県立女子短期大学・愛知県立大学文学部講師、助教授、熊本大学文学部助教授、教授を経て、現在、熊本大学大学院社会文化科学研究科教授
専攻　日本古典文学、特に古代・中世の物語および説話集

著書　『今昔物語集の生成』（和泉書院）、『今昔物語集五』（新日本古典文学大系、岩波書店）、『源氏物語と〈もののけ〉』（熊本日日新聞社）『場の物語論』（若草書房）ほか

古代説話集の生成

2014年3月20日　初版第1刷発行

著者　森　正人

装幀　笠間書院装幀室

発行者　池田つや子

発行所　有限会社　**笠間書院**
〒101-0064　東京都千代田区猿楽町2-2-3
☎03-3295-1331㈹　FAX03-3294-0996
振替00110-1-56002

ISBN978-4-305-70728-4

シナノ印刷
（本文用紙：中性紙使用）
落丁・乱丁本はお取りかえいたします。
出版目録は上記住所までご請求下さい。
http://kasamashoin.jp